軍記と王権のイデオロギー

Otsu Yuichi
大津雄一

翰林書房

軍記と王権のイデオロギー◎目次

序論

イデオロギーへの沈黙

一　武士道の物語

アジア・太平洋戦争中の一九四二年、冨倉徳次郎は、「日本戦記文学の展開―日本戦記文学とその武人的なるもの」（『戦記物語研究』皇国文学第四輯所収[1]）において、「日本戦記文学」の特徴について、次のようにまとめる。

一、日本戦記文学は武人の持つ理想性を宣揚した文学である。
二、それはなほ、一つの固定した武士道なる道義を対象とすることを意味せず、寧ろかゝる武人的道義の生きた姿の現実に即した表現であると云ひ得る。
三、しかし戦記文学は武人のその人によつて描かれず、常に第三者の位置に立つ知識人――それは庶民精神の代表である――の筆になるものであり、そこに公平なる武人的なるものへの批判の一面を備へた文学である。

また、翌年、佐々木八郎は、『日本古典鑑賞・中世戦記文学』[2]の序において、

『平家物語』『太平記』の如き優麗な、あるいは剛健な文学が生まれ、東山の文化が閑雅幽玄の花を咲かせ、武

士の精神や国民的倫理が、数々の戦記文学の中に高揚せられた事実を思へば、日本においては、戦争は全く新たな文化と倫理とを創造する。

と記す。

戦時下の熱気が書かしめたものであるわけだが、しかし、軍記に「武士道」の道義の発露を認め、日本国民にとってふさわしい倫理的・道徳的な価値を持っていると評価する言説は、明治の国文学研究の初めからあった。たとえば、一八九〇年、芳賀矢一は、「源平盛衰記と太平記」(「国文学」二七)[3]で、「其の勤王精神を含有すること多きを以て」、『太平記』をより高く評価し、一九〇七年の『国民性十論』[4]では、軍記に現れる武士の忠義の観念を、日本国民の皇室に対する忠誠心を支えるものとして評価している。源義朝や為朝などは、決して皇室を陥れようとした謀反人ではなく、皇室の寵を失って子供のように悔し紛れに手向かいした乱暴人にすぎないと処理する。

むろん、「武士道」などというイデオロギーは、中世の軍記のあずかり知らぬことであり、近世から明治にかけて言説化されたものである。[5] しかし、軍記に、そのような言説に好都合な材料があることも事実である。だから、戦時下における軍記研究において、「武士道」が、特権的に、そして政治的に語られてしまうことは、自然なことではあるけれども、当然、戦後においては、そのような言説から、軍記をどのように救い出すかということが、研究者たちにとって重要な課題となった。

二　変革の物語

一九五三年、「国民的な文学としての平家物語」(『国民の文学(古典編)』所収)[6]と題する論の中で、永積安明は、

『平家物語』が、古代の物語文学の伝統から、飛躍的に新しいものとなりえた理由を、次のように述べる。

しかし、そういう文学でありえたことの根拠は、なによりさきに『平家物語』が、古代末期にまきおこった全国的な治承・寿永の内乱の過程を、その内乱の指導的な地位にあった領主階級の立場にもたち入ってつかみ出すことができた点にある。つまり、新しい中世社会をつくり出す運動の旗手として、その先頭をきって進んで行った武士たちを、大小の英雄としてとらえ、かれらの行動が、いやおうなしに歴史をつくって行ったこと、それはそれまでのどのような権威の力をもってしても、うちかちがたいものであることを、内乱のいわば表現であるところの源平のたたかいをとおして、力強くうち出して行った点にある。

しかも、中世変革のあゆみのジグザクなありかたを、それらの英雄の成功やつまずき、希望や絶望のなかにうきぼりし、没落して行った貴族たち、また特にもっとも悲劇的な末路にさしかかった平氏一族の悲しみを悲しみとしてうけとり、同情的に描きながらも、なおそのなかに貫いて行った、歴史の進歩・変革の必然性を、全体として動かしがたいものとして、おのずから語らないではおかなかったところに、『平家物語』が古代のあらゆる物語から飛躍的に高まることのできた根本的な理由がある。

そのような、「歴史の進歩・変革の必然性」を描く『平家物語』にいたる前史として、『将門記』『陸奥話記』『保元物語』『平治物語』があり、後史として『太平記』があるという永積の主張は、この後も、基本的には変わることはない。永積にとって軍記は、「日本の中世革命」を、つまりは歴史の進歩を物語るものにほかならなかった。そして、この主張は、いわゆる「国民文学運動」を通して喧伝され、この国に流通することになった。永積とともにこの運動を領導した益田勝実も、一九五七年に発表された、「木曾の義仲」（日本古典鑑賞講座『平家物語』所収）[7]において、栄華に栄華を重ねて、やがて悲惨な終局にたどりつく平家一門の運命の物語は、そのまま、永い古代的支配の没落を語る長編の挽歌であった。だが、それは単に哀弔の挽歌に終りえなかった。平家のほろびを語ろうとすれば、語りごとは、悲しみの心の語り上げだけでなく、おのずから、はげしくきびしい五年間にもおよんだ内乱の日々の事実でなければならなかった。合戦の日々に、だれもがその目とその耳で体験せざるをえなかった、新しい封建的権力の抬頭・中世的人間・中世的人間関係の出現を織りこめて、移りかわる世の中をいきいきと写し出した。このことこそ、日本の歴史の大転換期を語り上げる「平家物語」の大きな特色をなしている。と述べ、『平家物語』は、「永い古代的支配の没落」と「新しい封建的権力の抬頭」、つまりは「日本の歴史の大転換期」を語る物語であるとする。

この運動によって、「忠君」「愛国」「尊皇精神」「武士道精神」という類のイデオロギーに封じ込められていた軍記は、「反動の物語」という汚名を免れ、新しい日本の建設という時代の気運の中で、それにふさわしく「社会革命」というイデオロギーのもとに「変革の物語」として再生したのである。

しかし、実のところ、軍記、特には『平家物語』は、明治時代から「変革の物語」であった。たとえば、藤岡作太郎は、一九〇七年、「平家物語」（「帝国文学」五月号）(8)で、日本の歴史上の革新の時代として、大化・寿永・明治をあげ、寿永については、「鬱屈せる武人の勢力急速に発展し沈滞せる王政を覆して、武家政治の時代は開けぬ」とし、寿永と明治とを比するに、一は王政を変じて幕政に代へ、一は幕政を廃して王政に復す、彼此進退全く相反すといへども前代泰平日久しく、因循懦弱風をなし、道徳も文物も甚しく腐敗し、かくして後、習慣に反する声は、こゝに燃え、かしこに沸き、懐疑は遂に破壊となり、前時代の破壊はやがて新時代の建設となりたるものなることは、昔も今もその轍を同じくす。

と述べ、清盛について、

清盛は藤氏の権力を破却し、武人を以てこれに代らんとせり、即ち武士の代表者として、公卿の団体に当れるなり。その争ひは個人相互の争ひにあらずして、異なりたる階級の争ひなり、語を換へていへば、京都と地方の争ひなり、文事派と武断派との争ひなり、詩歌管絃と弓箭刀刃との争ひなり。

と記す。

叙事詩論の立場に立つ以上、当然なことではあるが、姉崎嘲風（正治）も、一九一〇年、「時代告白としての叙事詩」（「心の花」五月号）[9]で、「つまり寿永の没落は、平安朝の文明の没落であつたのである。平安朝三百年の公卿の文明が亡び、其れに替つたものが、今まで東夷といつて居つた東国武士で、天下の権勢は京都から鎌倉に移り、世の様は茲に全く一変したのである」と記す。

明治の言説にとって、天皇は忠節を尽くすべき疑いようもない存在としてあった。天皇制による明治近代国家を自明のものとして肯定し、そこへといたる過程の、時代の一つの「変化」を描いたものとして『平家物語』をとらえ、そこに「新時代の建設」をしようとする国民のエネルギーの発揚を認めて、明治近代国家を支えるべき「日本国民の本質」が現れていると考えた。それに対し、マルクス・ヘーゲル的歴史観に立つ昭和の言説は、いつかは来たるはずの自由な社会へ向けての、歴史の「進化」を描いたものとして『平家物語』をとらえ、その「進化」の相にこそ「歴史の本質」が現れていると、考えた[10]。

けれども、永積の言説と藤岡の言説は、貴族階級から武士階級への権力の移行という結論を共有して、よく似てしまっている。その原因は、永積の論の不徹底さにある。

三　天皇王権への沈黙

永積の言説からいくつかの断片を拾いあげる。

「土岐頼遠御幸に参り合ひ狼藉を致す事」（巻廿三）の一段は、院の御幸に出会つたさい、馬より降りよと罵られ、「何院といふか、犬といふか、犬ならば射て落さん。」と「追物射」に御車を射たという事実が、もちろんものを知らぬ田舎武士としての面をも含めて描かれてはいるが、「此の比洛中にて、頼遠などを下すべき者は覚えぬ者を、おりよといふは如何なる馬鹿者ぞ。一々に奴原蟇目負せてくれよ。」と罵る言葉のうちに、頼遠によつて代表される新興武家の自信のほどが力強くうち出され、それと対照的に、公卿貴族の没落の姿が、その最高の代表者を通じて、手痛くあしらわれている明らかな例といわなければならぬ。（『続日本古典読本Ⅴ　太平記』[11]）

※

つまり『将門記』は、十世紀初頭の古代社会における貴族政治のゆきづまりのさけめを、何とかして、つきやぶって出ようとした関東地方の農村の動きにささえられることで、とにかく英雄的に行動することのできた、将門という人物を主人公にしている。彼のひきいた成長する農村が、古代の貴族官僚体制に抵抗するところに、間断ない合戦が組織され、それは中央の貴族にとっては、ほとんど京中大騒動となるほどの事件でさえあった。『将門記』は、このような古代貴族社会の矛盾に直接くさびを打ちこむような形で、一般の物語文学とは質のこととなる、いわば叙事詩的な文学の方向へ一歩進みでた、さいしょの作品である。

（『中世文学の展望』「「軍記もの」の展望[12]」）

※

これら大小の英雄たちは、古代末期社会の内部からだけでは、どれだけ内省し批判していっても打開することのできなかった、歴史の頭うちの状態のなかで、正面から貴族と対決する階級として、あるいはかれらにささえられて登場する代表者として、新しい中世的世界をつくりだす事業の先頭に立つことのできた領主（武士）階級の力とその運命とを、過不足なく表現し、それなりに典型化された新しい人間の文学的形象であった。

（『日本文学の古典』「平家物語」）(13)

※

玉座を降りて両の手を額の上に合わせた「本天皇」の像には、将門の反逆に対して神仏に祈願するよりほかには、なすべきすべを知らない貴族政権の、みじめな姿が象徴的にとらえられている。

（『軍記物語の世界』「将門記の成立」）(14)

※

たとえ、さまざまな矛盾や屈折を免れなかったにしても、貴族社会の危機の中枢部に、あたかも鋭い匕首を突きつけるかのような叛逆児を描いた『将門記』こそ、文学史的にも稀有の表現ではなかったか。（同右）

これらの断片からわかるのは、永積のいう「日本の中世革命」とは、貴族階級から武士階級への権力の移行ということであり、そしてそこに、天皇王権へと投げ掛けられる確かな視線は存在しないということである。土岐頼遠に愚弄される光厳院の姿を、公卿貴族の没落の姿としてしか認識せず、平将門の反乱に恐怖し、十日の命を神仏に願うために、玉座を降りた朱雀天皇の姿を、「なすべきすべを知らない貴族政権の、みじめな姿」と把握し、天皇王権のみじめな姿とは把握しえないないところに、それは端的に現れている。永積は天皇王権を公卿貴族の象徴としてしか考えていない。

もちろん、そのような理解は、永積に特有なものではない。当時の歴史学の一般的理解であった。同時期、『平家物語』についての論を発表していた谷宏も、一九五七年、『古典とその時代Ⅳ　平家物語』(15)の「はじめに」で、

少なくとも保元、平治、平家物語についていうと、これらがうまれたときには、幾世紀ものあいだ続いた古代的な社会組織や秩序にたいして、いたるところでさまざまな戦いがはげしくおこなわれていた。その先頭に立ったのが、領主階級（武士）であった。この結果、古代的体制は動揺し、貴族社会の内部でも皇位や権勢のうばいあいというかたちで深刻な葛藤がうまれた。保元の乱や平治の乱がそれである。十二世紀末になると、平清盛がひきいる平氏が宮廷貴族をおしのけるようにして繁栄し、この平氏が、古代支配の実力的な維持者になった。そこで、古代を倒し新しい中世領主制をつくり出すためのたたかいは、平氏を打倒するというかたちをとって進展した。軍記物語とは、古代社会のなかにとじこめられていた人びとが、それをやぶって自分たちがもっと生々と生きうる世界を、これら十二世紀後半のふるい秩序の動揺やさまざまな古代とのたたかい、とくに合戦という事件の中に発見し、文学に描き出していった記録なのである。このような文学創造の叙事詩的完成が、平家物語なのである。

と述べる。

古代支配の維持者が宮廷貴族から平氏へと移り、これを領主階級が打倒するという谷の図式の中に、天皇王権は、占めるべき明確な場を与えられていない。やはり、同じ頃、歴史家の立場から岩波新書『平家物語』を著した石母田正は、治承・寿永の内乱を、領主（武士）階級が、国衙や荘園領主の圧迫に抗した古代末期の内乱であると規定し、『平家物語』は、それを充分に形象化する術を持ってはいなかったが、時代を運命に支配された平家の滅亡の相

に描き出し、物語としての達成をみせたと論じる。しかし、そこで、天皇王権について積極的に論じられることはない。

芳賀矢一が、『国民性十論』で誇らしげに語るように、この国には、真の意味での「革命」は、一度たりともなかった。貴族政権であろうと武士政権になろうと天皇王権は存在し続けた。にもかかわらず、この国の歴史を、「革命」の物語として、階級闘争の物語として記そうとすれば、天皇王権の継続という事実を無視せざるをえなかったのではないか。確かに、王朝時代から、天皇王権は、現実の政治を動かす力を、すでに持ってはいなかったのだから、それは歴史を記す上で、さして問題とすべき要素ではないと判断されていたのかもしれない。しかし、貴族政権であろうと武士政権であろうと、この国は王土の共同体であった。日本という共同体を吊り下げる支点となりえたのは一貫して天皇王権であった。そのことを、観念上のことにすぎないと判断するのは誤っている。そのような観念があったからこそ、この国は国としてまとまりえたはずである。ましてや、共同体の歴史を語る軍記においては、天皇王権の絶対性というイデオロギーが大きく作用するであろうことは容易に察しがつくはずである。にもかかわらず、永積ら、いわゆる「歴史社会学派」は、天皇王権について、積極的に語ろうとはしなかった。

それは、やはり、判断の誤りである。彼らは、天皇王権を貴族階級の権力を構成する一要素としてしか扱わないが、それでは、政治的実状を言い当てることはできても、物語の現実を言い当てることはできない。物語＝歴史が共同体のイデオロギー装置であるということを、理解していない。

藤岡ら明治の知性は、不変の正当で自明な存在としてあった天皇王権に対して何の疑いも抱いていないがゆえに、換言すれば、確かに過去において、天皇王権の力の下降上昇はあるが、それは表層的・過渡的な「変化」にすぎず、天皇王権あってのこの国という王土の共同体の本質になんらかかわりのないことと信じるがゆえに、天皇王権への反省的視座を持ち合わせず、当然、『平家物語』を初めとする軍記と王権との隠微な関係に言及することがなかった。そして、永積ら昭和の戦後の知性も、階級闘争として歴史を描くのに熱心なあまり、そこに視線が届くことはなかった。

軍記は、明治以来アジア・太平洋戦争後にいたるまで、目的とするところは異なろうと、「変革の物語」と喧伝され続けた。そして、その「変革」における天皇王権の存在と機能については、人は、その理由は異なろうと、立場を越えて、沈黙し続けていたのも同然であった。

四　批評へ

しかし、『将門記』から『太平記』にいたるまで、軍記と称されるテクストは、常に天皇王権の危機と回復を語る王土の共同体の歴史＝物語であった。だから、永積の発言を批判的に継承して、「沈黙」は破られねばならなかった。軍記における天皇王権の意味を解明し、共同体の歴史＝物語としてのそのありよう、それを構成するイデオロギーがまず確認され、批評されねばならなかった。近代にいたって「武士道精神」や「忠君愛国」という言葉で表象されるに値するようなイデオロギーも確かに軍記にはあるのだから、それについても公平に語られねばならなかった。

けれども、永積以降、『平家物語』を中心とした軍記の研究は、その始原への溯行を期して、成立論・作者（圏）論・古態論・諸本論をより精緻に展開することに、まず重きが置かれた。それについては、他ジャンルの諸テクストとの影響関係を視野に入れ、溯行から展開へとその重心を移しつつ、現在も多くの論が生産されている。むろんそこには、軍記を学問の対象としてふさわしい素材とするための基礎作業への情熱があり、それは、間違いなく必要なことである。

また、その一方で、作品世界の正当で完全な解釈を求めて、注釈作業や構想論や人物論が積み重ねられてきた。しかし、天皇王権、あるいはその他のイデオロギーと軍記との関係について積極的に議論されることは少なかったし、ましてや評価にまで及ぶことはほとんどなかった。本書において、永積の言説を取り上げて批判することが多くなるのは、永積個人への批判を意図したからではなく、永積以降、軍記研究において、批評的言説が数えるしかないからにほかならない。これは、奇怪な光景である。

それがなぜなのかは、よくわからない。ただ、誰かがどこかでそう宣言したというわけではないが、戦後の古典研究が、おしなべて批評的言説を重んじなかったということはある。批評などというのは、客観性・実証性を重んじる学問のかかわるところではないという雰囲気や、そのような言説を弄する前に基礎的な作業を積み重ねなければならないし、読みは客観的でなければならないという雰囲気が、確かにあった。

たとえば、一九九〇年に、名古屋大学国語国文学会が主催した、「軍記物語研究の現在―『平家物語』を中心に―」という座談会の記録には、(16)「「読み」は、その信頼性、客観性が問題だと思います」とか、「最近の「読み」の論文を読んでいますと、結果としてある枠組み・図式・構造というのが取り出されても、それでどうなんだという気がします。評論家ではないのだから、もう少し客観性のあるところをやってほしいと思います。もっともそれは各人の勝手ですから、とやかくいうことではありませんが」という発言が記されている。ここには、しかし、「客観性」とはどういうことかの自省、あるいは読むという行為への恐れがない。もし、「主観を離れて、主観から独立して存在する対象に属し、その対象に条件づけられているさま」という意味で「客観性」というならば、読みというものが自意識（私）を通してしかありえない以上、「蓋然性の高い主観的な読み」――座談会の発言もこの意味でなされているのではあろう——はありえても、客観的な読みなどありえない。むろん、どんなに優秀な研究者であろうと客観的な読みなどはできない。客観的な立場からの立論などありえない。さらに、ここには、「評論家」の読みは主観的・恣意的であり、客観的であるべき学問には値しない、「研究者」の仕事は評論したり批評することではないという含意がある。しかし、そのような二項対立が生産的であるとは思えない。

批評することは、必然的に自己の立場を鮮明にすることである。それが、主観的と嫌われるのであろう。特に、軍記を批評の対象とする場合は、多かれ少なかれ自己の思想的立場あるいは政治的立場を明らかにせざるをえない。それに対する忌避感もあったのではなかろうか。軍記は、戦時下において、数ある古典の中でも明瞭に政治的に利用されたし、戦後の永積らの「国民文学運動」も、方向こそ違え政治性を感じさせるものであったから、なおさらであったのかもしれない。あるいは、軍記が政治的でイデオロギッシュなものであることなど、自明であって、改めて取り上げる必要などないと感じたのかもしれない。しかし、その自明であることこそが語られなければならなかったのではないか。その中で、明治近代以降の言説も批評の対象とされなければならなかった。そのためには、この国の近代の社会的・文化的環境を把握する必要があるが、同時に、そのような言説を可能とした、軍記というテクストの「枠組み・図式・構造」の意味が、批評されなければならなかった。それも「研究者」の仕事のうちであるはずだ。しかし、充分にはなされてはこなかった。

そのような中で、沈黙を破ったのが、兵藤裕己の仕事であった。一九八六年、「平家物語序章論」(『日本文学』一月号)(17)で、兵藤は、『平家物語』は、王権的秩序からの疎外のシステムによって構造的に規定されているとし、しかし、その疎外された敗者、あるいはモノたちが、こちら側に反転してきて、王権的秩序を相対化すると指摘し、王権的秩序と疎外されたモノたちとの関係性を、「文字」と「語り」との関係性に重ねて論じた。以後、兵藤は、疎外されたモノたちの側からの視線で、王権・国家・歴史を相対化する仕事を継続し、最近では、それは近代にまで及んでいる。近年は、高木信も兵藤と同様のスタンスから発言を続けている。

本書は、共同体の歴史叙述としての軍記の「仕組み」と、軍記が共同体において果す「使命」について考察したものである。軍記が共同体のどのようなイデオロギーの要請によってどのように誕生し、そしてどのようにそのイデオロギー装置としての役目を果したか、あるいは今も果しているか、さらにはそのような共同体の要請を裏切る可能性について、論じた。

兵藤あるいは高木との相違は、簡潔にいえば、物語について考える際には、私が、疎外され排除された存在へと身を寄せることをしないという点にある[18]。そのような存在の視線から、あるいはそのような存在の言葉であるというオーラルな物語（語り物）から、テクストを相対化しようとは思わない。なぜなら、そのような視線や言葉の共有は不可能だと考えるからである。あるいは、そのような視線や言葉がすでに共同体の視線や言葉に浸潤されていることを恐れるといってもよい。それは、死者の言葉は、死者のものであって、決して生者には代弁できないということと同じ理由からである。

私は、私の意識で――それ以外に一体何を用いられよう――、私に可能な限りの誠実さで――それ以外にどのような態度がとられよう――テクストを読み、それを解析することに努めた。

もちろん、論の目的によって、読みの重心を意識的に移動することがある。あるテクストが結晶されてくる過程を解析するために、その時代・社会に共有された特有の意識を再現すべく、対象としたテクストとその同時代の言説を、可能な限りの蓋然性のもとに読むことに重きを置くこともある。いわば、時代の特殊性に配慮した「歴史学的な読み」である。あるいは、時代的な特殊性の制限を受けることなく、人というものが共有する普遍的世界了解の方法を見出すべく、対象としたテクストとそれに関連すると思われる言説を、これも可能な限りの蓋然性のもとに読むことに重点を置くこともある。いわば、「超歴史学的な読み」である。さらには、テクストを我々の今・ここの生活において活用するために、意識的に、読みの蓋然性を捨てて、私のあるいは恐らくは少数の特異な読みを提示することに重きを置くこともある。いわば、「批評的な読み」である。これら三種類の読みを、以降の各論で、時には同時に、必要に応じて特に断わることなく使用している。それゆえ、ときに、読者にとまどいを与えるかもしれないが、テクストが生産された歴史的・社会的なコンテクストと、テクストがそれと知らずに依存している観念的・思想的な前提を明らかにして、そのテクストの本質と機能を把握し、その上で、それを、生産的に活用する術を見出すためには、必要な方法であると信じている。

そのような「読み」の集積として、〈王権への反逆者の物語〉を鍵概念として提示し、さらにこれをとりまく共同体のイデオロギーの運動を論じた。そして、その運動を対象化する契機をもテクストの中に可能な限り求めた。ただし、この〈物語〉によって軍記というテクストのすべてを隈なく説明できたなどといっているのでは、もちろんない。しかし、それが軍記という歴史叙述を了解するためには不可欠であるという確信は、もちろんある。

注

（1）六藝社刊。
（2）鶴書房刊。
（3）国文学界発行。『明治文学全集』四四（筑摩書房）再収。
（4）冨山房刊。『明治文学全集』四四（筑摩書房）再収。
（5）佐伯真一『戦場の精神史　武士道という幻影』（日本放送出版協会　二〇〇四）参照。なお「イデオロギー」の定義については、総論参照。
（6）御茶の水書房刊。『中世文学の展望』（東京大学出版会　一九五六）再収。
（7）角川書店刊。
（8）『明治文学全集』四四（筑摩書房）再収。
（9）増補国語国文学研究史大成九『平家物語』（三省堂）再収。
（10）明治から戦後の永積にいたる『平家物語』評価基準の変遷については、デイヴィット・バイアロック「国民的叙事詩の発見―近代の古典としての『平家物語』」（ハルオ・シラネ、鈴木登美編『創造された古典―カノン形成・国民国家・日本文学』新曜社　一九九九）参照。また、永積安明を中心とした「国民文学論」については、兵藤裕己「平家物語享受と共同体―永積安明『中世文学の展望』から―」（『日本文学』三一―一〇　一九八二、『語り物序説―「平家」語りの発生と表現』有精堂　一九八五、および『物語・オーラリティ・共同体』ひつじ書房　二〇〇二　再収）、あるいは、高木信「〈読み〉の変遷―〈日本〉と『平家物語』」（山下宏明編『平家物語研究と批評』有精堂　一九九六、高木信『平家物語　想像する語り』森話社　二〇〇一　再収）参照。
（11）日本評論社刊（一九四八）。
（12）注（6）参照。
（13）岩波書店刊（岩波新書　一九六六）。
（14）朝日新聞社刊（朝日選書　一九七八、岩波現代文庫　二〇〇二）。
（15）三一書房刊（一九五七）。
（16）「（座談会）軍記物語研究の現在―『平家物語』を中心に―」（「名古屋大学国語国文学」六七　一九九〇　出席者：弓削繁・早川厚一・長坂成行　司会者：服部幸造）参照。
（17）『王権と物語』（青弓社　一九八九）再収。
（18）この点については、各論第一章「怨霊と反逆者」参照。

【補記】本書の構成としては、まず「総論」で、用語の定義を行いつつ、本書の依拠する立場と方法と要旨とを述べ、その後、「各論」として、諸テクストを分析した。「各論」では、煩瑣になることを嫌って、用語の規定をなるべく省略したので、不審の際は、「総論」で確認されたい。

【使用テクスト一覧】本論における引用テクストは以下のとおりである。なお、私に表記を改め句読点・濁点・振り仮名・訓点等を補ったところがある。また、漢文表記のものについては、訓読文のあるものはそれに従い、ない場合は、送り仮名等を補い、私に読み下した場合もある。引用本文で括弧の中に示されているところは、引用テクストの校注者による補入である。詳細は、各テクストの凡例を参照されたい。

将門記・陸奥話記…矢代和夫・松林靖明・信太周・犬井善壽校注・訳　新編日本古典文学全集『将門記　陸奥話記　保元物語　平治物語』小学館

保元物語（半井本）・平治物語（陽明文庫本・学習院本）…栃木孝惟・日下力・益田宗・久保田淳校注　新日本古典文学大系『保元物語　平治物語　承久記』岩波書店

保元物語（金刀比羅本）・平治物語（金刀比羅本）…永積安明校注　日本古典文学大系『保元物語　平治物語』岩波書店

平家物語（覚一本）…梶原正昭・山下宏明校注　新日本古典文学大系『平家物語』上・下

平家物語（延慶本）…北原保雄・小川栄一編『延慶本平家物語』校本篇　勉誠社

承久記（慈光寺本）…新日本古典文学大系『保元物語　平治物語　承久記』

承久記（流布本）…松林靖明校注　古典文庫『承久記』現代思潮社

承久記（前田家本）…日下力・田中尚子・羽原彩編『前田家本　承久記』汲古書院

太平記…山下宏明校注　新潮日本古典集成『太平記』一〜五　新潮社

明徳記（書陵部本）…和田英道『明徳記　校本と基礎的研究』笠間書院

応永記（国会図書館本）…古典資料7『応永記・明徳記』すみや書房
嘉吉記（酒井文庫本）…和田英道「『嘉吉物語』翻刻並校異」（「軍記と語り物」一一　一九七四・一〇）
応仁記（書陵部本）…和田英道編　古典文庫『應仁記・應仁別記』　古典文庫
曾我物語（真名本）…青木晃・池田敬子・北川忠彦・笹川祥生・信太周・高橋喜一編　東洋文庫『真名本曾我物語』一・二　平凡社
曾我物語（仮名本）…市古貞次・大島建彦校注　日本古典文学大系『曾我物語』
義経記…梶原正昭校注・訳　新編日本古典文学全集『義経記』
武田勝頼滅亡記…群書類従二一上　続群書類従完成会
日本書紀…坂本太郎・家永三郎・井上光貞・大野晋校注　日本古典文学大系『日本書紀』上・下
続日本紀…青木和夫・稲岡耕二・笹山晴生・白藤禮幸校注　新日本古典文学大系『続日本紀』一～五
日本三代実録…新訂増補国史大系『日本三代実録』前・後編　吉川弘文館
日本紀略…新訂増補国史大系『日本紀略　前篇』・『日本紀略　後編・百錬抄』
類聚三代格…新訂増補国史大系『類聚三代格』
本朝文粋・本朝続文粋…新訂増補国史大系『本朝文粋・本朝続文粋』
性霊集…渡邉照宏・宮坂宥勝校注　日本古典文学大系『三教指帰・性霊集』
経国集…校註日本文学大系二四　国民図書株式会社
貞観儀式…『神道大系　朝儀式祭祀編一　儀式・内裏式』　神道大系編纂会
道賢上人冥土蘇生記（永久寺本『日蔵夢記』）…『神道大系　神社編　北野』
大鏡…松村博司校注　日本古典文学大系『大鏡』
愚管抄…大隅和雄校注　日本古典文学大系『愚管抄』　岩波書店
六代勝事記…弓削繁校注　中世の文学『六代勝事記・五代帝王物語』　三弥井書店

吾妻鏡…貴志正造訳注　『全訳吾妻鏡』一〜五・別巻　新人物往来社
八幡愚童訓（甲本）…桜井徳太郎・萩原龍夫・宮田登校注　日本思想大系『寺社縁起』岩波書店
保暦間記…佐伯真一・高木浩明編著　『校本保暦間記』和泉書院
梅松論…矢代和夫・加美宏校注　新撰日本古典文庫『梅松論・源威集』現代思潮社
神皇正統記・増鏡…岩佐正・時枝誠記・木藤才蔵校注　日本古典文学大系『神皇正統記・増鏡』
孟子…内野熊一郎著　新釈漢文大系『孟子』明治書院
孝経…栗原圭介著　新釈漢文大系『孝経』

総論

軍記と王権の〈物語〉
――イデオロギー批評のために――

一　イデオロギー

イデオロギーという語は、しばしば慣用的に、「頑迷に堅固に信奉されている思想的・政治的強迫観念」の意味で、マイナスイメージを伴って使用される。しかし、それは、イデオロギーの一部の機能を指示しているにすぎず、誤用といってもよい。むろん私も、ここで、王権は、あるいは天皇を中心とした権力装置は、悪しきイデオロギーの産物だと、政治的に批判したいわけではない。

ルイ・アルチュセールは、「イデオロギーは諸個人が彼らの存在の現実的諸条件に対してもつ想像上の関係の《表象》である」と定義した。(1) つまり、イデオロギーとは、「ある個人主体が、自らが経験した現実の生の状況とその個人との関係を思い描いたり、想像したりするとき、そのような思い込み、心的画像の形成を可能にする表象構造（美的、宗教的、法律的、道徳的、政治的、その他一切の表現の体系）」のことである。さらに簡潔にいえば、それは、「個人主体が世界を了解しようとするとき、それと気づかれることなくひそかに提供される認識の枠組み」である。人は、イデオロギーに依存しないで社会生活を営むことなどはできない。ときに、それによって偏った認識の枠組みを教育されることがあったとしても、イデオロギーは、生存のためには必要不可欠である。しかし、問題は、多くの場合、人が、自らが了解した世界とその了解の方法を、主体的に獲得あるいは創造したものと錯覚して自足し、自らの信念の出所を究明しようとはしないということにある。そのような批判的自意識の欠如、聡明さの欠如が我々に不幸をもたらしてきたのである。

主体化とは従属化にほかならない。もはや言い古されたことだが、「主体」を意味する英語のsubjectは、同時に「従属者」の意味を持つ。しかし、人はそのことに気づかない。自由に思考しているつもりが、実は既存のイデオロギーの枠組みの中に封じ込められて思考させられているにすぎないことに気づかない。テクストの「作者」とてこの「封じ込めの戦略」(2)を免れることはできない。テクストの起源、意味の源泉、解釈の唯一の権威として考えられている作者も、イデオロギーによって、いつもそしてすでに書き込まれてしまっているのであり、そうである以上、その形而上的地位は奪われなくてはならない。文学テクストは、作者のあるいは作者たちの自由で創造的な卓越した営みの産み落としたものであるというようなロマン主義とは早く決別し、「自由で創造的な卓越した営み」を、ひそかにコントロールしているイデオロギーの存在に、視線を及ぼすべきである。ましてや、イデオロギーによって主体化された読者であるにすぎない研究者が、そのような自己を顧みることなく、自らの読みの結果から生み出された、つまりはイデオロギーの産物にすぎない抽象的な存在を、作者(編集者、語り手、伝承者等々)と命名することによって、作者の名を騙って「読み」を支配し、あらたなる意味の源泉になろうとする——これが作者の構想であり、したがってテクストはこう読まねばならない——などという滑稽な振舞いは断じてするべきではない。

我々のするべきことは、軍記というテクストを成り立たせているイデオロギーを露呈させ、おのれの解釈だけを完璧で自然で自己充足的なものとみる幻想を可能にして、あたかも外部や他者が存在しないかのように錯覚させるイデオロギーの基本戦略＝「封じ込めの戦略」を絶えず暴き出し、そこからの覚醒と、自動化した自己の意識の再点検を促すことである。そこにこそ批評の務めがある。

二　物語

世界は、物語としてしか我々の前に立ち現れない。

ごく特権的な人間のごく特権的な瞬間――事件の当事者となった人間の事件に遭遇したそのほんの一瞬――を除いて、人は、その事件の生々しさや不可解さを体感することは不可能である。我々が知覚するのは、いつも、すでに用意されている認識の枠組み、すなわちイデオロギーによって、理解可能な秩序だった形に加工・調整され、言説化されたイメージの集合にすぎない。それを、今、物語と定義して、その意味において、以下使用することにする。[3]つまり、物語とは、「共同体の容認するイメージに翻訳され共同体内部に流通している事件の要約」である。

この、事件の物語化というイデオロギー装置は、アリストテレスがいうように人間がポリスの生物であり、共同体の中でしか生きられない以上、不可欠なシステムなのだ。現に今、戦争からたわいのないゴシップまで、メディアはその原因から結果――時には予測され、期待されるそれ――までの一貫したストーリーを、いくつかの選択肢をも持たせて、あふれるように我々に提供し、我々の方もそれによって納得させられることを常に望んでいるではないか。

人は、事件を、不可解なまま放置しておくことはできない。なぜそのような事件が起きたのか、それが自分にとってどのような意味を持つのかを、ぜひとも知らなければならない。我々にとって、不可解なものは不気味なのであり、不気味なものは人をいら立たせ、不安に陥れる。そしてそのいら立ちと不安は、共同体のそれとなり、その安定を損なうことにもなる。だからぜひとも、事件の不可解さは取り除かれなくてはならない。そのために、つまりは自らの健康を維持するために、共同体のイデオロギー装置は作動する。事件という不可知なものは、物語という可知なものに翻訳され、その物語は、あるときには文字化されてテクストという形式で、その成員たちに届けられる。誰もが知っている親しみ深いイメージの群れは、そうであるが故に、その成員たちを安心させつつ共同体内部に瞬く間に流通し、了解可能なものとして登録されるのである。

確かにこれは「絶対必要な」システムなのだ。しかしながらそのことは、いうまでもなく、物語が、不可避的に制度と結びついていることをも意味している。物語によって、人は、共同体にとって、きわめて都合のいいイメージ群を繰り返し与えられ、共同体の容認する世界の了解方法を、不断に教育され続けるのである。しかも、その教育は決して嫌悪感を伴わず、むしろ我々に快感を提供する。物語によって、不気味なものは親密なものとなり、世界ははっきりとその輪郭をみせてくれるのである。それは、心地よい出来事であるはずだ。

もちろんそれは、物語を構成するイメージ群が、それまでに共同体にストックされていた既知のイメージの組み合わせにすぎないことによる。だから、物語はまた不可避的に凡庸である。その凡庸さゆえに、だがその凡庸さを自覚することなく、再認にすぎないことを発見と錯覚して、人は心地よく物語に頷き、そしてその納得が共同体を強化することになる。

三　〈物語〉

歴史は、物語である。歴史は常に、共同体にとって特権的な事件を既存のイメージ群で翻訳し、事件の唯一性を観念的な連続性、自然な連鎖のうちに解消してしまった凡庸な物語として我々のもとに届けられる。今、物語としての歴史を〈歴史〉と表記する。むろん、軍記も、〈歴史〉であるわけだ。共同体に対する反逆――それは多くの場合天皇王権への謀反(4)という形をとる――という重大な事件を翻訳した物語である。

その、物語への翻訳の装置、物語の根幹を構成する構造、いわば原型（archetype）としての物語を、今、〈物語〉と表記して、以下使用する。事件は、多様な〈物語〉（=原型的物語）、無常の、因果の、徳治政治の、忠節の、愛の、名誉の〈物語〉などによって翻訳されるわけだが、その素材となる中心的事件の性格の必然的帰結として、軍記に等しく認められ、その骨格を形成しているのが、私にいう〈王権への反逆者の物語〉である。それは、次のような〈物語〉である。

天皇王権の至高性を共通の規則とする共同体内部の秩序に、異者（反逆者・朝敵）が混沌を一時的に現出させるが、天皇王権を護持する超越者（神仏・冥衆・天）の加護のもと、異者は忠臣により排除され、共同体は秩序を回復する。

テクストによる偏差はあるものの、軍記はこの〈物語〉に等しく構造化されている。異者や忠臣に固有名詞を当てはめれば、それぞれの作品の要約が得られるはずだ。軍記とは、天皇王権の至高性を共通の規則とする共同体、いわば王土の共同体の危機と回復の物語である。

たとえば、軍記の先駆的作品と認定されている『将門記』からみてみよう。平将門は、「新皇」を自称し、「同じくは八国より始めて、兼ねて王城を虜領せむ」と公言し、都の本皇は「十日の命を仏天に請ひ」、「国位を奪はむと」願う将門が、都に「今は必ず来たらむと欲すらむ」と恐れおののく。将門という辺境の異者が、王権の至高性という共同体の規則を無視し、混沌を共同体内部に現出させたのである。本皇は玉座を下りて額の上で手を合わせて仏神に祈り、寺社の僧や神官も将門の滅亡を必死に祈る。すると、「五大力尊は侍者を東土に遣はす」のであり、「八大尊官は神の鏑を賊の方に放つ」のである。平貞盛は、川口村の戦いで、将門に圧倒される官軍に対し、「然れども私の方には法なし。公の方には天有り。三千の兵類は、慎みて面を帰すこと勿れ」と、「天」が味方するであろうと勇気づける。貞盛と藤原秀郷は、「方に今、凶賊を殺害して、其の乱を鎮むるに非ずんば、私より公に及びて、恐くは鴻徳を損はむか」と忠節の思いを語り合う。そして、北山の最後の決戦で、将門は、「時に現《まのあたり》に天罰有りて、馬は風のごとく飛ぶの歩みを忘れ、人は梨老が術を失へり。新皇は暗《そら》に神鏑に中りて終に涿鹿《たくろく》の野に戦ひて、独り蚩《し》尤《いう》の地に滅びぬ」とあるような最期を迎える。反逆者将門は、超越者[5]の加護を得た忠臣平貞盛・藤原秀郷の手によって排除されたのである。

『陸奥話記』における異者は、いうまでもなく安倍氏であり、忠臣は源頼義である。東夷の酋長安倍氏は、「六郡に横行し、人民を劫略」し、大和朝廷との境界線である衣川を越えて侵入し、「賦貢を輸《いた》さず。徭役を勤むること」もなく、鎮圧に来た国守藤原登任の軍を破る。「死する者甚だ多し」とテクストは記す。異者安倍氏が混沌を共同体内部に持ち込んだのである。苦戦する頼義は、援軍を清原武則に乞う。頼義と対面した武則は、「遥かに皇城を拝し、天地に誓ひ」、身命を惜しまずに忠節を尽くすことを約し、「八幡三所、臣が中丹を照したまへ。若し身命を惜しみて死力を致さずば、必ず神鏑に中りて先づ死せん」と祈る。そしてその思いは、「今日鳩有り、軍上に翔る。将軍以下、悉く此を拝す」と、超越者に納受されたことが示され、彼らは小松の柵を攻略する。厨川の柵の最終戦では、頼義が「遥かに皇城を拝し誓つて」、「今、天の威惟れ新なり。大風老臣の忠を助くべし。伏して乞ふ、八幡三所、風を出して火を吹きて彼の柵を焼くことを」と祈り、「則ち自ら火を把りて神火と称して之を投ず」のである。すると、「是の時に鳩有り、軍陣の上を翔る。将軍再拝す。暴風忽ちに起り、煙焔飛ぶが如し」という事態となり、異者安倍氏は、超越者の加護を得た二人の忠臣により排除されるのである。

『保元物語』の異者は、崇徳院と源為朝である。内大臣藤原実能が示す、「世末ニ望ムト申セドモ、サスガ天子ノ御運ハ、凡夫ノ兎角思フニヨルベカラズ。伊勢太神宮、正八幡宮ノ御計也」（半井本）という、王土の共同体の秩序を維持するための重要な規則、王位は神慮のままであり人知の及ぶものではないという規則を無視して、崇徳院は自らの力で位を奪おうとする。源為朝は、内裏の高松殿に火を放ち、「其時、鳳輦ノ御輿ニ、為朝矢ヲ進セバ、ハウ〳〵駕与丁《かよちやう》御輿ヲ捨テ進テ逃ゲ候ハン時、此ノ御所へ行幸成参セテ、位スベラセ進テ、只今君ヲ御位ニ付ケマイラセン事、御疑アルベカラズ」と公言し、貴族たちを「君トテモ安穏ニ渡ラセ給ハム事モ難レ有」と、恐怖させる。しかし一方で彼らは、「我国ハ神国也」と断じ、「タトヒ逆臣乱ヲ成トモ、争カ霊神ノ助ナカルベキ」と、確信する。そしてその勝利を、「誠ニ神明ノ御助ト覚ヘタリ。末代モ猶憑シ」と語る。また、悪左府藤原頼長の死は、「氏長者ニ至ナガラ、神事仏事疎ニシテ、聖意ニ叶ハザレバ、我伴ハザル由、大明神御託宣有ケルトゾ承ル」と、春日大明神の神意であったとされる。

『平治物語』の場合も、その後半、源氏再興にかかわる部分を除き、平治の乱自体を記述する部分は、やはり同じ物語化がなされている。異者は、藤原信頼であり、その甘言に誘われた源義朝である。「信頼卿は、つねは小袖に赤大口、冠に巾子紙入てぞありける。ひとへに天子の御ふるまひの如なり」（一類本）とあるとおり、信頼は人臣の身でありながら王位を奪おうとする反逆者であり、義朝も、源頼政に、「累代弓箭の芸をうしなはじと、十善の君に付奉るは、全く二心にあらず。御辺、日本一の不覚人信頼卿に同心するこそ、当家の恥辱なれ」といわれて、沈黙せざるをえない。忠臣は藤原光頼と平清盛である。ただし、彼らを援護する超越者の加護は、『平治物語』では十分に機能はしていない。藤原光頼がその忠誠心を吐露する発言の最後に、「天照大神・正八幡宮は、王法をば何とまぼらせ給ぞや」と、当然あるべき神威の発動を間接的に要求したり、平清盛らが伏見稲荷に参詣し、神木の杉の枝をかざして都に帰り着くという場面はあるが、それとはっきり記される場面はない。しかし、このテクストには、神の加護も不要と感じさせるほどの忠臣たちの言動が記されている。「忠臣、君にかはるといふ天変」を見て「我命をうしなひて、君にかはりたてまつらん」と決心する信西、信頼を辱め、惟方を叱りつけて天皇を脱出させた藤原光頼の忠臣ぶり、「逆臣をほろぼし、君の御いきどをりを休めたてまつらばや」と、都へ引き返し、「王事、もろき事なければ、逆臣誅伐、時刻（をや）めぐらすべき」と発言して、その正しさを証明する平清盛などである。

その忠臣清盛と平家一門が、王権を凌駕するほどの権力を持ったがゆえに、王法さらには仏法を犯し、悪行を積み重ねて、異者の役割を担わされることになるのが『平家物語』である。それについて、もはや多くを語る必要はあるまい。忠臣は、源頼朝である。木曾義仲・源義経は、忠臣の役割を演じた後、異者の役割をも演じさせられることになる。春日大明神（三島明神とも）が清盛の首を取るという平重盛の夢、あるいは源雅頼の青侍の夢や、壇ノ浦での白旗の奇瑞など、多くの場面で超越者の加護が示されるのも周知のことである。

では、それまでの争乱と異なり、王が乱を起こして敗れ去った、承久の乱という事件は、どのように翻訳されて物語となったのだろうか。それは流布本『承久記』の「承久三年、如何なる年なれば、三院・二宮、遠島へ趣せましく〳〵、公卿・官軍、死罪・流刑に逢ぬらん。本朝如何なる所なれば、思を知臣もなく、耻を思ふ兵も無るらん。

日本国の帝位は伊勢天照太神・八幡大菩薩の御計ひと申ながら、賢王逆臣を用ひても難レ保、賢臣悪王に仕へても治しがたし。一人怒時は罪なき者をも罰し給ふ。一人喜時は忠なき者をも賞し給にや。されば、天是にくみし不レ給。四海に宣旨を被レ下、諸国へ勅使を遣はせ共、随奉る者もなし。か丶りしかば関東の大勢、時房・泰時・（朝時）・義村・信光・長清等を大将として、数万の軍兵、東海道・東山道・北陸道三の道より責上りければ、靡かぬ草木も無りけり」という結びを見れば、明快である。つまり、後鳥羽院は「悪王」なのであり、それゆえ超越者は、彼を見放したのである。彼が悪王であることは、その冒頭でも、「其後、いやしき身に御肩を双、御膝をくみまし〳〵て、后妃・采女の無二止事一をば、指をかせ給ひて、あやしの賤に近付せ給ふ。賢王・聖主の直なる御政に背き、横しまに武芸を好ませ給ふ」と、語られている。慈光寺本『承久記』では、より具体的にその悪王ぶりが記されている。

傷ついてはならないのは、王個人なのではなく、王土の共同体の権力システムの結節点として機能し、共同体を吊り下げている王権なのである。王はいくらでも代わりがいる。王権の至高性を犯す者は、王であろうとも異者なのであり、排除されねばならないのである。だから、義時は、王権そのものに対しては忠節の思いを持つ人物として、「権威重くして国中に被レ仰、政道正しうして、王位を軽しめ奉らず」と、形象されねばならなかったわけだ。

この翻訳法さえ見出せば、建武の内乱の物語化も容易である。『太平記』において忠臣は、後醍醐天皇の霊夢により登場する楠木正成、あるいは「今日の合戦、事故無く朝敵を退治する擁護の力を加へたまへ」と篠村八幡に祈誓をこらし、「山鳩一番飛び来たつて白旗の上に翩翻す」という示現を蒙り、その鳩に導かれて京に戻り六波羅を滅ぼした足利尊氏、さらには稲村崎の奇瑞で知られる新田義貞等である。超越者の加護を受け、彼らは異者北条高時を排除する。後醍醐天皇は、巻一ですでに、「この時、上君の徳に乖き、下臣の礼を失ふ」「ただ恨むらくは、斉桓覇を行ひ、楚人弓を遺れしに、叡慮少しき似たる事を」と、悪王への転化が予告され、新政開始後、それはすぐに現実化する。民の疲弊をも顧みず、大内裏の造営を企てたことを、「神慮にも違ひ、驕誇の端とも成りぬ」と非難され、「賢王の横言に成る世の中は上を下へぞ返したりける」と狂歌に詠まれることになる。「尊氏においては君に向かひたてまつて、弓を引き矢を放つ事あるべからず。さてもなほ罪科遁るるところ無くば、剃髪染衣の貌にも成つて、君の御ために不忠を存ぜざるところを、子孫のために残すべし」と発言した尊氏も、朝敵として後醍醐天皇と戦わざるをえなくなる。しかし、朝敵であるがゆえに京の合戦で敗れたと考えた尊氏は、光厳上皇からの院宣を得ることを思いつき、その手配を命じる。すると、九州での菊池との合戦は香椎宮の擁護を得て勝利し、実際に院宣を手にすると、京へと向かう船の上で観音菩薩の擁護の夢想を得るのである。そして、異者と化した後醍醐は、吉野へと排除される。これは、流布本『承久記』の焼き直しである。尊氏は、決して王権の存在を排除しようとしているのではなく、悪王個人を排除しているにすぎない。

もちろん『太平記』のテクストのありようはそれほど単純ではない。特にいわゆる第三部以降、〈王権への反逆者の物語〉は、十分には機能していない。戦い自体が、王権とは直接かかわらない幕府内部の抗争というレベルにダウンしてしまうからである。それは、これ以降の室町・戦国の軍記の傾向でもある。『太閤記』の小田原攻略などの天下統一にかかわる場面で、この〈物語〉が機能し、あるいは、たとえば『明徳記』や『応永記』のように、王権を、天皇から足利将軍へ読み替え、さらには、大名・一家の長などに読み替えることによって、機能することもあるが、戦乱が、私化し小規模化し分散化するにつれて、その翻訳能力が落ちることも確かである。しかしまた、それにつれてそれらのテクストに対する評価が低くなることもまた事実である。それは、この〈王権への反逆者の物語〉が、歴史を渇望する我々にとって極めてわかりやすい、魅力的な〈物語〉であることを意味している。つまり、この〈物語〉は、この国の歴史を物語るときの、最も重要な原型的物語、共同体にとって重大な事件を翻訳するとき、それ一本さえあればホテルのすべての部屋のドアが開けられるマスター・キーのように、極めて高い適応能力を発揮する、《万能の物語》＝マスター・ナラティブ（master narrative）なのである。[6]

もちろん、人が、この〈物語〉に自覚的に依拠して「構想」を立てて、物語を綴るなどということではない。人が、この国の争乱を歴史化しようとすると、意識していようといまいと、物語は、不可避的に〈王権への反逆者の物語〉で語られてしまうのである。イデオロギーとは、そのようなものである。

では、なぜ、この〈物語〉が、軍記に蔓延し、それらを魅力的なものにする《万能の物語》たりえるのであろうか。

四　共同体

共同体とは、排除の構造である。[7] むろん、共同体とは、地縁・血縁などに基づく実体のある集団、時間的・空間的・階層的等に区分された実体的集合をいっているのではない。それは意識のレベルにかかわる概念、定義するならば、「ある規則を共有する意識の集合体」である。そして、共同体は、規則を共有しないものを外部へあるいはその周縁部へ追いやって成立する自閉的システムである。共同体は、内部の同一性を保ち自律性を保持するために、常に、規則を共有しない者を排除してゆかなければならない。仮に排除する者がいない場合には、それを捏造することさえする。ルネ・ジラールのいう、スケープ・ゴートである。[8] 共同体が全員一致でスケープ・ゴートを作り出し、それを暴力的に追い出す。その、排除の際に生じる興奮が、連続する退屈な日常の中で非活性化した共同体を再活性化し、また、共同体を成り立たせている規則の確認を、その成員たちに促して、共同体の維持に貢献するのである。

王土の共同体とは、「天皇王権の至高性を共通の規則とする意識の集合体」である。くどいようだが、これは実体的な集合を意味してはいない。それは、王権の至高性を訴える、軍記にとどまらない数々のジャンルのテクストがこの国に残され、そのいくつかが今でも古典として受容され続けていること、あるいは、天皇という存在が今でもこの国で機能し、多くの人々の意識の内に崇敬に値するものとしてあり続けていると実感できることによって、そのような意識の集合体の存在を、経験的に確信できるという性質のものである。もちろん、実体としての個人のレベルを考えたなら、属する時代・階層・性別・年齢・地域等々の条件によって、規則に対する意識の濃淡は当然あるし、王土に生活しながらも、王土の共同体に属さない人間（意識）も当然考えられる。

戦時下であっても、「神国日本」や「神風」など幻想にすぎないと考えていた人々は多かったはずだ。けれども、それを信じていた方が自分の利益になるし快適であると感じれば、人はそれを信じているかのように振舞うか、あるいは黙り込むのである。(9) 狂信とともに、そのような振舞いと沈黙が、あの当時の「神国日本」を支えていたのである。

考えねばならないのは、個人の意識のありようの偏差を越えて、共同体を支えてきたイデオロギーなのである。天皇王権の至高性という幻想を、この共同体の規則として捏造したのは、確かに特権的な支配階層であるかもしれないけれども、それを、この国の大多数の人々が内面化したり容認することによって、王土の共同体は維持されてきたはずである。もちろん、その幻想の共有の程度において、時代的な差異はある。平安時代と江戸時代では、天皇王権に対する信仰の度合いは明らかに違う。けれども、王土の共同体――王権の至高性を規則として共有する意識の集合体――は、生命を失うことなく、今でもこの国に存在し続けている。その事実の重みを、まず認識すべきである。

さて、この共同体の健康を維持してゆくためには、王権の危機は、回避すべきものではなく、むしろ常に必要なものである。危機がなければ、共同体の求心力は失われ、弛緩し崩壊しかねない。それを回避するためには、適度な危機——むろん過度の危機が襲ったときには、その共同体は消滅してしまうのであるから、共同体にとって記憶される危機はいつも適度である——が、必要なのだ。都合よく外部から危機が到来しないときは、ささいな危機を王権の危機へと捏造すればよい。危機の到来とそれをもたらした者を排除する際の興奮と、天皇王権の至高性の再確認が、王土の共同体の健康を維持するという仕組みである。

この共同体の排除の構造、存続のメカニズムに則って、事件、あるときには捏造されたそれを、言語によって儀礼化する装置が、〈王権への反逆者の物語〉であることは自明である。だからこそ、それは共同体の成員にとって極めてわかりやすく、したがって魅力的なのであり、王土の共同体の歴史を物語る《万能の物語》たりえるのである。儀礼化された事件は、いつでも利用可能な共同体の記憶として蓄積されることになる。

五　英雄

では、〈王権への反逆者の物語〉によって構造化された軍記を「読む」という経験は、どのような意味を持ちえるのであろうか。もし、この〈物語〉の存在に無自覚であった場合、人は、「どのような異者が反逆を試みようと結局のところ天皇王権の至高性は傷つくことなく、共同体の秩序は守られる。しかもそれは超越者の意志によるものであり、そうである以上それは疑いようのない完璧な規則である」ということを、再認することになる。王土の共同体の完全性・自律性を、ごく自然にそれと意識することなく教育されるのである。だから、〈王権への反逆者の物語〉とは、〈王権の絶対性の物語〉にほかならない。

ところで、先行する、そして軍記の文学的評価に関する「常識」[10]を形成した批評的言説としては、永積安明のそれを取り上げねばなるまい[11]。彼の主張は一貫している。軍記は、個の文学であるよりは衆の文学であり、当面する社会の時代精神に立脚しており、古代から中世への変革を描き出している。そして、その中核となるのが、平将門・鎮西八郎為朝・悪源太義平・平清盛・木曾義仲・楠木正成・高師直というような、それぞれのテクストにおける「叛逆英雄像」(永積の用語)であるというものである。周知のように、これは、歴史には到達すべき究極の目的(「自由」)があり、その実現過程が歴史であるという、ヘーゲル流の発展的歴史観に則った叙事詩論の産物である。

軍記が、衆の発想によって支えられているということは認めてもよい。しかし、肝心なのは、個も衆も、等しくイデオロギーによって支配されているのであり、衆になんらの優越性も存在しえないということである。衆の可能性を説くことも、個の天才を説くことと同じロマンティシズムにすぎない。むしろ衆によってもたらされるものは、衆の意識の共通部分、共同体の「常識」にすぎないはずだ。それを「時代精神」と呼ぶのなら、それは、決して、共同体を一変させるようなラディカルなものではありえず、不可避的に制度的なものにならざるをえない。「変革」は、共同体を否定しないという限定付きの「変革」であるはずだ。そのような錯誤に気づかず、「変革」の担い手である「叛逆英雄」をほめたたえることは、極めて危険である。

「叛逆英雄」とは、混沌を生じさせる異者が、言説の上で聖化されたものにほかならない。共同体の活性化を終えた異者、スケープ・ゴートが、その功績によって崇拝・畏敬の対象となり、聖なるものに転化することは、よく知られた事実である。英雄は、共同体を搾取する旧弊な権力・権威の打倒を目指し、時代を変革した功績によって英雄とされるのではない。共同体の健康を維持し、その存続に貢献したからこそ英雄とされるのである。それを自覚せずに、将門や為朝や義仲を、「叛逆英雄」と素直に讃えてしまったとき、〈王権への反逆者の物語〉は、勝利の「微笑み」を浮かべることになる。

この〈物語〉において英雄の果す機能は、三つある。《教育》と《減圧》と《隠蔽》である。

《教育》とは、〈王権への反逆者の物語〉を稼動させ、王権の至高性を共通の規則とする共同体の完全性を教育する機能である。異者がいなければ、この〈物語〉は稼働しない。英雄は、重大なそして必要な危機を提供し排除されることによって、王土の共同体の不可侵性を、身をもって示すのである。

《減圧》とは、共同体内のストレスを発散させる機能である。共同体は、保護し、そして抑圧する。共同体に存在を保護されているその成員は、共同体の崩壊を望まない。なぜなら、それは自己破壊と等しいからである。しかし、共同体という秩序は、その成員を保護すると同時に、不可避的に抑圧し、内部に緊張を生み出し、ストレスを蓄積してゆく。特に、禁止・強制・搾取という目にみえる形で存在に介入してくる政治的権力に対して、敵意は最も強く現れる。軍記の受容者は、英雄と共にこの支配権力を、崩壊の危機にまで追い込むことを擬似的に体験し、〈権力と戦う快楽〉を得て、その結果、彼のストレス・フラストレーションは、浄化される。英雄の前に慌てふためく権力者の姿に快感を感じたとき、その受容者は、物語によって慰撫され、共同体の成員としてふさわしい健康を回復するのである。

《隠蔽》とは、その反権力・反権威の振舞いによって、受容者の視線を奪い取り、あたかもそこに反体制・反制度の物語が語られているかのように錯覚させ、〈王権への反逆者の物語〉の制度性に、彼の視線が及ばないようにする機能である。

英雄とは、充満するストレスにより生じる内圧を《減圧》しつつ《教育》し、さらにそのこと自体を《隠蔽》するという、したたかで巧妙な装置である。だから、「叛逆英雄」を、無自覚に賞賛することは、この〈物語〉に敗北し、〈物語〉に教育され、さらには加担することにほかならない。

それでは、このしたたかな〈王権への反逆者の物語〉に構造化されている軍記というテクストに対して、我々はどのように振舞えばよいのであろうか。

六　批評の責務

何かを語るためには、必ず語らずにおかなくてはならないことがある。語られていることの背後には、不可避的に抑圧されていることがある。批評の務めは、テクストの矛盾を解消し、首尾一貫した物語の完成に寄与することにあるのでは、断じてない。物語化の過程で、抑圧され語られずにおかれたものによって引き起こされた、テクスト上に走る亀裂や穿たれている孔から、語られていないことを露呈させ、テクストを新たな可能性の場へと解き放つことが、その務めである。この〈物語〉が教育しようとする王権の至高性を支える論理の矛盾を顕在化する、〈物語〉が事件を強引に王権の危機へと捏造する過程を摘出する、あるいは物語のリアリティを阻害するなど、さまざまなアプローチが考えられよう。以下、各論で、それを具体的に実践してゆくことになる。

王権の至高性が虚構にすぎないことなど、我々は十分に知っている。しかし、軍記がその虚構を真実として教育し、王土の共同体の維持に貢献するものであることに無自覚であるならば、我々は、〈物語〉に加担する言葉を、知らず知らずに綴ってしまう。それはあまりにも凡庸である。その凡庸さに陥ることを回避するためには、語られずにおかれたものを語ることによって、〈王権への反逆者の物語〉＝〈王権の絶対性の物語〉の機能を停止させ、その〈物語〉性＝イデオロギー性をあらわにすることが必要なのである。その時、我々は、テクストを〈物語〉から奪還し、同時にイデオロギーの「封じ込めの戦略」のひとつを打ち破ることが可能となるのである。

物語の快楽を否定するつもりはない。自分の予期どおりにイメージが展開してゆくことは実際楽しいし、人を安心させもする。しかし無自覚に物語を消費していったならば、我々は、共同体の成員たるにふさわしいイデオロギーを、判断の機会も与えられず一方的に教育されてしまう。絶えずそれにあらがい、自動化しかねない自己の意識を点検し続け、他に対してそのように働きかけること――たとえば、「私はそしてあなたは、軍記を読みながら共同体の排除の構造に無意識のうちに共鳴してはいないか」と――、それこそが聡明さであり、その聡明さへ向けて言葉を組織することが批評の責務である。

注

（1）ルイ・アルチュセール「イデオロギーと国家のイデオロギー装置」（一九七〇、『アルチュセールの〈イデオロギー〉論』所収　柳内隆訳　三交社　一九九三）参照。

（2）strategy of containment「包摂の戦略」とも。境界確定を行い、排除操作を行って、みずからの関心や思想を自然で全体的なものと見せかけ、自らの外部や他者が存在しないかのように装うイデオロギーの基本的戦略。フレドリック・ジェイムソン『政治的無意識　社会的象徴行為としての物語』（一九八一、大橋洋一・木村茂雄・太田耕人訳　一九八九　平凡社）参照。

（3）物語の概念規定については、蓮實重彦『物語批判序説』（中央公論社　一九八五）、『小説論＝批評論』（青土社　一九八八）、蓮實重彦・柄谷行人『闘争のエチカ』（一九八八　河出書房新社）等参照。

（4）「律」の八逆の規定では、天皇を殺害し、国家を転覆しようとする罪を「謀反（ぼうへん・むへん）」、山陵および宮殿の破壊をはかる罪を「謀大逆（ぼうたいぎゃく）」、そして国家に対する反逆を「謀叛（むほん）」と区別するが、以下、本書では、「国家・朝廷、または君主にそむいて兵を起こすこと。時の為政者に対して反逆すること」という一般的意味で「謀反」を使う。

（5）「超越者」とは、「人知・人力を越える存在として共同体によって表象されたもの」という定義で使用する。

（6）注（2）ジェイムソン著書参照。

（7）共同体については、多くの論があるわけだが、浅田彰『構造と力』（勁草書房　一九八三）が、明快にまとめている。あるいは、今村仁司『排除の構造』（青土社　一九八五）、柄谷行人『探究Ⅱ』（講談社　一九八九）、ベネディクト・アンダーソン『増補　想像の共同体』（一九九一、白石さや・白石隆訳　NTT出版　一九九七）等を参照。

（8）ルネ・ジラール『暴力と聖なるもの』（一九七二、古田幸男訳　法政大学出版局　一九八二）、『身代りの山羊』（一九八二、織田年和・富永茂樹訳　法政大学出版局　一九八五）参照。

（9）杉田敦『権力』（岩波書店　二〇〇〇）参照。

（10）兵藤裕己の仕事は、先駆的で刺激的だが（『語り物序説』有精堂　一九八五、『王権と物語』青弓社　一九八九など）、それは「常識」として受け入れられてはいまい。

（11）永積安明『軍記物語の世界』（朝日新聞社　一九七八、岩波書店　二〇〇二）参照。

各論

第一章

軍記の始発

軍記と九世紀

一　聖帝の堕地獄

延喜の聖帝醍醐は、しかし地獄に堕ちた。聖王と悪王、この相反する醍醐像の並存を、我々はどのように了解すればよいのであろうか。

「延喜聖代」という表現の初出は、『村上天皇宸記』康保二年（九六五）十月二十三日条（『河海抄』一三、若菜上所引）である。その後、延喜・天暦二朝の聖代化が押し進められたのは、人事の面で不遇をかこっていた文人学者や貴族たちが、かつて才能豊かなものが積極的に登用された延喜・天暦の世を前例として利用して、自己の地位向上を図ろうとした政治的運動の結果とも、あるいは、皇室との良好な関係が営まれたこの時期に対する藤原氏の郷愁の結果ともいわれるが、原因はともかく、院政期から鎌倉期を経て、この聖代観はこの国に広く流通することになる。(1)

一方、天慶四年（九四一）から天禄元年（九七〇）の間に成立したという『道賢上人冥途蘇生記』は、醍醐天皇が、父の宇多天皇を悩まし、軽んじ、無実の菅原道真を配流し、国位を貪って仏法を滅ぼし、多くの人々を傷つけたという五つの大罪により、天満天神の眷属の毒気にあてられて地獄に堕ち、耐えがたい責め苦にさいなまれたと伝える。それは、承平天慶の乱に象徴される不穏な社会情勢と天神信仰の広まりを背景として人々を教化しようとした仏教徒のイデオロギー活動の産物であろう。そして、この堕地獄説話も、この後、広く流通することになる。

二つの醍醐像の並存は、一つが世俗的必要、一つが宗教的必要という別々の出所を持つことによる。しかし、考えねばならないのは、なぜ一〇世紀のほぼ同じ時期に、人が醍醐の王としての資質について語り出したのかということである。

この醍醐像の分裂をして、伊藤喜良は、一〇世紀には、王権・王家の絶対化を目指す思想的動きと、王権を相対化する思想が攻めぎあいを演じていた証左とする。(2) けれど、二つの言説は、実は同じことを議論しているにすぎない。それは、「王の聖性」である。延喜帝堕地獄説話も、その基底にあるのは、王たるものは最善で聖なる存在でなくてはならないという原則である。醍醐は、その原則に反したがゆえに地獄に堕ちたのである。

あたかも自明のこととしてあった「王の聖性」が議論の対象になったのは、醍醐が初めてではない。弘仁年間(八一〇〜八二四)に成立したという『日本霊異記』の第三十九話には、嵯峨天皇の前世にまつわる著名な話が収められている。聖武・孝謙の世、伊予の石鎚山に寂仙菩薩と尊ばれる浄行の僧がいたが、死に臨んで、自分が二十八年後に国王の子に生まれて神野と称するであろうと、弟子に遺言する。そして、嵯峨天皇こそがその寂仙の生まれ変わりであり、それゆえこの君は聖君であるとわかると語られる。話はさらに続く。ある人がいう。この天皇は「仁を広める」という意味の弘仁の年号を用い、そのとおり、死罪を行わず、人の命を大切にして世を治めた。だから聖君であるとわかると。すると、別のある人が、いや、聖君ではないと非難する。この天皇の時に、天変地異や疫病、飢饉が多く、また鷹・犬を飼って狩をした。これは慈悲の心ではないと。最後に、語り手は、これを否定する。ご統治になる国内の物は、すべて国王の物であって、針を刺すほどのわずかの物でも私の物はなく、国王の意のままであり、人々もそれを非難したりしようか、堯・舜の聖君の世ですら、日照りや疫病はあったのであり、非難してはならないと。

この話は、天皇を仏教の輪廻の法からとらえるという考え方の歴史上早い例としてしばしば取り上げられる。(3) それに間違いはないのだが、見逃してならないのは、ここで「王の聖性」に関する議論が、熱心になされているということである。

つまり、九世紀に入って以来、人々が「王の聖性」をより強く意識するようになり、それについて、しきりに議論することを始めたのである。「王の聖性」が、「問題化」していたのである。それが一〇世紀の二つの醍醐像に象徴的に現れたのではなかろうか。二つの醍醐像は同じ根を持っているのである。

しかし、なぜ「問題化」したのであろうか。

二　機能体としての王

九世紀中頃、天皇は変質をしたとされる。早川庄八によれば、天武系から天智系への王統の交替が完了して王家内の骨肉あいはむ暴力闘争が消滅し――これ以降も藤原氏との関係において陰湿な形態での王位をめぐる争いが生じるが、天皇が直接的に暴力行為をすることはない――、天智系の王統を脅かす存在がもはやなくなった後、桓武以降の天皇は、畿内政権の政治的首長すなわち大王としての側面を徐々に捨てて、律令制に依存した専制君主として自らを位置づけるようになる。(4) 生来の特権的人格により支配を行う一個の具体的・実体的存在から、その聖性によって王朝型権力システムを吊り下げるという役割を担う機能体へと変質した。だから、天皇はもはや自律的に判断のできる成人である必要はなく、清和のごとく九歳の子供でも充分に使命を果せることになる。天皇が、宣命によって自らの心情を吐露することはなくなり、かつての大王のように支配領域を巡視する遠行をすることもなくなる。(5) 天皇は、宮中の奥にあってほとんど動かず、それゆえに外部と切断された不可視の領域にあって神秘性を高めることになる。王は、声や肉体に導かれて現れてしまう人としての実体を消し、抽象化されることによってその聖性を高め、課せられた役割を果そうとする。王は、王権を機能させるための記号と化したのである。

もちろん、天皇王権は、日本型律令体制の筆頭官僚ともいうべき藤原氏の権力掌握に対して、現実的にはその力を弱めていた。しかし、その藤原氏を中心とした支配層の権力を生み出し保証する根源として、天皇王権の至高性は、より強化されることが是非とも必要だったのである。そのためには、王権の至高性は、常に注意深く監視され、そしてそれが損なわれることがないように、その方策が議論されなくてはならない。それゆえ、王権の至高性を表象する記号と化していた王は、なによりも聖なる存在であることを要請され、またそれを損なう可能性も、前もっての教訓として活用するために、あらかじめ考慮しておく必要があったのである。王権の至高性を確保するために、それを表象する天皇の聖性を議論し、ある時は賞賛のある時は批判の対象とすることが、必要になったのである。

「王の聖性」が「問題化」した理由の一つには、このような状況がある。

三　王土の共同体

この国は、危機に曝されていた。

九世紀、新羅はすでに国家としての最盛期を過ぎていた。その結果として、統制を離れた新羅商人あるいは海賊の自立的な動きが活発になる。(6) 弘仁二年（八一一）、対馬の西海に新羅海賊二〇余艘が来航し、対馬島司は賊一〇人を殺害捕獲する（『日本後紀』十二月六日条）。同四年には、肥前国小近島の島民が船五艘で到来した新羅人一一〇人と戦い、九人を殺し一〇一人を捕える（『日本紀略』三月十八日条）。同十一年には、遠江・駿河に配置しておいた新羅人七〇〇人が反乱を起こす（同二月十三日条）。承和元年（八三四）、大宰府付近に漂着した新羅人を百姓が傷害し（『続日本後紀』二月二日条）、翌年には新羅商人の来航に備え、壱岐島の要害一四箇所を守らせている（同三月十四日条）。

承和十年（八四三）、前筑前守文室宮田麻呂が、謀反の疑いありとの従者の密告により伊豆国に流される（同十二月二十一日条）。宮田麻呂は私に新羅の張宝高との通商関係を持っていたことがあり、新羅勢力との私的結合を疑われてのことという。貞観八年（八六六）、肥前国基肆郡擬大領山春永らが新羅人珍賓長と新羅に渡り、武器製造の術を学び対馬を奪取しようとし（『日本三代実録』七月十五日条）、同年には、前隠岐守越智貞原が新羅と通謀していると隠岐国の浪人安曇福雄の密告があったが、後に誣告と判明する（同貞観十一年十月二十六日条）。同十一年には、新羅船二艘が博多に来襲し、豊前国の年貢である絹綿を奪取する（同六月十五日条）。翌年、対馬の卜部乙屎麻呂が新羅の獄舎から逃げ帰り、新羅が対馬奪取の兵船を準備していると告げ（同二月十二日条）、朝廷は諸国に警戒を促す。同年には、こともあろうに、大宰府の現地最高責任者とでもいうべき大宰少弐藤原元利万侶らが、新羅国王と通謀したとして、新羅国牒を証拠として告発される（同十一月十三日条）。新羅の勢力と国内の勢力が共謀するという新たなそして深刻な状況に、朝廷はますます危機感を募らせることになる。

その後も、寛平五年（八九三）には、新羅海賊が肥前国松浦に来襲し、次いで肥後国飽田郡を襲って民家を焼き、大宰府に追討が命じられる（『日本紀略』五月二十二日、閏五月三日条）。翌年には、一〇〇艘二五〇〇人の新羅の賊が対馬に来襲し、対馬守文室善友が郡司らを率いて戦い、これを退ける（同二月二十二日～五月七日諸条）。

危機感を助長する国内の不安定な状況もあった。承和九年（八四二）、淳和の息子、皇太子恒貞親王が廃され、仁明天皇と藤原良房の妹順子との間に生まれた道康親王（文徳）が立太子された。承和の変である。文室宮田麻呂の事件はその翌年だが、保立道久によれば(7)、宮田麻呂は、恒貞の東宮大夫で変に連座して出雲に流された文室秋津の近親者であり、自身も恒貞との所縁があったと考えられ、承和の変の動揺が、新羅と結ぶ宮田麻呂への疑惑を掻き立てたと推定されるという。また、貞観八年（八六六）二月には、兵疫の前兆を神祇官が奏し（『日本三代実録』二月七日条）、朝廷がその対応に追われる中、三月応天門の変が起こり、大納言伴善男らが配流される。四月には陰陽寮が隣国来寇の危険を奏し、大宰府に警戒が命じられる。そして七月、前述した山春永らの対馬奪取の陰謀事件が起こる。越智貞原に対する誣告事件が起こったのもこの年である。その四年後、藤原元利万侶の新羅通謀事件が起こるが、彼は、太皇太后順子を通じて、応天門の変で失脚した伴善男と極めて近い立場にいたという。

辺境からも危機は訪れようとしていた(8)。貞観十七年（八七五）に下総国で蝦夷俘囚の反乱が勃発し（『日本三代実録』五月十日～七月五日諸条）、元慶二年（八七八）には出羽国の俘囚の大反乱が起こり、翌年、藤原保則や小野春風の活躍によりようやくこれを鎮める（同二年三月二十九日～四年二月二十七日諸条）。元慶七年（八八三）には、上総国で蝦夷俘囚の反乱が起こる（同二月九日、十八日、二十一日条）。九世紀末、東国における群党の蜂起も深刻化してゆく。

貞観三年、武蔵国は、すでに「凶猾党を成し、群盗山に満つ」(『日本三代実録』貞観三年十一月十六日条)という状態であり、寛平元年(八八九)には物部氏永を首領とする東国群盗の蜂起にいたる(『扶桑略紀』四月二十七日条)。東国の群盗の首領の名が国史に記録されるのはこれが初めてで、この蜂起がいかに深刻に受け取られていたかがわかる。同七年頃には、これに僦馬の党の蜂起も加わって、後の天慶の乱の際に「東国乱」と回顧される延喜元年(九〇一)の大乱に及ぶ(『本朝世紀』天慶二年五月十五日条)。

さらに九世紀後半は、その前後の時代に比べて、地震や火事が頻発し、大雨、洪水、干ばつによる災害、疫病、そして物怪が異様なほど記録された時代であったことが、報告されており[9]、この時代、人々が、得体の知れない不安感にさいなまれて日常を送っていたであろうことは容易に推察できる。

貞観十一年(八六九)五月の新羅船による略奪事件は、それが大宰府の目の前で官物を奪われるという国威を損なう事件であっただけに衝撃は大きく、朝廷は十二月に伊勢大神宮・石清水八幡宮への奉幣を行った。その告文によれば、この略奪事件を、隣国の兵革の前兆とされた大宰府庁の大鳥の怪、肥後国の地震と風水害、陸奥国の地震の災害と一連のものととらえて、「夷俘の逆謀反乱」「中国の刀兵賊難」「水旱風雨」「疫癘飢饉」を未然に防いで、天下の無事平安を祈ったことがわかる(『日本三代実録』貞観十一年十二月十四日条)。九世紀後半、外からの侵略・辺境の争乱・政変・天変地異・火事・疫病・飢饉・物怪、外から、周縁から、そして内から、さまざまな危機に同時に襲われて、この国は恐怖したのである。

それを乗り切るためにこの国が選択した方法は、外を拒絶し、身を堅くして殻の中に閉じこもることであった。それを、端的に示すのが、承和九年(八四二)八月十五日の太政官符である(『類聚三代格』巻一八)。それまで、渡来した新羅人たちをその体制下に帰化人として組織してきた朝廷は、すでに承和元年(八三四)以降、その政策を転換し、帰化を認めず国外に追放するようになっていたが、[10]この年、あたかも文室宮田麻呂の事件を予期していたかのように、大宰大弐藤原衛は、新羅が商売に事寄せて我が国の内情を窺っているので、今後商売を禁じて新羅人を国内に入れるべきではないとの奏状を奉る。それに答えて朝廷は、新羅人は放却し帰化を認めないという主旨の決定を、官符によって公に表明するのである。寛平六年（八九四）の遣唐使廃止についてはいうまでもあるまい。

『貞観儀式』は、貞観十四年（八七二）以降の九世紀末までに成立したとされる。そこに収められた「大儺儀」の祭文に、「穢く悪き疫鬼の所所村村に蔵《かく》り隠《かくら》ふるをば、千里之外、四方之境、東方陸奥、西方遠値嘉、南方土左、北方佐渡よりをちの所を、なむたち疫鬼之住かと定賜ひ行賜て」と、この国の境が初めて明記されるのは、周知のことであろう。内／外の境界線が引かれたのである。

中国の王土王臣思想における「天下」「率土」、つまり王土は、決して空間的に限りのあるものではなかった。王の支配の及ぶ領域は、際限なく広がっていた。天子がその仁徳を四夷に及ぼして教え導き王化に従わせるという中華思想に則る以上、それはごく当然なことであった。村井章介によれば、中国に習い、「東夷の小帝国」たろうとした八世紀以前の日本においても、「天下」「率土」は――この国の現実から『大宝令』の注釈書（『令集解』の引く「古記」）や『日本書紀』の古写本（岩崎本）の訓読において「大八州」「くにのうち」とこっそり読み替えられることはあっても――、公的な建前としては中国と同じく無際限なものとされていたが、九世紀以降、王土の支配領域を、「食す国の内」「九州の内」と、この国の支配の及ぶ範囲に明確に限定することが普通になったという。先に紹介した『日本霊異記』第三十九話で、語り手が嵯峨天皇を弁護するときの言葉に、「食す国の内の物は、みな国皇の物なり。針を指すばかりの末だに、私の物かつて無し。国皇の随自在の儀なり」とあるのが、天皇の支配の及ぶ範囲のすべての土地と人は天皇の所有物であるとする中世的「王土王民思想」の最も古い例である。[11]次いで『日本三代実録』貞観五年（八六三）九月六日条に載る、僧真紹が天恩によって私の道場に定額と禅林寺の名を許されたいと乞う牒状に、「夫れ普天の下、王地にあらざるは莫し」とあり、さらに、公役を勤めない人々をそれに従事させるように命じた『類聚三代格』所収の延喜二年（九〇二）四月十一日官符に、「夫れ普天の下、王土に非ざるは無し。率土の民、何ぞ公役を拒まん」と現れ、『本朝文粋』所収の天慶三年（九四〇）四月一日付けの平将門追討官符の「抑一天の下、寧ぞ王土に非ざらむ。九州の内、誰か公民に非ざらむ」に続き、有名な保元荘園整理令の「九州の地は、一人の有なり、王命の外、何ぞ私威を施さむ」にいたる。

九世紀後半、天皇の支配する王土が、周囲とは明確に区別され特権化されたのである。天皇王権の至高性を共通の規則とする自閉した王土の共同体の誕生である。

四　さまざまな装置

閉ざされた王土の共同体の誕生は、「王の聖性」を「問題化」する。この内／外の二項対立を維持し、その二項対立を生きてゆくために、内の特権化が不断に行われることになる。

『日本書紀』の神功皇后条にみられるような、シャーマンとしての王が神意に基づいて政治を行う国としての日本という、「神意政治」の神国思想から、さらにその「神国」たる日本を、神明は必ず擁護するという「神明擁護」の神国思想への展開も、九世紀に起きた(12)。前に紹介した貞観十一年の伊勢神宮への告文に、「我が日本の朝は所謂神明の国なり。神明の助け護り賜はば、何の兵寇か近づき来たるべき」とある。神力によって、新羅海賊の発向を未然に防ぐか、既に発向した場合は「境内」に入れず沈めよと祈るのである。この「神明擁護」の神話が、内部の反逆者（異者）たちに対しても適用され、この国の歴史叙述のマスター・ナラティブとして機能することになる。

元慶二年の出羽俘囚反乱の際、朝廷の命を受けて、僧寵寿は大元帥法を修すために出羽国に赴いている（『日本三代実録』六月二十八日条）。大元帥法は寵寿の師である常暁が承和六年（八三九）に唐から持ち帰った大元帥明王を本尊とする国家鎮護の法で、この年十二月に初めて内裏常寧殿で修されて以来、仁寿元年（八五一）からは正月に移って、毎年修されることになった。この法は、「王の国の境内」を隣国からの敵や逆臣や疾疫から守る、国王のための法であり、新羅海賊の調伏に威力を示し、「隣国賊難を降伏すべきの勤は専ら大元帥の力なり」と称えられた（『平安遺文』四九〇二「寵寿申状案」）(13)。王土は、神仏という超越者の力によって守られる不可侵の空間となったのである。

仏教が王自身を聖化する装置として機能したことはもはや多言を要すまい。天皇を「十善の君」と表現することも、その一例である。不殺生・不偸盗・不邪淫・不妄語・不悪口・不両舌・不綺語・不貪欲・不瞋恚・不邪見の十戒を守った者が、天皇に転生するというこの理論は、天皇をも輪廻転生の輪の中にとらえることであり、「神孫君臨」という王土の共同体の規則とは本来相容れないものであるが、大隅和雄の指摘するとおり、この国では天皇を荘厳する言葉としてしか機能しなかった(14)。その「十善帝王」という語の日本における初見が、大同二年（八〇七）、空海が起草した「為田少弐設先妣忌斎願文」（『遍照発揮性霊集』巻七）にある、「金輪常に転じて、十善弥新ならむ」であり、同じく天長二年（八二五）の「被修公家仁王講表白」（『続遍照発揮性霊集補闕抄』巻八）に、「十善の風、四天を扇ぎて條《えだ》を鳴らさず」とある。下って、天暦三年（九四九）、大江朝綱作、「陽成院四十九日御願文」（『本朝文粋』巻一四）に、「娑婆世界十善の主」と見え、これ以降『栄華物語』や願文などに頻出するようになり、我々は軍記の中にも、しばしばこの語を認めることになる(15)。

穢と祓の儀礼のシステムも、有効に機能したはずだ。穢の観念は、九世紀になって肥大化したという。ただし、九世紀前半までの穢の記録の多くは、寺社にかかわるものであったが、九世紀後半には、それが内裏・大内裏にかかわるものに変わる。その数も異様に多くなり、朱雀門や建礼門でさかんに大祓が行われていることが知られる。(16)そのパフォーマンスは、王の聖性の確保が重大な問題であることを人々に知らしめたはずだ。当然、中心から離れれば離れるほど、そこは穢に満ちた場ということになる。元慶の乱においても、出羽の俘囚は、いまだに「犬羊狂心、暴悪性と為る」「凶類」で「良民を殺略する」のであった（『日本三代実録』元慶二年三月二十九日、四月二十八日条）。この乱の際、出羽の飛駅使が禁中に入った以上は、死穢に染まったも同然であるとして、天皇は自らが月次并神今食祭を執り行うことを止めている（同六月十一日条）。貞観十四年（八七二）正月、都に「咳逆病」が流行し多くの死者が出たとき、いまだ入京をしていないにもかかわらず、前年十二月に入国していた渤海の使者が、「異土の毒気」を持ち込んだためとされ、建礼門前で大祓が行われている（同一月二十日条）。穢に満ちたものとしての境外を確認することにより、境内の聖性を確認するのである。

怨霊も、災をなす、忌避すべき存在であった。貞観五年（八六三）五月二十日、神泉苑で御霊会が行われた。春以来、「咳逆」のために多くの人々が死んだため、崇道天皇・伊予親王・藤原吉子・観察使（藤原仲成）・橘逸勢・文室宮田麻呂の御霊を鎮めるため、朝廷が主催し、王公卿士らことごとくが列席して行われたものであった（同貞観五年五月二十日条）。この著名な御霊会は、嵯峨天皇系の直系相続へと変化する途上で排除された謀反人たちの怨霊を鎮魂し、朝廷の正統性と安定性を示すための儀式であった。(17)

もちろん、貞観五年に怨霊が初めて意識されたわけではない。死後、祟りをなした霊の記録は多い。『扶桑略記』斉明七年（六六一）条には、豊浦大臣の霊魂によって群臣が多数死んだと噂されたと記され、『続日本紀』天平十八年（七四六）六月十八日条には、僧玄昉の死が天平十二年に彼と吉備真備を除こうとして討たれた藤原広嗣の霊によると評判になったことが記される。宝亀六年（七七五）には、幽閉されていた光仁天皇の前后井上内親王とその子で前皇太子他戸親王が怪死し、その霊が山部皇太子（桓武天皇）に祟って病を起こし、朝廷は、同八年と九年に井上内親王の墓を二度にわたって改葬している（『続日本紀』宝亀六年四月二十七日・八年十二月二十八日・九年正月二十日条）。延暦十九年（八〇〇）に、早良親王に崇道天皇号が送られたときに、皇后号を贈られている（『日本紀略』七月二十三日条）。弘仁年間（八一〇～八二四）に成立したとされる『日本霊異記』は、天平元年に、藤原氏によって自殺に追い込まれ、焼き砕かれ川に投げ散らされた長屋王の骨が土佐国に流れ着き、多くの人々が死んだと記す。しかし、怨霊の祟りに恐れこそすれ、貞観五年までは、権力は、御霊会というようなパフォーマンスを行って、権力の保全のために怨霊を積極的に利用しようとはしなかったのである。

『続日本紀』天平宝字元年（七五七）七月八日条には、次のような勅が記載されている。

比者《このころ》、頑なる奴、潜に反逆《みかどかたむ》けむことを図る。皇天遠からず、羅《あみ》して誅《つみ》に伏《したが》はしむ。民間、或は仮りて亡魂《なきたま》に託《ことづけ》して、浮言紛紜《ふんうん》として、郷邑《さと》を擾《さわが》し乱す者《ひと》有らば、軽重《きやうぢう》を論せず、皆、与同罪。普く遐邇《かじ》に告げて、妖源を絶つべし。

橘奈良麻呂の謀反が露見し、奈良麻呂とその与党の人々が、処刑されあるいは獄死した後、彼らの「亡魂」に託して世の中を騒がせる者が多く、それを禁止する勅である。このとき、権力は、反逆者の「亡魂」を、共同体を乱すものとして、排除することしか考えていない。「亡魂」を怨霊として有効に利用するシステム、王土の共同体の災いの責任を怨霊に転嫁し、なおかつその怨霊を鎮めて共同体の健康を維持し、それをなしえる王権の力を確認させるというシステムが、いまだ機能していない。神泉苑の御霊会は、この時期、怨霊が、彼等でも犯すことができない王土の聖性と彼等をもコントロールしえる王権の超越性を示すための装置として、再発見されたことを示してい

る。(18)

九世紀、相次ぐ危機は、自閉的な王土の共同体を誕生させ、その誕生は内部の特権化を要請した。折しも王権は権力システムの不可欠ではあるが一つの機能に変質し、そうであるからこそ、その至高性は不断に注視されなくてはならなくなってもいた。「王の聖性」が「問題化」し、王と王土の聖性、つまりは王権の至高性を維持するためのさまざまなイデオロギー装置が起動し始めたのである。

軍記もそのような装置の一つとして誕生したのではないか。

五　危機の申し子

延喜七年（九〇七）、唐が滅亡する。同二十二年、後百済王を自称する甄萱の使者が対馬にいたり、表函・方物を進めるが、朝廷は、甄萱は官爵上新羅の陪臣にすぎないとして、これを拒絶する（『扶桑略記』六月五日条）。甄萱は、延長七年（九二九）ふたたび朝貢を試みる。この時点で甄萱は、後唐から百済王の国王号を授かっていたが、朝廷はこれを認めず、彼が新羅王の臣下であり、人臣たるものに外交の資格はないと、またもや朝貢を拒絶する（同五月二十一日条）。これより前の延長四年（九二六）、契丹の耶律阿保機は渤海を滅ぼし、東丹を建国して皇太子倍を王とした。同八年、かつて渤海の使者として来貢した裴璆が、今度は東丹国使として丹後国に来着した。ところが裴璆は、現在の主である契丹王の罪悪を述べて非難したので、朝廷は人臣として王を非難することは許されないとして、裴璆に怠状を科している（同四月一日条）。朝廷はこのときに、渤海の滅亡を知ったという。承平六年（九三六）、呉越国の商人蔣承勲が呉越国王銭元瓘の信物を携えて通交を求めてきた。しかし、呉越は唐（＝中国）の一州であるとして、朝廷はこれを国家と認めず、銭元瓘を国王とは認めなかった。それゆえ、臣下との外交はできないとして、信物を受け取らなかった（『日本紀略』七月十三日条）。これらの朝廷の対応には、臣として王を非難すること、ましてや臣が王を僭称することを許さず、不当な簒奪権力は決して認めないという原則が貫かれている。もちろん、それは、王土の共同体内部へ向けての意思表明でもある。海外での王権の崩壊は、強い危機意識を惹起したに違いない。

天慶三年（九四〇）正月十一日、東海・東山両道に平将門追討の官符が下る。そして、十三日、東西兵乱により、寛平六年（八九四）四月の新羅賊の例に准じて、十二社への奉幣が行われている（『師守記』貞和三年十二月十七日条）。藤原純友の乱とともに、将門の乱を、新羅海賊という外からの危機と同質のものとしてとらえ、対応している。

『将門記』によれば、「新皇」を僭称した平将門に、弟将平は、帝王の位は人知によって競い求めるものでもなく、力で争い取るべきものでもなく、天の与えるものであると、諫言する。これに対して将門は、次のように答える。

武弓の術は、既に両朝を助く。還箭《くわんせん》の功は、且短命を救ふ。将門苟《いやし》くも兵の名を坂東に揚げ、合戦を花夷に振るふ。今の世の人は、必ず撃ちて勝てるを以て君と為す。縦ひ我が朝に非ずとも、僉《みな》人の国に在り。去んぬる延長年中の大赦契王の如きは、正月一日を以て渤海国を討ち取りて、東丹国と改めて領掌せり。盍《いかん》ぞ力を以て虜領せざらむや。

今の世の人は、必ず戦いに勝利したものを君主とする。たとえ日本にその例がないとしても、他国には多いのだと将門は主張する。そして、渤海の滅亡、東丹の建国を実例としてあげる。『将門記』におけるこの兄弟のやりとりは、臣が王を僭称して王権を奪い、国が崩壊するという海外での事態が、この国でも現実化しかねないという、共同体内部に蔓延していた不安の反映であるに違いない。

「新皇平将門」は、契丹王耶律阿保機だけではなく、新羅海賊や文室宮田麻呂や俘囚や物部氏永の末裔であり、王を僭称したとされる甄萱や銭元瓘の同輩なのである。平将門は、九世紀以来の危機の申し子として存在する。そして、王土の共同体は、この危機の申し子を利用する術を、すでに心得ていた。

六　危機の喧伝

平将門は、かつてないほどの恐怖を引き起こす。「苟くも将門は、刹帝の苗裔にして、三世の末葉なり。同じくは八国より始めて、兼ねて王城を虜領せむと欲《おも》ふ」と、彼は都の占拠までをも公言する。都は大騒動となり、朱雀天皇は十日間の命の猶予を仏に乞い、その間に名僧を七大寺から呼び寄せ、八大明神を祭り、

忝くも天位を膺けて、幸ひにも鴻基を纂げり。而も将門が濫悪を力と為して、国の位を奪はんと欲す、てへり。昨《きのふ》この奏を聞く、今は必ず来たらむと欲すらむ。早く名神に饗《きこしめ》して、此の邪悪を停めたまへ。速やかに仏力を仰ぎて、彼の賊難を払ひたまへ。

と、玉座を下り、手を額の上で合わせて祈り、百官の臣も、山々の阿闍梨も、社々の神祇官も祈り続け、七日の間に護摩を焚くのに用いた芥子は、七石にも余るというありさまであった。王が、今にも王位を奪われ、命を奪われることに恐怖し、手を束ねて跪く。王権は、深刻な危機に直面したのである。

王たる者が、これほど率直に危機を表明したことがかつてあったろうか。『日本書紀』によれば、蘇我入鹿は、聖徳太子の子、山背大兄王らを死に追いやり、甘樫の岡の上に家を建てた。父親蝦夷の家を「上の宮門」、入鹿の家を「谷の宮門」と呼び、男女の子供達を「王子」と呼んだ。中大兄は中臣鎌足とはかって蘇我氏を滅ぼすことを決意し、三韓調進の日に入鹿を斬り殺す。大化改新の一こまだが、この時、皇極天皇が中大兄に、いったい何事かと尋ねる

と、「鞍作、天宗を尽し滅して、日位を傾けむとす。豈天孫を以て鞍作に代へむや」と答える。鞍作、つまり入鹿は、天孫に代わって王位につこうとしたと、テクストは明言する。しかし、天皇が危機を感じ、恐怖する姿など描かれることはない。天皇は、黙ってその場を離れるだけである。

天平十二年（七四〇）、藤原広嗣の乱が起こる。広嗣は、玄昉・吉備真備を除こうとして筑紫で一万余騎を率いて挙兵する。『続日本紀』によれば、このとき、聖武天皇は、「朕意ふ所有るに縁りて、今月の末暫く関の東に往かむ。その時に非ずと雖も、事已むこと能はず。将軍これを知るとも、驚き怪しむべからず」と、大将軍大野東人に勅して、伊勢国に行幸する（十月二十六日条）。文脈からすれば、これは天皇が身に危険を感じてこれを回避したと読み取るべきなのだろうが、それが明確に語られることはない。天平宝字八年（七六四）、藤原仲麻呂の乱が起こる。「逆謀」ありと密告された仲麻呂は、孝謙上皇との間で中宮院の鈴と印の奪い合いをした後、近江に走る。氷上塩焼を立てて今帝とし、愛発関に向かうが官軍に敗れ、最後は高島郡の三尾崎で昼から夕刻まで激しく戦うものの捕えられ、妻子徒党三十四人とともに斬首される。孝謙上皇は、その宣命で、これが朝廷を傾け、皇位を掠め取る行為であると明言しているが、上皇が恐怖することはない。この他にも、王権にまつわる多くの事件を六国史は記すが、壬申の乱であろうとも蝦夷の反乱であろうとも新羅との争いであろうとも、それが王や王権に対す不遜極まりない反逆行為であるとは記されても、王や王権の死命を制しかねない重大な危機であると、ことさら声高に語られることはない。そしてそれが、軍記というジャンルの指標とされるようなテクストとの決定的な違いである。

『将門記』は前にみたとおりだし、たとえば、『保元物語』では貴族たちが「君トテモ安穏ニ渡ラセ給ハン事モ難レ有。コハ如何ニ成ナンズル世中ゾヤ。伊勢大神宮ハ、百王ヲ護ラントコソ御誓アリケレ。今廿六代ヲ残シテ、当今ノ御時、王法ツキナン事コソ悲ケレ」と嘆き、『平治物語』では、藤原光頼が、「もし又、火などもかけなば、君もいかでか安穏にわたらせ給べき。大内、灰燼の地にならんだにも、朝家の御なげきなるべし。何いはんや、君臣共、自然の事もあらば、王道の滅亡、此時にあるべし」と嘆く。『平家物語』では、治承三年、清盛のクーデターで、鳥羽殿に幽閉された後白河院が、「いかさまにも今夜うしなはれなんずとおぼしめすぞ。御行水を召さばやとおぼしめすは、いかがせんずる」と死を覚悟し、大膳大夫信成はあわてて湯を沸かしている。王法が尽きてしまうと憂える発言が繰り返されることはいうまでもない。

勅撰の正史であるという規制が六国史に働いていたということは、充分考えられる。あるいは、客観を装う、年代記（chronicle）という歴史叙述の方法の問題でもあろう。しかし、確かなことは、そこには王権の危機が記されてはいるものの、それを共同体の歴史叙述のために有効に利用しようとの企ては認められないということである。おそらくは、そのような必要を感じていなかったのであろう。それは、橘奈良麻呂の「亡魂」を、怨霊として狡猾に利用することをなしえなかったこととも相同関係にある。

七　軍記の誕生

軍記とは、つまるところ、〈王権への反逆者の物語〉によって構造化された、王権の危機と回復の物語である。王権が、重大な危機に追い込まれ、王土の共同体は崩壊の危機に瀕するが、王権はそれを克服する。そして、それによって、王土の共同体の自律性と正当性が示されることになる。将門は、平貞盛や藤原秀郷という忠節の兵の努力と、何よりも超越者の力により倒される。彼は、祈りに応えた八大尊官の放った「神鏑」に当って死ぬのである。それはたとえ将門のごとき勇猛で力のある者であろうとも、結局のところ揺るがすことのできない「王の聖性」、王権の至高性を語ることになる。外国で起きた出来事は、この国では絶対に起こりえないことを、正しいのは弟将平の主張であり将門のそれではないことを確認するのである。共同体の危機こそが、〈王権への反逆者の物語〉＝〈王権の絶対性の物語〉を起動させ、「王の聖性」の確認を促すのである。

しかも、王をも恐怖させる危機は、回復への物語をドラマティックに展開することを保証し、なおかつ権力の不断の抑圧によって蓄積される人々のストレスを解消する。手を合わわせ跪いて祈る朱雀天皇や、死を前に行水をしたいと願う後白河の姿は、悲しむべきものであると同時に密かな快楽の源でもある。王権の危機こそが、王土の共同体の歴史を魅力あるものになしえるのであり、それゆえに王権の至高性をより効果的に教育できるのである。たんたんと「王の聖性」が語られる歴史など、どれほどの魅力があろうか。

危機により自閉し、その結果「王の聖性」が不断に「問題化」される時代となって、危機的事件を〈物語〉によって儀礼化し、王土の共同体のために有効利用する方法が発見されて、軍記は、王権の至高性を守る装置の一つとしての自らを確立したのである。国家権力をめぐる暴力を伴う争いの叙述は、六国史のような物語性において劣る年代記としての歴史叙述の一部としての物語から、完結し独立した物語としての国家社会の歴史叙述へと飛躍したのである。

そのような軍記の最初の作品として、『将門記』はある。その成立は、一〇世紀末から一一世紀初めとされるが、それは、二つの醍醐像が語られ出した時期でもある。九世紀のこの国における社会とそれに伴うイデオロギーの変動、それが、唯一のとはいわないが、もっとも重要な、軍記誕生の動因であるはずだ。

注

（1）後藤昭雄「承和への憧憬―文化史上の仁明朝の位置―」（『今井源衛教授退官記念文学論叢』九州大学文学部国語国文学研究室　一九八二）、田嶋公「延喜・天暦の「聖代」観」（『岩波講座日本通史5　古代4』岩波書店　一九九五）参照。
（2）伊藤喜良『中世王権の成立』（青木書店　一九九五）参照。
（3）多田一臣『古代国家の文学―日本霊異記とその周辺』（三弥井書店　一九八八）、大隅和雄「総論―因果と輪廻をめぐる日本人の宗教意識」（『大系仏教と日本人4―因果と輪廻』春秋社　一九八六）参照。
（4）早川庄八「律令国家・王朝国家における天皇」（『日本の社会史3　権威と支配』岩波書店　一九八七）参照。
（5）仁藤敦史「古代国家における都城と行幸―「動く王」から「動かない王」への変質―」（「歴史学研究」六一三　一九九〇）参照。
（6）佐伯有清『日本古代の政治と社会』（吉川弘文館　一九七〇）、佐藤宗諄『平安前期政治史序説』（東京大学出版会　一九七七）、石上英一「日本古代一〇世紀の外交」（『東アジア世界における日本古代史講座7　東アジアの変貌と日本律令国家』学生社　一九八二）、「古代国家と対外関係」（『講座日本歴史2　古代2』東京大学出版会　一九八四）、及び『対外関係史総合年表』（吉川弘文館　一九九九）等参照。
（7）保立道久「平安時代の国際意識」（『境界の日本史』山川出版社　一九九七）参照。
（8）戸田芳実『初期中世社会の研究』（東京大学出版会　一九九一）、下向井龍彦「国衙と武士」（『岩波講座日本通史6　古代5』東京大学出版会　一九九五）参照。
（9）村山修一『日本陰陽道史総説』（塙書房　一九八一）、瀧浪貞子『平安建都』（集英社　一九九一）参照。
（10）注（6）佐伯論参照。
（11）村井章介「王土王民思想と九世紀の転換」（「思想」八四七　一九九五）参照。
（12）田村圓澄『日本仏教思想史研究　浄土教篇』（平楽寺書店　一九五九）、黒田俊雄『日本中世の国家と宗教』（岩波書店　一九七五）、佐藤弘夫『神・仏・王権の中世』（法藏館　一九九八）等参照。

(13) 注（6）佐伯論、酒寄雅志「華夷思想の諸層」（『アジアのなかの日本史5』東京大学出版会　一九九三）参照。
(14) 注（3）大隅論参照。
(15) 高木豊『鎌倉仏教史研究』（岩波書店　一九八二）、田中徳定「「十善の君」考―天皇の前世をめぐる問題と関連させて―」（『古文学の流域』新典社　一九九六）参照。
(16) 山本幸司『穢と大祓』（平凡社　一九九二）参照。
(17) 今市優子「貞観五年御霊会の成立について」（「文化史学」四五　一九八九）、宮崎浩「貞観五年御霊会の政治史的考察」（「史学研究」一九八　一九九二）、山田雄司『崇徳院怨霊の研究』（思文閣出版　二〇〇一）参照。
(18) 注（6）石上論参照。

怨霊と反逆者

一　道真と将門

『将門記』によれば、平将門が上野の国府を占拠したとき、一人の昌伎《かんなぎ》が「八幡大菩薩の使ひ」と口走って、

朕が位を蔭子平将門に授け奉る。其の位記は、左大臣正二位菅原朝臣の霊魂表すらく、右八幡大菩薩、八万の軍を起して、朕の位を授け奉らむ。今、須く卅二相の音楽を以て、早くこれを迎へ奉るべし。

と託宣し、将門は新皇を称することになる。世俗の権力を超越する二つの存在によって将門に王位が与えられたというのである。天皇の位記などというものは現実にはありえないわけだが、その位記を宣下することによって将門の王位を保証した超越者が、菅原道真、というよりはその霊魂であったことには、やはり興味が引かれる。

すでに指摘されているとおり(1)、延喜三年（九〇三）に大宰府で没した直後から都を脅かし続け、延長八年（九三〇）には清涼殿に落雷して世を驚かした道真の怨霊が、天慶二年（九三九）新皇を称して、東国から都の朱雀天皇を恐怖に陥れた反逆者将門と関連づけられるのは、自然といえば自然なことである。にもかかわらず、私がこの託宣にこ

だわるのは、軍記の先駆である『将門記』において、すでに、軍記の主人公である反逆者と怨霊との同質性が、端なくも語られていると思うからである。『将門記』で将門は、地獄から遺族に消息を送り、善根を積むようにと勧めるものの、祟りをなす怨霊とはなっていない。しかし、伝説の中で将門は、怨霊そして御霊となる。それも自然だと我々は感じる。その「自然さ」にこだわってみたい。

二　反逆者の機能

物語によって聖化された権力への反逆者である〈悲劇の英雄〉の果す三つの機能に《教育》《減圧》(＝《ガス抜き》)(2)《隠蔽》があると、私は指摘した。

これに対して山下宏明は、〈悲劇の英雄〉＝《ガス抜き》装置論が、〈悲劇の英雄〉を慰霊する鎮魂の機能とも通底するのであろうと考え、しかし、「鎮魂は共同体がその体制を維持してゆくための単なるはけ口、ガス抜きであってはならない」と、別の論稿で結論する。(3)魂鎮めとは、非業の死を遂げた者たちの思いを風化させないために、これに耳を傾け、そして対話することであるともいう。

高木信が指摘したように、(4)私と山下の議論はすれ違っている。私は、権力と戦い、志なかばで非業の死を遂げたある存在が、仮に心底から王土の共同体を崩壊させようと意図していたとしても、共同体のイデオロギー装置である〈物語〉によって翻訳されて、言語化され表象された場合には、必要な恐怖、必要な反制度にならざるをえないといいたいのである。それは善悪の問題ではない。たとえ、死者の思いを風化させまいという、誠実で正当な目的で軍記が書かれたとしても、その意図とは関係なく、表象された〈悲劇の英雄〉は《減圧》の使命を果してしまうということである。〈物語〉はイデオロギー装置であり、イデオロギーは個人の思いを超越したものである。

ところで、私は、〈悲劇の英雄〉=《ガス抜き》装置論は述べたが、〈鎮魂〉=《ガス抜き》装置論には一切触れていない。〈鎮魂〉=《ガス抜き》装置論は、山下における展開である。山下は拒否しなければならないというが、私は山下の拒否した〈鎮魂〉=《ガス抜き》装置論は正しいと思う。なぜならば、鎮魂、というより怨霊は、単に《ガス抜き》だけではなく、王権をめぐる〈物語〉において、確かに〈悲劇の英雄〉と同じ機能を担っているからである。

三　怨霊の機能

怨霊は、ある時には飢饉・疫病・天変地異という方法で、ある時には王の命を脅かすという方法で、王土の共同体に混沌を持ち込み、共同体を危機に陥れるが、結局のところ、王権は鎮魂によって（あるいは知らぬうちに）危機を乗り越え、共同体は秩序を回復する。その回復の事実によって王権の至高性を法とする王土の共同体の自律性は保証される。この、いわば〈怨霊の物語〉における怨霊は、〈王権への反逆者の物語〉における反逆者・朝敵と同じ《教育》者の役割を果している。

『大鏡』には、道真の怨霊、北野天神に関する有名な話がある。雷となって清涼殿に落ちかかった天神に対し、左大臣時平が太刀を抜き放って恫喝し、退散させたという話であるが、テクストは最後に、「されど、それは、かのおとゞいみじうおはするにはあらず、王威のかぎりなくおはしますによりて、理非をしめさせたまへるなり」と記す。この天神は、『保元物語』の為朝に似ている。後白河天皇の鳳輦に矢を射掛けようと言い放ち、貴族たちを「君トテモ安穏ニ渡ラセ給ハン事モ難レ有」（半井本）と恐怖させた為朝は、流される際に、乗せられていた輿を、体をねじ曲げるだけで壊して見せ、「何クヘモ行ベケレ共、王地ニ住身ナレバ、カクテハ被レ下ゾ」と発言する。あたかも為朝のふてぶてしさ、反逆心の強さを伝えるような話であるが、実は、この言葉は、そのような為朝でも従わねばならない王権の至高性をも語っているのである。王を危機に陥れながら、王権の絶対性を認めてしまうという構図は、『大鏡』の天神と同じものである。明らかに道真の怨霊と朝敵為朝は、同じ《教育》を行っている。

『道賢上人冥土蘇生記』（永久寺本）は、醍醐天皇の死を、清涼殿に落雷した天満天神の眷属の毒気のためであると語る。冥界を巡る道賢上人に対して、天神は、愛別離苦の悲しみを訴え、「故に我、君臣を悩乱し、人民を損傷し、国土を殄滅せんと欲す」と語ったという。そして天神は語り続ける。ところがこの国には普賢や竜樹が密教を広めており、そのため自分の怨心の十分の一は治まり、さらに往古の如来たちが明神となって国土に満ち、自分を宥めるので、まだこの国に大きな害を及ぼしていないのだと。この仏神に遠慮する天神は、『保元物語』の崇徳院の怨霊に似ている。蓮如の夢に現れた崇徳院の怨霊は、源為義父子を先陣に、平忠正父子・平家弘父子を後陣にして、後白河院の御所に討ち入ろうとするが追い返される。為義が、「院ノ御所ニハ、不動明王、大威徳ノ禦カセ給候間、エ参リ候ズ」というので、それならばと清盛のもとへ輿を入れる。日本国を破滅させようという怨霊が、天皇王権に決定的に祟ることを回避するのである。それは第一には仏神を敬えというメッセージであろう。しかし、同時にそれは、超越者に守られた天皇王権とそれに吊り下げられる王土の共同体の特権性を、その成員に《教育》することになる。

確かに、道真の怨霊は醍醐天皇を地獄へと導き、文覚の怨霊は後鳥羽院を隠岐へと導く。しかし醍醐天皇は、父の宇多天皇を悩まし、そして軽んじ、罪なき賢臣を流罪に処し、長く国位をむさぼって仏法を滅ぼし、怨敵として人々を傷つけるという五つの大罪によって地獄に堕ちたのである。後鳥羽院にしても、遊興にふけり、政治を乳母卿二位に任せ、人々をして世の中が危機に瀕するであろうと嘆かせるほどのていたらくであった（『平家物語』巻十二・六代被斬）。つまり、彼らは、王たるにふさわしくない悪王であったがゆえに祟られたのだ。ここで否定されているのは王権ではない。あくでも王個人の資質なのだ。王の尊貴性は王権の至高性に由来するものである。悪王は彼らの尊貴性の根拠である王権の至高性を汚す存在であり、したがってその尊貴性は剥奪され、罰せられ、排除されねばならないのである。藤原元方の怨霊も、冷泉・花山・一条と天皇に祟る。しかしそれは、摂関家内部の争いの結果として冷泉系から円融系へと王統が移動したことの合理的な説明の手段にすぎない。中世には、周知のように「怨霊史観」と呼ばれる歴史叙述が蔓延するが、それが王土の共同体の〈歴史〉を語るものである以上、その共同体を成り立たせている規則である王権の至高性を否定するはずがない。共同体の正当性を語らなければ〈歴史〉は成立しない。怨霊が〈歴史〉叙述の有効な方法として機能する。そのこと自体が怨霊の出自を物語っている。

王権と王は位相が違う。天皇王権の至高性を中心に据えて展開する王土の共同体の権力システム自体を、全面的に否定する怨霊の存在を私は知らない。天皇など不要だと言い切った怨霊はいない。怨霊はあくまで《教育》者の立場を守るのである。

ところで、この道真の怨霊あるいは北野天神にまつわる話が、共同体に広く流通したのは、今後も共同体を維持するために、この怨霊の恐怖は記憶しておくべきだという使命感を、成員たちが共有したためだけではあるまい。それと同時に、この〈怨霊の物語〉が与える快楽に、彼らが魅了されたからに違いない。その快楽とは、いうまでもなく権力を危機に陥れる快楽である。この〈物語〉を受容する者は、道真と同化して、権力組織の中枢にいる貴族たちを次々と死に追いやり、最後には天皇に地獄の苦しみを与えるという暴力を振るうことができるのである。被支配の側にいる大多数の共同体の成員にとって、擬似的体験とはいえ、常に抑圧し続ける権力組織を恐怖に陥れるということは、間違いなく快楽であるはずだ。ただし、その快楽を受け取った者が、その瞬間に、《ガス抜き》されていることも、また間違いない。天皇や院をはじめとする権力の中枢に祟る怨念、つまりは共同体の〈歴史〉に取り込まれた怨霊は、多かれ少なかれ、共同体の健康を維持してゆくためにはぜひとも必要な、この《減圧》の機能をも担わされているのである。

そして、その反権力・反権威的な振舞いが、受容者の視線を奪い取り、〈怨霊の物語〉の制度性、そのイデオロギー性が《隠蔽》されるであろうことは、もはやいうまでもあるまい。怨霊と反逆者は、物語において明らかに同じ機能を果している。

反逆者は、一見王土の共同体の外部に属する他者のようにみえるが、そうではない。彼らは、共同体の維持装置の内部にある。彼らは、外部の他者というよりは、構造的には内部に属する異界の異者、周縁的存在というべきである。柄谷行人は、共同体のシステムについて次のように述べる[5]。

> 共同体をその内部だけから考察してはならない。つまり、共同体を孤立したものとして扱ってはならない。そうするかぎり、共同体の思考に陥ってしまうだろう。共同体がその努力を傾注するのは、内部の同一性《アイデンティティ》を保持すること、つまり自律的であるかのようにすることだからである。実際にはそのような自律性などありえないが、まさにそうだからこそ、共同体は内部的自律性をおびやかすものを〝外部〟に追放し、且つ〝外部〟に由来するものとみなす。
>
> しかし、このような〝外部〟は共同体の〝内部〟に対して相対的に在るにすぎない。それは実は、共同体の一部なのである。この不気味《ウンハイムリッヒ》な外部（フロイト）は、親密《ハイムリッヒ》な内部の自己疎外にすぎないからだ。このような外部（異界）や、そこに属する異者《ストレンジャー》は、すでに共同体から見られたものであり、したがって共同体にとって不可

欠な一環である。コスモスとカオス、中心と周縁の弁証法なるものは、かくして、共同体の存続のメカニズムそのものである。

柄谷のいうとおり、不気味な外部（異界）は、親密な内部の自己疎外にすぎない。それは共同体が、内部から内部の価値観で、その周辺に捏造したものにすぎない。だから反逆者たちは、天皇王権を危機に陥れることはあっても、あるいは天皇個人を否定することはあっても、天皇王権を権力の結節点とする支配システム自体を否定しようとは、あるいは王土の共同体を成立させている規則を無化しようとは、原則的には断じてしないわけだ。

そして、怨霊もまたこの異界の異者であることは、あまりにも自明である。共同体の排除の構造をスケープ・ゴート理論で解き明かしたルネ・ジラールは[6]、全員一致の暴力で生贄を選び出して追放することによって共同体の危機を回避するスケープ・ゴートの効果は、その犠牲者のおかげで危機が回避されたという信念を生み出し、一定の限度を超えたその信念は、迫害者と犠牲者との関係を完全に転倒させてしまい、この転倒から聖なるものが生み出されると論じ、

犠牲者がその死後も彼を殺害したものたちにたいして恩恵をほどこすことができるのは、復活したかあるいは実は死んでいなかったからである。身代わりの山羊で以て説明される因果関係には、死すらも押し止められないほどの圧倒的な力がある。それは犠牲者を原因として保っておくために、必要とあれば復活させ、少なくとも一定期間は不滅のままにおき、そして超越とか超自然とか呼ばれるあらゆるものを創出するのである。

と、指摘する。「犠牲者」が王権への反逆者であり、彼を危機の原因として保っておくために創出された「超自然」が、怨霊や御霊であることは、言を俟たない。怨霊は異界に繋留され、いつでも、何かの必要があれば、何度でも活動する。むろん、その必要は怨霊にとっての必要ではない。共同体にとっての必要である。鎮魂はとりあえずの排除

の確認にすぎない。崇徳院の怨霊は、どんなに鎮魂されても、何度でも危機という恩恵を共同体にもたらしたではないか。

反逆者と怨霊は同じものに対する、別の物言いにすぎない。

四　反逆者と怨霊の再発見

北畠親房は、『神皇正統記』において、「光孝ヨリ上ツカタハ一向上古也。ヨロヅノ例ヲ勘モ仁和ヨリ下ツカタヲゾ申スメル」と語る。元慶八年（八八四）、狂気の陽成天皇が位を下ろされ、藤原基経によって光孝天皇が即位するが、それより前は「上古」であり、規範となるべき前例を求めるならば、光孝の御世であった仁和年間以降に求めるべきだというのである。慈円も『愚管抄』において、「サテ（世ノ）末ザマハ事ノシゲクナリテツクシガタク侍レドモ、清和ノ御時ハジメテ摂政ヲヲカレテ、良房ノヲトヾイデキタマイシ後、ソノ御子ニテ昭宣公ノワガヲイノ陽成院ヲオロシタテマツリテ、小松ノ御門ヲタテ給イシヨリ後ノ事ヲ申ベキ也」（巻七）と、「小松ノ御門」すなわち光孝天皇の即位を画期とみている。これは、むろん、摂関政治体制の定着に時代の区分を置く考えではあるのだろうが、二人とも光孝天皇以降が自らの時代の始発だと考えている。[7]そしてそれは、九世紀以降、社会が大きな転換を遂げ、一〇世紀初頭に王朝国家が成立し、その王朝国家が中世国家の原形であるとの多くの中世史研究者の説と重なる。

その転換についてはすでに述べ、そこにおいても触れたが、『日本三代実録』によれば、貞観五年（八六三）五月二十日、朝廷の主催により神泉苑で御霊会が催される。政治的権力闘争に敗れ非業の死を遂げた崇道天皇（早良親王）以下六人の怨霊を国家の手で鎮めようというのである。御霊会の初見が、中世的王土王民思想の登場とほぼ重なる時期であるというのは、村井章介のいうとおり偶然ではない。(8) むろん、怨霊がこのとき初めて登場したなどということではない。重要なのは、王土の共同体の成立と時を同じくして、権力が、公式の行事として怨霊の慰撫を企てたということである。共同体の内／外が明確に意識されたからこそ、「外」（正しくは周縁）に属するものとして怨霊を位置づけ利用することが可能になったのである。

王土王民思想の成立以降、蝦夷や南島などの、境外の夷人が徳化の対象から恐怖の発源へと変貌を遂げたという、村井章介の発言の意味するものは重い。(8) 王土の共同体として自閉的な意識の集合体が成立し、共同体の「内」と「外」が強く意識されるようになり、その「内」の聖性・特権性を不断に自己確認してゆく必要が生じたとき、その排除の視線によって改めて夷人が発見され、改めて反逆者が発見され、改めて怨霊が発見され、彼らを「内」を脅かす「外」として利用することが発想されたに違いない。その発想が軍記を可能にしたのである。

『道賢上人冥土蘇生記』（永久寺本）の成立は、天慶四年（九四一）～天禄元年（九七〇）の間という。天慶四年は、道賢が冥土に向かった年であり、そして将門が討ち死にした次の年である。道真の怨霊と将門との『将門記』における出会いは、時代の必然としてあったというべきであろう。

五　死者の言葉

村井は、道真や崇徳院の怨霊を例に挙げて、怨霊は鎮魂され、御霊として祭られることによって、王土の守護神と転化されるが、その本質は常に〈反・王土〉であり続けたとする。(9) また、『道賢上人冥土蘇生記』について論じた竹内光浩は、「原初的天神信仰を支えた民衆は天神を体制批判と生産への活力を生むものとして祭りあげていった」と結論し[10]、また、野中哲照は、崇徳院は怨霊化することにより、為朝は伊豆の島々に渡ることにより、「ソトカラオビヤカスモノ」に仕立てあげられたと指摘し、その捏造を通して、語り手は、日本国の相対化を行っているとする[11]。さらに、高木信は、曾我兄弟は進んで御霊という〈負の神〉になることによって、頼朝という王＝神と対峙し、永遠に「マツロワヌモノ」として、制度を脅かし続ける存在となったという[12]。しかし、問題なのは、果して「〈反・王土〉」、「体制批判」、「相対化」、「〈負の神〉」という言葉が、怨霊の制度性を充分に踏まえているのかということである。怨霊は、それが御霊という守護神になりえるからのみ有益であったのではなく、「〈反・王土〉」であるから有益なのだ。〈王土〉は「〈反・王土〉」を、体制は「体制批判」を、絶対化は「相対化」を、神は「〈負の神〉」を常に要求するのだ。制度は、その維持のために反制度を必要とする。その認識なくして、怨霊を反権力だと賞賛すべきではない。それは、謀反人・朝敵を、権力と戦い時代を動かした「叛逆英雄」と賞賛するのと同質の誤りである。そのとき、我々は〈物語〉によって《滅圧》（＝《ガス抜き》）され、〈物語〉に加担しているのだ。

元暦二年（一一八五）七月九日、京都を大地震が襲った。この年の三月、平家が壇ノ浦で滅亡して、久しぶりに訪れた平穏は、たちまちに破れる。『平家物語』によれば、六勝寺、得長寿院といった寺々や、内裏、もちろん多くの民家が破壊され、多くの人命が失われる。後鳥羽天皇は、鳳輦で庭に逃れ、後白河院もまた庭に幄屋を立てて難を避ける。人々は、この世の滅亡かと驚き騒いだという。安徳天皇・平家一門の怨霊が、再び、混沌を王土の共同体にもたらしたのである。テクストは、「十善帝王、都を出させ給て、御身を海底に沈め、大臣・公卿大路をわたして、その頸を獄門にかけらる。昔より今に至るまで、怨霊はおそろしき事なれば、世もいかゞあらんずらんとて、心ある人の嘆かなしまぬはなかりけり」と、語り納めている。

「怨霊はおそろしき事なれば」、それは、怨霊と共に生きていた時代の人々にとって嘘のない切実な感情であったろう。しかし我々の務めは、その感情に連帯することではない。恐ろしいのは怨霊ではなく、役に立つならば死者さえも決して静かには眠らせない、共同体の不遜なシステムであると語ることにある。

非業の死を遂げた者たちの無念の言葉を聞くべきだと山下はいう。その姿勢はむろん正しい。しかし死者の言葉を聞くことは不可能だ。いうまでもなく、生者は常に自己の意識を通してしか死者の言葉を聞くことができないからだ。死者との対話（ダイアローグ）など成立しない。それはいつも、対話を装った独白（モノローグ）、死者の言葉を装った生者の言葉、自己表出になってしまう。そしてその自己の意識は、共同体のイデオロギーによって《教育》され形成されることを免れない。だから、我々は常に共同体の内からしかモノをみることができないのだ。例えば、「ソトカラオビヤカスモノ」「マツロワヌモノ」という表現は、「オビヤカサレルウチ」の「マツロウモノ」である内からの視線によってとらえられた、外のモノに対する負の命名である。

兵藤裕己は、現存する文献のむこう側に確実に透かしみえる負の歴史語り、すなわちモノガタリを透視すべきだという。それは、モノのヨリマシである語り手の側に位相的に同化することによって可能となるという(13)。私が兵藤の勧めにためらう最大の理由は、自意識を通さずにモノの言葉を理解し再現することが可能かということに尽きる。透視しえたモノガタリが、実はモノローグにすぎないという可能性を恐れるのである。というより私には、私のつまりは共同体のモノローグを免れたモノガタリというものを想定できないのだ。あるとすれば、それは私と規則・コード・言語ゲームを共有しない他者の物語だ。しかし、死者は言葉を発することはできない。ヨリマシは同じ異者として、怨霊の言葉は、理解するのかもしれないが、死者という他者にはなす術がないはずだ。発せられたとされる言葉は、いつもそれを聞き取った者の言葉である。死者の言葉はいつも生者の言葉である。軍記成立の動因に、鎮魂あるいは怨霊への恐怖があると発言することは、軍記が共同体のモノローグであると発言することと同じである。

軍記は死者のための物語ではない。生者のための物語である。

我々が、死者に対して取りえる誠実な態度は、撒き散らされた死者の言葉に対したとき、これは決して死者の言葉ではないのだと、死者の無念さは死者のものであって、怨霊・御霊などと表象したところで決して共有などはできないのだと常に自覚し、そして狡猾な共同体のシステムを露呈させる機会との邂逅を、執拗に求め続けることではなかろうか。

注

（1）柴田實「八幡神の一性格」（「神道史研究」四―六　一九五六）、桜井好朗「天神信仰の表現構造」（『中世日本の精神史的景観』塙書房　一九七四）、上島享「承平・天慶の乱と道真」（「国文学解釈と鑑賞」六七―四　二〇〇二）など参照。

（2）「総論」および「第四章」の初出時においては、《減圧》は、《ガス抜き》と表記して使用していた。それ故、山下はそれに則ている。したがって、山下の論にかかわるところにおいては。《ガス抜き》を用いる。

（3）山下宏明「軍記物語研究の動向と平家物語論の行方」（『軍記物語の生成と表現』和泉書院　一九九五）、「琵琶法師の平家物語」（「国文学」四〇―五　一九九五）。

（4）高木信「感性の〈教育〉―公共性を生成する『平家物語』―」（「日本文学」四四―七　一九九五、『平家物語・創造する語り』森話社　二〇〇一　再収）参照。

（5）柄谷行人『探究　Ⅱ』「贈与と交換」（講談社　一九八九）参照。

（6）ルネ・ジラール『身代わりの山羊』（一九八二、織田年和・富永茂樹訳　法政大学出版局　一九八五）参照。

（7）伊藤喜良『中世王権の成立』（青木書店　一九九五）参照。

（8）村井章介「王土王民思想と九世紀の転換」（『思想』八四七　一九九五）参照。

（9）村井は、崇徳院がその御誓状で「日本国の大魔縁となり、皇を取て民となし、民を皇となさん」と書き記したことをもって崇徳怨霊は〈反・王土〉だという。この崇徳院の発言の危険性については、「為朝・崇徳院考」（『軍記と語り物』二七一九九一、第四章参照）で私も論じた。詳細はそれに譲るが、この発言は生きているときのものである。怨霊としてのそれではない。「崇徳院の怨霊」と命名された途端に、共同体の管理下に入るのである。

（10）竹内光浩「天神信仰の原初的形態―『道賢上人冥土記』の成立をめぐって―」（『中世成立期の歴史像』東京堂出版　一九九三）参照。

（11）野中哲照「『保元物語』の〈現在〉と為朝渡島譚」（『国文学研究』一〇四　一九九一）参照。

（12）高木信「反逆の言語／制度の言語―真名本『曾我物語』の表現と構造―」（『名古屋大学国語国文学』六四　一九八九）参照。

（13）兵藤裕己『語り物序説―「平家」語りの発生と表現―』（青弓社　一九八五）、『王権と物語』（有精堂　一九八九）、『物語・オーラリティ・共同体』（ひつじ書房　二〇〇二）参照。

第二章

将門記

『将門記』の先駆性

一　軍記の原点

『将門記』を「独立戦記の嚆矢」としたのは、五十嵐力の『軍記物語研究』（早稲田大学出版部　一九三一）であった。その後、冨倉徳次郎『日本戦記文学』（弘文堂書房　一九四一）、佐々木八郎『日本古典鑑賞・中世戦記文学』（鶴書房　一九四三）などにおいてもその先駆性は論じられてきたが、これをさらに推し進め、そして『将門記』の評価において大きな影響力を持ったのが、戦後の永積安明の発言であろう。「「軍記物」の構造とその展開」（「国語と国文学」三七-四　一九六〇）を経て、『軍記物語の世界』（朝日新聞社　一九七八）では、『将門記』は物語としてのあらゆる未熟をこえてなお軍記に必須の基本的条件を充たす作品であり、未成熟な先駆としてではなく軍記の原点として再評価すべきであると、高い評価を与えるにいたる。

その評価の根幹は、『将門記』における体制への反逆児将門の英雄造形にある。『将門記』は、「貴族社会の危機の中枢部に、あたかも鋭い匕首を突きつけるかのような叛逆児を描いた」(1)のであり、そして『将門記』の将門が、鎮西八郎為朝や悪源太義平や清盛・義仲や楠木正成にみられる、「反権力的な精神を発条として、強烈な行動的人間像を獲得している」反逆者たちの「最も鮮明な造形」であり、「誰よりも叛逆児としての面目を突出させ」ているとし、この点において、『将門記』は軍記の原点であるとする。

そのような、反逆児＝英雄を重視した評価の背後に、軍記研究に多大な影響力を持った「叙事詩論」があることはいうまでもない。ところでそもそも、叙事詩が民族その他の社会集団における変革期の歴史的事件を、英雄の事跡を中心に客観的に述べた韻文の作品であるならば、叙事詩とはまさにそれを生み出した共同体の起源あるいは正当性を保証するものにほかならないことになる。つまり、叙事詩とは、本来その共同体に奉仕するイデオロギー装置であるはずであり、体制的・保守的であるはずだ。ところが永積は、軍記に、反逆児＝英雄の姿を追い求めて、そこに反体制的・革新的な精神の発露を発見してこれを称揚し、軍記は「叙事詩的作品」であると賞賛する。これは明らかに矛盾である。そして、永積は、この矛盾に気がついていない。それは、叙事詩がそもそも何のためのものであるかを見落としているからである。だから、テクストに現れる反体制的・革新的な装い、例えば反逆児＝英雄に視線を奪われ、その装いが実は体制的・保守的な機能を担っていることを見抜けていない。どんなに変革期を描いていようと、それは共同体的思考の産物であり、制度的なのだ。たとえば、いわゆる中世軍記が、古代から中世への、あるいは貴族から武士の時代への変革期を表面的には描きながらも、本質的には旧態依然とした、天皇王権の絶対性を中心とする権力システムの維持のために機能していることを見抜いていない。そしてそれは、石母田正・谷宏といった永積と同時期に、叙事詩論に立って一時期の軍記研究を牽引した人々が、その各人の差異を越えて等しく落ち込んだ陥穽である。

だからこれは、単に個人の問題ではなく、時代の問題なのだろう。戦時下のあからさまな教条的締め付けから解放されたとき、人が、反権力的な人間像に視線を奪われて、軍記の制度的な部分に視線が及ばなかったとしても、あるいは意識的に黙殺したとしても、それはごく自然なことであろう。また、軍記を反権力の変革の物語として読み直して、新たな「国民文学」として蘇生させた功績は、やはり極めて大きい。しかし、もはや我々は、英雄を賞賛することを自らに禁じるべきである。あからさまな反制度は、制度の補完物にすぎないという認識から出発しなければならないはずだ。

二　〈王権への反逆者の物語〉

軍記は、本来的に制度的である。共同体の秩序を乱した荒々しい事件は、共同体にストックされているイメージに翻訳され、危険性を剝ぎ取られて親しみやすい物語——それを「叙事詩」と言い換えても一向にかまわない——となって共同体内に流通してゆく。それらは、共同体の完全性・正当性という幻想を真実として教育するイデオロギー装置として機能してゆく。そして、軍記に最も広くそして決定的な力をもって蔓延している〈物語〉が、〈王権への反逆者の物語〉=〈王権の絶対性の物語〉である。

この〈物語〉が、大きな教育効果を上げるためには、異者によりもたらされる危機が、可能な限り大きく深刻であることが必要である。なぜならば、それが深刻であればあるほど、共同体の成員たる受容者の、沈殿し不活性化していた共同体への帰属意識を覚醒させることができるし、さらには、その深刻さにもかかわらずその危機を克服してしまうその共同体の正当性・完全性をより強く印象づけることができるからである。

また、危機をもたらす異者が英雄であることも必要である。なぜならば、反逆者が英雄的であればあるほど、受容者は、反逆者とより一体化して権力を危機に追い込む快楽を得ることが可能となり、権力からの不断の支配と抑圧によって彼等が蓄積しているコンプレックスやストレスを解消させるカタルシス効果を、より強く期待できるからである。

繰り返せば、この〈物語〉は、蓄積させると危険な共同体への不満を《減圧》しつつ、天皇王権は絶対不可侵であるという共同体の規則を《教育》することを可能とし、天皇という記号に吊り下げられた権力システムの健康を、きわめて効率よく維持する装置なのである。

そして、天慶の乱という事件は、間違いなくこの〈物語〉によって翻訳され、『将門記』という物語となっている。将門の反逆が、その時の「今」において、事件としてどのような意味を持っていたかは別次元の問題である。しかし、それが〈王権への反逆者の物語〉に翻訳されて『将門記』という物語となったとき、天慶の乱という事件は、共同体にとって有益なものと化す。王権の重大な危機は声高に叫ばれ、将門は「英雄という悲劇」に見舞われる。柳田洋一郎が正しく指摘しているように、[2] 将門とはフレイザーのいう一時的な王、スケープ・ゴートなのである。共同体の健康維持のために必要な、一時的な混沌をもたらして、秩序を更新してくれる異者（＝反逆児＝英雄）として徹底的に利用されてしまうのである。

しばしば、私闘を描いた前半部における、将門の英雄的造形と朝敵となった後半部における否定的造形との分裂、あるいはその否定的な視線の中に紛れ込む、英雄的あるいは同情的視線の存在を、合理的に解釈しようとの努力がなされてきた。しかし、英雄は朝敵でなければならず、朝敵は英雄でなければならないのだ。合理的な解釈に悩む必要などはない。ごく自然なことである。将門像は充分に整合性と一貫性を持っている。それは、英雄を創り上げて自らの使命をより効果的に果そうとした〈物語〉の活動の結果としてある。

三　危機意識

将門の英雄化という点については先学の多くの言葉に譲り、まず、このテクストが〈王権への反逆者の物語〉にいかに忠実であるかを、ここではその危機意識の扇動ぶりに確認する。

将門が天位につく旨の書状を太政官に奏達してきたときの朝廷の驚愕が、次のように記される。

仍て京官大いに驚き、宮中騒動す。時に、本天皇、十日の命を仏天に請ひ、厥《そ》の内に名僧を七大寺に屈して、礼奠を八大明神に祭る。詔して曰く、「忝くも天位を膺けて、幸ひにも鴻基を纂げり。而も将門、濫悪を力と為して国位を奪はむと欲す、てへり。昨《きのふ》此の奏を聞く、今は必ず来たらむと欲すらむ。早く名神に饗《きこしめ》して、此の邪悪を停めたまへ。速やかに仏力を仰ぎて、彼の賊難を払ひたまへ」と。乃《すなは》ち本皇、位を下りて、二の掌を額の上に摂りて、百官潔斎して、千たびの祈りを仁祠に請ふ。況むや復た山々の阿闍梨は邪滅悪滅の法を修す。社々の神祇官は頓死頓滅の式を祭る。一七日の間に、焼く所の芥子は、七斛に余り有り。供ふる所の祭料は五色幾ぞ。悪鬼の名号を大壇の中に焼く。賊人の形像を棘楓の下に着く。五大力尊は侍者を東土に遣はす。八大尊官は神の鏑を賊の方に放つ。而る間に、天神は嚬嘁《ひんせん》とくちひそむで賊類非分の望を謗る。地類は呵責して悪王不便の念ひを憎む。

ここには、本皇を中心とする朝廷の深刻な危機感・恐怖が、五十嵐の表現を借りれば、「漢文を雅語と俗語と仏語とで引掻き廻したような雑糅式、乱闘式、混沌式で、しかもその中に何とも云はれぬ威力を見せた文章(3)」で、表されている。確かに、永積の指摘するように、「玉座を降りて両の手を額の上に合わせた『本天皇』の像には、将門の叛逆に対して神仏に祈願するよりほかには、なすべきすべを知らない貴族政権の、みじめな姿が象徴的にとらえられている(4)」とみえる。しかし、そこに自足してしまったとき、我々は〈物語〉に敗北し、〈物語〉は勝利の「微笑み」を秘かにしかし満足げに浮かべることになる。

なるほど、本皇は、将門の新皇即位の奏上に対して、仏天に十日間の命乞いをし、国位を奪おうとする将門が、今にも必ず都に攻め上るだろうと恐怖している。確かにこれは王土の共同体にとっての重大な危機である。将門は、常陸の国府を攻略した後、興世王の甘言に乗って、「同じくは八国より始めて、兼ねて王城を虜領せむ」と発言してもいる。

しかし、一方で彼は、主人の摂政藤原忠平に書状を送って弁明に努めている。将門は、自分は、源護との事件にさいしては、「官符を恐るるに依りて」急いで上洛して恩赦に預かり、叔父の平良兼との合戦についても、「具《つぶさ》に下総国の解文に注し、官に言上」し、諸国が協力して良兼や平貞盛達を「追捕すべき官符」を得たこと、にもかかわらず将門召喚の使者を賜ったので、上洛はしなかったが、官吏英保純行を介して、「具に由を言上」したこと、ところが貞盛に「将門を召すの官符」が与えられたのは、以前の官符と矛盾し欺瞞的であること、しかし、「将門を推問すべき後の符」が下されることが定まったとのお知らせをいただいたので詔使の到着を待っていたことを、まず述べる。そして常陸国を占拠したことについては、その「罪科軽からず、百県に及ぶ」であろうことを認め、そのため「朝議を候《うかが》ふの間に、且つ坂東の諸国を虜掠」したとする。そして、皇統につながる自らの家系と、武力によって天下を掌握した前例が史書にあることを挙げてこれを正当化し、武芸に秀でた自分に褒賞をあたえるどころか、しばしば「譴責の符」を下す朝廷の非を述べつつも、それを「身を省みるに恥多し。面目何ぞ施さむ」と自省してみせる。

将門は、事件の経過を律儀にも朝廷に「具に」「言上」し、朝廷の官符発給の定見のなさに不満を感じた後でも自らの召喚の官符を待つといったように、「官符」に象徴される朝廷の権威の重さを認め、それに対してできるだけ柔順であろうと努めている。太政官に、「天位に預るべきの状」を差し出すといういささか滑稽な行為にも同じような律儀さ、服属意識を垣間見ることができる。書状において彼は、自分の坂東占拠の行為が罪であると認めつつも、それを、都の権力に承認してもらおうとしているのである。本皇の権威を否定などしていないし、ましてや、都まで攻め上り本皇の命と王位を奪うなどとは一言もいっていない。もちろん、それは、主人への弁明の書であるから本心を隠したのだと整合性を求めることはできる。しかし、彼が現実にしたことは、坂東の国々の印鎰を奪いその国の長官を都に追い返すことの繰り返しであって、坂東を一歩たりとも出ようとはしていない。彼は、「凡そ八国を領せむの程に、一朝の軍、攻め来たらば、足柄、碓氷の二関を固めて、当に坂東を禦ぐべし」ともいっており、意識は坂東にしかない。

将門が、日本国全体を奪おうとしたのか、坂東の独立の承認だけを求めたのか、テクストは明瞭に示しえていない。それが、テクストの混乱であることに間違いはないが、その混乱の背後に、王権の危機はより深刻でなければならないという〈物語〉の必要があることを理解すべきであろう(5)。

永積は、危機に脅える権力の姿を「みじめ」だと感じているが、それこそがここで〈物語〉が望んでいることにほかならないのである。権力の姿を「みじめ」と感じたとき、我々は《減圧》されているのであり、王土の共同体の深刻な危機の確認は、そのような危機をも乗り越えてしまう王土の共同体の正当性をより強く確認することを可能にするのである。

また、権力は「なすべきすべを知らない」のではない。充分に知っているのである。神仏に祈願すること、それこそがこの共同体がその危機においてなすべきことなのである。神仏は、これに応えて「侍者を東土に遣はす」のであり、「神の鏑を賊の方に放つ」のである。そして、確かに将門は、「現に天罰有りて、馬は風のごとく飛ぶの歩みを忘れ、人は梨老が術を」失い、「暗に神鏑に中りて」死ぬのである。そしてそれは、

夫れ帝王の業は、智を以て競ふべきに非ず。復た力を以て競ふべきに非ず。昔より今に至るまで、天を経とし地を緯とするの君、業を纂ぎ基を承くるの王、此れ尤も蒼天の与ふる所なり。何ぞ、慥かに権議せざらむ。恐らくは物の譏り後代に有らむか。努力云々。

という弟将平の諫言や、

争ふ臣有るときは則ち君不義に落ちず。若し此の事を遂げられずば、国家の危ぶみ有らむ。所謂天に違へるときは則ち殃有らむ。王に背くときは則ち嘖《いさみ》を蒙る。願はくは新天、耆婆の諫を信じて、全く推悉の天裁を賜へ。

という伊和員経の諫言、つまり帝位のことは人知人力を越えた、人間の関与を許さない天の神々の意志によるものであり、その神々の意志に違えば必ず禍いに遇うという予言の、まさに現実化なのである。将門という異者は、共同体を護持する超越者によって予定どおりに排除され、共同体の完全性、超越者に守られた天皇王権の絶対不可侵の至高性は、ここに証明されるのである。

四　王の血

我々は、この〈物語〉の「からくり」を見抜き、〈物語〉の「微笑み」をひきつらせ、無意識のうちに教育されることを避けなければならない。

将門に中央に対する拭い難い服属意識があると述べたが、彼が坂東に作ろうとした支配システムが、中央のそれのまねにすぎなかったことも、周知のとおりである。しかも、それは、「但し狐疑すらくは暦日博士のみ」というテクスト断片から網野善彦が指摘しているように、(6)天の運行・時間を支配することができないという、日の御子である天皇を中心とする支配システムにとって致命的な欠陥を持つ偽王、しかも本物によってその存在を許されることを願いつつも、本物によって駆逐される運命を持った偽物にすぎない。坂東の地に王土の共同体の権力システムが無器用に模倣されているにすぎない。そこに将門の、というよりはこの共同体の歴史叙述の限界がほのみえている。まったく別形態の革新的な権力システムがそこに示されているわけではない。だから、東国王朝の建設は、確かに本皇に打撃を与えることはできるが、天皇王権に吊り下げられた権力システム自体の有効性に打撃を与えることはできない。東国王朝が建設されたという誰もが確認できる現象――それは、共同体に奉仕する〈物語〉にとって必要な程よい危機にすぎない――だけに簡単に反応して、これは重大な危機だなどと言葉を漏らして自足してはならない。そのとき、〈物語〉は、また勝利の「微笑み」を浮かべることになる。

共同体にとって真に深刻な危機とは、共同体を成立させている規則の根拠が揺さ振られ、王土の共同体の権力システムのシステム自体の有効性に疑義が生じ、システムが機能不全に陥りかねない場面に直面することであるはずだ。そして、幸福なことに『将門記』というテクストにはその可能性が秘められている。

忠平への書状のなかで将門は次のように自己の行為を正当化する。

伏して昭穆を案ずるに、将門已に柏原帝王の五代の孫なり。縦ひ永く半国を領せむに、豈運に非ずと謂はむや。昔、兵威を振るひ天下を取る者、皆史書に見る所なり。将門、天の与へたる所は、既に武芸に在り。思ひ惟《はか》るに、等輩誰か将門に比ばむ。

ここで主張されている正当性は、第一に彼が桓武天皇五代の孫で皇統につながるということ、第二に彼が並ぶ者のない武人であり、武力によって天下を取った者が史書には多くみられるということである。

ところで、武力での王位奪取の正当性については、さきに引用した将平の諫言で、テクストがすぐにこれを否定する。これに対して将門は、「今の世の人、必ず撃ちて勝てるを以て君と為す」と反駁するが、結局、彼は、将平の言葉どおり超越者によって滅ぼされ、その死にあたって、「而るに一生の一業は猛濫を宗と為し、毎年毎月に合戦を事と為す。故に学業の輩を屑《もののかず》とせず。此れただ武芸の類を翫べり。是を以て楯に対しては親を問ひ、悪を好みては過ちを被る。然る間、邪悪の積りて、一身に覃《およ》び、不善の謗り、八邦に聞えて、終に版泉の地に殞びて、永く謀叛の名を遺せり」と、その武芸第一主義を明確に否定される。「殺生の暇に羈《つな》がれ、曾て一善の心」なく、それゆえに悪趣に落ちたとも念を押される。

ところが、もう一つの将門の正当性の主張、「将門已に柏原帝王の五代の孫なり。縦ひ永く半国を領せむに、豈運に非ずと謂はむや」という根拠を、テクストは放置している。無論、将門の敗死という事実によって、結果的には否定されるわけだが、武力による王権の侵害を否定したようには、明快に理由づけて否定しようとはしない。将門が皇統につながることを否定しなかったというのではない、それは事実であろうから否定しようがあるまい。そうではなく、桓武天皇五代の孫であるから、永く日本の半分を所有できるという将門の論理を否定していないということである。これ以前にも将門は、「苟くも将門は刹帝の苗裔にして三世の末葉なり。同じくは八国より始めて、兼ねて王城を虜領せむと欲ふ」と、王の血筋をひく三世高望王の末裔であるから、坂東から始めて都を乗っ取ることもできるという同様な論理を展開しているし、新皇を僭称する時も、「朕が位を蔭子平将門に授け奉る」とあるとおり、八幡大菩薩つまりは応神天皇の蔭子という正当化がされている。王の血統につながる者は天皇を称することが可能であり、たとえその一部であろうとも王土を支配できるという論理を、テクストは、その根拠を明示して明快に否定してはいないのである。もし仮に、臣籍に降下した王の末裔が天皇になれようはずもないという「常識」を前提としているならば、それがなぜ「常識」なのかを示さないと――きわめて困難な作業となるだろうが――、この「常識破り」を一蹴することはできない。(7) このテクストはそれを怠っている。だから、いわゆる皇孫思想に寄生する将門の論理は、論理として生き延びてしまう。

そもそも『将門記』は、その冒頭から、

夫れ聞く、彼の将門なる者は天国押撥御宇柏原天皇五代の苗裔、三世の高望王の孫なり。其の父は陸奥鎮守府将軍平朝臣良持なり。

と、帝紀形式を踏襲して将門の皇統とのつながりを主張して始まる。英雄が王の血を継承していることを強調するのは、天皇の至高性を自然に教育できるという点において、〈物語〉にとっては歓迎すべきことだからである。だから、軍記において、登場人物の皇統につながる貴種性が強調されることは、普遍的な現象である。しかし、その普遍性に触発されて受容者が間テクスト的な読みを始めたとき、事態は〈物語〉の予想しない方向へ動き出す。

受容者は、将門の高貴な系譜を示すテクスト断片から、すぐに、「その先祖を尋ぬれば、桓武天皇第五の皇子、一品式部卿葛原親王九代の後胤、讃岐守正盛が孫、刑部卿忠盛朝臣の嫡男なり」という清盛の存在や、「清和天皇の後胤…」「桓武天皇の苗裔…」、と誇らしげに名乗る源平の武将たちの多くの存在を、容易に想起できるはずだ。あるいは、源為朝の、「こはいかに、をのれが主の清盛をだにもあたはぬ敵と思ふ物を。さればこそ引退くらめ。それもことはりなり。平氏は桓武の後胤といへども、皇胤はるかに隔りたり。源氏は清和の御末、為朝迄は正く九代也。全く汝が敵対すべきにあらず。とうとう引退け」（金刀比羅本『保元物語』）という山田惟行への発言を想起できるかもしれない。そして、その想起において、しかし、彼らの誰一人として、「だから反逆は正当である」と主張したりはしなかったということに思いいたることができたとき、(8)受容の背景の中に生き延びていた将門の論理、皇孫思想に寄生した、それ故一見自然に思われる論理は、畸形なものとなってその前景に立ち現れるはずだ。そのとき、〈物語〉は思いもかけずにその「微笑み」をひきつらせるのである。そして、その瞬間、将門は〈物語〉のくびきを脱して、「英雄という悲劇」を免れ、真の意味での反逆児となる。なぜなら、この共同体を成り立たせている天皇王権の絶対不可侵性という規則を、「神明擁護」と共に支えている「神孫君臨」(9)という根拠自体が、実は自らの共同体を解体する可能性をも秘めた両刃の剣であることが、換言すれば、王の血の絶対性が、散種された王の血によって相対化されてしまう可能性が、露呈してしまうからである。寄生する将門の論理が、その宿主を衰弱死させかねないのである。それは、天皇王権の絶対不可侵性を自然に教育しようと企てる〈物語〉にとっては、まったく予期せぬ、忌避すべき「事件」であるはずだ。

『保元物語』も『平治物語』も『平家物語』もあるいは『太平記』も、この危険性を顕在化しないが、我々はもはや、これらのテクストに氾濫する源平の武士たちの名乗りを、安閑とやり過ごすことはできなくなる。それらは天皇王権の至高性を確認することを我々に強いるが、しかしそれらの散種された王の血が、将門のように反転して王の至高性を揺さ振り、相対化してしまう可能性を潜在させていることを、我々は既に知ってしまったのである。

そしてさらに、我々はこの危険性がより高いものとなって噴出する現場に出合うことさえもできる。

慈光寺本『承久記』によれば、「調伏ノ宣旨」の権威を笠に着る後鳥羽院方の武士から、「己等ハ権大夫ガ郎等ナリ」と蔑まれた、小笠原の郎等市川新五郎は、次のように王の血を愚弄する。

誰カ昔ノ王孫ナラヌ。武田・小笠原殿モ、清和天皇ノ末孫ナリ。権大夫殿モ桓武天皇ノ後胤ナリ。誰カ昔ノ王孫ナラヌ。

「誰カ昔ノ王孫ナラヌ」という市川新五郎の言葉は、はるかに将門のそれと呼応しているのである。(10)

五　可能性

『将門記』は、〈王権への反逆者の物語〉＝〈王権の絶対性の物語〉が、充分に機能しているという点において、紛う方なく、後世の軍記の先駆的作品あるいは原点である。しかし、その〈物語〉が教育目標とする、この共同体の根拠を大きく揺さ振ることによって、この〈物語〉を機能不全に陥らせる可能性をも、同時に内在させている。むろん、述べてきたように、それが受容という行為において生じる、あくまでも可能性の問題であることは確かである。しかしそれによって『将門記』が、物語の凡庸さを免れ、軍記の中でも幸福な物語たちの、先駆となりえていることも、また決定的に確かである。

注

（1）永積安明『軍記物語の世界』（朝日新聞社　一九七八、岩波現代文庫　二〇〇二）の「将門記の成立」及び「軍記物語の世界」参照。

（2）柳田洋一郎「将門記の本文叙述の構造」（「同志社国文学」一七　一九八一）参照。

（3）五十嵐力『軍記物語研究』（早稲田大学出版部　一九三一）参照。

（4）注（1）参照。

（5）将門の書状については、北山茂雄『平将門』（一九七五　朝日新聞社）、永積安明「『将門記』成立論」（「文学」四七―一一九七九）などが、『将門記』作者の手になる偽文書であると論じる。しかし、偽文書であろうとも、それがテクストにある以上、我々はそれを含めて読まざるをえない。また、それが持ち込まれる理由も考えてみなければならない。なぜ、このように矛盾するテクスト断片が並存するかについては、第五章一六七頁を参照。

(6)『東と西のかたる日本の歴史』（そしえて　一九八二、講談社学術文庫　一九九八）参照。

(7) 七世紀後半から嫡系主義の皇位継承の原則が定まったと、考えられているが、あまりに多くの例外があることは、周知のとおりである。例えば、一旦臣籍に下りながら皇親に復して、即位した字多天皇の例や、応神天皇五世孫（将門は「柏原天皇ノ五代ノ孫」）として即位した継体天皇の例との相違を説明する必要が生じるかもしれない。芝葛盛『岩波講座日本歴史　皇室制度』岩波書店　一九三四、井上光貞『日本古代国家の研究』（岩波書店　一九六五）、岩橋小弥太「天智天皇の立て給ひし常の典」（『増補　上代史籍の研究』下　吉川弘文館　一九七三）参照。

(8) 但し、義仲はそもそも王の権威にたいして無頓着であるという意味において例外である。第六章参照。

(9) 田村圓澄『日本仏教思想史研究』（平楽寺書店　一九五九）の用語による。

(10) 第七章参照。

【補説】佐倉由泰は、「『将門記』の表現世界」（「国語と国文学」七八―八　二〇〇一）において、『将門記』の表現世界は、乱による人々の受苦を問題としてとらえているとし、大津のいうような〈王権への反逆者の物語〉の枠組みでとらえること、「国家社会の歴史叙述」ととらえることに疑義を提示している。『将門記』が人々の受苦を描いていることに私は同意する。人々の苦を描いて、反逆者や権力者や世の中の不当を訴えることは常套的でさえある。私は、〈王権への反逆者の物語〉で軍記のすべてが説明できるなどとは一言もいっていない。けれども、私は『将門記』が〈王権への反逆者の物語〉によって構造化されていることを撤回しようとは思わない。佐倉は、『将門記』が、「将門に反逆者となるべき特異な資質を認めていない」というが、「新皇」と自称すること自体が、彼の異者性を示している。王権の絶対性という共同体の規則を共有しないこと、王を恐怖させるほどの尋常ではない強さ、東国という辺境性、それらがすでに彼の異者性を示しているのではないか。

それはともかく、私がいいたいのは、王権への反逆にかかわる事件を物語化しようとすると、王土の共同体では、結果として〈王権への反逆者の物語〉になってしまうということである。それは、人がそれを意識するかしないかの問題ではない。表現してみるとそうなってしまっているということなのだ。たとえ、『将門記』の「作者」が、人々の受苦を描くべきだとの使命感あるいは善意に促され、実際に見事にそれを描いたとしても、「彼」の意図を越えてそこには〈王権への反逆者の物語〉が書き込まれてしまうのである。そのように機能するものこそが、イデオロギーというに値する。私は、それをこそ問題にすべきだといっているのである。

この違いは、佐倉が、「この特徴ある書を一体いつ誰が記したのか」と自問するところに端的に知られるように、テクストの背後に個性ある作者を想定してしまうのに対し、私がそのような作者の存在を想定することを拒否するという、立場の違いを反映している（総論参照）。

第三章

陸奥話記

『陸奥話記』あるいは〈悲劇の英雄〉について

一　境界線

ユーリー・M・ロトマンは、文化モデルにおける最も一般的特徴は、内部（組織されたもの）と外部（未組織のもの）との間に境界線を引くことであると指摘する。そしてそれは、具体的な文化テクストにおいて、たとえば次のような対立として実現されるという。

内　部		外　部
自分の部族（氏族、種族）	↕	よその部族（氏族、種族）
受戒した人	↕	俗人
文化	↕	野蛮
インテリ	↕	民衆
統一的宇宙	↕	混沌

そしてさらに、物語（＝プロット）の最も典型的な構成法は、内部から外部へ、または外部から内部への越境であるとする。(1)同じことを、「テキストにおける事件とは、登場人物をして意味論的場の境界線を越えさせることである」と言い換えてもいる。(2)

〈王権への反逆者の物語〉＝〈王権の絶対性の物語〉が、この内部／外部の物語のひとつであることは、自明であり、『陸奥話記』も確実にこの〈物語〉に支配されている。

六箇郡の司に、安倍頼良といふ者有り。是れ同じく忠良が子なり。父祖の忠頼は、東夷の酋長なり。威名は大いに振ひ、部落は皆服せり。六郡に横行し、人民を劫略す。子孫尤も滋蔓し、漸く衣川の外に出づ。賦貢を輸《いた》さず、徭投を勤むること無し。代々驕奢なるも、誰人も敢て之を制すること能はず。永承の比、大守藤原朝臣登任、数千の兵を発して之を攻む。出羽の秋田城介平朝臣重成を前鋒と為し、大守は夫士を率ゐて後為り。頼良は諸部の俘囚を以《ひき》ゐて之を拒ぎ、大いに鬼切部に戦ふ。大守の軍敗績し、死する者甚だ多し。

と、『陸奥話記』は始まる。ロトマンの文化記号論の図式を用いるならば、この場合、境界線は衣川ということになる。庄司浩の指摘するとおり、衣川の関は安倍氏の支配する奥六郡の南限である。(3)共同体への反逆者である安倍頼良という異者、すなわち「六郡に横行し、人民を劫略」する「東夷」「俘囚」という《野蛮》な《よその部族》たる外部が、「衣川」という境界を越えて、《文化》的な《自分の部族》で構築された《統一的宇宙》たる内部へ、(4)「賦貢を輸さず。徭投を勤むることなし。代々驕奢、誰人も敢て之を制すること能はず」「死する者甚だ多し」というような《混沌》を持ち込むことによって、〈王権への反逆者の物語〉が始動するのである。

忠臣の役割を演じるのは、源頼義であり、清原武則である。食料もなく疲弊したわずかの軍勢で臨んだ黄の海の合戦で、一時は主従七騎で賊類の中に孤立してしまうほどの大敗を喫しても、源頼義は安倍氏の討伐をあきらめない。しかし、朝廷からの援助はまったくなく、「貞任等、益諸郡に横行し、人民を劫略す。経清、数百の甲士を率ゐて衣川の関を出でて、使ひを諸郡に放ちて、官物を徴し納む」という、《混沌》たる外部の内部への越境はとどまることがない。

ここにおいて頼義は、出羽山北の俘囚の長、清原氏に援軍を求め、清原武則は万余人を率いて頼義のもとに参じる。頼義と対面した武則は、「遥かに皇城を拝し、天地に誓ひて言く、臣既に子弟を発し、将軍の命に応ず。志は節を立つるに在りて、身を殺すことを顧みず。若し苟も死せずば、必ず空しく生きじ。八幡三所、臣が中丹を照したまへ。若し身命を惜しみ死力を致さずば、必ず神鏑に中りて先づ死せん」とあるごとく自己の忠節の思いを述べ、その思いは、「今日鳩有り、軍上を翔る。将軍以下、悉く此を拝す」と続くテクスト断片によって、超越者に納受されたことが示され、確かに彼らは小松の柵を攻略する。

しかし、あいかわらず兵糧は乏しく、その徴収のために兵を派遣し、無勢になっているところに、安倍貞任等が攻め寄せてくる。しかし、武則は、「是天の将軍に福するなり。又賊の気、黒くして楼の如し、是軍敗るるの兆なり。官軍必ず勝つことを得ん」と動じず、これを聞いた頼義は、「昔、勾践、范蠡の謀を用ゐて、会稽の恥を雪ぐを得たり。今、老臣、武則の忠に因つて、朝威の厳を露さんと欲す。今日の戦に於て、身命を惜しむこと莫れ」と命じ、官軍は大勝する。衣川の柵を攻略し、さらに鳥海の柵を攻略したとき、頼義は武則に、「頃年、鳥海の柵の名を聞きて、其の体を見ること能はず。今日、卿の忠節に因りて、初めて之に入るを得たり。卿、予が顔色を見ること如何」と尋ねる。武則はこれに対して、「足下多く宜しく王室の為に節を立つべし。風に櫛り雨に沐《かみあら》ひ、甲冑に蟣虱生ず。軍旅の役に苦しむこと、已に十余年なり。天地、其の忠を助け、軍士、其の志に感ず。是を以て、賊衆潰え走ること、積水を決する如し。愚臣、鞭を擁して相従ふのみ。何の殊功か有らん。但将軍の形容を見るに、白髪返つて半ば黒し。若し厨川の柵を破り貞任の首を得ば、鬢髪悉く黒く、形容肥満せん」と答え、頼義は、「卿、子姪を率ゐて大軍を発し、堅きを被り鋭を執り、自ら矢石に当り、陣を破り城を抜くこと、宛も円石を転すが如し。之に因りて、予が節を遂ぐることを得たり。卿、功を譲ること無かれ。但白髪返つて黒きことは、予が意も之を然りとす」と、応じる。

厨川の柵の攻略の際には、家屋を壊して堀を埋め、草を山のように積んで火を放つ。そのとき頼義は馬を下り、「遥かに皇城を拝し」、「昔、漢の徳未だ衰へず、飛泉忽ちに校尉の節に応ず。今、天の威惟《こ》れ新なり。大風老臣の忠を助くべし。伏して乞ふ、八幡三所、風を出して火を吹きて彼の柵を焼くことを」と誓言し、自ら火をつかんで、「神火」と称して、これを投げる。「是の時に鳩有り、軍陣の上を翔る。将軍再拝す。暴風忽ちに起り、煙焔飛ぶが如し」と、続けることをテクストは忘れない。

忠臣源頼義・清原武則は、「八幡三所」「天（地）」と表象される超越者の加護のもと、反逆者（＝異者＝《よその部族》）を滅ぼし《混沌》を一掃して、《統一的宇宙》たる内部の秩序を回復するのである。『陸奥話記』というテクストは、〈王権への反逆者の物語〉によって完全に構造化されている。

しかし、これは、何とも退屈極まりない風景ではないか。

二　中心／周縁

内／外という二項対立による文化モデルは、不可避的に内部からの発想によって成り立っている。たとえば、自分の部族／よその部族という分割は、まさに内部に視座があることを物語っている。だから、内部には常に正の価値が、外部には常に負の価値が与えられる。つまり、この文化モデルの外部は、内部に付随する外部にすぎない。だから、中心に対する周縁と言い換えたほうがわかりやすい。中心を活性化する周縁、中心に奉仕するよう、中心から設定された周縁である。『陸奥話記』とは、つまりはそれを構造化している〈王権への反逆者の物語〉とは、周縁を中心に迎え入れることによって、中心を活性化し共同体の健康を維持しようと試みる中心／周縁の弁証法に則った装置にほかならない。

『陸奥話記』の場合、安倍氏は、まさに周縁性を色濃く帯びている。地理的には文字どおり王土の共同体の周縁に存在するし、何よりも、大和朝廷（内部）に服属した蝦夷（外部）という俘囚としてのその両義的存在様態自体が、まさに周縁性そのものである。安倍貞任が負傷して頼義の面前に引き出されたときのようすを、テクストは、「大楯に載せて、六人して之を将軍の前に舁く、その長六尺有余、腰囲は七尺四寸。容貌は魁偉にして、皮膚は肥白なり」と記す。これは、その巨漢ぶりを表して、内部の人間とは、似つつも異なる貞任の異者性（＝周縁性）を示しているのにほかならない[5]。巨人が異者の印であることは、洋の東西を問わない。梶原正昭は、『義経記』巻一「吉次が奥州物語の事」に、「これら兄弟、丈せい骨柄人にも越えて、貞任が丈高さは九尺五寸、弟の宗任は八尺五寸、いずれも八尺に劣るはなし。中にも境冠者良増は、丈の高さ一丈三寸候ひけり」とあることや、『理慶尼記』に、「かのむねたうさたとうと申せしは。おもて三尺よほう。こゑ百里きこゆるものなり」とあることを指摘して、貞任らの巨人伝説が一般化したことを指摘しているが、それはつまり、彼らが担わされた異者性がわかりやすく増幅された結果であろう。

ところで、貞任の巨体は、「為朝ガ有様、普通ノ者ニハ替テ、ソノ長七尺バカリ也。生付タル弓取ナレバ、矢ツカ、ユ（ン）デノカヒナ四寸マサリテ長シ」（半井本）と記される『保元物語』の、鎮西八郎為朝の巨体を想起させる。

これも、「普通ノモノニハ替テ」いる為朝の異者性（＝周縁性）を表している。また、日下力は、為朝に「筑紫」という辺境性があることを示し[6]、野中哲照は、為朝の島渡り譚に辺境性への回帰と異界性の獲得をみている[7]。辺境の巨人である異者という点において、貞任と為朝はよく似ている。

野中は、周到かつ綿密に為朝の辺境性を論じており[8]、その分析については同意するところが多い。伊豆七島渡島後の為朝が、崇徳院と共に「ソトカラオビヤカスモノ」に仕立て上げられることによって、「〝外側から揺さぶられた「日本国」〟の捏造」がなされたという指摘にも、まったく同意する。しかしながら、その捏造を通して「語り手」が語ろうとしたのは、「「日本国」の相対化・客観化であり、その契機――〈太平〉から〈乱世〉へのエポック――としての「保元ノ乱」の歴史的意義であったのだ」と、素直な言葉を綴って終えてしまうことには、不満が残る。野中の論の目的はそこにはないのだが、「〝外側から揺さぶられた「日本国」〟」が「捏造」であると断じた以上は、その「捏造」の意図するところ、「相対化・客観化」の意図するところを、さらに語る必要があるはずだ。そうでなければ〈物語〉に加担することになる。

「ソトカラオビヤカスモノ」という外側は、内部に構造化された外部、中心のための周縁にすぎない。それが、あたかも内部・中心たる「日本国」を相対化するようにみえたとしても、受容者にそう認識させることこそが、この〈物語〉の戦略なのだ。為朝は、敗北後もこの〈物語〉の圏外に出ることを許されず、再び伊豆七島という周縁から、「日本国」という共同体の健康維持のために必要な危機を提供するという役割を演じさせられているのである。そういう為朝の悲劇をこそ我々は直視しなければならない。

為朝も貞任も、中心／周縁の弁証法に則ったイデオロギー教育装置である〈王権への反逆者の物語〉を稼動させるという、決定的に重要な役目を等しく果しているのである。

しかし、為朝と貞任との間には、また、大きな違いもある。為朝は〈悲劇の英雄〉であるが、貞任はそうではないということである。

三　英雄の不在

現在流通している『陸奥話記』の評価に関する「常識」の基盤にあるのは、永積安明の論文、「二軍記もの」の構造とその展開」であろう。(9) 永積は、『陸奥話記』における「衆口の話」を、「合戦記の内容を豊かに、しかも内面的にさえしている」として、「軍記もの」への口承による集団的創造力・説話的方法の導入として評価する一方、一個の作品としては、「『将門記』にえられた文学的集中性から後退している」と、結論する。すなわち、『陸奥話記』の巻頭は、「直ちに叛乱者の将門を英雄的にとらえることからはじまる『将門記』とはちがって、まず、公にまつろわざる者としての安倍氏を紹介するところからはじまっている。これは、あきらかに鎮定記の姿勢であるから、この記の主人公は、もともと乱の鎮定者としての源家の武将たちのはずであった。ところが、『陸奥話記』の構造で特徴的なのは、『将門記』が完全に将門中心であったようには、源家の頼義たちを中心にすえていないことである」とし、それは、「衆口の話」が、「事件の展開を中断し、『将門記』における将門の造形のような強烈な英雄的人物への集中をさまたげている」からであるとした。

永積の視線は、その著書『軍記物語の世界』(10)の用語を借りれば、常に「叛逆英雄像」に奪われている。同書で永積は、軍記物語を成り立たせている、「文学精神を自立させるための、発条となった核心ともいうべきものは何だろうか」と、自問し、「それは、何よりも時の権力あるいは権威に対する叛逆の精神ではなかったか」と、自答する

（結章「軍記物語の世界」）。そしてその具体的な現れとして、将門・為朝・義平・清盛・義仲・正成・師直らの人物造形をあげ、中でもその先駆的かつ最たるものとして『将門記』の平将門を、「日本文学史の中でも稀有の人物像の造形」と賞賛し、「『陸奥話記』にも、そのおもかげは認めがたい」と確認して、「ただ、はるかに中世初頭の軍記物語として起動する『保元物語』の、鎮西八郎為朝こそ、将門の雄叫びにこだまして立つ英雄像の随一である。さらにいえば、『平家物語』の木曽義仲がこの系譜をつぎ、『太平記』の反権力武将たちが、その末流を承っているにすぎない」と、言い切っている（同書Ⅲ『将門記』の成立）。永積の求める英雄としての第一条件は、権力・権威への反逆者であることであり、ことさらに彼が敗者であることを条件としてあげてはいない。しかし、永積の列挙する英雄が、すべて権力との戦いの結果、志なかばで挫折し、葬り去られた者、いわゆる〈悲劇の英雄〉であることは、間違いない。だからそもそも、勝者である源頼義が「文学的集中性」の拠り所になろうはずがないのだ。〈悲劇の英雄〉の不在。それが『陸奥話記』にとって致命的だと永積はいうのである。

一方、小松茂人は、「『陸奥話記』の虚構」[11]で、「『陸奥話記』は表面的には頼義軍の側における戦況の推移とその勝利として捉えられているが、主題はむしろそれを裏返しにした、安倍氏側の抗戦と敗北の運命を描くところにあったと私は見たいのである。むろん頼義の安倍氏追討の武勲談という一面も無視することはできないが、頼義軍の困難な戦いの背後には、安倍氏の頑強な抗戦と非運の没落が、隠微の間に、しかもかなりの具象性を持って語られていることを見逃すことはできないであろう」と論じ、主題を「安倍氏の悲劇的生」におくことによって、『陸奥話記』ははじめて「軍記物」の先駆的作品としての意義を担うものと考える」と、結論する。

また小松は、「軍記物の英雄象―為朝・義仲・義経―」[12]で、「「軍記物」には、その全体の世界を統一するような主人公的英雄像は存在しない。しかし比較的中心的な存在としてクローズアップされた武将像はないわけではない。

『将門記』の将門、『保元物語』の為朝、『平治物語』の義朝、『平家物語』の義仲・義経、『太平記』の正成・義貞などをそのような武将像の類型として考えることができるであろう。これらの武将像はいずれも敗北の運命において捉えられ、その多くは叛逆者とか悪行者とかいう烙印を押されている点で、互に共通するものがあるのである。(『太平記』の正成・義貞はいくぶん趣を異にするけれども、これもある意味の敗北者であることに変わりはない。)しかもこれを懲罰するという意識は必ずしも明瞭ではなく、むしろ滅び行く者に、かえって深い同情、哀憐の情を注ぐのが、「軍記物」作者（語り手）の表現の態度であるといってもよい」と、述べる。

小松の英雄像は、どちらかといえば、敗者であることに重きを置いているのだが、反逆と滅びを英雄の資格と考えていることは、永積と同じである。小松は、『陸奥話記』の安倍氏に対して英雄という言葉を使ってはいない。しかし、引用した『陸奥話記』の虚構」の中の「安倍氏側の抗戦と敗北の運命」「安倍氏の頑強な抗戦と非運の没落」という表現をみれば、小松が『陸奥話記』に、〈悲劇の英雄〉あるいはそのおもかげを捜し求め、そして永積とは反対に、存在していると結論している——厳密にいえば結論したいと望んでいる——ことは、明らかである。

だが、テクストを読むかぎりにおいて、永積のいうとおり、「文学的集中性」をもたらすような〈悲劇の英雄〉として安倍氏をとらえることは、やはり難しい。その困難さは、小松の安倍氏＝悲劇の英雄説が、現在流通していないという事実からもわかるし、何よりも論中の「…と私は見たいのである」「隠微の間に…見逃すことはできないであろう」という表現自体の弱さが、その困難さを物語っている。

しかし、私がここで興味を引かれるのは、両者の論の当否よりも、いわゆる歴史社会学派・日本文芸学派と一般化されるような両者の学問上の立場の差異を越えて、両者が等しく〈悲劇の英雄〉をテクストの中に追い求めているという事実である。さらには、これ以後の『陸奥話記』にかかわる言説が、あるいはその欠如の原因を探り、あるいはその代替物を捜し求めることによって、等しく〈悲劇の英雄〉の不在について語り続けてきたという事実である。そしていうまでもなく、テクストの「隠微の間に」であろうとも〈悲劇の英雄〉のおもかげを捜し求めずにはおかない小松の熱意は、我々の熱意でもあるはずだ。

しかし、なぜ、〈悲劇の英雄〉なのか。

四　英雄の機能

総論で述べたように、〈悲劇の英雄〉には三つの機能がある。《教育》と《減圧》と《隠蔽》の機能である。《教育》とは、王権の至高性を共通の規則とする共同体の完全性の神話を教育する装置である〈王権への反逆者の物語〉を稼動させる機能である。《減圧》とは、共同体内の内的緊張を解消させる機能。《隠蔽》とは、その反権力の振舞いへと受容者の視線を奪うことにより、この〈物語〉の制度性を隠蔽する機能である。この三つの機能が相乗的に作用して、〈王権への反逆者の物語〉を円滑に機能させることになる。そして、人は、《減圧》の快楽を得ようと〈悲劇の英雄〉を追い求めるのである。

共同体という秩序は、不可避的にその成員を抑圧し、共同体内に緊張を生み出し、ストレス、フラストレーションを蓄積してゆく。したがって共同体がその健康を維持してゆくためには、これを巧みに解消するための「はけ口」を設ける必要がある。その「はけ口」がスケープ・ゴートである。スケープ・ゴートについては文化人類学・民俗学・文化記号論・精神分析学・社会心理学等の分野における多くの積み重ねがあり、また、カーニヴァルや演劇や神話や物語などが、このスケープ・ゴートの仕組みをシミュレートしたものであることについても多くの言説が明らかにしている。(13)そして、軍記と呼ばれるテクスト群も、そのようなシミュレーション装置として機能する一面を持っていることは疑いようがあるまい。むろんいうまでもなく、軍記におけるスケープ・ゴートとは、体制への反逆者という異者であり、それを聖化し、受容者との緊密な共感関係を形成することによって、スケープ・ゴートであることをみえにくくしたのが〈悲劇の英雄〉だといえよう。

〈物語〉は、強大な権力に一人超人的な能力で立ち向かい、権力を破滅の危機に追い込む〈悲劇の英雄〉に受容者の視線を集めるべく言葉を組織する。これに誘導されて受容者は、その〈悲劇の英雄〉と一体化してこのシミュレーションゲームに参加し、権力を破滅の淵に追い込む。そして、権力へのフラストレーションを解消・鎮静化させるカタルシスを得ることが可能になる。もちろんこのゲームには敗北が約束されている。しかし、共同体の成員は、その共同体に安住しているかぎりにおいては、異者の究極的な勝利を決して望まないから、それはゲームに参加することの安全性を保証しこそすれ、参加への障害にはならない。なおかつ、英雄の敗北・滅亡は、小松の言葉を借りれば、「滅び行く者に、かえって深い同情、哀憐の情を注ぐ」ことを受容者に可能にし、彼にまた別のカタルシスを提供することになる。英雄の破滅を確認したとき、受容者はすでに別のカタルシスの快楽へと巧妙に誘導されているのである。そして、これらの快楽は、それを与えてくれた英雄との絆をより強固なものにする。

ところが、『陸奥話記』には〈悲劇の英雄〉が存在しない。《滅圧》の機能が欠落しているのである。それは、〈王権への反逆者の物語〉を読む快楽を、我々から奪うことになる。我々は、経験的に軍記に求めるカタルシスを得られず、ストレス、フラストレーションは浄化される機会を失う。そして裏切られた期待感は、退屈感と不満足感へと転ずる。それがおそらく、『陸奥話記』の「文学性」に対する低い評価の内実であろう。

なぜ、〈悲劇の英雄〉が不在なのかについては、柳瀬喜代志の、「いくさ語りのいちいちの話を、作者は己れの漢才の世界、日頃親しんでいる漢籍に見える辺境に功を樹てたかずかずの将軍像を通じて、あるいはそれに比擬して理解し、頼義将軍像を形成していったかと推測される。それは、平安の知識人が東国辺境の民を匈奴に擬えて考えたことと一般の事情にあろう」という指摘を紹介すれば事足りる。(14) 徹底して差別的な華夷思想が、「匈奴」安倍氏の英雄化など許すはずがない。しかし、柳瀬の指摘に導かれて名将軍頼義像の造形を確認しても、あるいは、このテクストには「人性美」が一貫して描かれているという鈴木則郎の指摘に頷いてみても、(15) やはり『陸奥話記』の不幸は救われない。「名将軍」や「人性美」は、抑圧からの解放という軍記にとって重要な快楽とは無縁である。

永積や小松が『陸奥話記』に〈悲劇の英雄〉を追い求めるのは、両者が我々と等しく、この快楽を追い求めているからに違いない。しかし、〈悲劇の英雄〉を追い求める我々の熱意とは、実はテクストの上にまでスケープ・ゴートを追い求める熱意にほかならないのである。それに無自覚であることは、〈物語〉の意のままに操られていることを意味している。

五　不幸

〈悲劇の英雄〉の不在。それは確かに、〈王権への反逆者の物語〉の重要な快楽、〈権力と戦う快楽〉を受容者から奪い、その結果として、共同体内部への広汎な流通の可能性を『陸奥話記』から奪うことになる。しかし、それはこのテクストの真の不幸では断じてない。真の不幸は別のところにある。

もし仮に、『陸奥話記』において安倍氏が〈悲劇の英雄〉化され《減圧》機能が存在していたとしても、それは、ただ、軍記に蔓延する制度的な、したがって凡庸な、〈王権への反逆者の物語〉をよりよく機能させるだけのことである。《減圧》の与える快感は、物語に対する肯定的な気分を我々に醸成して、王土の共同体の完全性という神話の《教育》効果を、より効率のよいものにする。《教育》と《減圧》の二つの機能が共時的に作動した時、この〈物語〉は、共同体存続のための装置としての務めを充分に果すことができるのである。だから、〈悲劇の英雄〉の不在は、たかだか『陸奥話記』というテクストの背後にある〈物語〉の不幸にしかすぎない。

『陸奥話記』にとっての真の不幸とは、このテクストが、この凡庸な〈王権への反逆者の物語〉を恐怖させるような畸形性を、たとえ瞬時であろうとも噴出させる可能性を、内包していないことにある。凡庸な物語が、何の波乱もなくひたすら凡庸に展開してゆくのである。

〈物語〉も予想もしなかったような異物が、〈物語〉にとっての畸形の他者として受容の現場に立ち現れ、〈物語〉の満足げな「微笑み」が不意にひきつり、テクストが〈物語〉の予想もしない開かれ方をする現場に出合うことがない。その快感——物語の快楽に対してあえて文学の快楽といってもよい——との出合いの可能性の不在、それこそが『陸奥話記』というテクストにとっての不幸である。

物語の快楽と必要性を否定するつもりはさらさらないが、どのような展開になるかをもうすでに知っていながら、それをあたかも未知のことのように錯覚して——あるいは既知のこととうすうす自覚しつつ——、自分の予想どおりの展開になることに満足して頷き、〈物語〉の意のままに教育されている風景は、やはり凡庸といわざるをえない。

六　幸福

では、我々は、その不幸に対してどのように振舞えばよいのであろうか。

兵藤裕己は、『陸奥話記』が俘囚に語り継がれたはずのヒダカミ（北上）の在地の伝承をすくい上げることができなかったことについて、「ともかく安倍氏滅亡後の北上一帯に生起したであろう「話」は、ついに畿内＝中央の文字世界とまじわることがなかった。むしろ文字世界から絶対的に遮断されたというところに、機内＝中央のアイデンティティをおびやかすヒダカミ伝承のあやうさがおもわれるのである」と、発言する。(16)『陸奥話記』という文字テクストの向こう側に「ヒダカミ伝承」を幻視する。それも確かに『陸奥話記』の不幸を生産的に活用する方法ではある。しかし、軍記というテクストを我々にとって意味あるものとするためには、文字テクストの外にユートピアを幻想する前に、その内にたとえ一瞬なりともユートピアを現実化させようとする強い意志が、まず必要である。そしてそれが、この『陸奥話記』のように不可能であるならば、その不幸に対してまず我々がとるべき態度は、その不幸から視線をそらさないこと以外にはない。

〈悲劇の英雄〉の不在という不幸は、〈悲劇の英雄〉の果す第三の機能、《隠蔽》の機能の欠落をも意味する。〈悲劇の英雄〉はその反権力・反権威的な身ぶりによって、換言すれば《減圧》機能の与える快楽によって、我々の視線を奪い、そこにあたかも反制度的な物語が語られているかのように錯覚させ、〈物語〉の本質的な制度性に我々の視線が及ばないようにして、ごく自然な《教育》を保証する機能をも果しているのである。あからさまにイデオローグ的な振舞いは、受容者の拒絶感を惹起し、《教育》の効率をはなはだしく悪くするだけである。

我々は、〈悲劇の英雄〉の反体制的な振舞いを肯定する批評的な言葉が、繰り返し発せられてきたことをよく知っている。今はもうそんなことはない、というならば、そのような言葉たちが明確に否定されずに黙認され、今に至るまで流通していると言い換えてもよい。その事実が、この《隠蔽》機能の確かさを証明している。〈王権への反逆者の物語〉とは、〈悲劇の英雄〉を用いて《減圧》しつつ《教育》し、しかもそのこと自体を《隠蔽》するという、したたかな装置なのである。

しばしば、『陸奥話記』は上からの鎮定記にすぎないと否定的にいわれるが、そもそも、軍記というものが〈王権への反逆者の物語〉によって構造化され、最終的には王権の至高性を確認させる仕組みを持っている以上、それらはみな鎮定記であるはずだ、ただそれがさまざまに隠蔽されているにすぎない。〈悲劇の英雄〉も、その隠蔽装置の重要なひとつである。だから、〈悲劇の英雄〉の不在とは、〈物語〉の《教育》の機能が無防備に露呈していることを意味している。そしてさらには、それを直視して、このテクストを構造化している〈物語〉の制度性、イデオロギー性を確認し、『陸奥話記』の不幸の本質を了解しえる可能性が提供されていることを意味している。

それを了解し、〈物語〉に奪われがちな我々の視線を鍛えて、他のテクストへとその視線を及ぼすこと、せめて、〈悲劇の英雄〉の不在という物語の不幸を、我々にとっての幸福へと転じること、それが唯一、畸形性の欠如というこのテクストの不幸に対して我々のとりえる態度ではなかろうか。

注

（1）ユーリー・M・ロトマン『文学と文化記号論』（磯谷孝訳　岩波書店　一九七九、原題「文化のタイポロジー的記述のメタ言語について」　一九六九）参照。
（2）ユーリー・M・ロトマン『文学理論と構造主義』（磯谷孝訳　勁草書房　一九七八、原題「芸術テキストの構造」一九七〇）参照。
（3）庄司浩『辺境の争乱』（教育社　一九七七）参照。
（4）『陸奥話記』の時代には、「朝敵」という用語は存在しないという。須藤敬「「朝敵」論のための覚書」（「軍記と語り物」二七　一九九一）、佐伯真一「「将軍」と朝敵」―『平家物語』を中心に―」（同前、『平家物語遡源』若草書房　一九九六再収）参照。

（5）この貞任の体躯を説明する文の典拠として、古典文庫『陸奥話記』（梶原正昭校注、現代思潮社　一九八二）は、三例をあげている。『後漢書』「耿秉列伝」の耿秉と「郭太列伝」の郭太、『晉書』「載記」にでる慕容超の巨漢を形容するものである。耿秉は匈奴を撃破した名将軍、郭太は数千人の弟子がいたという高名な儒者、慕容超は燕の国を建てた鮮卑の慕容氏の王である。何れも、地位・名声において普通の人間とは違っている。

（6）日下力「為朝像の定着―中世における英雄像の誕生―」（「日本文学」三三―九　一九八四）参照。

（7）野中哲照「為朝像の造型基調―重層論の前提として―」（「軍記と語り物」二四　一九八八）参照。

（8）野中哲照「『保元物語』の〈現在〉と為朝渡島譚」（「国文学研究」一〇四　一九九一）参照。

（9）永積安明『中世文学の成立』（岩波書店　一九六三、「国語と国文学」三七―四　一九六〇　初出）参照。

（10）永積安明『軍記物語の世界』（朝日新聞社　一九七八、岩波書店　二〇〇二）参照。

（11）小松茂人『中世軍記物の研究　続』所収（桜楓社　一九七一、「文芸研究」五一　一九六五　初出）参照。

（12）注（11）著書参照。「義仲・義経」（「国文学」三―一〇　一九五八）および「源為朝」（「国文学」九―一四　一九六四）に加筆訂正。

（13）たとえば、山口昌男『天皇制の文化人類学』（立風書房　一九八九）に、要を得た概説がある。

（14）柳瀬喜代志「『陸奥話記』述作の方法―「衆口の話」をめぐって―」（「日本文学」二八―六　一九七九、『日中古典文學論考』汲古書院　一九九九　再収）参照。

（15）鈴木則郎「『陸奥話記』―鎮定者の理論―」（「国文学・解釈と鑑賞」五三―一三　一九八八）参照。

（16）兵藤裕己「文字と伝承―『陸奥話記』の王国幻想」（「国文学」三四―一　一九八九、『物語・オーラリティ・共同体』ひつじ書房　二〇〇二　再収）参照。

『陸奥話記』の位相
――危機と快楽の不在――

一　軍記の風貌

文学史的常識は、『陸奥話記』を『将門記』と共に初期軍記として括り、軍記のジャンルの中に取り込む。戦闘を伴う国家的事件を素材とした独立した作品であること、そして何よりも、作品世界をより豊かなものにした「衆口之話」の導入を、鎌倉期の軍記の先駆的営為として評価しえるからであろう。それについて、基本的には異論はない。『陸奥話記』には確かに軍記の風貌が備わっており、我々が軍記と呼称するジャンルのテクストに期待するものを、まがりなりにも提供してくれるのである。

たとえば、将軍源頼義に従う武将たちの黄海でのさまざまな戦い、それぞれの生と死にまつわる賞賛すべき、あるいは哀れむべき、あるいはさげすむべき言動の数々は、充分に後の軍記の合戦話を連想させる。城柵の上から石を投げたり、熱湯を注いだりして敵を退けるという厨川の合戦のさまに、『太平記』における楠木正成の赤坂城や千剣破城の合戦を思い起こすことはたやすい。頼義が「神火」と称して火を放ったとき、鳩が軍陣の上をかけ、頼義が再拝するという記述に、壇ノ浦の合戦で虚空に現れた白旗を源義経が再拝した『平家物語』の話や、足利尊氏を篠村八幡から都へと導いたという『太平記』の白鳩の奇瑞を思い浮かべることもできる。捕えられた安倍貞任の十三歳になる子供の千世童子が、その美しさを惜しんだ頼義に助命されかけるものの、清原武則の「将軍、小義を思ひて巨害を忘るること莫れ」という進言により斬られてしまうという話は、承久の乱後、院方の武将佐々木広綱の子勢多伽丸が、その美しさによって一度は北条泰時によって許されかけながらも、叔父佐々木信綱の申し出によって斬られてしまうという『承久記』の話や、『平家物語』の六代の話を喚起する。あるいは、その千世童子が鎧を着て柵の外に出て勇猛ぶりを発揮するという場面に、『承久記』の伊賀判官光季の子、寿王丸の活躍を思い起こすこともできよう。さらには、安倍則任の北の方が三歳の子を抱いて水に飛び込む話に、『保元物語』の源為義北の方の入水の話や、平宗盛の子、副将の首と骸を懐にして桂川に身を投げる『平家物語』の二人の女房の話を始めとして、軍記に多く現れる水に飛び込む女性の話を連想することも許されよう。そのような連想を積極的に促すような契機は、国解の文と勅符によって事件の経緯と結果を記録に残すことに目的のある国史の征夷の記録においては、ほとんど見出せない。我々の情緒的感情を活性化させる力が、『陸奥話記』には確かにある。

征討される蝦夷《えみし》が言葉を発しているというのも、国史の蝦夷との大きな相違である。たとえば、阿久利河の事件で、子の貞任に嫌疑がかかり、頼義との対決の決意を表明する。

人倫の世に在るは、皆妻子の為なり。貞任は愚かしと雖も、父子の愛、棄て忘るる事能はず。一旦誅に伏せば、吾何ぞ忍ばんや。如かじ、関を閉ぢて聴かざるには。其れ来りて我を攻めんか、吾が衆も亦拒ぎ戦ふに足れり。未だ以て憂と為さず。縦ひ戦ひに利あらずとも、吾が儕《ともがら》等しく死せんこと亦可ならざらんや。

という安倍頼時（頼良）のような発言が、国史に載ることはない。あの阿弖流為《あてるい》ですら、一言も発することをテクストから許されず、処刑されている。あるいはまた、貞任の「聞くが如くば、官軍の食乏しく、四方に糧を求めて、兵士四散し、営中数千に過ぎずと云々。吾、大衆を以て襲ひ撃たば、必ず之を敗らん」との発言のような、蝦夷のいわば軍僉議が載ることもない。敗者の行動の背後にある感情や思いを知ることは、物語世界を堅固に構築するためには是非とも必要なことである。安倍氏は、頼時の言葉によって明瞭なように、たとえば『日本書紀』が、蝦夷について記すような、野獣のような存在としては描かれていない。少なくとも彼らは人間的情愛を理解する「人倫」として描かれている。佐伯真一は、征夷の伝統の中でみれば、異民族としてではなく同種の人間として安倍氏の側をここまで描きえたことに、大きな進展・変化を認めるべきだと擁護する。[1]ただし、それでも、以下に述べるように、彼らが、依然として内部の人間とは違う、異者としてあることは、確認しておかなければならない。

つまり、間違いなく『陸奥話記』には——それが「衆口之話」の手柄なのかは判然としないが——、テクストを受容することに楽しみを求める存在への配慮がある。それが、同じ征夷の記録でありながらも、国史のそれとの大きな違いであり、『陸奥話記』に軍記としての風貌を与えているのである。しかし、同時に、『陸奥話記』は、軍記との決定的な差異を、征夷の記録と共有している。

二　〈征夷の物語〉

景行天皇の御代、東夷が背き、辺境は乱れる。天皇は、「今東国安からずして、暴ぶる神多《さわ》に起る。亦蝦夷《えみし》悉《ふつく》に叛きて屢《しばしば》人民《おほみたから》を略《かす》む。誰人《たれ》を遣してか其の乱を平《む》けむ」と、群臣に問う。熊襲の平定を終えて戻ってきたばかりの日本武尊は、兄の大碓皇子を薦めるが、大碓はこれを拒絶し、結局日本武尊がその役目を引き受けることになる。

天皇は、日本武尊に次のように語る。

朕聞く、其の東の夷《ひな》は、識性《たましひ》暴《あら》び強《こは》し。凌犯《しのぎおかすこと》を宗とす。村《ふれ》に長《ひとごのかみ》無く、邑《むら》に首《おびと》勿《な》し。各封堺《さかひ》を貪りて、並に相盗略《かす》む。亦山に邪《あ》しき神有り。郊《のら》に姦《かだま》しき鬼有り。衢に遮り径を塞ぐ。多に人を苦しびしむ。其の東の夷の中に、蝦夷は是尤だ強し。男女《をのこめのこ》交り居りて、父子《かぞこ》別《わきだめ》無し。冬は穴に宿《ね》、夏は樔に住む。毛を衣《し》き血を飲みて、昆弟《このかみおとと》相疑ふ。山に登ること飛ぶ禽の如く、草を行《はし》ること走《に》ぐる獣の如し。恩《めぐみ》を承けては忘る。怨《あた》を見ては必ず報ゆ。是を以て、箭を頭髻《たきふさ》に蔵《かく》し、刀を衣の中に佩く。或いは党類《ともがら》を聚めて辺界《ほとり》を犯す。或いは農桑《なりはひのとき》を伺ひて人民を略む。撃てば草に隠る。追へば山に入る。故、往古《いにしへ》より以来、未だ王化《みおもぶけ》に染《したが》はず。…願はくは深く謀り遠く慮りて、姦しきを探り変《そむ》くを伺ひて、示すに威《いきほひ》を以てし、懐《なつ》くるに徳《うつくしび》を以てして、兵甲《つはもの》を煩さずして自づからに臣隷《まうしたが》はしめよ。即ち言《こと》を巧みて暴ぶる神を調へ、武を振ひて姦しき鬼を攘へ。

そして、日本武尊は、困難を乗り越えて陸奥にいたると、「吾は是、現人神の子なり」の一言で蝦夷たちを帰服させてしまう。

野蛮で人倫に外れ獣に等しく、堺を犯し王民を奪い取る境外の蝦夷を、王威を示し教喩して、教喩に従わないならば武力を振るって王化に従わせる。そのように要約しえる『日本書紀』の日本武尊蝦夷征討説話のこの枠組み、いわば〈征夷の物語〉は、この後の蝦夷の反乱事件の物語化に繰り返し利用されることになる。

三　征夷の伝統

『続日本紀』になると、さすがに「男女交り居りて、父子別無し。冬は穴に宿、夏は樔に住む。毛を衣き血を飲みて、昆弟相疑ふ」といった表現に出合うことはないが、蝦夷は依然として野蛮で蒙昧で辺境を騒がし人民を害し続けるのである。

和銅二年（七〇九）三月六日、「陸奥・越後の二国の蝦夷、野心ありて馴れ難く、屡民を害《をか》す」ので、巨勢麻呂が陸奥鎮東将軍、佐伯石湯が征越後蝦夷将軍に任命される。同五年九月二十三日、「その北道の蝦狄《かてき》、遠く阻険を憑みて、実に狂心を縦《ほしいまま》にし、屡辺境を驚かす」という状態であったが、今これを鎮めたので、時機を得て出羽国を建てるべしとの太政官の議奏があり、許される。天平九年（七三七）四月、陸奥按察史大野東人は、陸奥から出羽に至るが、雄勝村の狄俘《てきふ》が降を請うて来る。東人は、「夫れ狄俘は甚だ奸謀多く、その言恒無し。輙《たやす》く信すべからず。而れども重ねて帰順の語《ことば》有らば、仍《より》て共に平章《むけととの》へむ」と、田辺難波と相談し、難波も、「軍を発して賊の地に入るは、俘狄を教へ喩《こしら》へ、城を築き、民を居らしめむが為なり。必ずしも兵《いくさ》を窮《つく》して順服《まつろ》へるを残《そこな》ひ害《やぶ》るには非ず」と答えて、帰順を許す（十四日条）。宝亀五年（七七四）七月二十三日、鎮守将軍大伴駿河麻呂らに、「蠢《うごめ》ける彼の蝦狄、野心を悛《あらた》めず、屡辺境を侵して、敢へて王命を非《そし》る。事已むこと獲《え》ず」と、征夷の勅が下る。同十一年二月十一日にも、「夫れ狼子野心にして、恩義を顧みず。敢へて険阻を恃みて、屡辺境を犯せり。兵は凶器なりと雖も、事已むことを獲ず」と、陸奥国に征討の勅が下る。延暦二年（七八三）六月一日、出羽国が、「宝亀十一年雄勝平鹿村二郡の百姓、賊の為に略せられて、各本業を失して、彫弊殊に甚し」と、言上する。

さらに、『日本紀略』延暦二十年十一月七日条に、「陸奥国の蝦夷等、代を歴《へ》、時を渉《わた》りて辺境を侵し乱し、百姓を殺略せり。是を以て従四位上坂上田村麻呂大宿禰等を遣して、伐ち平らげ掃き治めしむるに云々。田村麻呂に従三位を授け、已下にも位を授く」との宣命体の詔がある。田村麻呂に降伏した阿弖流為と母礼《もれ》は、公卿たちの「野性獣心。反復定めなし」との意見で斬られる。元慶二年（八七八）の出羽俘囚の反乱、いわゆる元慶の乱の経緯を、

『日本三代実録』は載せるが、三月二十九日、出羽国から反乱の報が届くと、「既に知る。夷虜悖逆《はいぎゃく》し、城邑を攻焼す。犬羊狂心、暴悪性と為る」と、征討の勅を下し、さらに出羽国から苦戦の奏上があると、四月二十八日、「具さに凶類滋蔓して良民を殺略するを知る」として、援軍を送る勅を発する。藤原保則や小野春風の努力により、「賊類を教喩へ、皆降伏せしめて」（三年三月二日条）、十二月になって、反乱は、どうにか終息する。

それから一七二年後、永承六年（一〇五一）、陸奥の奥郡で反乱が起こる。いわゆる前九年の役である。この事件を物語化つまりは〈歴史〉化した文字テクストが『陸奥話記』である。その冒頭は、こう始まる。

六箇郡の司に、安倍頼良といふ者有り。是れ同じく忠良が子なり。父祖の忠頼は、東夷の酋長なり。威名は大いに振ひ、部落は皆服す。六郡に横行し、人民を劫略す。子孫尤も滋蔓し、漸く衣川の外に出づ。賦貢を輸《いた》さず、徭役を勤むること無し。代々驕奢なるも、誰人も敢て之を制すること能はず。

「東夷」「人民」「劫略」「滋蔓」などの言葉の群れは、ただちに、『陸奥話記』が〈征夷の物語〉の伝統に連なるものであることを我々に知らしめる。後にも、「貞任等、益諸郡に横行し、人民を劫略す」と出てくるが、もちろん、巻末の

戎狄《じゅうてき》強大にして、中国、制すること能はず。故に漢の高祖、平城の囲に困しみ、呂后、不遜の詞を忍ぶ。我が朝、上古に屢大軍を発し、国用多く費すと雖も、戎大なる敗れ無し。坂面伝母礼麻呂《さかものてもれまろ》、降を請ひて、普く六群の諸戎を服し、独り万代の嘉名を施す。即ち是れ北天の化現にして、希代の名将なり。其の後、二百余歳、或は猛将、一戦の功を立て、或は謀臣、六奇の計を吐く。而るに唯一部一落を服するのみにして、未だ曾て兵威を耀かし遍く諸戎を誅せしこと有らず。而れども頼義朝臣は、自ら矢石に当り、戎人の鋒を摧く。豈名世の殊功に非ずや、彼の郅支単于《しっしぜんう》を斬り南越王の首を梟せしも、何を以てか之に加へんや。

という頼義賞賛の言葉を読めば、それは自明のことだし、『陸奥話記』が基本的には征夷の記であることなどは、早くから繰り返し指摘されてきた。にもかかわらず、ここでそれを確認したのは、〈征夷の物語〉の伝統に従ったことが、このテクストにとってやはり決定的なことであったと思うからである。

四　目的と構造の類似

〈征夷の物語〉は、目的と構造において、〈王権への反逆者の物語〉と一致する。その共有される目的が、王権の至高性の確認であることは論じるまでもあるまい。

坂上田村麻呂の征討は、残念ながらその具体的経緯を欠いている。しかし、阿弖流為と母礼という辺境の異者が共同体の秩序を脅かすものの、田村麻呂という忠臣によって排除されるという構造は存在する。いまだ「神国思想」が成立せず、それゆえ超越者の意志によって国家が守られたと明示されることは、国史においてはまれだが、『日本紀略』延暦二十一年正月七日条によれば田村麻呂がその霊験を奏上して、陸奥国の三神に加階している。もちろん征夷の軍を起こすときや終戦のときに、伊勢神宮や山陵に勅使が発つという記録はしばしば認められる。宝亀十一年伊治呰麻呂《これはりあざまろ》の乱の時、陸奥鎮守副将軍百済俊哲は、賊に囲まれ窮地に陥ったが、桃生・白河郷の神十一社に祈ったところ、神力によって囲みを破ることができたので、その神々を幣社とすることを奏上している（『続日本紀』十二月二十七日条）。元慶の乱でいえば、異者は出羽の「蝦狄」、忠臣は藤原保則・小野春風である。このときも「境内群神」に祈願し、四天王像を前に調伏の法が行われ、さらには、朝廷の命によって寵寿が七人の僧を率いて出羽の国に向かい、大元帥明王を祭る大元帥法を修している（『日本三代実録』元慶二年六月二十三日、二十八日条）。忠臣たる名将軍が超越者の加護を得て、異者である夷狄を排除するのである。

しかし、〈征夷の物語〉と〈王権への反逆者の物語〉との間には、異質なところも間違いなくある。

五　異質性

第一の異質性は、〈征夷の物語〉には、化外《けがい》の民である蝦夷を、王威を示し徳を以て教喩し王化に従わせ化内の民とするという、共同体内部へ異者を取り込む〈物語〉構造があるが、〈王権への反逆者の物語〉にはそれがないという点である。もちろん化内の民、内部への取り込みといったところで、結局のところ俘囚・夷俘と命名して内部の異者として処遇し続けるわけで、実質的には「排除」と大差ないのだが、できることなら戦闘を避けて従わせることを基本とする。それは、武力で徹底的に排除するという〈王権への反逆者の物語〉のあり方とは相違する。九世紀後半の元慶の乱においても、先に『日本三代実録』にみたとおり「教喩」の言葉を見出せ、またこの乱について記した『藤原保則伝』でも、蝦狄を「国家の威信」を示し「慰撫」して「内属」させたと記され、「教喩」の観念をまだ見出せる。

第二のそして重大な異質性、それは、危機とそして快楽の不在である。〈王権への反逆者の物語〉を滑らかに効率的に機能させるのに不可欠な危機と快楽が、〈征夷の物語〉には存在しないのである。

共同体の〈歴史〉とは、常に共同体の正当性を語るものである。その正当性を語るために最も効果的なのは、たとえどのように重大な危機が訪れようとも、その危機を共同体が乗り越えてきたという「事実」を、共同体の成員たちに明示することである。王土の共同体がひょっとしたら終わるかもしれないと危機意識を高揚させて、いやしかしそんなことはありえないのだと安心させることが、この共同体がどのような規則により成り立ち、そしてその規則がいかに正当なものであるかを教育するのに最も効果的であるからだ。今自分たちが属し自分たちの生活をとりあえずは保証している共同体が終わるかもしれないという〈終わり〉の危機から〈歴史〉は構想される。軍記という〈歴史〉もまたしかりである。共同体の〈終わり〉とは、共同体の成立させている規則の解体、無効化である。この王土の共同体の規則とは、王権の至高性に他ならず、したがって軍記は、王権の危機を語る物語にならざるをえない。

しかし、〈征夷の物語〉は、王権の危機をことさら言い募ることはない。『将門記』のように、天皇自らが十日の命を仏天に請い、王位を奪われることに恐怖し、玉座を下りて両手を額の上で合わせて祈るというような場面が記されることはない。

王権の危機がないので、作品世界は、秩序から無秩序へそして秩序へという展開を、より劇的なものとして成立させることができず、受容者を満足させえない。特に後の軍記を読み慣れたものには、その平板さが強く感じられるはずだ。

〈終わり〉の危機がない以上、権力と戦う英雄は存在しえない、そして、それは、不断に我々を抑圧する権力を、崩壊の危機に追い込むという、〈権力と戦う快楽〉の〈征夷の物語〉における不在を意味する。

六　『陸奥話記』の位置

では、『陸奥話記』は、二つの〈物語〉の間で、どのように位置づけられるのであろうか。

『陸奥話記』には、蝦夷を教喩して王化に従わせ化内の民とする観念は見出せない。源頼義は武力によって安倍氏を徹底的に鎮圧し、排除する。その点において、『陸奥話記』は、〈征夷の物語〉からずれ、〈王権への反逆者の物語〉と一致する。

しかし、『将門記』のように、王権の危機が言い募られることはない。陸奥守藤原登任が、鬼切部で安倍頼良と戦って大敗を喫し、将軍源頼義は、黄海の戦いで主従含めて七騎という危機に陥るが、それが、王権の危機として表現されることはない。『陸奥話記』には、〈終わり〉の危機がなく、それ故に前述のごとく〈悲劇の英雄〉は不在であり、〈権力と戦う快楽〉は存在しない。この点において『陸奥話記』は〈征夷の物語〉と一致し、〈王権への反逆者の物語〉からずれる。

永積は、『陸奥話記』が『将門記』にみられた「文学的集中性」から後退していると評し、それは「衆口の話」が事件展開を中断し、『将門記』における将門の造形のような強烈な英雄的人物への集中を妨げており、源頼義を将門のように作品の中心に据えられなかったからであるとする。(2) 永積の称揚する「叛逆英雄」とはなりえないはずの、勝者であり体制側の人間である頼義を将門と同様に扱うという自家撞着を、ここで永積が犯していることも問題だが、『陸奥話記』の作品としての集中性を妨げているのが「衆口之話」であるというのは、理解できない。『陸奥話記』にある説話的部分がどのように文学的集中を妨げているかを、永積は具体的に指摘していない。しかし、そのあり方は、『平家物語』におけるあり方となんら変わりはなく、事件展開を中断することもない。『陸奥話記』に「文学的集中性」がないとすれば、それは、〈悲劇の英雄〉が不在であり、〈終わり〉の危機と〈権力と戦う快楽〉がないからである。その欠如ゆえに、読む者は散漫な印象を得ることになる。

教喩の観念の不在という点において、〈征夷の物語〉からずれて〈王権への反逆者の物語〉と一致し、危機と快楽の不在という点において、〈王権への反逆者の物語〉からずれて〈征夷の物語〉と一致する。問題は、それでは、何ゆえに『陸奥話記』は、そのような物語にならざるをえなかったのかということである。

七　時代後れの〈物語〉

すでに述べたように、この国は九世紀後半以降、自閉的な国家へと変貌した。自閉した王土の共同体は、その自律性・正当性を確保するために、不断に内の聖性・特権性を確認する必要にかられた。そして同時にそれは、内に属さない外、あるいは外につながる周縁部を徹底的に忌避することを伴った。もちろん、そこには、この当時の穢れ意識の肥大化が大きく影響している。天皇を中心として、同心円的に外へと行くほどに穢れた場所になってゆくのである。

それを象徴的に示すのが、王土の東西南北の境界を初めて明文化した、『貞観儀式』の「穢《きたな》く悪き疫鬼の所所村村に蔵《かく》り隠《かくら》ふるをば、千里之外、四方之境、東方陸奥、西方遠値嘉、南方土左、北方佐渡よりをちの所を、なむたち疫鬼之住かと定賜ひ行賜て」という「追儺祭文」なのである。穢れた疫鬼は、境界の外の穢れた場所こそが、棲むのにふさわしいのである。元慶の乱の時に、わざわざ出羽まで出向いて大元帥法が行われている。その問題性については、酒寄雅志や村井章介が言及している(3)。承和年間に僧常暁によって唐からもたらされたというこの法は、王土という限定された内部を隣国の敵から守り、あるいはその内部から悪人・悪鬼・鬼神等を外へ排除するという閉鎖的な法であり、その点ではこの頃に誕生した神国思想と同じである。

『日本三代実録』貞観十四（八七二）年正月二十日条によると、この正月に京都で「咳逆病」が流行り多くの人々が死んだが、それは来朝していた渤海使が「異土の毒気」を持ち込んだからであるとして建礼門の前で大祓が行われている。王土の境の外は、毒気に満ちた世界なのである。同じく『日本三代実録』の元慶二年六月十一日条によれば、この日、月次並神今食祭が行われたが、出羽の飛駅使が宮中に入ったからには、死穢に染まったというべきであるとして、天皇はこの儀礼をせず、内裏に入らなかった公卿を神祇官に遣わして執り行った。元慶の乱の影響であろうが、貴族たちに奥羽を穢れた地とみなす意識があったことを窺わせる。外と同様に、王土の辺境の地、周縁の地も深く穢れに染まっていたのである。

元慶の乱を記した九世紀中葉の『日本三代実録』や一〇世紀初頭延喜七年（九〇七）に記された『藤原保則伝』は、かろうじて「教喩」の観念を確保しえたが、乱後の一一世紀後半から十二世紀初頭の間に記されたという『陸奥話記』にはそれができなかった。蝦夷は既に「教喩」し徳化すべき対象ですらなく、穢れた忌避すべき存在へと変貌していたのである。その点で、〈征夷の物語〉は、既に過去のものになっていたのである。

元慶の乱は、その鎮圧によって蝦夷が最終的に征服され、蝦夷社会が青森県以北を別として消滅したとされる反乱であった。この乱がそれまでと異なっていた点は、それが朝廷も認めざるをえない出羽国司の圧政に対する抵抗から起こったものであり、乱の最中、蝦夷側から「秋田川以北を己の地と為さん」（『日本三代実録』元慶二年六月七日条）と、要求してきたことである。彼らは境界の画定、独立という政治的要求を突きつけているのである。彼らは、もはや獣のごとく蒙昧な存在ではなく、日本という国家と交渉できるほどに成熟した存在であった。

前九年の役にまでいたれば、奥六郡は実質的には一つの独立国家にまでなっていた。『本朝続文粋』に載る源頼義の奏状には、「数十年の間、六箇郡の内国務に従はず、皇威を忘れたるが如し」とある。安倍氏は既に数十年の間奥六郡を実質的に支配していたのであり、朝廷はそれを黙認していたのである。その支配領域を、衣川の関という南の境を越えて広げようとしたときになって、さすがに黙しがたく攻撃したというのが実状である。争乱自体にも、藤原経清などの俘囚以外の豪族たちも加わっているのであり、もはや単純な蝦夷の反乱などではなかった。経清は、兵を率いて衣川の関を出て、使者を諸郡に放って官物を徴発し、「白符を用ふべし。赤符を用ふべからず」と命じている。国印を押した正式な徴収令状を拒否するその姿勢に、日本という国家を拒絶する意志を読み取ることは決して不当ではない。

あえていえば、坂東を独立国家と宣言した百年ほど前の平将門の乱と、辺境――程度の差はあるが――における国家内国家の誕生とそれをめぐる対立という点において、事件としては類似している。しかし二つの事件は同じようには翻訳されなかった。安倍氏の反乱は、もはや古代の蝦夷の反乱とはまったく異質であり、「教喩」し「徳化」すべき蝦夷など、存在しなかった。「衆口之話」の導入などによって軍記としての風貌もそれなりに調えることもできた。しかし、それにもかかわらず、また、すでに〈王権への反逆者の物語〉によって『将門記』が記されており、事件を王権の危機と捏造して物語ることも不可能ではなかったはずであるにもかかわらず、安倍氏の反乱は、時代後れの〈征夷の物語〉によって、時代後れであるがゆえに「教喩」という視線を欠き、〈終わり〉の危機と〈権力と戦う快楽〉も獲得しえずに、不格好に翻訳されたのである。

それはいうまでもなく、将門が桓武天皇の五代の孫であり、八幡大菩薩から王位を譲るとの託宣を受けられる人物、「伏して昭穆を案ずるに、将門既に柏原帝王の五代の孫なり。縦ひ永く半国を領せむに、豈運に非ずと謂はむや」と、摂政藤原忠平に向かって堂々と主張できる存在であったのに対し、安倍氏があくまでも俘囚にすぎないことによる。事件の実質がどうであろうと、俘囚との争いは、〈征夷の物語〉によって翻訳されねばならなかったのである。なぜなら、そこには、人間の本性から発した強固で強迫的な差別のイデオロギーが作用しているからである。

八 『陸奥話記』の意義

〈征夷の物語〉は、この国で独自に生み出されたものではない。指摘されているように、『日本書紀』で景行天皇が語った蝦夷のようすは、『史記』「商君伝」や『礼記』「礼運」の夷蛮の記述を採ったものにすぎないし、国史や『陸奥話記』の将軍たちの造形が、漢の将軍たちのそれによっていることも指摘されている。そしてこの引用を促したものが、中国の中華思想、華夷思想を導入して「東夷の小帝国」たろうとしたこの国の政治的意思であることは自明であろう。

帝国は野蛮を必要とした。古代王朝のあった河南の地を、優れた文化に満たされた世界の中心である「中華」とし、そこを天の大命を受けた天子が「徳」を持って支配する。そして天子の「徳」の及ばない地を、「四夷」（南蛮・東夷・西戎・北狄）として峻別し、この「四夷」に「徳」を及ぼして教え導き、天下を拡大してゆく。「四夷」の首長は中華の天子に朝貢し、天子から冊封される。東夷の小国であった日本は、自らも帝国として自立すべくこの華夷思想を取り入れた。その結果、薩南・琉球諸島の人々は南蛮にあたるとされ、東方陸奥の人々は「蝦夷」、北方出羽の人々は「蝦狄」と命名され、(4) 王化に従い、朝貢することを強要された。

『日本書紀』斉明天皇五年（六五九）七月の条によれば、唐にわざわざ男女の蝦夷を連れて行き、「歳毎に、大和の朝に入り貢る」と、唐の天子に見せている。東夷が東夷を誇らしげに引き連れるというこの光景は、滑稽で悲惨だが、国家として認知されるためには是非とも必要なことではあった。高句麗も百済も新羅も渤海もヴェトナムも、それぞれに国家としてのアイデンティティーを確立するために華夷思想を導入した。むろんそれは、政治・文化における中国との圧倒的な差に由来するのだが、何よりもこの華夷思想が、極めてわかりやすく、自然なものと感じられたからであるに違いない。

なぜなら華夷思想とは、内部と外部との間に境界線を引き、内部に正の価値を外部に負の価値を与えるという、基本的で不可避的な、人間の世界了解のあり方を愚直に具現化したものだからである。だからこそ、この徹底して差別的な思想は、何の違和感もなく受け入れられたのである。共同体とは、まさに境界線を引いて内と外とを分け、異質なものを排除する行為によって成立する、閉ざされた意識の集合体である。国家という共同体を造るにあたって、これ以上自然で強力な思想がほかにありえようか。

この、華夷思想の導入が、人倫をわきまえぬ不気味で凶暴な蝦夷像を可能にし、〈征夷の物語〉を可能にしたのである。

蒙昧な化外の民である、つまりは「文化」というものを知らない蝦夷ごときには、至高なる王権を脅かすことなどできようはずがないのだ。王権を脅かすには資格が必要なのだ。将門・崇徳院・為朝・信頼・義朝・清盛・後鳥羽院・高時・尊氏等々、反逆者には共同体の権力組織に関与しえる程度の身分的・社会的地位が必要なのだ。夷狄など問題外である。だから、〈征夷の物語〉に〈終わり〉の危機などありえようがない。

ただし、国史の征夷の記録に王権の危機がないことを、限定的に華夷思想ゆえと断定することはできまい。王権の危機という意識が、軍記に比べれば、国史にはそもそも希薄であることはすでに述べた。けれども、藤原広嗣や藤原仲麻呂に、夷狄に対するような無根拠な侮蔑の視線が注がれることがないことは、確認すべきである。

『陸奥話記』が、史官の手で著され、その結果国史の発想を免れなかったということも考えられる。しかし、問題の所在は、国史でもない『陸奥話記』が、あるいはその史官が、なぜそれを免れえなかったかということにある。

前にも述べたように、すでに国史の時代の蝦夷など現実には存在しなかったし、反乱の現実も性格をまったく異にしていた。『将門記』という〈王権への反逆者の物語〉も誕生していた。だが、にもかかわらず、時代後れの〈征夷の物語〉によって事件は翻訳されたのである。それが、すでにあった華夷思想からくる侮蔑意識の上に、さらに、九世紀後半以降、穢れ意識の肥大化によって生じた化外の民への忌避感が重なった結果であるとするなら、蝦夷の人々に対するいわれのない差別の視線は、国史の時代よりもさらに強くなっていたといわざるをえない。国家という共同体が自閉すればするほど排除の視線も強まるのである。

アリストテレスが、人間はポリスの生物であるといったように、例外的な存在を除けば、人間は排除のシステムである共同体の内部でしか生きられない。『陸奥話記』を読むということは、共同体の生物である人間の宿業を読むことである。それは心地よい経験ではないが、繰り返しなすべき経験である。『陸奥話記』というテクストを持ちえたことは、断じて皮肉めいた言い回しなどではなく、我々にとっての慶事である。

注

(1) 佐伯真一「「朝敵」以前―軍記物語における〈征夷〉と〈謀叛〉―」(「国語と国文学」七四-一一 一九九七、『平家物語遡源』若草書房 一九九九 再収)参照。
(2) 永積安明「「軍記もの」の構造とその展開」(「国語と国文学」三七-四 一九六〇、『中世文学の成立』岩波書店 一九六三 再収)参照。
(3) 酒寄雅志「華夷思想の諸層」(『アジアのなかの日本史V』東京大学出版会 一九九三)、村井章介「王土王民思想と九世紀の転換」(「思想」八四七 一九九五)参照。
(4) 伊藤循「古代国家の領土・領域―辺境の領域支配をめぐって」(佐藤和彦・佐々木虔一・坂本昇編『地図でたどる日本史』

東京堂出版　一九九五）参照。なお、「西戎」については、薩摩・大隅に居住した隼人があたるかとも思われるが、隼人は「西戎」とはとらえられてはいないとされる。

第四章

保元物語

為朝・崇徳院考

一　超越者の意志

保元元年七月、鳥羽殿には、左大将藤原公教・参議藤原光頼・左少弁藤原顕時らの鳥羽院旧臣たちが、崇徳院挙兵の報を聞いて集まり、世のなりゆきを嘆き合う。彼らは、この事態を、「今廿六代ヲ残シテ、当今ノ御時、王法ノツキナン事コソ悲ケレ」（半井本『保元物語』）と、王土の共同体の危機としてとらえる。しかし、この事件は、それほどまでの危機であろうか。

なぜなら、たとえ、反乱を起こした崇徳院が勝利したとしても、「王法」つまりは王の施す政治や法令が尽きることなどは、断じてありえないからだ。日下力が指摘しているように、[1]『保元物語』は、御国争いとして乱を描こうとしている。そして、王家内部の位争いであるならば、本来天皇王権を中心とするこの共同体にとって、それは、本質的な危機ではないはずだ。確かに、王は代わるかもしれない。しかし、「王法ノツキナン事」などありえない。ところがそれを、このテクストは、あたかも王土の共同体自体が崩壊しかねない重大な危機であるかのように装っているのだ。保元の乱を、この王土の共同体にとっての重大な危機であるとすること自体が、〈王権への反逆者の物語〉による第一の捏造であることを、まず確認しておきたい。

『保元物語』が、神国日本を守る超越者の意志を、仰々しく持ち出すのは、その危機の装いのためでもある。

久寿二年冬、鳥羽法皇は、熊野権現に参詣して夢をみる。神殿の扉が開き小さく白い左手が差し出されて、三度、掌を返すという夢である。巫女に占わせると、法皇が明年に崩御し、その後、世の中は掌を返すように乱れるだろうとの権現の託宣であると夢解きする。翌保元元年、確かに鳥羽法皇は崩御し、乱が勃発する。『保元物語』は、その始めから、超越者の意志を起動させる。

崇徳院は、左大臣藤原頼長に、次のように、挙兵への思いを告げる。

昔ヲ以テ今ヲ思ニ、天智ハ、舒明ノ太子也。天皇ノ王子也。其数御座ケレ共、位ニ付。仁明ハ嵯峨ノ王胤、淳和天皇ノ御子達ヲ閣テ践祚シ給フ。花山ハ一条ニ先立、三条ハ後ノ朱雀ニス、ミタマウ。先蹤是多シ。我身ノ徳行ナシト云ドモ、十善ノ余薫ニ答テ、先帝ノ太子ト生レ、世澆薄也ト云ドモ、万乗ノ宝位ヲ忝ス。上皇ノ尊号ニ列ベクハ、重仁人数ノ内ニ可レ入処ニ、数ノ外ナル文ニモ武ニモアラヌ四宮ニ位ヲコサレ、父子ガ怨難レ押カリツレ共、故院、サテ御座ツル程ハ、ツナガヌ月日ナレバ、二年ノ春秋ヲ送レリシハ忍難シ。今、旧院昇霞ノ後ハ、ナンノ憚カアルベキ。我モ此時、世ヲ争ソワン事、神慮ニモ違ヒ人望ニモ背カジ物ヲ。

頼長も、東国に下ってまでも戦い抜くべきことを献策した源為義に向かって、

為義ガ重〻申状、尤モ可レ然。但、我君ハ、天照大神四十七世ノ正胤、太上法皇第一ノ皇子也。恐ハ、文武トモニカケ、芸能一ツモ御座ヌ四宮ニ位ヲコサレテ渡ラセ給事、神慮ノ御謬カ、人望ノ遺恨、只此事ニアリ。此時、如何ナル御計モ無ハ、ヰツノ時ヲカ期シサセ給ベキ。

といっている。

崇徳院側は、正統の皇位継承者は崇徳院あるいは重仁親王なのであり、後白河帝の即位は超越者の誤りであり、今回の挙兵は、超越者の意志にも人望にも沿うものであると主張するのである。彼らは超越者の意志を推し測り、それは、彼らの側にあると主張するのである。

しかし、むろん、それは否定される。まず、左京大夫藤原教長は、崇徳院に、「旧院御晏駕ノ中陰ニハ、出御アラン事、世以弥怪ヲ成ベシ。又、冥ノ知見モ、争カ御憚ナカルベキ」と、諫言する。父親の中陰に事を起こすことの不当をいい、目にみえない超越者の意志を考え慎むべきだと説得するが、聞き入れない。困惑した教長が、内大臣藤原実能にこれを訴えると、実能は次のように発言する。

カヽル事ヲ内〻勧申ス人ノアルニコソ。コハ浅猿キ御計哉。世末ニ望ムト申セ共、サスガ天子ノ御運ハ、凡夫ノ兎角思フニヨルベカラズ。伊勢太神宮、正八幡宮ノ御計也。我国ハ、辺地粟散ト云ヘ共、神明統ヲウケテ、宗廟置護給。聖朝、先代、皆弟也。クヤシト思食トモ、位ヲツギ、世ヲ取セ給事、今ニハジメヌ事也。サレバ御運ハ天ニ任セ奉テ、若御心ユカセ給ハヌ事ナラバ、ヲソラクハ御出家ナンドモアリテ、片方ニ入籠テワタラセ給テ、一宮ノ御事ヲコソ仏神三宝ニモ祈申サセ給ハヌ。就中、父崩御ノ一忌中陰ヲスゴサセ給ハズ、都ヘ出サセ給ハン事、愚意難レ及。「定御後悔アランズラン」ト、内〻御気色ヲ伺テ可レ被二申上一。

王位についてはすべてが超越者の意志のままである。凡夫である人間がそれについてあれこれと思い巡らしてはならないというのである。近衛帝や後白河の即位もすべてが超越者の意志の現れであり、「神慮ノ御謬」などということはありえないし、超越者の意志を無視して王位を奪取しようなどと企ててはならないというのである。

また、崇徳院の謀反が明確になったとき、都の人々は、うろたえて、「コハ何事ゾヤ。設新院、国ヲウバヰ給共、先院ノ御晏駕僅ニ十ケ日ノ内ニ、此御企ヤアルベキ。崇廟ノ御計、凡下ハ難レ計事也。一院隠サセ給ハズハ、只今カ、ル事ヤアルベキ」と、天照大神・八幡大菩薩のはからいをいぶかる。しかし、超越者は決して崇徳院の行為を放置はしない。

鳥羽殿に集まった鳥羽院の旧臣たちは、

> 我国ハ神国也。御裳濯河ノ御流久クシテ、七十四代ノアマツ日次モノ他事ナシ。昔、崇仁天皇ノ御時、天ツ社クニツ社ヲ定置給テヨリ以来、神ワザ事繁クシテ、国ノヰトナミ、只此事ノミアリ。是ヲ思ヘバ、夜ルノ守リ、昼ノ守リ、ナジカハヲコタリ給ベキ。

と、神国日本は神々により守られていると確信し、また、聖徳太子以来、この国には仏法が広まっており、とりわけ、白河・鳥羽の世からは神仏を敬うこと盛んであり、したがって、「神明モ定テ我国ヲ護リ給ラン。三宝モヰカデカ此国ヲステ給ベキ」と断言する。さらに、平安京は、南に八幡大菩薩、北に賀茂の明神、鬼門には日吉山王、その他、天満天神、松尾、平野、稲荷、祇園、住吉、春日、広瀬、滝田の神々が鎮座し、「日夜ニ結番シテ、禁闕ヲ守リ給フ」のだから、「タトヒ逆臣乱ヲ成トモ、争霊神ノ助ナカルベキ」と、「王法ノツキナン事」を嘆いていた旧臣たちは、「各心ツヨクゾ被二申合一ケル」ということになる。信西入道も、義朝に向かって、「朝威ヲ軽クスル物ハ、天命ヲ背ニハ非ヤ。早ク凶徒ヲ追討シテ、逆鱗ヲ休奉レ」と発言する。彼らは、超越者の意志は、現在の王の秩序を守ることにあると確信している(2)。

どちらの主張が正しいのかは、無論、結果において明白である。しかし、テクストはそれを受容者に執拗に確認させてゆく。

> 抑、今度ノ合戦破ヌル事、王事不レ危、忝ク神明ノ御計ト覚タリ。公家殊祈念深テ、日吉社ニ真筆御願書ヲ七

条ノ座主ノ宮へ奉リ給ケレバ、座主御願書ヲ神殿ニ籠テ、肝胆ヲ砕キ祈請シ申サセ給ケル験ニヤ、為義、忠正ガ子供、命ヲ惜共見ヘザリケレ共、山王ノ御計ニヤ、無レ程敵ヲタイラゲラレシ事、法験モ目出ク王威モ威シ。

と、神明、特には日吉社の加護を説き、鳥羽院の旧臣たちは、

ヨニヲビタ、シク聞ヘシ内裏モ別ノ御事渡セ給ズ。又、京中モ亡ズ。誠ニ神明ノ御助ト覚ヘタリ。末代モ猶憑シ。

と、再確認する。

神慮の誤りを言い立てた悪左府藤原頼長は、その神慮によって断罪される。

左府失セサセ給テ、職事弁官モ道暗ク、帝闕仙洞モ捨レナント、世コゾ(ッ)テヲシミ奉シカ共、不レ及レ力。春日大明神ノ捨サセ給ケレバ、凡夫ノ思ニ不レ可レ依。此左府、誠累葉摂録ノ家ニ生テ、万機内覧ノ宣旨ヲ蒙、キラ人ニモスギ、芸能世ニ被レ知給。然共、何ナル罪ノムクヰニテ、カ、ル事出来ニケン。氏長者ニ至ナガラ、神事仏事疎ニシテ、聖意ニ叶ハザレバ、我伴ハザル由、大明神御託宣有ケルトゾ承ル。

と、その死が、春日大明神の神意によるものであり、凡夫がどのように思おうともどうなるものではないことが記される。

源為朝に、お前は相伝の主と戦うつもりかと罵られた源義朝の乳母子鎌田政清が、自分は副将軍の宣旨を蒙って、逆賊と戦うのであり、相伝の主に郎等の矢が立つかどうか試してほしい、「此矢ハ政清ガ射矢ニアラズ、伊勢太神宮、正八幡宮ノ御矢ナリ」といって放った矢は、確かに為朝の顔を射削る。そして、テクストは、乱後、捕えられた為朝の額に疵があり、為朝が、「合戦ノ日、政清ニ被レ射タル」といったと、書き添えるのを忘れない。

天皇王権を中心とした共同体の秩序は、超越者の意志の下に生み出された、人知の及ばない絶対的なものであり、

たとえ一時的な混沌が訪れようとも超越者の加護によって秩序はすぐに回復するのである。このテクストは超越者の意志を凡夫の身で不遜にも推断し、その誤りを公言した崇徳院方の人々が、超越者によって断罪される様をとおして、これを確認するよう受容者に強いている。この共同体が超越者という絶対的な存在によって、人知をはるかに越えたところで、完全にコントロールされた、完璧なものであることを確認するよう受容者に強いている。我々はそれを疑うことを禁じられる。なぜなら我々には超越者の意志を検証する能力がないからである。「凡夫ノ兎角思フニヨルベカラズ」である。

もちろん、これは、天皇王権を中心としたこの共同体を保持すべく捏造された一つの虚構・トリックにすぎない。そもそも超越者という存在自体が、共同体が自らを自己絶対化するために生み出したものであることは自明である。神話は、神々がこの国を生み出したという。しかし、それは転倒した物言いである。超越者がこの共同体を生み出したのではない。共同体が超越者を捏造したのである。実は、超越者は、共同体を超越したりはしていない、共同体内に構造的に属している。超越者は、この共同体の秩序を守るべくこの共同体が捏造した装置なのである。

二　為朝

源為朝は、頼長に次のように献策する。

幼少ヨリ九国ニ居住仕テ、大事ノ合戦仕事廿余度也。或ハ、敵ヲオトスニ勝ニ乗事、先例ヲ思ニ、夜打ニハシカジ。ヰマダ天ノ明ザル前ニ、為朝罷向テ、内裏高松殿ニ押寄テ、三方ニ火ヲカケテ、一方ヲ責メンニ、火ヲ遁トスル物ヲバ、矢ニテヰトメ、矢ヲ遁トスルヲバ、火不レ可レ免。義朝バカリコソフセキ候ハンズラメ。内甲射テ射落シ候ナンズ。又、清盛ナンドガヘロ〳〵矢ハ、何事カ候ベキ。行幸他所へ成給ベシ。其時、鳳輦ノ御輿ニ、為朝矢ヲ進セバ、ハウ〳〵駕与丁《かよちやう》御輿ヲ捨テ進テ逃候ハン時、此御所へ行幸成進セテ、位スベラセ進テ、只今君ヲ御位ニ付ケマイラセン事、御疑アルベカラズ。

この為朝の策に対して頼長は、「為朝ガ計、荒儀也。臆知ナシ」と、ただちに否定する。確かに、官位もない武士が、内裏に放火し、帝の輿に矢を射かけ、位を下ろして、新帝を即位させようなどと臆面もなく公言するのは、王土の共同体の常識からして尋常ではない。

鳥羽院の旧臣たちは、

「高松殿へ押寄テ、火ヲ懸テ責メンニ、行幸他所へ成ラバ、御輿ニ箭ヲ進ベシ」ト為朝申スナレバ、君トテモ安穏ニ渡ラセ給ハン事モ難レ有。コハ如何ニ成ナンズル世中ゾヤ。伊勢大神宮ハ、百王ヲ護ラントコソ御誓アリケレ。今廿六代ヲ残シテ、当今ノ御時、王法ツキナン事コソ悲ケレ。

と恐怖する。確かに天皇の身がはなはだしい危険にさらされ、王法が尽きてしまうであろうという事態は、この共同体の秩序にとって途方もなく危険である。為朝は、恐ろしく危険な人物ということになる。

為朝像の問題については多くの発言があるが、そこに共通して認められるのは、為朝の反権力的姿勢に対する肯定的な評価である。たとえば永積安明は、「こうして、権力者をものともしなかった為朝に対する、いわば民族的な憧憬と共感とは、年とともに増幅され、いよいよ仰ぎ見るような巨大な英雄像を造りあげたのであるが、そこには、新しい時代をきりひらいた武士・領主階級の先導者たちの、まだ挫折を知らない、ういういしい精神の軌跡が、鮮明に表現されているのである」と論じ[3]、麻原美子は、「為朝の造形理論も単なる儒教倫理的理想的武人としてではなく、既成権力にはばからずに敵対し、それを否定して自己を貫く変革期の武人に求められると思うのである」と論

じる。(4)

しかし、すでに述べたように、為朝は、中心に奉仕する周縁、共同体の健康維持のために寄与する異者にすぎない。筑紫という辺境から登場し伊豆大島という辺境へ去るというように、彼が辺境の住人であるということが、まずその周縁性を指し示している。身長が七尺、左手が右手より四寸長いという異様な体形は、周縁性の指標であり、その暴力性・無頼性もそうである。「オサナクテ、余ニ不用ニテ、兄弟ニモ所ヲモヲカズ、ヲソロシキ者也」と紹介される為朝は、幼いときから乱暴で手に負えない恐ろしい者であったので、筑紫へと追放されるが、自ら惣追捕使と称して九州を攻め従えてしまう。九州からついてきた従者たちも、「箭前掃ノ須藤九郎家季」「山法師ノ還俗シタルアキマカゾエノ悪七別当」「打手ノ城八」「手取ノ余次三郎」「三町ツブテノ紀平次大夫」「トメヤノ源太」「霞五郎」といった、怪しげな異名を持つ無頼の徒から構成されている。

為朝は、その暴力性ゆえに、それにふさわしい筑紫という周縁の地へと中心から放逐される。そこで自らの暴力性をさらに強めて、都という中心へと舞い戻り、共同体を混沌の地へと変えるが、結局のところ、超越者に守られた王権の前に敗北する。その結果として共同体は秩序を更新し、為朝は、彼にふさわしい場である辺境の地、伊豆の大島へと送り届けられる。そこで再び暴力性を取り戻して伊豆七島を支配し、さらに外縁部へと向かい、一丈あまりの鬼の子孫の住む「鬼島」までをも支配し、再び中心への脅威となる。為朝は、荒ぶる力によって中心を活性化する周縁の役割を、実に律儀に果しているのである。そして、この為朝の物語を読む者は、〈権力と戦う快楽〉を堪能することになる。

昔ノ頼光ハ四天王ヲ仕テ、朝ノ御守ト成リ奉ル。近来ノ八幡太郎ハ、奥州へ二度下向シテ、貞任、宗任ヲ責落シ、武衡、家衡ヲシタガヘテ御守ト成奉ル。今ノ為朝ハ、十三ニテ筑紫へ下タルニ、三ケ年ニ鎮西ヲ随ヘテ、我ト惣追補使ニ成テ、六年治テ、十八歳ニテ都へ上リ、官軍ヲ射テカキナヲ抜レ、伊豆ノ大島へ被レ流テ、カ、ルイカメシキ事共シケル。為朝ガ上コス源氏ゾナカリケル。

と、テクストは為朝を賞賛する。朝廷の守りとなった頼光や義家よりも朝敵となった為朝を賞賛するこの言葉に同意したとすれば、それは、為朝が提供した〈権力と戦う快楽〉に充分に満足したからである。

敗北後、為朝は父為義に向かって、坂東に下り、将門がしたように我が身を「親王」(新皇)と号して、三浦や畠山といった坂東の大名たちを公卿・殿上人に任じ、関を固めて坂東を支配しようと進言する。永積安明は、平将門の雄叫びにこだまして立つ英雄像の随一として為朝を賞賛する。為朝が将門の後継者であることに異論はない。ただし、それは、共同体の健康維持システムに奉仕する周縁の暴力装置という位相においてである。

両肩をはずされ、牢のようにこしらえられた輿に乗せられ、伊豆へ流されて行く為朝は、体を揺すってその輿を壊して見せ、「何クヘモ行ベケレ共、王地ニ住身ナレバ、カクテハ被レ下ゾ」と、公言する。伊豆に下り着いて、そのようなセレモニーがあったのであろう、「流人ノ尻懸ル石」に腰掛けろと命じられても、「懸タラバ何カニ、懸ズハ何カニ」といって、とうとう腰掛けない。「強儀ヨリ外ノ事ナシ」と、テクストはつぶやく。罪人の身として、これは確かに公を憚ることを知らない傍若無人の振舞いである。彼の無頼性が強調されてはいる。しかし、同時に、そのような為朝でさえも、王土に住む身であるから、流されることは如何ともしがたいことは自覚していたと、テクストが語っていることも見逃してはならない。テクストは、為朝の反権力的言動によって我々を満足させつつ、その為朝でさえも従わざるをえない王権の絶対性を確認するよう、我々に促しているのである。

伊豆の大島に流された為朝は、自然に肩が治り、またもやその暴力性が頭をもたげる。

哀レ、安ヌ物哉。朝敵ヲ責テ、将軍ノ宣旨ヲモ蒙、国ヲモ庄ヲモ給ハルベキニ、イツモ朝敵ト成テ、流レタルコソ口惜ケレ、今者此島コソ、為朝ガ所領ナレ。

と発言する為朝は、確かに徹底した「叛逆英雄」である。しかし、また、朝敵になるのは不本意なことで、本来は、将軍の宣旨を賜って、朝敵を追討したかったともいっている。それは、官軍の大将となった兄義朝が、

我生テ、此事ニ合、身ノ幸也。私ノ合戦ニハ、朝威ニ恐テ、思様ニモ振舞ハズ。今、宣旨ヲ蒙テ、朝敵ヲ平ゲ、賞ニ預ラン事、是家ノ面目也。芸ヲ此時ニホドコシ、命ヲ只今捨テ、名ヲ後代ニ上、賞ヲ子孫ニ施スベシ。

と発言する意識と同じである。

確かに、帝の輿に矢を射かけようという為朝は、あたかも王権の至高性を認めない存在であるかのようにみえる。王権の至高性という王土の共同体の規則に対して無知であるかのようにみえる。しかし、為朝は王権の至高性を充分に認めてしまっている。この共同体の規則を踏みはずしたりはしていない。この共同体と規則を共有している。だから為朝の危険性は程よい危険性、共同体の健康を維持してゆくための程よい危険性にすぎない。彼は、この共同体と規則をまったく共有することなく、天皇王権の絶対性という神話を問題化させてしまう真の危険性を持つような外部の他者ではない。あくまでも、共同体に構造的に組み込まれた周縁の異者として、〈王権への反逆者の物語〉における役割を忠実に果すのである。為朝を、反権力の英雄と賞賛するのは、もはや慎むべきである。

三　崇徳院

崇徳院も、〈王権への反逆者の物語〉の異者の役割を忠実に果すことになる。そもそも王という存在が外部性を帯びたものであるという文化人類学的知見はさて措くとして、崇徳院は、「天子ノ御運ハ、凡夫ノ兎角思フニヨルベカ

ラズ。伊勢太神宮、正八幡宮ノ御計也」という王土の共同体の規則を逸脱し、凡夫の身でありながら超越者の意志を勝手に推し量って王への復活を望んだことによって、共同体にとっての異者となる。

敗北後、異者にふさわしい讃岐という辺境の地へ流され、都から遠く離れた「外土ノ悲」に耐えられず、望郷の思いに苦しめられた崇徳院は、自ら三年かけて書いた五部の大乗経を都の辺に置きたいと願うが、これを拒否され、「我願ハ五部大乗経ノ大善根ヲ三悪道ニ抛テ、日本国ノ大悪魔ト成ラム」と、経の奥に、舌の先を食い切って流した血で、書き付ける。その後は、髪も切らず、爪も切らず、「生ナガラ天狗ノ御姿」となって、讃岐の地で没する。その後、崇徳院に親しく仕えていた蓮如が夢をみる。為義父子らを従えた崇徳院の輿が、後白河院の御所へ打ち入ろうとするが、不動明王と大威徳明王が守護していて、追い返され、それならばと、平清盛のもとへ輿を舁き入れるという夢である。そして、清盛は過分の振舞いをするようになり、藤原成親や西光らの命を奪い、関白を流罪に処し、後白河院を鳥羽殿に幽閉する。それは、崇徳院の祟りとされた。その後も、崇徳院は方々に御幸して、人々の命を奪った。西行は、白峰の墓に詣でて歌を詠みかけ、それによって、「怨霊モ静リ給フラムトゾ聞シ」と、記される。

崇徳院は、周縁の地で怨霊と化し、都を脅かした。それは、伊豆から都を脅かした為朝と同じことである。怨霊が、反逆者と同じく、共同体を活性化し維持するために、共同体（秩序）が要求する異者（＝混沌）にすぎないことはすでに述べた。怨霊は、共同体の必要に応じて中心へと迎え入れられ、そして鎮魂という形で排除される。だから、たとえば『平家物語』で、文覚の霊が後鳥羽院を隠岐に迎え取ったように、怨霊が天皇を破滅に追いやったことはあっても、いまだかつて怨霊が王権を破滅させることは、王土の共同体には断じてない。崇徳院の怨霊は、清盛に取り憑き、混沌をもたらしたが、超越者に守られた後白河院の近くに寄ることすらもできなかったではないか。

怨霊は、超越者と同じように、共同体が自らを維持するために捏造したものにすぎない。怨霊は恐るべき存在であろう。しかし、それは必要な恐怖にすぎない。共同体に管理された恐怖にすぎない。

四　「民を皇となさん」

我々は、『保元物語』においても、〈王権への反逆者の物語〉が、事件の翻訳装置として稼働していることを確認せざるをえない。しかも、為朝や崇徳院は、乱後も異者として利用されるなど、超越者に守られた王権の絶対性・不可侵性を喧伝することにきわめて熱心なテクストであるといえよう。

ただし、金刀比羅本『保元物語』においては、〈王権への反逆者の物語〉に亀裂が走り、その滑らかな動きが阻害されて、かすかにきしんで音を立てる瞬間がある。

崇徳院を挙兵へと駆り立てたのは、彼あるいは彼の息子の重仁親王こそが王位を継承すべき正統であるという思いであった。再び金刀比羅本において、その思いを確認すると、金刀比羅本がよりそれを明確に示していることがわかる。

崇徳院は、皇位継承を、「かならずしもちやくそ《嫡庶》によるべからず」といいながらも、ただ、「当腹寵愛」ということだけで、「はるかの末弟、近衛院」に位を奪われたことを憤り、さらには今回、「嫡々正統」である重仁親王が無視されて、「数のほかの四宮」が位についたことを憤る。頼長に向かっての発言では、たとえ一旦は弟系に皇位が流れようとも結局は正統へ戻ることを、天智天皇や仁明天皇の実例をあげて示し、ところが美福門院への寵愛により、「累代の正統」である自分たち父子が差し置かれた不当性を訴え、彼自身の重祚あるいは重仁親王の即位の正当性を主張する。

また、頼長も、為義に、「但我君は是天孫の御末を受けましくて、御裳濯河のながれし忝ましくて、縦御位をさり給といふ共、太上法皇の第一の御子、御在位の間万国おだやかなりき。一宮又嫡々の正統にわたらせ御坐す」と語り、四の宮が帝位に即くことは、神慮の誤りであり、人民の恨むところであると、ここでも崇徳院父子の「嫡々正統」が、半井本以上に強調されている。

これに対して、内大臣実能は、皇位継承は、すべて天照大神・正八幡宮の計らいであり、神武天皇・崇峻天皇・嵯峨天皇・清和天皇と、兄を超えて位についた例を上げて反論し、崇徳院の根拠は相対化されてしまう。近江朝の末年には中国の相続法の影響で嫡系主義の皇位継承法が定まったとされるが、その原則が貫かれたわけではないから[5]、実例を求めれば両論とも当然成り立ってしまう。しかし、鳥羽院の旧臣たちが、「我朝はこれ神国なり。みもすそ河のながれも忝まします上、七十四代の天津日嗣たゆることなし」といい、西行が崇徳院の霊に向かって、「あな、事も忝や。天照太神四十七世の御末、太上法皇の第一の王子、御裳濯河の御流れ、〔かたじけなく〕御座て、世を治め国を治させ給事十九年、一天雲晴万人穏也」というように、いずれにしても、「御裳濯河の御流れ」、つまりは天皇の血を継承する者のみが天皇となれるということこそは、揺るがすことのできない王土の共同体の規則であることに間違いはない。崇徳院の主張する「嫡々正統」も、「御裳濯河の御流れ」がこの共同体を統治するというルールに則ってこそ可能となる。崇徳院も、「吾天御孫の苗裔をうけて、天子の位をふめり」といっている。

ところが、五部の大乗経を、都近くに置くことを拒絶された崇徳院は、「吾深罪に行れ、愁鬱浅からず、速此功力を以、彼科を救はんと思ふ莫太の行業を、併三悪道に抛籠、其力を以、日本国の大魔縁となり、皇を取て民となし、民を皇となさん」と発言する。

「皇を取て民となし、民を皇となさん」というのは、金刀比羅本系統本文に独自の言葉である。それは、崇徳院の怨みの深さをより強く訴えるためのテクストの工夫であろう。しかし、その瞬間、崇徳院という異者は、他者へと変貌する。

「皇を取て民となし、民を皇となさん」というのは、自らの存在の根拠、ひいては天皇王権の存在の根拠をもまったく無化してしまう大胆極まりない言葉である。なぜなら、「天照大神の子孫である天皇が天の下を支配する」という規則、田村圓澄の用語を借りれば(6)、「神孫君臨」こそが、「神明擁護」と並んで、この天皇王権を中心とする共同体の存在の根拠なのである。異国ではどうあろうと、この国では「民」は断じて「王」にはなれない。むろんそれは、捏造された根拠にすぎない。そして、だからこそ、その根拠を揺るがすような発言は厳に慎まなければならない。それを、かつての「王」であり、「累代の正統」であることを自らの正当性の根拠として執拗に主張してきたはずの男が、発言してしまうのである。この唐突な豹変は、唐突さゆえに我々の視線を引き付ける。「御裳濯河の御流れ」の外から王が誕生する場面を、我々に幻視せてしまう。そしてこの時、一瞬、崇徳院は、馴染み深い異者から、この共同体と規則を共有しない他者へと変貌し、〈王権への反逆者の物語〉=〈王権の絶対性の物語〉にとっての過剰な異物と化して、〈物語〉に亀裂を走らせ、きしませる。

しかし、それは、瞬間の亀裂に過ぎない。この過剰な異物によって、〈物語〉装置が作動を停止するわけでも崩壊するわけでもない。この後、崇徳院は怨霊化され、必要な異者として共同体の管理下に置かれてしまうからである。だからこそ、金刀比羅本の崇徳院がもたらす稀有な瞬間は、ますます貴重であるといえよう。

軍記には〈王権への反逆者の物語〉=〈王権の絶対性の物語〉が蔓延している。しかし、それは事故かもしれないが、確かに、テクストが王権の〈物語〉を裏切る瞬間がある。共同体の〈物語〉に抑圧されながらもかろうじてしかし確実に潜在し続けている他者の思考が、亀裂の底に一瞬ほのみえる瞬間がある。そういう瞬間に敏感にならない限り、我々は〈物語〉が望むように物語を凡庸に消費し、結果として〈物語〉に加担し続けてゆくほかはない。

注

（1）日下力「『保元物語』の方法」（解釈と鑑賞別冊「講座日本文学　平家物語」上　一九七八）参照。

（2）『増鏡』第二「新島守」にも、「保元に崇徳院の世を乱り給しだに、故院、御位にてうち勝ち給しかば、天照大神も、御裳濯川のおなじ流れと申ながら、猶、時の国王をまもり給はす事は、強きなめりとぞ、古き人〳〵もきこえし」とあり、超越者は現在の王を守ると考えられている。

（3）永積安明『軍記物語の世界』（朝日新聞社　一九七八、岩波書店　二〇〇二）参照。

（4）麻原美子「『保元物語』試論―為朝造形の論理をめぐって―」（『軍記と語り物』七　一九七〇）参照。

（5）芝葛盛『岩波講座日本歴史　皇室制度』（岩波書店　一九三四）、井上光貞『日本古代国家の研究』（岩波書店　一九六五）、岩橋小弥太「天智天皇の立て給ひし常の典」（『増補 上代史籍の研究』下　吉川弘文館　一九七三）参照。

（6）田村圓澄『日本仏教思想史研究』（平楽寺書店　一九五九）参照。

第五章　平治物語

『平治物語』の可能性

――構築と解体の自己運動――

一　物語

物語の親和力に身をゆだねることの心地よさを否定するつもりはさらさらない。物語の与えるカタルシスを、生きてゆく上で必要なものとして認めることに何の躊躇もない。

事件は、ただちに共同体内にストックされていたイメージで翻訳され、共同体内に流通してゆく。生々しい一回きりの反復不可能な事件は、かつてすでに聞いたことのある反復可能な物語に翻訳されて共同体の成員たちに届けられる。共同体の成員は、その馴染み深いイメージ群と戯れて、その事件を自然なものとして了解することになる。その了解が共同体を維持してゆく。この翻訳装置である〈物語〉のおかげで、事件は物語として共同体内の然るべき位置に登録され、共同体は安定を保つことになる。もしこの〈物語〉がなければ、我々は事件の荒々しさに曝され、安定した精神状態を保てないはずである。そのような仕組みからすれば、共同体に属さずにはいられない我々が、進んで物語のカタルシスに酔おうとすることは、当然といえば当然なことである。

しかしながら、既存のイメージから構成される物語は、必然的に凡庸であることを免れない。物語の享受の楽しみとは、幼児が既に何度も聞いたおとぎ話を、「それから、それから」と催促しつつ話してもらうような、既に知っていることがそのとおりに実現されることの楽しみにほかならない。また、その本質からして〈物語〉が共同体維持のためのイデオロギー装置として機能することも避けられない。〈物語〉はイデオロギーの〈封じ込めの戦略〉(strategies of containment)(1)の一つである。それは、境界を定め排除操作を行って、自らの関心とか思想を完璧で自己充足的なものとみる幻想を可能にするイデオロギーの基本戦略である。我々は知らず知らずのうちに、この凡庸で、そうであるがゆえに心地よい物語によって、共同体の容認するイメージを教育され、共同体の思考の規範を教育されることになる。そのことについて我々は自覚的であるべきだと思う。そうでなければ我々は、本来不自然なことを自然なことと思い込まされてしまう。共同体の思考に飼い馴らされてしまう危険がある。

〈王権への反逆者の物語〉も、そのような物語を生み出す翻訳装置の一つである。我々に必要なのは、物語の効用を認めつつも、その危険性には敏感であること、共同体に属しつつ共同体に飼い馴らされないこと、そのようなスタンスを共同体に対して取ることを可能にすることである。そういう自覚を促しえるものとして、軍記というテクスト群は、生産的に活用できるのではなかろうか。

〈物語〉の機能と〈物語〉からの解放の可能性とを、『平治物語』において探ってみたい。

二　簒奪

『平治物語』について、日下力は、王朝秩序を重んずる姿勢、「王朝体制帰属意識」が、強く出ていることを一貫して主張している。(2) その指摘について、異論はない。日下によって指摘されてきた多くのテクストの断片が、このテクストが「王朝体制帰属意識」に覆われていることを示している。日下は、そこから、特には『保元物語』とからめて「成立」の問題に進もうとするわけだが、今ここで問題にしたいのは、では「王朝体制帰属意識」が濃厚なこのテクストは、我々にとってどのような意義を持ちえるのかということ、換言すれば、「読む」という行為において発するであろうこのテクストの可能性の問題、その一点である。

さて、王朝体制とは、絶対不可侵という神話をまとった天皇あるいは上皇（院）という王を中心として機能する、権力のシステムである。被支配者側もこの共同体に属している以上は、構造的に、このシステムの一部ということになる。そういう王朝体制下の共同体に、これを維持しようと流通する物語は、必然的に常に王の絶対不可侵性を主張することになる。

『平治物語』（一類本）は、藤原信頼・源義朝の三条殿焼討ちのあと、次のような情報が都に広まったと記す。

又、京中にきこえけるは、「衛門督、左馬頭を語ッて、院御所三条殿を夜討にして火をかけけるあいだ、院内もけぶりのなかを出させ給はず」とも申、又、「大内へ御幸行幸はなりぬ」ともきこえけり。

また、信西に事の急を告げようとした舎人男は、途中出会った信西の従者右衛門尉成景の、何事があったのだという問いに、次のように答える。

何事とはいかに。京中は暗闇になりて候を。衛門督殿・左馬頭殿、大勢にて三条殿に夜討を入、やがて火をかけられて候ほどに、院内もけぶりのうちを出させ給はずとも申、又、大内へ御幸行幸なりぬともきこえ候。同夜の寅の時、姉小路殿も被二焼払一候ぬ。此夜討も入道殿をうちたてまつらんためとこそ、京中の人は申候へ。このさまをつげ申さんとて、まいり候なり。入道殿はいづかたにわたらせ給候ぞ。

さらに、六波羅からの早馬の使者は、平清盛に次のように告げる。

衛門督殿・左馬頭殿、去九日の夜、院御所三条殿へ押しよせて、火をかけられて候間、院内もけぶりの中を出させ給はずとも申、又、大内へ御幸行幸なりぬともきこえ候。少納言入道の御一門、みな焼き死に給ぬなど、申あい候。此事は日ごろよりのしたくにて候か、源氏の郎従ども、京中にのぼりあつまりて候。少納言入道(の)身上までにて候はず、御たうけもいかゞなど密言候ぞ。

つまりこのテクストで、乱の勃発時において一番に問題にされるのは、上皇・天皇の安否なのである。煙の中を抜け出せなかったという噂も、また、無事、大内裏へ脱出したとの噂もあると、まったく同じといってもよい表現を三度も繰り返して、執拗にこのことを強調しようとする。たとえば、舎人男の言葉を伝え聞いた信西の心中は、「身のほろびんことをば思はず、たゞ、主上・上皇の御事こそ御いたはられけれ」と記され、「信西がかはりまいらせずしては、たれ人か君をたすけまいらせん。いそぎ我をうづめ」と、発言したとされる。我身のことよりも上皇・天皇のことを心配して、その身代わりになるというのである。またこれより以前に信西は、「忠臣、君にかはるという天変」をみて「此時、我命をうしなひて、君にかはりたてまつらんと思ふ心」を抱いたと、テクストは記している。このテクストが、この乱を、王の命にかかわる重大な危機として、まず受容させようとの意図を持っていることは、自明である。

さらに、藤原光頼が、弟の惟方を諫める言葉の中には、次のようにある。

清盛は熊野参詣とげずして、切目の宿よりはせ上。大勢にてこそあんなれ。信頼卿がかたらふ所の兵、幾くならじ。平家の大勢、をしよせて攻めんに、時刻をやめぐらすべき。もし又、火などをもかけなば、君もいかでか安穏にわたらせ給べき。大内、灰燼の地にならんだにも、朝家の御なげきなるべし。何いはんや、君臣共、自然の事もあらば、王道の滅亡、此時にあるべし。右衛門督は御辺に大小事を申合とこそきけ。あいかまいてくひまをうかゞひて、謀をめぐらして、玉体につゝがましまさぬやうに思案せらるべきなり。主上はいづくにましますぞ。

ここでも、玉体の安否が最優先に考えられている。なぜかといえば玉体の危機は、「王道の滅亡」の危機なのである。六波羅からの報告を聞いた清盛も、「これまで参りたれども、朝家の御大事、出来るうへは、先達ばかりをまいらせて、下するよりほかは他事なし」と、自らの一門のことはさておいて、この乱を「朝家の御大事」ととらえている。

また、灰塵と化した都について、

かの咸陽宮の烟、雲とのぼりしを伝聞ては、外国のむかしなれ共、理をしる輩は歎くぞかし。いかに況哉、此平安城の灰燼となるを見ては、心あらむ人、誰か国の衰微かなしまざらん。

と記し、乱後には、

堀河天皇の御宇の嘉承二年、源義親、誅伐せられしより以来、近衛院の御宇久寿二年にいたるまですでに卅余年、天下、風静にして、民、唐堯・虞舜の仁恵にほこり、海内、波治て、国、延喜・天暦の徳政にたのしみしに、保元の合戦ありて、いくばくの年月をも送らざるに、又、兵乱出来ぬる間、「世すでに末になりて、国の亡べき時節にやあるらむ」と、心ある人は歎けり。

と記す。「国の衰微」「国の亡べき時節」の到来を訴えて危機意識を煽ろうとする。

平治の乱は、玉体の危機=王土の共同体の危機であると喧伝されるのである。ちなみに、今まで取りあげてきた表現は、すべて金刀比羅本にはないものであり、その点をみても、このテクストの執拗さを窺うことができる。

しかし、だからといって、それを特記すべきことだと、主張するつもりはない。『平治物語』は、後に示すように、藤原光頼の言葉として「天照大神・正八幡宮は、王法をば何とまぼらせ給ふぞや」と記すが、積極的に超越者の加護を主張することはない。その点は、しきりにこれを強調する『保元物語』と対照的ではあるものの、目的と基本的な構造において、〈王権への反逆者の物語〉＝〈王権の絶対性の物語〉を逸脱するものではなく、そうである以上、王権の危機が声高に語られることは、むしろ自然なことである。そして、その危機が大きければ大きいほど〈物語〉の効果が高まることは自明のことである。その方法の一つとして、『平治物語』のように、王の殺害という玉体の危機を強調するのも珍しいことではない。すでにみてきたように、『将門記』では、都の本皇朱雀天皇は将門の上洛を恐れて「十日ノ命」を仏天に請わねばならなかったし、『保元物語』でも、為朝の帝の輿に矢を射かけようという発言が、「君トテモ安穏ニ渡ラセ給ハン事モ難レ有」という不安を喚起するなど、玉体の危機はしばしば訴えられている。むしろ、『平治物語』というテクストにおける、危機意識の特徴は、玉体の危機を示す表現に現れるのではなく、それらによって危機意識を高めた上で記される、次のような表現に現れる。

それは、清涼殿の朝餉の間に右衛門督藤原信頼が居座っていることを知った藤原光頼の嘆きの言葉である。

世の中、今はかうごさんなれ。主上のわたらせ給べき朝餉には、右衛門督住て、君をば黒戸の御所にうつしまいらせたんなる。末代なれども、日月はいまだ地におち給はず。何なる前世の宿業にて、かゝる世に生をうけて、うき事のみ見きくらん。人臣の王位をうばふ事、漢朝にはその例ありといへども、本朝にはいまだ、如レ此の先規をきかず。天照大神・正八幡宮は、王法をば何とまぼらせ給ぞや。

光頼は、この乱を、藤原信頼が人臣の身で王になろうとする前代未聞の企ととらえ、王法の危機だと悲憤慷慨する。

信頼卿は、つねに小袖に赤大口、冠に巾子紙入てぞありける。ひとへに天子の御ふるまひの如なり。

と、信頼が帝の身なりをしていると記されていることをみても、このテクストが、平治の乱を、臣である信頼による簒奪事件として、絶対不可侵たるべき王権の重大な危機として、受容者に認識させるべく巧んでいることは明らかである。光頼のいうとおり、人臣の身で王位を奪った者は、中国ではどうあろうと、この国では確かにいないし、許されることではない。神国の超越者たちがそれを許すはずはないのだ。この国で王になれるのは、天皇家の血を濃く引く者だけである。

金刀比羅本『保元物語』で、讃岐に流された崇徳院は、「日本国の大魔縁となり、皇を取て民となし、民を皇となさん」と祈誓したが、まさに崇徳院の呪が現実化しかねなかったのが、平治の乱ということになる。これは確かに王土の共同体にとっては重大な危機である。「民」が「皇」になるということが現実化してしまったら、「神孫君臨」という、この天皇を中心とした共同体の根拠が無化してしまう。藤原信頼は、それを現実化するような危険な存在だとテクストは語るのである。信頼は、王土の共同体と規則を共有しない他者だと語るのである。

しかし、彼は、本当に、「民」として「皇」になろうとした簒奪者なのであろうか。我々はそう了解すべきなのであろうか。

三　乖離

このテクストが乱の原因を、まったく無能ではあるが後白河院の寵愛を受け、大臣・大将に望みを掛ける信頼と、後白河院の乳母夫として権勢を専らにする信西との対立に求めていることは、周知のことである。

しかれども、信西が権勢もいよ〱かさねて、とぶ鳥もおち、草木もなびくはかりなり。信頼卿の寵愛もいや

> いづれにて、肩をならぶる人もなし。こゝに、いかなる天魔の二人の心にいりかはりけん、その中不快、信西は信頼を見て、なにさまにもこれをば、「天下をもあやぶめ、世上をもみださんずる人よ」と見てければ、いかにもして失はばやとおもへども、当時無双の寵臣なる上、人の心もしりがたければ、うちとけ申あはするともがらもなし、ついでもあらばとためらいけり。信頼も又、なに事も心のまゝなるに、此入道をいぶせきことにおもひて、便宜あらばうしなはんとぞ案じたる。

とあるのをみても、それはわかる。

そして、信頼の目的が、信西の排除にあることも明示されている。信頼は大臣・大将になりたいと望み、後白河院がそれを信西に相談したとき、信西は身分秩序を乱すものとして強硬に反対する。大将への任官を阻止された信頼は、伏見にこもって馬や力技を習い武芸の稽古をするが、それを、「これ、しかしながら、信西をうしなはんがため也」と、テクストは明確に記している。さらに、義朝を語らうときの信頼の甘言には次のようにある。

> 信西、紀伊二位の夫たるによッて、天下の大小事を心のまゝにせり。子供には官加階ほしいまゝに申あたへて、信頼が方様をば、火をも水に申なし、讒佞至極の入道なり。此者、ひさしくあらば、国をもかたむけ、世をもみだるべき災ひのもといなり。君もさは思しめされたれども、させるつゐでなければ、御いましめもなし。いさとよ、御辺ざまとても、始終いかゞあらんずらむ。よく〳〵はからはるべきぞ。

これをみても、信頼の意図が、自分の息子たちの官位昇進をほしいままにしながら、信頼のかねてからの望みである大将任官を阻んだ信西の排除にあることは明確である。つまりこのテクストは、平治の乱の原因を信頼と信西の個人的な対立に求め、その直接的な現れである人事的な対立を、乱のきっかけとして認識するよう受容者に求めているのである。

もちろん信頼には、院あるいは天皇に対して反逆しようとの意図は、まったくない。このままでは、ますます信頼が奢って反逆者となるであろうとの信西の諌言に対しても院は、「げにもと思召たる御気色もなし」というありさまであり、信西が安禄山の乱を絵に描いて、信頼の危険性を重ねて訴えても、「げに思しめしたる御こともなかりけり」というありさまであった。院の信頼に対する盲目的な寵愛は、信西の諌言にも動じることなく存在し続けている。さらに、義朝を誘うときの、「信頼かくて候へば、国をも庄をも所望にしたがひ、官加階をもとり申さんに、天気よも子細あらじ」という発言や、「君の御気色、吉者なり」と藤原成親を語らい、あるいは二条天皇側近の藤原経宗や藤原惟方を語らう行動を見れば、信頼が院の寵愛を利用し天皇をも利用して信西排除に動いていることは、受容者には簡単に読み取れるはずである。

確かに、院の御所三条殿を焼き払いはするが、それについてもこのテクストには、「何も信西が一族にてぞあるらんとて、射伏、切殺しけり」とあり、舎人男の報告の中にも、「同夜の寅の時、姉小路殿も被二焼払一候ぬ。此の夜討も入道殿をうちたてまつらんためとこそ、京中の人は申候へ」とある。信頼たちの攻撃が信西探索のためであることは明快である。

要するに、信頼には、後白河院と対立する意志はまったくなく、院あるいは天皇に代わって王になろうと彼自身が明瞭に発言することも、まったくないのである。しかも、肝腎の王自体が危機感をもつ場面にも我々は出合えない。信頼が院御所三条殿へ押し寄せ、信西の讒言により誅されると聞いたので、東国へ下ると告げたとき、院は、「さればとよ、何ものが信頼をうしなふべかるらん」と大いに驚くだけであり、幽閉された一品御書所からの脱出を、成頼が促したときのようすも、「上皇、おどろかせ給ひて、『仁和寺のかたへこそおぼしたちめ』」と記されている。院は、ただ驚くばかりで、恐怖したり、信頼を非難したりすることはない。無論、義朝にしても、「当家の浮沈をもこゝろみ候はん事、本望にてこそ候へ」というだけで、王を侵害しようなどとはまったくいっていない。これらの信頼の言動やそれに関連するテクスト断片は、信頼が院の寵愛を利用しこそすれ、院や天皇に危害を加えようとは、ましてや位を奪おうとは考えていないことを主張しているのである。

ところが、一方でこのテクストが、この争乱は国王の危機であり王権の危機であると声高に主張することは前述のとおりである。つまり、このテクストには、王権への反逆などは視野に入れず、この争乱を信頼による信西排除のための争乱とするテクスト断片と、これを王権の重大な危機とするテクスト断片とが並存しているのである。物語の一貫性を重視し、テクストとの連帯を維持しようと努めるならば、たとえ本人に王権を侵害しようとの意志がなくても、武力によって己の望みを達しようと、王の近くを騒がすこと自体が、王権への反逆となると解釈することになろうが、それにしても、「読む」という行為における不安定さは残ってしまう。二種類のテクスト断片の乖離を完全には克服できないはずである。王権への反逆者たるべき人物にその自覚がなく、当の王自身が王権の危機だとは感じていない。これを王権の重大な危機だと力説しているのは、王の周辺の人物や心ある人、そして語り手なのである。この乖離にこだわり、テクストとの連帯を放棄する覚悟さえあれば、別様の解釈が可能になる。つまり、このテクストは、本来、王や王権を侵害するような性質のものではない、単なる院政内部の個人的な勢力争いを、あたかも王や王権の重大な危機であるかのように捏造しているのではないかという解釈である。

そう解釈しえたとき、光頼や信西の発言は、大袈裟で不自然なものと化し、まざまざとそのイデオローグ的振舞いを、いくらかの滑稽さとともに露呈することになる。その瞬間に、我々は、物語から覚醒し、〈物語〉を対象化する視点を獲得することになる。〈王権への反逆者の物語〉=〈王権の絶対性の物語〉の作動するさま、その翻訳活動を眺めることが可能になる。そして、〈物語〉がイデオロギー装置であることが、我々の前に露呈してしまったそのとき、〈物語〉はその円滑な機能を失うことになる。なぜなら、〈物語〉は、それ自体の活動を感知されない状態でなければ、不自然なものを自然だと思い込ませるその教育効果をあげることはできないからである。あからさまにイデオロギッシュな振舞いは、受容者に嫌悪感を惹起することとなり、その時点で、イデオロギー教育は不可能になる。「からくり」は知られてはならないのである。

つまり、王朝体制帰属意識の強いこのテクストは、それにふさわしく、この事件を、天皇王権の絶対不可侵性を規則とする王土の共同体の重大な危機であると認識させるべく、〈王権への反逆者の物語〉を起動させて、物語の構築を開始したものの、その拙さゆえに、この物語を解体させてしまう可能性を大きく抱え込んでいるのである。

その拙さは、結局のところテクストの目指すのが、王権の至高性を確認することにあるというところに起因する。『将門記』においても、将門が王位までも奪おうとしているとするテクスト断片と、本来彼は王権に従順であり、関東の支配を容認してもらいたいだけだというテクスト断片が並存していた。この両様の断片は矛盾するかのようにみえつつ、王権の至高性を確認するという目的において同じなのである。前者は、〈王権への反逆者の物語〉に則って危機を煽り、それが克服されることを示して至高性を確認し、後者は、反逆者も王権を決定的に無視することなどできないと示して至高性を確認しているのである。この両様のテクスト断片の並存を、違和感なく処理するほどの狡猾さは、『将門記』も『平治物語』も持ち合わせてはいなかったということである。

四　道具としての王権

『平治物語』によれば、この乱の勝敗を決したのは、王の所在である。信頼は、まず院と天皇の身柄を確保し、これを知った貴族たちは、「さるほどに、大殿・関白殿、大内へはせまいらせ給。大殿とは法性寺殿、関白とは中殿御事なり。太政大臣師方・大宮の左大臣伊通以下、公卿・殿上人、北面のともがらにいたるまで、我さきにとはせまいる。馬・車のはせちがう音、天をひゞかし地をうごかす。万人あはてたるさまなり」とあるように、我先にと駆け集まってくる。平重盛は、信頼が院・天皇の身柄を確保したと聞いて、「院内を大内にとりこめたてまつるうへは、いまはさだめて諸国へ宣旨・院宣をぞなし下らん。朝敵に成ては、四国・九国の軍勢も、さらにしたがふべからず。君の御事と申、六波羅の留守のためといふ、公私につきて、しばらくもとゞこほるべからず」と、まず、朝敵になることを恐れるが、幸いにも、天皇が六波羅に脱出し、平家は、「六波羅、皇居になりぬ。朝敵とならじとおもはんともがらはみな〳〵馳せまいれ」との触れを出す。すると、「大殿・関白殿・太政大臣・左大臣以下、公卿・殿上人、みな〳〵はせまいられけり。六波羅の門前に馬車の立所もなく、色節の下部に至まで、甲の緒をしめたるともがら相交はりて、築地のきはより河原面までひしめきあへり」という状況になる。王を求めて、貴族たちは右往左往するのである。そして、道々の関所に人を遣わし、「六波羅、皇居に成たり。御方へ参ぜざらむもの、朝敵たるべし。皆、参れ。後悔すな」と触れると、「大勢も小勢も、うちつれ〳〵六波羅へのみ参けり」という状況になる。一方、藤原成親は、院・天皇が大内から脱出し、残り留る公卿・殿上人は一人もいなくなったことを、信頼に「御運のきはめとこそおぼえ候へ」と伝え、これを聞いた信頼は、「かまへて、此事、披露し給な」と口止めをする。しかし、すでに義朝以下の武士たちが皆知っていると聞かされ、「出しぬかれぬ〳〵」といって、「踊上〳〵」して悔しがるが、結局、これが命取りになる。王を戴いたものが正当性を保証されて勝利する。たとえそれが、反逆者であろうとも、王を戴いている以上は、忠臣であるはずものが朝敵にされてしまう危険性があるわけだ。それほどに王の権力は絶対である。

もちろん、テクストは、その王の絶対不可侵性、何ものにも勝る至高性を主張しようとして言葉を組織しているはずである。しかしそういう作業をしながら、実はテクスト自身がその欺瞞性を露呈している。我々がそれに気づくことは極めて容易であろう。

このテクストにおいて王は無能である。前述のごとく信西の諫言も理解しえず、乱の最中もただ驚いているだけで、状況を主体的に判断しようとはしない。まったく受け身で、支配のために利用されているにすぎない。義朝に向かって信頼は、「信頼かくて候へば、国をも庄をも所望にしたがひ、官加階をもとり申さんに、天気よも子細あらじ」と語り、信西の首実検に同行したことを光頼に責められた惟方は、「それは天気にて候しかば」と弁明し、光頼は「こはいかに。天気なればとて、存ずる旨はいかでか一儀申さざるべき」と、さらに責める。テクストはこれらのテクスト断片が、「天気」の至高性を現すものとして読み取られることを期待しているはずである。しかしながらここでも「天気」は、ただ都合よく利用されているだけであり、そのいかがわしさをあまりにも正直に露呈してしまっている。我々は光頼と惟方の会話を、彼らが実は「天気」なるもののいかがわしさを承知のうえで、建前論で語り合っているものとして解釈することさえもできる。

つまりここで露呈していることは、王権なるものが、決して神話的存在ではなく、王朝型支配といわれる共同体の支配システム・権力システムに組み込まれた重要ではあるが一つの機能にすぎないこと、王権の至高性は、その機能を最大限に発揮させるために必要な衣裳であること、そして王権は、支配のための道具として自由に利用しえるものにすぎないということである。王権の至高性を綴るこのテクストは、その一方でそれを大きく傷つけるのである。

むろん、権力は特定の主体に帰属するものではなく、力学的システムであるという事実自体は、今の我々にとって何ら新しい驚きではない。(3)けれども、一三世紀半ばに記されたというこのテクストに、「天皇制」と称されるような権力システムの実体が、実にあっけらかんと、露呈していることに、我々は深く嘆息すべきなのだと思う。それはともかくとしても、今、〈物語〉を論じる立場から貴重であるのは、そんなこととは思ってもみず、恥ずかしいほど正直に、〈王権への反逆者の物語〉=〈王権の絶対性の物語〉による物語の構築のために言葉を組織したテクストが、それと同時にその物語を解体し、この〈物語〉を機能不全にいたらしめるという自己運動を、ここでもしているということである。

五　二つの〈物語〉

金王丸の報告談以降に後日の補入と思われる記事が多いことは、日下によって指摘されている。(4)いわゆる「源氏再興話」の後補性は、私も否定できないと思う。しかしだからといって我々は、それを除いてこのテクストを受容することは難しい。それが、今ここにある以上、それを無視することはできないし、たとえ「原作者」の意図がそこになかったとしても、我々が「原作者」の意図にそって読まねばならない義務はないし、「原作者」にそんな権利もない。人間としての「作者」という「起源」「中心」の「死」は、すでに四十年近くも前にロラン・バルトによって宣告され、(5)ミシェル・フーコーによってとどめを刺されているはずだ。(6)

さて、では、「源氏再興話」を含めて、このテクストをトータルに読んでみると、日下のいうように、明らかにそこには「ゆれ」がある。山下宏明は、このテクストについて、「全体を一本のつながりにおいて読み取り得ること」、具体的には、「後白河院の、臣下を遇するに誤った態度が信頼を奢りに導き、一門の危機を思って焦る義朝が、その信頼に結びついて平治の乱をひきおこし、その悲劇的な結末へと追い込まれたこと、しかしその義朝の遺志を頼朝・義経が継いで源氏再興の目的を達成したこと、その一門の達成を支え活力を与えるものとして、いわば巫女としての常盤の参加があること」を指摘した(7)。確かにそのように読み取ることは可能だし、一貫した作品世界を構築しようとすれば、そう読むことができる。しかしながら、それが、かなり不安定な読みであることも確かである。なぜなら我々は、そう読むためには、その読みからはみ出る多くの情報を抑圧しなければならないからである。「ゆれ」を無視する力が必要になるからである。

なぜそのような「ゆれ」が生ずるかといえば、この物語の中心的な事件である平治の乱が、述べてきたように〈王権への反逆者の物語〉として翻訳されているのに対し、ここではその〈物語〉が、まったく翻訳機能を果していないからである。「源氏再興話」は、まったく別の〈物語〉、仮に名付ければ〈敵討ちの物語〉とでもいうべきもので翻訳されているのである。たとえば、頼朝の本心は、呉越合戦の故事を引いて、「会稽の恥を雪む」ことにあるのだと説明され、巻末が、

九郎判官は二歳のとし、母のふところにいだかれてありしをば、太政入道、わが子孫をほろぼさるべしとは、思はでこそ、たすけをかるらん。今は、かれが為に、累代の家をうしなひぬ。趙の孤児は袴の中にかくれ泣かず。秦のいそんは、壺の中に養れて人となる。末絶まじきは、かくのごとくの事をや。

と記されていることからみても、テクストの興味のありようがわかる。以仁王の令旨も後白河院の院宣も、ここではまったく機能していない。あれほど王権にこだわってきたテクストは、ここではそれにまったく無関心である。頼朝や義経を動かしているのは、平家を倒し源氏再興を果そうという思いだけである。それと同時に、平家の悪行も全く記されていない。たとえば『平家物語』のように、平家の悪行が積もり、天皇王権を侵害し共同体の秩序を

乱したがゆえに、源頼朝は、王からの命令によって神仏の加護のもと朝敵平家を討ち滅ぼしたと、〈王権への反逆者の物語〉を用いて翻訳することは、充分に可能であったはずであり、そうであるならば、平治の乱の記述と違和感なく連続したはずである。ところがこのテクストはそうはしなかった。

その結果、平治の乱で王を第一に考え、乱後も、「保元の御乱にも、御方へまいりて忠節をつくし候ぬ。去年の合戦にも、身命をおしまず、忠節をいたして乱世をしづめ候ぬ。いくたびも勅命にしたがひ奉るべく候」と、院をないがしろにする経宗・惟方を捕縛した忠臣平清盛とその一門が、何の説明もなく、朝敵で流人であった源頼朝に、力によって滅ぼされてしまうという事態が現出することになる。忠臣の家は理由もなく滅び、朝敵の家は理由もなく天下を掌中にする。

もちろん、我々は、『平家物語』を読んでさえいれば、あるいは『平家物語』などから形成された常識を知っていれば、このテクストの空白をそれによって埋めることが可能である。しかし、その違和感を払拭することはできない。そして、その違和感にこだわることができれば、忠臣の役割を担わされた清盛や、朝敵・反逆者の役割を担わされた義朝やひいては信頼の輪郭は、たちまちに不鮮明となり、「本当らしさ」を失うことになる。朝敵も反逆者も〈物語〉によって割り振られた置換可能な役割にすぎないことが露呈してしまう。〈王権への反逆者の物語〉は、「本当らしさ」を失い、我々はこの〈物語〉を対象化することが可能になる。

つまり、ここでも、テクストは、自らが機能させた〈物語〉の〈物語〉性を、つまりはイデオロギー装置のイデオロギー性を露呈して、その円滑な動きを自ら妨げようとするのである。

六　自覚

以上、『平治物語』というテクストの構築と解体の自己運動について、三点に及んで論じた。これは、無論テクストの意図したことではないであろう。それは、物語化の拙さに起因したものである。このテクストは、事件の翻訳に明らかに失敗している。しかし、ここにこそこのテクストの可能性がある。〈物語〉という形で論じてきた共同体の思考・イデオロギーが、人の世界了解とそれに基づく言語活動をどのように支配するかの実態を示して、それを注視すべきだとの警告と、しかし注視できればやすやすとそれに丸め込まれることはあるまいとの自信を、我々に与える可能性が、ここにはある。共同体の思考、権力の〈封じ込めの戦略〉に対する自覚を促しえる可能性が、ここにはある。

くどいようだが、物語の心地よさを否定するつもりはない。その必要性も認めよう。しかし、少なくとも、その危険性に無自覚に、あるいは無自覚を装って、〈物語〉に加担する美辞を綴るべきではない。

注

（1）マルクス主義批評の用語。フレドリック・ジェイムソン『政治的無意識　社会的象徴的行為としての物語』（一九八一、大橋洋一・木村茂雄・太田耕人訳　平凡社　一九八九）参照。

（2）日下力「初期平治物語の一考察—陽・学本の志向—」（『軍記と語り物』七　一九七〇）、「『平治物語』初期作者の心—義朝像の問題から—」（『国文学研究』五一　一九七三）、「保元物語と平治物語の位相・『平治』から『保元』へ」（『日本文学講座4　物語・小説Ⅰ』大修館書店　一九八七）参照。以上、『平治物語の成立と展開』（汲古書院　一九九七）再収。

（3）たとえば、ミシェル・フーコー『監獄の誕生』（一九七五、田村俶訳　新潮社　一九七七）、同『性の歴史Ⅰ知への意志』（一九七六、渡辺守章訳　新潮社　一九八六）参照。
（4）注（2）、「保元物語と平治物語の位相・『平治』から『保元』へ」参照。
（5）ロラン・バルト「作者の死」（一九六八）、「作品からテクストへ」（一九七一）参照。『物語の構造分析』（花輪光訳　みすず書房　一九七九）所収。
（6）ミシェル・フーコー『作者とは何か？』（一九六九、清水徹・小西忠彦訳　哲学書房　一九九〇）参照。
（7）山下宏明『『平治物語』の読み―常盤の物語をめぐって―』（「文学」五二―四　一九八四）参照。

【補説】河内祥輔は、『保元の乱・平治の乱』（吉川弘文館　二〇〇二）において、十二月九日の三条烏丸殿の襲撃事件について、「すなわち、この事件に登場する貴族は、すべて後白河とその側近ばかりである。これは後白河とその側近だけの、狭く限られた人間関係の中の事件であった。後白河が信西という一人の側近を抹殺したというだけの、小さな事件なのである」（一三五頁）と、論じる。信頼に後白河院に背く理由がないこと、謀反人とされたのは信西であるということ、三条烏丸殿の火災は失火とも考えられること、事件後も後白河・二条が院・天皇として普通の生活を続けていたことなどを根拠としてあげ、事実は、鳥羽法皇の決めた二条天皇の直系化を嫌った後白河院が、守覚を帝位につけるため、鳥羽法皇の遺志を遵守しようとする信西を、信頼を使って排除した事件であると推量する。

肝心の後白河院首謀者説を始めとして、史料が乏しいという制約もあって、推論による部分が多いのだが、九日の事件が信西の排除を目的に起こされたものであり、信頼に謀反の意図はなかったという点に関しては、説得力がある。

それが、信頼の謀反であるとされてしまったのは、院と天皇が六波羅へ脱出してからの二十五・二十六日の合戦後に生れた認識の反映であるとするが、史実はともあれ、王にまつわる暴力的な事件を、王土の共同体の歴史叙述として言説化する場合、それは、必然的に王の危機と回復の物語にならざるをえないというのが、私の立場である。

第六章　平家物語

義仲考

一　排除と供犠のメカニズム

共同体は外（混沌）に対する内（秩序）としてある。共同体はその周縁部から異者を導入して、あるいはスケープ・ゴートを捏造して、それを排除することによって自らを活性化し維持する。

『平家物語』を、そのような共同体の排除と供犠のメカニズムの現れとして論じようとする試みとして、たとえば生形貴重は、物語の構成を、

(1)　清盛の悪行の進行（殿下乗合事件・鹿谷事件・皇子誕生）

(2)　清盛悪行の超過（重盛死去・以仁王事件・遷都・清盛死去と頼朝登場）

(3)　清盛一族の滅亡（源平の相克・平氏の放逐・頼朝の世の誕生）

と、分析し、それを「秩序・制度の瓦解→カオスの出現→秩序・制度の回復」ととらえ、さらに、これを推し進めるのが冥界の意志であると論じている。(1) この分析は、延慶本についてのものであるが、このような物語の構造は、

これから対象とする覚一本でも、他の諸本でも同じであるし、私も同意する。しかし、つまりこれは、『平家物語』が、あのうんざりするほど制度的で凡庸な〈王権への反逆者の物語〉であることを示していることにほかならないのではなかろうか。

二　源頼朝

まず、源頼朝についてその〈物語〉における機能を確認しておきたい。『平家物語』巻五「早馬」において、畠山庄司重能は、源頼朝挙兵の報が平家にもたらされたとき、「僻事にてぞ候らん。したしうなッて候なれば、北条は知り候はず、自余の輩は、よも朝敵が方人をば仕候はじ。いま聞しめしなをさんずる物を」と述べ、平清盛は、「神明三宝もいかでかゆるさせ給ふべき。只今天のせめかうむらんずる頼朝なり」と述べる。これを受けてテクストは、「朝敵揃」において、神武天皇の御代の土蜘蛛から平治の乱の藤原信頼までの名を朝敵としてあげ、「すべて廿余人、されども一人として素懐をとぐる物なし。かばねを山野にさらし、かうべを獄門に懸けらる」と記す。このような文脈によって、我々は、だから朝敵頼朝も同じような末路を辿ることになるだろうと読むことを強いられるわけだが、我々は、それに素直には従えない。なぜかといえばもちろんのこと、我々の多くは、普通、頼朝がそうならなかった事実を知っているからであるが、それと同時に、頼朝が滅亡を予定された朝敵ではないと、我々が感得するように、テクストが言葉を組織しているからである。

それは、「早馬」の直前にある源雅頼の青侍の夢の話から始動する。周知のように、ここでは、厳島大明神が王権の守護のために平家に預けた大将軍の節刀（それはすでに巻三「大塔建立」で知らされているわけだが）を、頼朝に預け直すことが、超越者たる神々の議定の場で決定されている。なるほど、畠山重能は頼朝を「朝敵」と呼び、清盛は、「神明三宝もいかでかゆるさせ給ふべき。只今天のせめかうむらんずる頼朝なり」という。しかし既に青侍の夢を知っている我々にとっては、これは神々から見放され、その意志を知ることができない愚者の言葉として響くことになる。特に清盛の言葉などは、滑稽なものとしてとらえられるだろう。なぜなら、「只今天のせめかうむらんずる清盛なり」と読み替えられることに、簡単に気づくはずだからである。

そして、これに続く「朝敵揃」にも頼朝の名は一切出てこない。「かうべを獄門に懸けらる」のあと、だから頼朝もとは続けず、「宣旨ぞ」と呼びかけられて、平伏して捕えられた神泉苑の鷺の話へとずれ、結局のところこの章段は、王威の素晴らしさを語ることに終始してしまう。確かに、頼朝を朝敵だと読み取らせる文脈はある。しかし、決して名をあげて、そうだとは断言していない。

このあと、「咸陽宮」の話が続く。この話は「蒼天ゆるし給はねば、白虹日をつらぬいて通らず。秦の始皇はのがれて、燕丹つゐにほろびにき」と、その結部にあるごとく、超越者（蒼天）の支持しない反逆は成功しないという例として引かれる。そして、「されば今の頼朝も、さこそはあらんずらめと、色代する人々もありけるとかや」と結ぶ。テクストは、頼朝が燕丹のように滅びるというのは、「色代」つまりは「お世辞」にすぎないと語るのである。頼朝を燕丹と同様に了解してはならないと、我々に働きかけるのである。我々もそれに従うはずである。なぜなら、頼朝が燕丹とは違って超越者（神々）に支持されていることを、青侍の夢ですでに知らされているのだから。

さらに、「福原院宣」にいたれば、実は、頼朝が挙兵以前に院宣を受けていたことが示され、実際においても、頼朝は朝敵ではなかったことを知ることになる。その院宣は、次のとおりである。

頃年より以来、平氏王皇蔑如して、政道にはゞかる事なし。仏法を破滅して朝威をほろぼさんとす。夫我朝は神国也。宗廟あひならんで、神徳これあらたなり。故に朝廷開基の後、数千余歳のあひだ、帝猷をかたぶけ、国家をあやぶめむとする物、みなもッて敗北せずといふ事なし。然則且は神道の冥助にまかせ、且は勅宣の旨趣をまもッて、はやく平氏の一類を誅して、朝家の怨敵をしりぞけよ。譜代弓箭の兵略を継、累祖奉公の忠勤を抽でて、身をたて家をおこすべし。ていれば院宜かくのごとし。仍執達如件。

治承四年七月十四日　　前右兵衛督光能が奉はり

謹上前右兵衛佐殿へ

振り返ってみれば、「朝敵揃」「咸陽宮」は、この院宣に記される、「故朝廷開基の後、数千余歳のあひだ、帝猷をかたぶけ、国家をあやぶめむとする物、みなもッて敗北せずといふ事なし」ということの、実例をあげての証明になっている。そして、「早馬」の青侍の夢は、頼朝が「神道の冥助にまかせ」て「平氏の一類を誅して、朝家の怨敵をしりぞけ」ることを保証しているのである。

ここにいたって、頼朝は、朝敵などではなく、超越者たる神々の意志のもとに朝敵平家を打倒し、王権を守る人物であることが、明確になる。テクストは頼朝を朝敵だとする素振りをみせつつ、真実はまったく逆なのだと受容者を誘導するのである。

兵藤裕己は、「朝敵揃」の記事を引いて「これら「朝敵」の延長上に内乱の勝者頼朝が位置付けられる」とするが(2)、受容者が受容の現場でそのように頼朝を位置づける可能性は、以上のようなテクストのありようから考えて、極めて低い。頼朝は、朝敵の延長上にはいない、彼は始めから体制に、共同体の内部に組み込まれている。

兵藤のいうように、頼朝追討の宣旨と平家追討の院宣とが互いを相対化し、正統と異端とが時代の力関係でしか決定されないことが、ここでは確かに露呈している。しかし、王土の共同体を保証する超越者の加護は頼朝に向けられているのである。院宣に見事に要約されているような〈王権への反逆者の物語〉＝〈王権の絶対性の物語〉の「忠臣」という装置として、頼朝は登場するのである。

「朝敵揃」「咸陽宮」は、頼朝個人の存在にかかわる挿話としては機能しない。そこでテクストが主張したいことは、頼朝が朝敵であることではなく、王権が不可侵の絶対的存在であるということである。本来朝敵でない頼朝を朝敵と認識させるようなテクストのあり方は、確かに不注意ではあるが、しかし、そうしてでも王権の不可侵性を訴えようとするテクストの情熱にこそ、我々は視線を注ぐべきであろう。

頼朝は、その後も、〈物語〉に与えられた役割に忠実に、平家を滅ぼしてゆく。たとえば、富士川の合戦の勝利に際しては、「兵衛佐馬よりおり甲を脱ぎ、手水うがいをして、王城の方をふしおがみ、『これはまッたく頼朝がわたくしの高名にあらず。八幡大菩薩の御ぱからひなり』」（巻五・五節之沙汰）と、その言動が記され、壇ノ浦では、源氏の船のへさきに漂う白旗を、頼朝の代官源義経が、「『是は八幡大菩薩の現じ給へるにこそ』とよろこんで、手水うがひをして、これを拝したてまつる」（巻十一・遠矢）のである。彼の勝利は、あくまでも超越者の加護による。また、生け捕りの平重衡に向かって、「平家を別して私のかたきと思ひ奉る事、ゆめ〳〵候はず。たゞ帝王の仰こそおもう候へ」（巻十・千手前）と語りかけ、重衡の出家の願いに対しては、「それ思ひもよらず。頼朝が私のかたきならばこそ。朝敵としてあづかりたてまッたる人なり。努〳〵あるべうもなし」と、拒絶する。同じように平宗盛に対しても「朝敵となり給ひて、追討すべき由、院宣を給はる間、さのみ王地にはらまれて、詔命をそむくべきにあらねば、力不﹂及」（巻十一・大臣殿被斬）と語りかける。頼朝は、私怨からではなく、あくまでも王権を重んじて、王権の命によって朝敵平家を排除したのである。彼は、〈王権への反逆者の物語〉を実に滑らかに機能させるのである。

三　平清盛

さて、この〈王権への反逆者の物語〉で主役を務めるのが清盛であり平家一門であるのだが、彼らがその役割を忠実に演じてゆくことに言葉を費やす必要はあるまい。ただ、彼らが天皇王権という制度の中心を無化しようと企てているのではないことは、念を押しておきたい。〈物語〉が要求しているのはあくまでも、王土の共同体に混沌を持ち込みそして排除されることによって、この共同体を活性化する役割である。中心を脅かすことは許されても、中心を無化することは許されてはいない。これはあくまでも共同体の存続のために奉仕する〈物語〉なのであり、彼らはその〈物語〉装置の一部なのである。彼らの存在を要求するのは共同体自身なのであり、本質的には彼らは共同体の構造に属している。だから、彼らは王権自体を否定することは断じてない。なるほど平家一門の栄華は王権を凌ぎ、政治的実権を王権から奪ったかもしれない。しかし彼らは彼らが得た権力の源泉の存在を無化しようとはしない。彼らは彼らが王権のもとにあることによってこそ存在しえることを自覚している。

鹿の谷の陰謀が明らかになったとき、清盛は、筑後守貞能に向かって、保元・平治の乱での後白河院への奉公を述べ、「既君の御ために命をうしなはんとする事、度〻に及ぶ。縦人なんと申共、七代までは此一門をば争か捨させ給ふべき」と、その忠節を強調し、「此後も讒奏する者あらば、当家追討の院宣下されつと覚ゆるぞ。朝敵となッては、いかにくゆとも益あるまじ」（巻二・教訓状）と、朝敵となることを第一に恐れる。そしてこのとき彼が、「汝この剣をもッて、一天四海をしづめ、朝家の御まもりたるべし」（巻三・大塔建立）と、厳島大明神から与えられ「常の枕をはなたず立てられたりし」（巻二・教訓状）銀の蛭巻の小刀を帯びて、中門の廊に立っているのも象徴的である。治承三年のクーデターのときの彼の弁明にも、重盛や自らの朝廷への奉公が強調され、このままでは、「子孫あひついで朝家に召しつかはれん事有がたし」（巻三・法印問答）という思いから事を企てたと述べられる。清盛の意識は王土の共同体の規則を逸脱するものではない。

これは、都落ち後の平家一門でも変わらない。三種神器を都へ戻すことを促す院宣に対する請文の中には、「曩祖平将軍貞盛、相馬小二郎将門を追討せしよりこのかた、東八ヶ国をしづめて、子〻孫〻につたへ、朝敵の謀臣を誅罰して、代〻世〻にいたるまで、朝家の聖運をまもり奉る。然則亡父故太政大臣、保元・平治両度の合戦の時、勅命をおもうして、私の命をかろうず。ひとへに君の為にして、身のためにせず」（巻十・請文）とある。彼らは、「朝家の御まもり」を一歩も出ようとしない。そもそも、彼らが、安徳帝を三種の神器とともに戴いていることに存在の正当性を求めていること自体が、その現れではある。

四　王法の衰退

なるほど、『平家物語』は、王法の衰退をしきりに訴える。「清盛がかく心のまゝにふるまうこそしかるべからね。是も世末になッて王法のつきぬる故なり」（巻一・殿下乗合）、「王法尽きんとては、仏法まづ亡ず」（巻二・善光寺炎上）、「別しては天下の大事、並に仏法・王法共に傾て、兵革相続すべし」（巻三・飈）、「仏法・王法ともに尽きぬる事ぞあさましき」（巻六・新院崩御）と、その前半に、王法の危機を訴えるテクスト断片が多い。治承三年の清盛のクーデターの際、鳥羽殿に幽閉された、治天の君である後白河院は、「いかさまにも今夜うしなはれなんずとおぼしめすぞ。御行水を召さばやとおぼしめすは、いかゞせんずる」（巻三・法皇被流）と、自身の命の危険に恐怖する。王の政治と王の身体に危機が及んでいる。しかし、それが、混沌の到来を印象づけねばならないこの〈物語〉の要求に基づくことは自明である。

王法の危機を言い募り、それを嘆いてみせるのは、受容者の視線を王権へと集め、その王権への帰属意識を彼らのうちに顕在化させることを意図したからであり、王権の絶対不可侵性を否定しようと意図したからではないことは、もちろんである。王権の絶対不可侵性は否定しようがない。なぜなら王権は共同体の神々によって守られているからである。それは、青侍の夢が語っていたし、頼朝に与えられた平家追討の院宣に、「夫我朝は神国也。宗廟あひならんで、神徳これあらたなり。故朝廷開基の後、数千余歳のあひだ、帝猷をかたぶけ、国家をあやぶめむとする物、みなもッて敗北せずといふ事なし」（巻五・福原院宣）と、明示されてもいた。確かに、都で四宮が即位することによって、『天に二の日なし、国にふたりの王なし』と申せども、平家の悪行によッてこそ、京・田舎にふたりの王は在ましけれ」（巻八・名虎）という事態、そして三種の神器を田舎の王が持つという事態は出現する。しかし、壇ノ浦合戦を描く巻十一「遠矢」には次のごとくある。

されども、平家の方には、十善帝王、三種の神器を帯してわたらせ給へば、源氏いかンがあらんずらんと、あぶなう思ひけるに、しばしは白雲かとおぼしくて、虚空にたゞよひけるが、雲にてはなかりけり。主もなき白旗ひとながれ舞いさがッて、源氏の舟のへに、さほづけのおのさはる程にぞ見えたりける。判官、「是は八幡大菩薩の現じ給へるにこそ」とよろこンで、手水うがひをして、これを拝したてまつる。

ここでは、十善帝王よりも三種の神器よりも神意が優先することが、明示されている。「神国」では、神意こそが王権の正当性を保証する。神意を離れたら十善帝王も三種の神器も何の意味もない。だから、ここでも、王権は分裂したり相対化されたりはしてはいない。安徳帝は確かに海に沈むが、それは王が死んだのであって王権が死んだのではない。神々の承認を得た王権は、絶対的に都に存在し続けていたのである。なるほど、三種の神器の一つである宝剣は失われる。しかしそれに対してもテクストは、「昔天照大神、百王をまもらむと御ちかひありける、其御ちかひいまだあらたまらずして、岩清水の御流れいまだ尽きせざるがゆへに、天照大神の日輪の光、いまだ地に落ちさせ給はず。末代澆季なりとも、帝運のきはまる程の御事はあらじかし」（巻十一・剣）という「有識の人々」の言葉を載せるのを忘れない。何事も神々の意のままである。だから、この王権の絶対不可侵性が相対化される瞬間というのは、この神々の意志が相対化される瞬間でなければならないが、そういう瞬間はこのテクストには存在しないし、存在しようがない。なぜならむろん、神々がこの共同体を生み出したのではなく、共同体が神々を生み出したからである。共同体を自己絶対化するために表象されたのが、これら共同体の神々である。安徳帝が竜神と観念され共同体から排除されたとしても、その竜神が共同体の排除と供犠のメカニズムの装置の一部であることも言を俟たない。仏法についていては「仏法・王法牛角也」（巻二・一行阿闍梨之沙汰）という断片を引用すればこと足りよう。超越者も共同体に内在しているのである。

五　木曾義仲

木曾義仲も、王土の共同体の〈王権への反逆者の物語〉＝〈王権の絶対性の物語〉を結局のところ逃れることはできない。木曾という周縁から都という中心に混沌を持ち込み、そして排除されてゆく役割を担わされてしまう。しかし、義仲には、〈物語〉にやすやすと回収されることを拒む、ある畸形性が存在する。

巻六「廻文」で、「兵衛佐頼朝既に謀叛をおこし、東八ヶ国を討ち従へて、東海道よりのぼり、平家を追ひ落さんとすなり。義仲も東山・北陸両道を従へて、今一日も先に平家を攻め落し、たとへば日本国二人の将軍と言はればや」といって、義仲は我々の前に登場する。頼朝が挙兵の前提条件として、勅勘を許されることにこだわり、朝敵平家追討の院宣を恭しく拝してこれを大義名分としたのとは随分と異なる。以仁王の令旨についても、義仲が推戴したという北陸宮についても、このテクストは言及しない。義仲にあるのは頼朝に対するライバル意識であり、「日本国二人の将軍と言はればや」という権力と名声へのあこがれである。それが挙兵の原動力になっている。頼朝と違って王権に対する意識がここではすっぽり抜け落ちている。そして王権に対する鈍感さは、義仲という人物の特徴として一貫している。

法住寺合戦を前にして、今井四郎兼平が、「是こそ以外の御大事で候へ。さればとて十善帝王にむかいまいらせて、争か御合戦候べき。甲を脱ぎ、弓をはづゐて降人にまいらせ給へ」（巻八・鼓判官）という、王権の絶対不可侵性を信じて疑わない常識的な発言によって義仲を制止しようとしたとき、義仲は、「われ信濃を出し時、麻績・会田のいくさよりはじめて、北国には、砥浪山・黒坂・篠原、西国には福立寺縄手・さゝのせまり・板倉が城を責しかども、いまだ敵にうしろを見せず、たとひ〳〵十善帝王にてましますとも、甲を脱ぎ弓をはづいて、降人にはえこそ参るまじけれ」と、戦う者の論理で、これを全面的に拒否してしまう。ここでは平家も十善帝王も、彼にとっては同じ「敵」という存在にしかすぎない。義仲は、王権の絶対不可侵性の前に盲目的に跪こうとはしない。

法住寺殿に押し寄せて来た義仲に向かって、鼓判官知康が、「むかしは宣旨をむかッてよみければ、枯たる草木も花さき、みなり、悪鬼・悪神も随ひけり。末代ならむがらに、いかんが十善帝王にむかひまいらせて弓をばひくべき。汝等がはなたん矢は、返ッて身にあたるべし。抜かむ太刀は、身をきるべし」と大音声をあげたとき、「さないはせそ」と鬨の声を上げて、それを打ち消してしまうのも、同じ意識の現れと読み取れよう。この鼓判官の言葉は、巻五「朝敵揃」の五位鷺の話の語り出しに、「この世にこそ王位も無下にかるけれ、昔は宣旨を向ッてよみければ、枯たる草木も花咲き実なり、とぶ鳥も従ひけり」とあるのと類似する。これは無論そのような「昔」を、あるべき姿として我々に伝えようとするものである。鼓判官の言葉も、終局的には義仲の死という事実によって実証されることになる。しかし、この法住寺合戦の場面にかぎっていえば、義仲はこの王権の絶対不可侵性という規則を公言する凡庸な言葉を、その圧倒的な勝利によって無効にしてしまうわけであり、受容者にとって、鼓判官のこの言葉は、滑稽なものとなる。

確かに、北国埴生八幡社に納めた願書や山門への牒状には、あの王権への忠誠を誓う紋切り型の文句が並べられている（巻七・願書・木曾山門牒状）。しかし、それを執筆したのは、大夫坊覚明である。頼朝のように、「平家を別して私のかたきと思ひ奉る事、ゆめ〳〵候はず。たゞ帝王の仰こそおもう候へ」というような言葉を、義仲自身が口にする場面に、我々が遭遇することはない。

仏法についても、彼が特別に畏敬の念を払ったということは記されない。都入りを前に、義仲は、叡山を味方にしようと考えるが、彼は、

抑義仲、近江国をへてこそ都へは入らむずるに、例の山僧共は防事もやあらんずらん。かけ破ッてとをらん事はやすけれ共、平家こそ、当時は仏法ともいはず、寺をほろぼし、僧をうしなひ、悪行をばいたせ。それを守護の為に上洛せんものが、平家とひとつなればとて、山門の大衆にむかッていくさせん事、すこしもたがはぬ二の舞なるべし。是こそさすがやす大事よ。いかゞせん。（巻七・木曾山門牒状）

と発言している。彼は、仏法を崇敬しているから叡山との連携を求めたのではなく、平家の二の舞を避けるためにそうしたにすぎない。

六　他者としての義仲

このような義仲を体験してきた我々、そして、巻八「猫間」で、都という共同体へのまったくの無知をさらけ出す義仲を体験してきた我々は、次のような発言を、義仲としては当然のものとして、文脈上は違和感なく受容することになる。しかし、文脈上の違和感はなくとも、王土の共同体の常識上は、それは非常に異様な発言である。

抑義仲、一天の君にむかひ奉て軍には勝ぬ。主上にやならまし、法皇にやならまし。主上にならうど思へども、童にならむもしかるべからず。法皇にならうど思へども、法師にならむもをかしかるべし。よし〳〵さらば関白にならう。

（巻八・法住寺合戦）

一天の君に勝ったのだから、法皇にも天皇にも関白にもなれるという、この単純明快な理論は、王土の共同体の規則に慣れ切ったものにとっては、極めて異様である。

平重盛は、清盛に対して、「さすが我朝は、辺地粟散の境と申ながら、天照大神の御子孫、国のあるじとして、天の児屋根の尊の御末、朝の政をつかさどり給ひしより以来」（巻二・教訓状）といい、「今これらの莫大の御恩を思召忘れて、みだりがはしく法皇を傾け奉らせ給はん事、天照大神・正八幡宮の神慮にも背候なんず。日本は是神国也。神は非礼を享給はず」というが、重盛とこの義仲との距離は大きい。日本は神国であり、その神の子孫が国の主となり、天児屋根尊の子孫が政治を補佐するという、この共同体の王権の絶対性を支える規則に対する完全な無知が、義仲にはある。義仲は大夫坊覚明に、[3]「関白は大織官の御末、藤原氏こそならせ給へ。殿は源氏でわたらせ給ふに、それこそ叶ひ候まじけれ」と、共同体の規則の一端を教えられる。むろん、テクストは、ここで、義仲の愚かさを嘲笑しているのだが、義仲が、「其上は力をよばず」と、いとも簡単に諦めて、院の御厩の別当になってしまったとき、テクストは、我々を、院・主上も関白も御厩の別当も大差のないものと考える人間と、対面させてしまうことになる。

テクストは、王権の至高性を了解せず、従ってそれを畏怖することもない人間、つまりは、王権に関する規則、王土の共同体の常識を共有していない人間を、一時的なものとはいえ、その人間の王権への勝利という状況において、登場させてしまうのである。

ここでの義仲は、もはや周縁の異者などではなく、外部の他者としてである。その義仲の前に、天皇王権の至高性などは決して世界に普遍的な法則・真理などではなく、「日本」という王土の共同体の内部においてのみ意味のある、いわばローカルな規則にすぎないことが露呈してしまう。王土の共同体の外の人間にとって、天皇王権の至高性など何の意味も持たないという、当然といえば当然の事実が明示されてしまうのである。王権の至高性という常識が根本から揺さぶられる瞬間が、ここには用意されている。

テクストは、この義仲の言動を、「院の御出家あれば法皇と申。主上のいまだ御元服もなき程は、御童形にてわたらせ給ふを知らざりけるこそうたてけれ」と、嘆きと嘲笑の対象にしようとする。それは、「猫間」以来、このテクストが意図してきたことである。しかし、義仲の言動は、「うたてけれ」という嘆きと嘲笑で済ませられるようなものではない。にもかかわらずテクストは、共同体の規則を無視した途方もない義仲の論理自体を否定することを怠っている。たとえば、重盛にそうさせたように、荘重に王権の至高性を言明して、共同体の規則を再確認させ、義仲の発言を明確に全面否定することを怠った。だから、義仲の言葉は、異物となって、受容者を強く刺激し続けることになる。

義仲の死に対する最終的な評は、「されば、木曾の左馬頭、まづ都へ入ると言ふとも、頼朝朝臣の命に従はましかば、彼沛公がはかり事にはおとらざらまし」（巻九・樋口被討罰）というものであるが、これは戦略の失敗をいうだけで、無謀な彼の論理自体を否定してはいない。たとえば、延慶本は、同様な評のあとに、「義仲悪事ヲ好ミテ天命ニ従ワズ。剰法皇ヲ褊奉リテ叛逆ニ及ブ。積悪ノ余殃身ニ積テ、首ヲ京都ニ伝フ。前業ノツタナキ事ヲハカラレテ無慚也」と続け、さらに義仲を嘲弄する落首を示して、「日来振舞シ不善不当、自業自得果ノ理リナレバ、トカク申ニ不ﾚ及」と結ぶ。(4)これとても、義仲の論理自体を否定するものではないが、少なくともここには、義仲を断罪し、〈王権への反逆者の物語〉の中に取り込もうとのテクストの意志を見出せる。しかし、覚一本のテクストにはそれすらもない。

もちろん、結局のところ義仲は、粟津での敗死という事実によって、〈王権への反逆者の物語〉＝〈王権の絶対性の物語〉に回収されてしまう。しかし義仲には、たとえ延慶本というテクストにおける彼であっても、この〈物語〉へと回収されることを拒む、強い他者性がある。義仲が共同体にとってまったくの他者であるというつもりはない。八幡の加護を願って願書を書かせたことなども制度的な言動の一つである。しかし、王権の至高性という王土の共同体を成立させている規則を共有しないという点において、義仲は、明らかに他者である。

七　義仲の価値

『将門記』において平将門は、「新皇」と称して坂東を支配したが、彼はその正当性の根拠として、自らが桓武天皇の五代の子孫であることを主張する。それも、前述した如く危険な論理ではあるが、しかし、少なくとも将門は、王の血を継承していることを特権的なことと自覚していた。義仲も清和天皇という王の血を継承しているが、彼は、それを根拠とはしない。彼の根拠は、王と戦って勝利したこと以外にはない。

『平治物語』において藤原信頼は、天皇のように振舞った。藤原光頼は、「人臣の王位をうばふ事、漢朝にはその例ありといへども、本朝にはいまだ、如レ此の先規をきかず。天照大神・正八幡宮は、王法をば何とまぼらせ給ぞや」と嘆くが、信頼自身には王になろうとの意識は読み取れない。ところが、義仲は、その「先規」になれることを、彼自身は疑っていない。金刀比羅本『保元物語』の崇徳院は、「皇を取て民となし、民を皇となさん」と呪ったが、義仲は、まさに「民」として「皇」となろうとした。いや、そもそも、彼は「皇」自体に特権性を認めていないのである。これは、笑うべき無知である。しかし同時に恐怖すべき無知である。義仲は、軍記の中に現れる、稀有な他者である。

頼朝はいうまでもなく、超越者たちも、そして清盛や平家一門も、完全に共同体内に構造化されており、〈物語〉装置の一部として極めて円滑に機能している。繰り返しになるが、たとえば、協力して頼朝を攻めようとの義仲の申し出に対して、「十善帝王、三種の神器を帯してわたらせ給へば、甲を脱ぎ、弓をはづいて降人に是へまいれとは仰候べし」(巻八・法住寺合戦)と、すでに今井四郎兼平によって持ち出され、義仲に拒絶された共同体の規則を、平家は持ち出す。義仲はむろんそれを拒絶するわけだが、ここにも平家と義仲の違いは、明確に出ている。宣旨をよみかけられ、葛の網に覆われて殺されたという土蜘蛛も、「宣旨ぞ」という一言で動けなくなった鷺も、共同体の規則を知っていたことになる。平家も鷺も土蜘蛛も、共同体内に構造的に属する異者にすぎない。

しかし、義仲には、共同体内に取り込まれ構造化されることを拒む他者性がある。それが、我々に異物として感得され、〈物語〉をきしませることになる。義仲の他者性の前に、共同体の規則に基づいて組み立てられている〈王権への反逆者の物語〉が揺さぶられ、〈王権の絶対性の物語〉に亀裂が走る瞬間が用意されているのである。軍記に蔓延しているこの〈物語〉の凡庸さを、一瞬なりとも断ち切るのが義仲なのである。義仲の魅力はそこにある。

注

（1） 生形貴重「延慶本「平家物語」と冥界―龍神の侵犯と世界の回復・大将軍移行の構想―」（「日本文学」三六―四　一九八七）参照。

（2） 兵藤裕己「平家物語における〈語り〉の構造―発生論的に―」（「日本文学」三〇―五　一九八一）、『語り物序説―「平家」語りの発生と表現―』（有精堂　一九八五）、『物語・オーラリティ・共同体』（ひつじ書房　二〇〇二）参照。

（3） 読み本系は、今井四郎兼平とする。

（4） これと対応するように、延慶本では義仲の悪行がより詳細に語られている。

【補説】義仲の物語の可能性については、高木信が緻密に論じている（『平家物語・想像する語り』森話社　二〇〇一）。私は、「抑義仲、一天の君にむかひ奉て軍には勝ぬ。主上にやならまし、法皇にやならまし」と義仲が発言したとき、一瞬だけ〈物語〉に亀裂が入るとするが、高木は、覚一本の〈義仲物語〉すべてが〈制度としての物語〉から逸脱すると、その可能性をより積極的に評価する。引用した義仲の発言についていえば、それは〈王の交替の物語〉という〈秘密の物語〉を露呈させ、〈王権への反逆者の物語〉を機能不全に陥らせるというのである。しかし、義仲は敗れるのである。義仲より前、平将門も力による王権の獲得を公言しているが、彼も王権の前に敗れるのである。義仲が他者性をきらめかせることに、私も同意するし、それを稀有なことと認めるのであるが、しかし、義仲は、結局彼の存在を、つまりは彼の論理を全うすることはできなかったのである。木曾の狼藉を鎮めようとした頼朝、法住寺の御所を焼いてしまい危機的な状況をもたらした知康をまず憎んだ頼朝、そのように王権に対して忠実である頼朝の代官として事にあたり、「院の御所のおぼつかなきに、守護し奉らん」と、まず法皇の守護に駆け付けた義経によって義仲は滅ぼされたのである。この単純な事実は重い。義仲は、結局のところ〈王権への反逆者の物語〉に取り込まれていると考えるべきだ。民が王になることは、異朝にはありえても日本ではありえないということを結局身をもって実証してしまっている。もし、彼がそのような論理は無根拠なものであると明言したならば別だが、しかしそうはできなかった。

また、頼朝は、確かに実質的には新たな王権を打ち立てたのかもしれないが、現実はどうあれ、観念の上、あるいは物語の上では、彼はあくまでも天皇王権のもとで、征夷大将軍あるいは日本国の惣追捕使として国務を掌握しているのである。頼朝は王権交替を実現してなどはいない。彼は天皇王権に観念の上では隷属している。頼朝は実権を掌握する「俗王権」とはなりえても、王土の共同体を吊り下げる「神聖王権」とはなりえない。問題は、現実はどうかということではない。観念の上ではどうかということである。むろん、後者の方が、〈歴史〉にとって本質的だからである。

義仲という存在への評価として私と高木との間に大きな差はないと思う。ただ、私の方がより悲観的であるということだ。それは、高木には、あまりに紋切り型にすぎると映るようだが、〈物語〉に対峙するときは可能な限り悲観的であるべきだというのが私の考えである。〈物語〉のしたたかさを私は恐れる。

義仲の愛そして義仲への愛

一　愛の表明

ところが、義仲は、家来と死をともにするために、わざわざ死地におもむいたのだ。そんな大将がどこにあろう。そんな家来がどこにあろう。…主君は家来の身を、家来は主君の身を、互いに案じてはせつける途中、ぱったりと出会うのだ。以下に展開される二人の問答が限りなく美しいのは当然であろう。功利も勝敗も生死も無視して、かほど固い靭帯に結ばれた男二人がどこにあろう。同じ母の乳を吸って育った仲とはいえ、これは骨肉同胞にもまさる親密である。こんな主君、こんな家来を持った二人ほど、幸せな者はどこにもいまい。

「木曾最期」を語る長野嘗一の言葉である。(1) 木曾義仲と乳母子今井四郎兼平との愛と、長野の二人への愛が、熱く語られている。

もちろん長野だけではない、義仲の塚の隣に墓を建てよと遺言した芭蕉を初めとして、多くの人間が義仲への愛を表明してきた。しかし、人はどうして「木曾義仲の物語」を愛してしまうのであろうか。その愛を他に対して表明することとは、どのような意味を持ってしまうのであろうか。

二　一所の死

まず、「木曾最期」の物語の中核をなす木曾義仲と今井四郎兼平の物語――巴については高木信の興味深い指摘がある(2)――について、若干の分析を試みてみたい。

この物語は、何事も成し遂げない物語である。京の六条河原の合戦で敗れたとき、義仲は、「かゝるべしとだに知りたりせば、今井を勢田へはやらざらまし。幼少竹馬の昔より、死なば一所で死なんとこそ契しに、ところぐ〵で討たれん事こそかなしけれ。今井がゆくゑを聞かばや」（巻九・河原合戦）と、勢多を目指す。その思いは、自害を勧める乳母子兼平への言葉として、「義仲宮こにていかにもなるべかりつるが、これまでのがれくるは、汝と一所で死なんと思ふ為也。ところぐ〵で討たれんよりも、一ところでこそ打死をもせめ」（巻九・木曾最期）と、繰り返される。「木曾最期」の物語は、「所々の死」を避け、「一所の死」を遂げようという義仲の思いによって起動する。しかし、味方もおらずに、疲れ果てた体で戦えば、義仲が「不覚の死」を遂げるであろうことを恐れた兼平の判断によって、兼平が敵を防いでいるうちに、義仲が一人自害するという方法が選ばれ、結局、「一所の死」は成し遂げられない。

一方、「不覚の死」を避け、いわば「名誉ある死」を遂げるという願いも叶わない。義仲は、深田に馬をはめ、後ろを振り仰いで敵に顔を曝すという不覚を犯し、兼平が、「敵にをしへだてられ、言ふかひなき人、郎等にくみ落されさせ給ひて、討たれさせ給なば、『さばかり日本国に聞えさせ給ひつる木曾殿をば、それがしが郎等の討ちたてまッたる』なンど申さん事こそ口惜う候へ」と、危惧したとおりの不覚の死を遂げてしまう。彼らは二つの願いを共に叶えることができないで死ぬのである。

高木信は、「木曾義仲の物語」の新たな可能性を求めて、発言を続けているが、このことについても指摘している。(3)高木は、これらを、《乳母子と一所で死ぬ》という〈乳母子契約の物語〉と、《武士としての面目を保つための自害》という〈武士の論理の物語〉と命名し、さらにそれを〈男の物語〉と規定する。義仲と今井とは〈男の物語〉を遂行しようとしながら失敗し、しかし、そのことによって〈男の物語〉から脱出し、「木曾最期」は、〈非―男の物語〉を達成すると断じる。〈男同士の友情の物語〉〈同性愛の物語〉というステレオタイプの把握を無効化しようとの試みである。男性中心的言説の束という印象を与える『平家物語』をジェンダーという視点から分析し、男／女という関係性を脱構築しようという試みは、もちろん必要であるが、一方で、この物語を〈男の物語〉という枠組みで論じてしまったときに、見失われてしまう別の問題もある。枠組みを少し広げて考えてみたい。

さまざまなテクストで機能している「武士は名誉を重んじる」という強力なコードに則った、高木のいう〈武士の論理の物語〉を、〈男の物語〉と規定することには強い異論はない。ただし、「武士としての」という限定を外したとき、つまり、《面目を保つための自害》の〈物語〉と考えたときには、それは〈男の物語〉とは限定しえなくなることは確認しておきたい。たとえば、「わが身は女なりとも、かたきの手にはかゝるまじ。君の御ともに参る也。御心ざし思ひまいらせ給はん人ゝは、急ぎつゞき給へ」と、安徳天皇を抱いて壇ノ浦に飛び込む二位殿時子の死は（巻十一・先帝身投）、どう考えればよいのか。もちろん、「わが身は女なりとも」という発言自体が、戦いの中での名誉のための自害が、原則として男のものであるということを物語っているのだが、しかし、女でも面目を保つための自害をすることはありえるわけである。また、平通盛の後を追って入水した小宰相の死は、「貞女は二夫にまみえず」と総括される（巻九・小宰相身投）。「貞節」を女性の守るべき名誉とするならば、これは名誉のための自害といえる。それは、たとえば、『陸奥話記』において、三歳の男の子を抱いて、「君将に殄せんとす。妾は独り生くることを得じ。請ふ、君の前に先に死なん」と深淵に身を投じた安倍則任の妻を、「烈女（＝節操を堅く守り気性の激しい女性）」と称したのと同じ〈物語〉の枠組みの中で語られているのである。貞節という、女にとっての名誉を守るために自害する女性の物語は多い。つまり、〈武士の論理の物語〉が、性別にかかわらない〈名誉のために死ぬ物語〉に包含されるものであることは留保しておきたい。

さて、〈乳母子契約の物語〉という枠組みも広げて考える必要がある。確かに、主人と乳母子は「一所の死」を約束した仲である。高木は、その不履行の例も含め、〈乳母子契約の物語〉の例として、恐怖のあまり池に飛び込んで隠れ、主人である以仁王のむくろが運ばれて行くのを目撃する六条大夫宗信の話（巻四・宮御最期）、一ノ谷合戦で馬を射られた平重衡を見捨てて逃げる後藤兵衛盛長の話（巻九・重衡生捕）、平宗盛の目の前で討死した飛騨三郎左衛門景経の話（巻十一・能登殿最期）、日頃の約束を違えまいと手を組んで壇ノ浦に沈んだ平知盛と伊賀平内左衛門家長の話（巻十一・内侍所都入）をあげる。

しかし、「一所の死」を願うのは、主人と乳母子だけではない。鹿の谷事件の際、丹波少将藤原成経は、父の大納言成親が処刑されるなら、父と「たゞ一所でいかにもなる様に」取り計らってほしいと、舅の平教盛に願う（巻二・少将乞請）。以仁王挙兵の際の宇治の合戦で、源仲家は、養父源三位頼政との「日来の契」を破ることなく、「一所にて死ににける」と記される（巻四・宮御最期）。今井四郎兼平に敗れた瀬尾太郎兼康は、歩けなくなった我が子宗康を見捨てて逃げて行くが、前へ進めなくなる。郎等に、「さ候へばこそ、御一所でいかにもならせ給へと申しつるは、こゝ候。かへさせ給へ」といわれて引き返し、「なむぢがえおッつかねば、一所で打死せうどて帰ッたるはいかに」

と宗康に告げ、その場で自らの手で彼の首を刎ねて、討死する（巻八・瀬尾最期）。法住寺合戦で、信濃次郎蔵人仲頼という武士は、主人の源蔵人の馬が空馬となって走っているのを見て、「死なば一所で死なむとこそ契しに、所々で討たれん事こそかなしけれ」と嘆き、実はまだ源蔵人は生きているにもかかわらず討死してしまう（巻八・法住寺合戦）。平宗盛は、篠原で処刑されるとき、「そも〳〵右衛門督はいづくに候やらん。手をとりくんでもをはり、たとひ頸は落つとも、むくろは一つ席に臥さんとこそ思ひつるに、いきながらわかれぬる事こそかなしけれ。十七年が間、一日片時もはなるゝ事なし。海底に沈まで、うき名を流すも、あれゆへなり」と嘆き、それゆえむくろは「一つ穴」に埋められる（巻十一・大臣殿被斬）。父子や主従、「一所の死」は、『平家物語』に限っても、さまざまの場面で用意されている。

男たちだけではない。夫の平通盛の後を追って入水すると告げる小宰相に対して乳母は、「相かまへて思召立つならば、ちいろの底までも、ひきこそ具せさせ給はめ。おくれまいらせてのち、片時もながらふべしともおぼえさぶらはず」と訴える。にもかかわらず、小宰相は入水し、一旦は取り上げられたその遺骸が、海に沈められると、乳母は、「今度はをくれ奉らじ」と飛び込もうとして、押し止められている（巻九・小宰相身投）。あるいは、子供の養育や出家を拒否して直ちに夫との再会を果そうとする小宰相自身も、「一所の死」を果そうとしたともいえよう。さらには、夫の鎧を纏って海中に沈む姿を、「一所の死」を成し遂げた姿といってもいいのかもしれない。さらには、平宗盛の次男副将の首とむくろをそれぞれに抱いて、桂川に入水した二人の女房も、副将との「一所の死」を果したことになろう（巻十一・副将被斬）。

三　〈融合的愛の物語〉

〈一所の死の物語〉は、主人と乳母子だけのものでもなく、男だけのものでもない。哲学的な分類の助けを借りれば、この〈物語〉に見られるような愛は、「融合的愛」ということになる。「人格的な自律性を達成できず、自分より有能だと思う相手と融合して安心する退嬰的感情・在り方」である。(4) 日本のような母子融合感の支配する文化では、それは、甘え、親分への依頼心、女性への融合的依存などに顕現するというが、「一所の死」は、まさにこの「融合的愛」の究極の形態である。義仲と兼平の物語を、〈乳母子契約の物語〉〈男の物語〉と限定的にとらえるのではなく、反復される日本的な〈融合的愛の物語〉ととらえると、別の議論が可能になる。

「木曾最期」は、失敗の物語である。しかし、だれもこの二人の死をみじめだとは感じない。それは、繰り返しいわれてきたように、願うことを何事も成し遂げない代わりに、美しい愛を結実させるからだ。この物語は、二人の失敗を確認する物語ではない、その失敗の過程をとおして一体化への欲望、「融合的愛」を確認する物語である。〈武士の論理の物語〉は、義仲に対する兼平の愛情を示して、〈融合的愛の物語〉に奉仕するのである。

「河原合戦」の最後で、義仲は、「今井がゆくゑを聞かばや」と六条河原から落ち、勢多へ向かったと記され、「木曾最期」でも、長坂から丹波路へ、あるいは竜華越から北国へとの大方の予想に反して、「今井がゆくゑを聞かばや」と勢多へ向かったことが確認される。義仲は、兼平と出会うと、自分は、六条河原で討死すべきであったけれども、「御ゆくゑのおぼつかなさに」ここまで逃げてきたと語り、兼平も、自分も勢多で討死すべきであったけれども、「なんぢがゆくゑの恋しさに」ここまで逃げてきたと答える。そして、馬を深田にはめ、身動きが取れないという危険極まりない状況にありながら、「今井がゆくゑのおぼつかなさに」、今井の姿を求めて後ろを振り仰いでしまうのである。義仲と兼平は、互いの「ゆくゑ」を求めて邂逅し、義仲はそれゆえに不覚の死を遂げる。「ゆくゑ」という言葉を繰り返すことによって語られているのは、二人がいかに相手を求めていたかということ、相手と一体化したいという二人の強い欲望である。「木曾最期」は、まさに典型的なそして優れて良質な〈融合的愛の物語〉である。

梶原正昭が、「私たちがこの物語を読み終えて深い感動を覚えるのは、その不覚が命惜しさの卑怯や未練から出たものではなく、乳母子兼平に対する人間的な愛情によるものだからでしょう」と語り、「最後はひとりひとりに引き離され、孤独の死を遂げたことが悼まれますが、もしふり仰いだその一瞬、まなかいの中に今井の姿をとらえつつ、額を射ぬかれて死んだとするならば、たとえ場所は隔たっていたとしても、心はひとつに結ばれ、『一所の死』の願いは果されたといってよいでしょう」と語るのは[5]、圧倒的に正しい読み方なのである。高木は、この梶原の語りに対して、「〈乳母子契約〉というコードが、契約の不発という現実を越えてまで機能してしまっているのである。〈乳母子契約の履行〉という新たな〈物語〉を読者共同体に再生産させてしまう〈力〉を、「木曾最期」は持っている」と発言するが、高木のいう〈乳母子契約の履行〉という〈物語〉を再生産させる〈力〉こそが、〈融合的愛の物語〉である。この〈物語〉の方が、〈乳母子契約の物語〉よりもはるかに強い〈力〉を持っているのである。確かに、〈乳母子契約〉は履行されず、「一所の死」は実現しない。しかし、そうであるからこそ、人は、それを到達すべき最善のものとして思い描き、希求することになるはずである。この物語を受容する者は、当然、義仲と兼平を愛することになる。その愛する存在が追い求め、そして手に入れられなかったのが「一所の死」である。そうであるならば、「一所の死」が、究極の愛の形として輝かないということがあろうか。「不発」は、決して、〈融合的愛の物語〉を機能停止には追い込めない。むしろその教育効果をより高めることに貢献する。

〈一所の死の物語〉＝〈融合的愛の物語〉は遍在する馴染み深い〈物語〉である。我々は、「木曽最期」が物語として特異であるから愛するのではない、この物語が既知のイメージで満たされたわかりやすい、つまりは凡庸な物語であり、しかもそれを美しく語っているから愛するのである。

四　教育

物語は教育する。それは、共同体のさまざまなレヴェルのルールを教育するイデオロギー装置である。高木の言葉を借りれば、「感性の教育」[6]をして均一な共同体を構築しようとする。〈物語〉は、その成員に、社会生活を営むために必要なルールを教えるという、不可欠で重要な役目を担っているわけだが、しばしば、過剰で不適当な教育を施してしまうこともまた事実である。

たとえば、いくつかの高校教科書の指導資料を見るかぎり、やはり、人間愛の物語として「木曽最期」を読めとそれは指示している。「義仲と今井が、死を前にして互いに求め合う、強い情愛で結ばれた仲であることを認識させ、こうした主従であるからこそ、本文のような感動的な交情が可能になることを認識させる」とか「こうしてこの壮絶な合戦譚は、人間的に傑出した二つの個性が死を前にして相互に真情を交し合う、美しい人間愛の物語として読むことができるのである」というような言葉が散見される。[7]この物語の読み方として間違いではない。しかし、それは、あまりにも柔順すぎる。

義仲と兼平の物語は、人は死に際しても名誉を重んじるべきだと教えつつ、「融合的愛」の尊さを教育する。死を前にしてまでも相手を求め続ける無償の愛は、確かに美しい。しかし、それは極めて依存的な愛の形態であり、不健全でもある。この依存的で退嬰的な愛を、それと知らずに教育して、母子依存的な日本文化の再生産に寄与することが、優れた仕事だとは思えない。

その他律的愛が、自らを慰撫してくれるより強い存在を求めて、身分的・地位的上位者や国家などの権力に向けられることは容易に考えられる。この国でそれがいかに起こりやすいことであるかは、この国の歴史が雄弁に物語っている。すでに、兼平の愛は主人に対する自己犠牲的愛としてある。兼平は、義仲のことだけを考え、命をも投げ出す「忠実無双の家来」「忠義の士」であり、「なすべきことをすべてなし終えて、壮烈な最期を」遂げたとき「彼にもまた悔いはおそらくなかったであろう」と長野は語る。(8)「主君に対する献身的な忠義心」「(家臣としての)武士の理想像」「今井兼平のような文字どおりの武人の鏡を乳母子に持ち、深い信頼で結ばれて死の直前まで行動をともにできたことは、悲劇の将軍義仲にとっても、無上の幸福であったにちがいない」というような言葉が、指導資料に無自覚に記されていることに驚かざるをえない。(9)それは、もはや、あるべき愛の物語ではなく、あるべき主従の物語あるいはあるべき道徳的規範を語ってしまっている。

ほぼ七百年も続いた「武士の文化」が、いかに近代以降のこの国の社会を歪めてきたかについては、関曠野や野口実などの発言がある。(10)国家と「一所の死」を遂げた人間がいかに多かったことか。そしてそのような没我的・自己犠牲的な死が、たとえばテレビや映画や、あるいはその他のメディアで、なんと飽きることもなく賞賛され続けていることであろうか。義仲と兼平の〈一所の死の物語〉=〈融合的愛の物語〉を、あるべき主従の物語として認識してしまったとき、さらには、〈武士の論理の物語〉を無批判に美しいと感じてしまったとき、極論すれば、我々は、天皇のために命を捧げ、特別攻撃や玉砕を潔しとした帝国の軍隊の指導者たちと感性を共有することにもなる。

「木曾最期」は、美しく、凡庸で、危うい物語でもある。その凡庸さと危うさも、語られなければならないはずだ。

五　野生へのエキゾティシズム

木曾は野卑蛮骨と排斥された人である。しかし平家物語や源平盛衰記に誌された、木曾の猫間殿饗応の場合などを読むと、私は涙の出るほど木曾といふ人がうれしくなる。近代人なら多かれ少なかれ複雑になつてゐるから、かういふ人の純璞の歌心のあらはれを、乃木大将を嬉ぶやうに又別の形で敬愛する筈である。木曾は猫間殿饗応ですつかり野蛮として嘲笑された、京の下人にさへ嘲笑された、それを平家物語はなつかしく誌し、盛衰記はていねいに誌してゐる。

保田與重郎が、「木曾冠者」で記した言葉である。(11) 義仲は、訪れた猫間中納言を「猫殿」と呼び、大きな田舎風の椀に山盛りの飯と三種のおかずとひらたけの汁とでもてなして中納言を辟易させ、さらに、それを食べられない中納言を、猫殿は小食だ、評判の猫おろし（猫が食べ物を残すこと）をしたとからかって呆れさせ、一方で、牛飼童に弄ばれ、牛車の乗り降りの仕方も知らない。鼓判官が、武士たちの狼藉を鎮めよと伝える院の使者としてやって来ると、みんなから打たれたり張られたりしたから「鼓」と呼ばれるのかと尋ねる。その義仲を、保田は「純璞《じゆんぼく》の歌心」を持つと語り、「涙の出るほど木曾といふ人がうれしくなる」と語る。

あるいは、保田より前、若き日の芥川龍之介も、「義仲論」(12)で、

彼は小児の心を持てる大人也。怒れば叫び、悲めば泣く、彼は実に善を知らざると共に悪をも亦知らざりし也。然り彼は飽く迄も木曾山間の野人也。同時に当代の道義を超越したる唯一個の巨人也。

と語り、その田舎者ぶりを記した後、

かくの如く彼の一言一動は悉、無作法也。而して彼は是が為に、天下の嘲罵を蒙りたり。然りと雖も、彼は唯、直情径行、行雲の如く流水の如く欲するがまゝに動けるのみ。其間、慕ふべき情熱あり、掩ふ可らざる真率あり。換言すれば彼は唯、当代のキヤバリオルが、其玉杯緑酒と共に重じたる無意味なる礼儀三千を縦横に、蹂躙し去りたるに過ぎざる也。彼は荒くれ男なれ共あどけなき優しき荒くれ男なりき。彼は所詮野生の児也。区々たる縄墨、彼に於て何するものぞ。彼は自由の寵児也。彼は情熱の愛児也。而して彼は革命の健児也。

と、「野生の児」義仲への愛を表明する。

保田や芥川は、義仲に、一八世紀西洋の啓蒙主義時代に追い求められ、ロマン主義に継承された「高貴なる野蛮人（Noble Savage）」の姿を認めているに違いない。

戦後の研究者の発言をみても、野生・野人・粗野・質朴・壮烈・果敢・田舎者・愚直・天真爛漫・生命力・好人物といった言葉が、立場を越えて、義仲に対して与えられる。むろんそれらは、義仲を肯定する言葉である。それは、要するに、人がしばしば抱く「野生へのエキゾティシズム」、あるいは「野蛮への郷愁」であろう。「人工」や「文明」に対して「自然」や「未開」を愛するプリミティヴィズム（primitivism）である。

私も義仲と同じく田舎者だ。田舎者には田舎者の心理がよくわかる。都会人が野卑野蛮とさげすんで嘲笑する欠点そのものが田舎者の美点なのだ。それよりも、方言を野蛮と曲解し、正直を単純と軽蔑し、武骨を粗野と侮辱する都会人をこそ、さげすみたい。文明の功罪をともに満喫しているわれら現代人が、野蛮という原始の野人に限りなき郷愁をおぼえる所以もここにある。

という長野嘗一の言葉は(13)、それをよく物語っている。

「木曾義仲の物語」については、「猫間」や「鼓判官」にみられる、粗野で嘲笑の的となる田舎者的人物像と、「木曾最期」にみられる人間的な愛に富んだ賞賛の的となる英雄的人物像との乖離が問題とされてきたのだが、これについて小松茂人は、それらを通じて汲み取れるのは義仲の人間味であるとして、

それは北陸の常勝将軍としての義仲にもあったし、「猫間」の章のむしろ天真爛漫とも言える野人ぶりや、「鼓判官」「法住寺合戦」の章における無法者としての一本気な単純性はもとより、「木曾最後」の誠実な人間愛にも通ずるものであろう。そしてこのような人間味は、洗練された都市的貴族的な「もののあはれ」のようなものではなく、純朴な田舎者的野人の愚直に通ずるものであった。

と記す。[14]ここにも、愛は人間にとって本能的であり純粋なものであり、それゆえに純粋で素朴な野生的人間こそが愛情深い者であるという、素朴な信仰がある。義仲像は、決して分裂などしておらず、人間性豊かな人物として一貫しているというのである。それは、小松の、義仲への愛の表明であろう。「野生へのエキゾティシズム」「野蛮への郷愁」、確かにそれが義仲への愛の大きな動因であろう。しかし、なぜ人は野生・野蛮を愛するのか。まさに戦争という野蛮を描く軍記においてそれを考えてみたい。

六　英雄の条件

小松の愛情溢れる言葉の一方で、義仲像の分裂は、「猫間」が京都の都市賤民階級により説話化されたものであり、「巴」を発生の源とする「木曾最期」の話とはその形成の場が違うことによるという指摘が、水原一によりなされた。[15]しかし、それは、『平家物語』が、その異質と考えられるものを、どうして並存させたか、あるいはさせ続けたか、言い換えれば、『平家物語』がどうして「猫間」の物語を必要としたかの説明にはならない。

この議論は、『将門記』の成立にかかわる議論とよく似ている。将門の一族内での私闘を扱う前半では平将門に同情的であるのに、新皇を自称する後半では批判的になるという異質性から、事件を体験した在地の人物を作者とする説と坂東からの公文書をみることのできる京都在住の人物とする説、あるいは、一旦坂東で成立したものが京都に持ち込まれたという折衷案などが、議論されてきた[16]。しかし、それは、矛盾するような状況では決してない。答えは、単純だと思う。異質ではないのである。反逆者は罪深く、そして愛されねばならない。

権力に反逆する英雄は、等しく田舎者で粗野で野蛮である。たとえば、義仲が木曾の山中という辺境の地で育ったように、平将門は坂東という辺境の地で育ち、そこから都を脅かした。『将門記』は、「而るに一生の一業は猛濫を宗と為し、毎年毎月に合戦を事と為す。故に学業の輩を屑とせず。此れただ武芸の類を翫べり。是を以て盾に対しては親を問ひ、悪を好みては過を被る」と、将門について記す。猛々しい乱悪な行いばかりをして、合戦に明け暮れ、近親とも戦うという乱暴極まりない男だというのである[17]。将門は、新皇と自称し、「昔、兵威を振るひ天下を取る者、皆史書に見る所なり」と摂政藤原忠平に言い放ち、王というものは人知や力で争い取るものではないと諫める弟の将平に、「将門も苟くも兵の名を坂東に揚げ、合戦を花夷に振るふ。今の世の人、必ず撃ちて勝てるを以て君と為す。縦ひ我が朝に非ずとも、僉人《みな》の国に在り」と言い放つ。武力で王となり支配をすることは前例もあり可能だというのである。もちろんこれは、他国ではありえても、天皇の血の唯一性・不可侵性を規則とする王土の共同体においてはありえないことである。彼は、この根本的な規則をも理解しえない、「無教養」で「非常識」な存在なのである。それはただちに、十善帝王とは合戦することは出来ないからすぐに降参すべきだと説得する兼平の言葉に怒って、「われ信濃を出し時、麻績・会田のいくさよりはじめて…いまだ敵にうしろを見せず。たとひ〱十善帝王にてましますとも、甲を脱ぎ弓をはづいて、降人にはえこそ参るまじけれ」（巻八・鼓判官）と言い放ち、法住寺合戦の勝利後に、「抑義仲、一天の君にむかひ奉て軍には勝ぬ。主上にやならまし、法皇にやならまし。主上にならうど思へども、童にならむもしかるべからず。法皇にならうど思へども、法師にならむもをかしかるべし。よしよしさらば関白にならう」（巻八・法住寺合戦）と言い放つ義仲を想起させる。

『吾妻鏡』治承四年九月十九日条は、俵藤太秀郷が、門客になろうと称して将門のもとに参じたところ、将門が喜びのあまり、梳《くしけず》っていた髪を結わずに、そのまま烏帽子に押し込み対面したので、その軽々しさに、秀郷は将門を誅罰する決心をしたと伝える。これが、近世の『将門純友追討軍記』や『前太平記』では、将門はさらに、酒や肴や椀飯でもてなしたが、将門が飯を袴の上に落して、それを自分で払ったのを見て、これは「民」の振舞いであると秀郷があきれる話が加わる。恐らくは、「猫間」の話の影響を受けているのだろうが、肝心なのは、英雄的反逆者とは、そういう野卑なところがあるものだというイメージが共有されていることである。

『保元物語』の鎮西八郎源為朝も、筑紫という辺境の地から都に現れた。幼いときから乱暴で手に負えず、兄たちを兄とも思わなかった恐ろしい者であったので、父為義は、九州へ追放したが、十三から十五の年までの間に九州を従えてしまう。その狼藉ゆえに父が解官され、その弁明のために都に戻っていたときに乱に遭遇したのである。まさに、無頼の徒である。彼が従えて来た家来も、「アキマカゾエノ」「打手ノ」「手取ノ」「三町ツブテノ」といったあだ名の付く、いかにも怪しげな男たちである。身長七尺で左手が右手より四寸長いという巨大で異様な体形と超人的強さは、よく知られたことである。為朝は、後白河天皇の鳳輦に矢を射かけようと進言して、左大臣藤原頼長に、「荒儀也」とたしなめられる。それは、義仲が後白河法皇の御所法住寺殿を攻めて、それと確認してのことではないが、法皇の輿に矢を散々に射かけ、後鳥羽天皇が避難している池の舟にもしきりに矢を射かけたことを想起させる。そして為朝も、父為義に、将門にならって坂東の武士たちを大臣や大納言や宰相に任じ、自らは「親王」

（新皇）となって、坂東を支配すべきだと進言する。

『平治物語』の鎌倉悪源太義平は、「名をばき〻つらんものを、いまは目にも見よ。左馬頭義朝が嫡子鎌倉悪源太義平、生年十九歳。十五の年、武蔵国大蔵の城の合戦に、伯父帯刀先生義方を手にかけて討ちしよりこのかた、度〻の軍に一度も不覚せず」と名乗る。金刀比羅本は、三浦から駆け付けたとするが、彼は板東の「鎌倉」という周縁の地の刻印を帯び、為朝は十五で九州を征服したが、彼は同じ十五で叔父を殺して、激しい強さを示す「悪」という刻印を帯びる。金刀比羅本には、駆け付けた義平が、熊野参詣に行っている清盛を阿倍野で待ち受けて滅ぼそうと進言し、藤原信頼が「荒議也」とこれを退ける場面がある。むろん、為朝の話の流用であるが、荒々しいことは英雄には必要なことなのである。乱後、義平は捕えられ首を刎ねられるが、そのとき、悪魔か雷となって、清盛から斬り手の難波三郎にいたるまでも蹴殺すと宣言し、実際、金刀比羅本では、難波三郎が雷に撃たれて死んでいる。

源義経は、形式的には追討の宣旨を下されているが、頼朝という俗王権への反逆者ではあっても、天皇王権への反逆者としては描き出されてはいない。しかし、彼も奥州という辺境の地から都に現れて、義仲の権力を滅ぼし、平家の権力を壊滅させる。一ノ谷合戦後、元暦元年十一月の大嘗祭で先陣に供奉する義経に対し、義仲などとは違って、都慣れしていたけれども、平家の中のかすよりも劣っていたと、『平家物語』は記す（巻十・大嘗会之沙汰）。義仲よりましではあっても、都には不似合いな田舎者であることは同じである。『平家物語』において彼の無頼性が特に強調されることはない。常に陣頭に立ち、退くことを知らず、梶原景時と二度にわたり衝突する場面や、渡辺から屋島へ渡ろうとした際、暴風に恐れて尻込みする船頭たちを、「舟仕らずは、一々に射殺せ」（巻十一・逆櫓）と命じる場面に感じられるだけである。けれども、『平治物語』では、鞍馬寺から抜け出して、市中にたむろする若者達に斬りかかり、今にも人を突き殺しそうな目つきをしていたと記される。平泉へ下る途中では馬盗人や強盗を搦め捕ったり、殺傷したりする。平泉から坂東に越えて武士たちのようすをうかがい、上野国松井田で伊勢三郎義盛のもとに泊るが、義盛は、「博奕か盗人か、我をころさん者か」と恐れて追い出したほどである。その、伊勢三郎義盛も、『平家物語』によれば、鈴鹿山の山賊であったのであり、悪僧武蔵坊弁慶とともに、無頼の徒である。それは、為朝に従っていた男たちと同じことである。

義仲は、数多くいる反逆する英雄の一人にすぎない。そして、辺境性・野蛮性を帯びていること、これが英雄であることの最もわかりやすい指標である。

七　畏怖と憧憬

要するに彼らは、普通の人間ではないのである。柳田洋一郎は義仲を異人としてとらえ、義仲の物語を異人訪問譚として理解する視点を示したが[18]、義仲だけではなく、超人的な力で権力と戦って時代を動かし、しかし葬り去られる英雄たちは、等しく周縁の異人なのである。

繰り返しになるが、人が世界を了解する際の最もプリミティブな方法は、境界線を引いて内部と外部とに世界を分割することである[19]。内部は自身が属する秩序の保たれた世界であり、外部は混沌に支配された他者の属する世界である。それは、文化／野蛮、聖／俗、自国／他国、自分の宗教／他の宗教、都市／田舎、知識人／大衆、あるいは男／女といった二項対立として現れる。そして、優位の第一項は劣位の第二項の存在によってその存在が初めて可能になる。

文化は、これこれが野蛮であると認定あるいは捏造してまわり、その野蛮との緊張関係において成立する。国家は、他国との緊張関係の存在において初めて存在しえる。緊張関係がなくなれば、世界は均一化し、境界線は消滅し、共同体は崩壊してしまう。だから、体制は反体制を必要とし、秩序は混沌を必要とする。反体制・反秩序があってこそ共同体は存続しえるのである。このシステムを、内部にも外部にも属さない、あるいは両方に属する「周縁」という項を導入して説明したのが、中心／周縁理論である。[20] 共同体は、規則を共有しないもの、異質なものを周縁部へと排除して成立する。そして退屈な日常の中で停滞し非活性化した共同体を再活性化するために、必要に応じて、程よい外部性を纏った周縁部から荒ぶる力を導入する必要が生じる。犠牲の儀式・さまざまな形式の祝祭・演劇・見世物・ある種の音楽・宗教活動・制御しえるレヴェルの反体制的運動などがこれをもたらす。最も効果的なのは、対外戦争・内乱などであろうが、その外部的な力が強ければ共同体は崩壊するという危険性を秘めている。しかし、共同体が、運よくこれを克服すれば、混沌をもたらしたものを周縁部へと組み込み、事件を、安全な〈歴史〉として儀礼化して、繰り返し利用することができる。つまり、それが軍記である。

だから、反逆する英雄たちは、辺境から現れ、超人的な荒々しい力を持つ田舎者かつ野蛮人、野生の人であることが望まれる。彼らは混沌を内部に持ち込み、そして必ず排除されることによって、共同体の秩序の更新、再活性化に奉仕するのである。

平清盛は、辺境の人間ではないが、超人的な力を持ち、共同体を危機に陥れることは同じである。何よりも、清盛が白河法皇の子供であるとされることがその周縁性の刻印である。王は外部からやってきた者であり、それゆえ常に外部性を纏っている存在であることについては、文化人類学からのさまざまな発言がある。[21] 王は、共同体の中心にあるようにみえながら、共同体の上方に逸脱し、そこから共同体を吊り下げているのである。実は、王自体が外部的力を帯びた周縁の存在であり、それゆえに周縁の力を引き込むことによって、その外部的力を保持する必要があるということである。網野善彦が「異形の王権」と称した後醍醐は、その典型である[22]。

清盛については、悪人ではあるが強烈な個性を持つ巨大な英雄であるという評価が流通している。たとえば、石母田正は、

彼は一貫して、楽天的で、現世的で、この時代の貴族に共通した悲観的精神は微塵ももちあわせない人物として、また敵対者に対して仮借しない戦闘的人物として描かれている。作者は清盛の行為を悪行の集積として描こうとしているが、このような作者の道徳的非難を越えて、また作者の意図に反して、物語自体が新しい型の人間としての彼の人物をあらわにしてゆくようになっている。

と記すが[23]、ここには明らかに清盛の野蛮への愛がある。清盛が、仏教の救済を拒否して頼朝の首を我が墓の前に掛けよと命じて悶え苦しんで死んだこと（巻六・入道死去）に対しても、たとえば、「いかにも鮮烈で人間的な真情に溢れたものということができる」という梶原の言葉のように語ることが一般だし[24]、我が子重盛との対比において戯画化される清盛の姿（巻四・教訓状・烽火之沙汰）や、安徳天皇の誕生に声を上げて喜び泣きする清盛の姿（巻三・御産）を、人間味ある好人物として評価するのが一般である。それは、義仲に対して発せられた愛の言葉と同じである。つまるところ、反逆英雄たちは、共同体にとっての「犠牲の山羊」[25]として利用される存在なのだ。彼らは両義的存在である。暴力の犠牲者であるにもかかわらず暴力を発動する者として恐れられる。彼らは、不吉で忌むべき性格を持つと同時に秩序の更新者としての聖性を持つ。そして、これに対応して、彼らに対する人の情緒的反応にも畏怖と憧憬が並存することになる。

共同体は、我々を保護すると同時に抑圧する。権力から禁止され、強制され、搾取され、監視され、人は不断にストレスを蓄積してゆくことになる。そのストレスを、英雄たちは、権力を危機に追い込むことによって解消して

くれるのである。我々の生を制御しようとする「文化」を破壊しようとする「野蛮」。それを愛さない人間があろうか。そして、また、それによって共同体は《減圧》に成功し、その成員に王権の至高性を確認させつつ、その健康を回復できるのである。その功績を顕彰しない共同体があろうか。

彼らは、野蛮で罪深く恐るべき存在であり、それゆえに愛されるのである。そのような視点から見るならば、木曾義仲像は、『平家物語』において、やはりなんら分裂してはいない。

八 義仲の物語の危うさ

「木曾最期」が、遍在する〈一所の死の物語〉つまりは〈融合的愛の物語〉の反復であるのと同様に、それをも含み込む「木曾義仲の物語」全体も、それがたとえ他よりもどんなに美しかろうと、あるいは、すでに述べたように、法住寺合戦における義仲の勝利の言葉にそれを機能不全に追い込む貴重な可能性を見出すにしても、基本的には遍在する〈王権への反逆者の物語〉の反復であるに過ぎない。

益田勝実は、『平家物語』を、「長い古代的支配の没落を語る長編の挽歌であった」と語り、「義仲は、新しい中世の英雄群像の一つのもっとも典型的な代表としてたちあらわれる」と語る。(26) 永積安明も、『平家物語』は「新しい中世社会をつくり出す運動の旗手として、その先頭をきって進んで行った武士たち」を描き、「歴史の進歩・変革の必然性を全体として動かしがたいものとして」語りえた「叙事詩的傾向を持った作品」だと語り、義仲をその代表的旗手として評価する。(27) 石母田正も同じ物語を語る。(28) ここには、カントあるいはヘーゲル流の、歴史は歓迎すべき終極の目的に向かって発展的に進んでゆくという、発展的歴史観がある。この、いわゆる歴史社会学派の、「『平家物語』は時代変革を語る」という〈物語〉が、戦後のあの時代に、新たな「国民文学」を創成しなければならないという善意のもとに語られた必然性は容易に理解できるが、半世紀近くもたった今でも、それがいまだに流通していることには驚かざるをえない。『平家物語』の概説書や高等学校古典教育の実践報告や教科書指導資料には、いまだに〈時代変革の物語〉が無批判に語られ続けている。

木曾義仲を、時代を変革する英雄と無自覚に認めたとき、人は〈王権への反逆者の物語〉=〈王権の絶対性の物語〉に《減圧》され《教育》されることになり、他に向かって義仲を英雄と賞賛し、義仲への愛を共有せよと強いたとき、人はこの〈物語〉に、本人の意志とは無関係に、貢献することになる。

「木曾義仲の物語」は、美しいが危険である。今、なすべきことは、美しさを共有することではなく、「融合的愛」「野生へのエキゾティシズム」のはらむ危うさについて語ることである。それは、むろん、『平家物語』を貶めるためではない。このテクストを消費するのではなく生産的に活用するためである。人とは、どのように世界を了解してしまうものなのか、そしてそれが決して自然なものではなく、共同体の教育の結果にすぎないと知るのは、必要なことである。

美しさを楽しみつつ、その美しさの本質をもわきまえていること、それが理想である。

注

（1）長野嘗一『平家物語の鑑賞と批評』（明治書院　一九七五）参照。
（2）高木信「戦場を踊りぬける―〈鎮魂〉する巴―」（「日本文学」四三-八　一九九四）参照。
（3）高木信「男が男を〈愛〉する瞬間―〈女の物語〉として『平家物語』は存在するか?・」（『王朝の性と身体【逸脱する物語】』

森話社　一九九六）参照。

（4）『岩波哲学・思想事典』（岩波書店　一九九八）「愛」の項、参照。

（5）梶原正昭『古典講読シリーズ　平家物語』（岩波書店　一九九二）参照。

（6）高木信「感性の〈教育〉―公共性を生成する『平家物語』」（「日本文学」四四-七　一九九五、『平家物語・想像する語り』森話社　二〇〇一　再収）参照。

（7）『高等学校国語Ⅰ　改訂版　指導資料』（大修館書店）。

（8）注（1）。

（9）注（7）。

（10）関曠野『野蛮としてのイエ社会』（御茶の水書房　一九八七）、野口実『武家の棟梁の条件』（中公新書　一九九四）参照。

（11）保田與重郎『改版　日本の橋』（東京堂　一九三九）。

（12）東京府立第三中学校「学友会雑誌」一五（一九一〇、『芥川龍之介全集』二一所収　岩波書店）。

（13）注（1）。

（14）小松茂人「軍記物の英雄像―為朝・義仲・義経―」（「国文学」三-一〇・九-一四　一九五八・一九六四、加筆訂正して『中世軍記物の研究　続』桜楓社　一九七一に再収）参照。

（15）水原一「平家物語に於ける義仲説話の形成」（「文学語学」一八　一九六〇、『平家物語の形成』加藤中道館　一九七一　再収）参照。

（16）梶原正昭『将門記』2「解説」（東洋文庫　平凡社　一九七六）参照。

（17）佐倉由泰は、「『将門記』の表現世界」（「国語と国文学」七八-八　二〇〇一）で拙論を批判して、『将門記』は、「将門に反逆者となるべき特異な資質を認めていない」とするが、坂東という辺境に住み、合戦という暴力を日常とするというだけで、充分にカオスを内包する異者であるところの反逆者としての資格を持つ。第二章【補説】参照。

（18）柳田洋一郎「義仲の位相―「猫間」を中心に―」（「同志社国文学」二九　一九八七）参照。

(19) 第三章参照。

(20) 山口昌男『文化と両義性』(岩波書店　一九七五、岩波現代文庫　二〇〇〇)、『天皇制の文化人類学』(立風書房　一九八九、岩波現代文庫　二〇〇〇)等参照。

(21) 浅田彰『構造と力　記号論を越えて』(勁草書房　一九八三)、赤坂憲雄『王と天皇』(ちくまライブラリー　筑摩書房　一九八八、ちくま学芸文庫　一九九三)等参照。

(22) 網野善彦『異形の王権』(平凡社　一九八六、平凡社ライブラリー　一九九三)参照。『太平記』では、後醍醐自身が反逆英雄となって吉野という周縁へ排除されてしまう。楠木正成が『太平記』において野蛮性を示すことはないが、赤松円心等とともに悪党という出自で、「尋常ならぬ合戦の体」(巻七・千剣破城軍事)を示したことは留意すべきであろう。

(23) 石母田正『平家物語』(岩波新書　一九五七)参照。

(24) 梶原正昭『鑑賞日本の古典　平家物語』(尚学図書　一九八二)参照。

(25) ルネ・ジラール『暴力と聖なるもの』(一九七二、古田幸男訳　法政大学出版局　一九八二)、『身代りの山羊』(一九八二、織田年和・富永茂樹訳　法政大学出版局　一九八五)、今村仁司『排除の構造』(青土社　一九八九)等参照。

(26) 益田勝実「木曽の義仲」(『日本古典鑑賞講座　平家物語』角川書店　一九五七)参照。

(27) 永積安明「国民的な文学としての平家物語」(『国民の文学(古典編)』御茶の水書房　一九五三、『中世文学の展望』東京大学出版会　一九五六　再収)参照。

(28) 注(23)。

後白河法皇の涙

一　法皇の存在

覚一本『平家物語』で、「灌頂巻」としてまとめられる建礼門院関係の物語については、さまざまな議論はあるものの、それが、女院の往生と、それにともなう安徳帝と平家一門の亡魂の救済を語ろうとするものであるという認識は、共有されているといってよいであろう。私も、その常識に異論はないのだが、かねてからの疑問は、そのような救済の物語において、何ゆえに後白河法皇が必要であるのかということ、法皇はこの物語においてどのような役割を担わされているのかということである。

今まで、この救済の物語にかかわる議論は、当然のことだが、女院の存在を中心としてなされてきた。佐伯真一は、女院の語りは、本来「六道語り」だけではなく、法皇への恨みを語る「恨み言の語り」と「安徳帝追憶の語り」とを加えた三つの語りからなると考え、それらの語りの根底には苦難と零落の人生を語って懺悔に至る小町零落説話の類型があり、そしてその語りの果てに、鎮魂が達成されると論じた(1)。首肯すべき論だとは思うのだが、法皇の存在については、やはり充分には説明されていない。また、武久堅は、延慶本では、女院の語りは常に法皇の問いかけに応じる形でなされており、女院の往生という物語の主題は、「善知識」と位置付けられる法皇に主導され、その存在にかかっていると論じ、延慶本の編者には、法皇と女院の対面の場面を、「法皇主人公の物語」として位置付ける「構造理解」があるとした(2)。この論の中心は物語の生成過程にあって、武久もことわっているとおり、物語構造への言及は簡略であり、何をもって「法皇主人公の物語」というのかは、今後の論においてさらに明確になってくるのだろうが、法皇がこの場面において主導性を発揮しているということだけでは、主人公――それをどう規定するかにもよるが――であるとまではいえまい。「編者」なる存在の意図はどうであれ、結果としてのテクストをみるかぎり、自身と安徳帝と平家一門の救済をなしうるのは、やはりあくまでも女院であり、彼女なしにはこの物語は成り立たない。もちろん、だからといって、法皇の存在は取るに足らないといいたいのではない。法皇は、この物語においてかけがえのない存在なのだ。

二　涙

大原寂光院の草庵を訪ねた後白河法皇は、よく泣く。

延慶本によれば、法皇は、まず思いの外の草庵のようすに愕然とし、堪え難い思いにとらわれる。応対に出た老尼に女院の所在を問うと、花を摘みに山に入っていると知らされる。法皇は呆然としたようすで、「昔ヨリ世ヲ捨ルタメシ多ケレドモ、御花ナリトモ、争カ自ラハ摘セ給ベキ。サレバ花摘テ可奉人ダニモ付奉ヌカ」と、ついに涙を流す。そして、その老尼が、見忘れるはずもない阿波内侍の変わり果てた姿であると知ったときにも、驚き、涙を流す。対座した法皇と女院は、互いに涙に咽んで一言も話せない。しばらくして法皇は、泣く泣く、「サテモコハ浅猿キ御スマヒカナ。昔ヨリ憂世ヲ捨ルタメシ多ク侍レドモ、カヤウノ御有様ハ未承及。盛者必衰之理ニテ天人五衰ノ日ニアヘルラムモ、此世ニテ可二見非ズ。カヽルタメシヲ目ノ当リ見奉リツルコソ中々クヤシケレ」と語り、袖も絞るほどに泣く。さらに、昔のことを思い出してさぞかし嘆いているだろう、これほどまでとは知らずに今まで見捨てていた自分をどれほど恨みに思っていることであろうと、女院の心中を察し、女院を庇護する縁者も少ないと聞いて、また袂を絞る。そして、女院の六道の語りが始まる。「今一ノ道、其マデハ不及申」と、畜生道を語ることを憚って女院が語りを止めたときに、法皇は涙を流し、それについても語るように促す。宗盛・知盛との姦淫の噂を立てられるというその苦しみを聞いた後には、ますます涙にむせび、女院の嘆きの深さのほどを思い知る。女院は、続けて安徳帝の最期のさまとその堪え難い悲しみを語り、それを聞いて、法皇は涙を流す。そして、涙に咽びながら寂光院を後にする。

この女院と法皇との対話の場面は、諸本によってかなりの異同があり、それは、たとえば佐伯の論に詳しいが、法皇が涙を流したと表記される回数も異なる。延慶本が最も多い。最も整理された形と思われる覚一本では、老尼が阿波内侍であると知ったとき、山から下りてくる尼姿の二人の女性が女院と大納言佐であると知ったとき、女院の「六道語り」が終わったとき、そして還御のときに、法皇は涙を流す。しかし、よく泣くことには変わりない。この大量の涙は、もちろん不自然なものではない。落魄した建礼門院の姿に涙し、彼女の味わった苦しみを聞かされて涙するのは、ごく自然なことである。延慶本では法皇とともに供の公卿や女院自身もよく泣く。しかし、この法皇の涙は、愁嘆場をそれらしく飾るためだけのものではない。

三　悔恨

確かに、平家は、悪行を積み重ね、人々に嘆きを与え、王権をないがしろにした。平家の滅亡は理不尽なことではないと我々は納得している。しかし、『平家物語』後半に綴られる平家の人々の悲惨な死は、我々を悲しませ、彼らあるいは彼女らに対する哀れみと同情を惹起するのに充分な力をもっている。平家の人々と悲しみや苦しみを共有している我々にとって、彼らあるいは彼女らの死は、決して放置されてしかるべきものではない。どこかで救われ、慰撫されなくてはならない。そうでなければ、何よりも我々自身の悲しみが、救われ慰撫されることがないからである。もはや、平家の人々の罪は、責められてはならない。女院も、安徳帝の死について語る中で、「是即我等ガ一門、只官位俸禄身ニ余リ、国家ヲ煩スノミニアラズ、天子ヲ蔑如シ奉リ、神明仏陀ヲ滅シ、悪業所感之故也」と、率直に平家の罪を懺悔しているではないか。

そのような我々を、法皇の涙は、大いに満足させてくれる。なぜなら、その涙は、彼が平家一門の人々の味わった苦しみをはっきりと認識し、同情し、そして後悔したこと、つまりは、女院だけではなく、法皇も懺悔していることを意味するからである。

法皇は加害者である。彼に悪意があったわけではなく、むしろ平家の専横の被害者というべきであったとしても、あるいは現実に平家を滅ぼし、過酷な戦後処理をしたのが頼朝であったとしても、それは王の名のもとに、その容認のもとになされたものに違いはない。法皇は、明確な謝罪の言葉を口にはしない。しかし、彼が涙を流すということは、加害の罪を認めたのも同然である。しかも、法皇は、この王土の共同体の至高の存在である。その同情と悔恨の涙に、我々は大いに満足する。平家の人々の魂は、これによって慰撫され、鎮められるに違いないと感じる。そして、そう感じることによって我々も慰撫されるのである。

だから、饒舌とも感じられる女院の語りは、ぜひとも必要なものなのである。そしてそれを聞くのは、法皇でなくてはならないのである。法皇は、現在の女院の零落や、自分への恨みや、法皇によって女院や平家の人々に与えられた苦しみや嘆きを逐一知り、涙を流さなければならないのである。外の誰のものでもない、加害者であり、何よりもこの共同体の最高の責任者であり、崇高の存在である法皇の涙こそが、最も効果的に安徳帝や平家一門の鎮魂に寄与しえるのである。

四 〈権力と戦う快楽〉

しかし、王権に反逆し、王権によって排除されたものが、その王権の認知を得て鎮魂されるというこの構造は、いかにもうさんくさい。

女院の前で涙を流す法皇の姿を、我々は好感を持ってみる。なぜなら、彼は、我々の慰撫の欲求を満たしてくれたのであり、また、いわば敗者・弱者に対するその率直で真摯な姿勢は、評価してしかるべきだからである。そして、そのような法皇への好感の背後には、ある〈快楽〉が、見え隠れする。

軍記が与えてくれる〈快楽〉の一つは、〈権力と戦う快楽〉である。我々を抑圧する権力が悲鳴を上げる姿を目撃することは、〈快楽〉であるに違いない。法皇の涙にも、我々はこの〈快楽〉を感じているはずだ。法皇は、女院の言葉の前に、まったく無力である。明らかにここでは女院が勝利している。一人の女性の前にうなだれる権力の姿を目撃することは、〈快楽〉であるに違いないのだ。法皇への好感は、この〈快楽〉によってひそかに支えられているのだ。

しかし、わきまえておかなくてはならないのは、この〈快楽〉を感じたときに、同時に《滅圧》されているということである。平家滅亡の物語を受容する過程で、我々の中に不可避的に蓄積されてきた王権への不満・不快感が、無力な法皇の流す涙によって最後にそれとなく解消させられているということである。〈権力と戦う快楽〉は、権力を守るために要請されるのである。

結局のところ、法皇の涙に〈快楽〉を感じつつ満足し、権力を肯定するように仕向けられているのである。我々は、王権への嫌悪感を物語の最後で解消させられ、そして、自らに敵対した人々の亡魂をも鎮める慈悲深い力が、王権には備わっているということを、それとなく教育されるのである。

五　〈権力から認められる快楽〉

法皇と女院の関係が、真名本『曾我物語』における源頼朝と曾我五郎時宗とのそれに似ていることについては、小林美和に言及がある。(3) 当代の代表者による怨心の慰撫によって鎮魂するという同一の構造を、そこにみる。佐伯は、女院が法皇に恨み言を述べ、自らの一門の罪業を懺悔し、鎮魂へ至るという展開に、中世の物語の一つの類型を認め、頼朝と五郎との対面にもそれを認める。

頼朝と五郎の対面の場面の分析の詳細は、十章に譲るが、私も、両者はよく似ていると思う。捕われて、頼朝の面前に引き出された五郎は、しかし、へつらうことなく思いのたけを頼朝にぶつける。祖父伊東祐親を殺され、父の敵工藤祐経を重用した恨みを述べ、敵討ちまでの苦難を語り、兄弟の太刀を恐れて逃げ回った御家人たちの弱腰を嘲笑する。頼朝は、五郎の言葉のうち、頼朝の命までも狙ったという一点を除いて、その言葉に頷くしかなく、五郎を「男子の手本」として称揚し、一旦は助命しようとさえする。五郎の母への思いに触れて涙を扇で払い、討死した兄十郎の衣装をみせられて言葉をなくす五郎の姿に涙を浮かべる。秩序は守られなくてはならないという梶原景時の進言により、結局五郎は斬られるが、その五郎を鈍刀で擦り首にした筑紫の仲太を同じように殺してしまえと、頼朝は激怒し、兄弟を密告しようとした三浦与一を憎み、鎌倉にいられないようにする。一方、頼朝に召され自害を企てた兄弟の弟御房殿には深く感動し、彼らに恩を与えず、死に追いやってしまったことを後悔する。さらに、曾我庄の年貢を免除し、兄弟の供養のために建立された大御堂に土地を寄進するなど、兄弟の母親にはことのほか手厚い援助を与える。

我々は、東国の王権である頼朝が、五郎に遣り込められ、兄弟の恨みと苦痛を知り、そして彼らに冷たく当ったことを後悔し、彼らのために涙を流す姿を見て、〈快楽〉を感じる。それは、〈権力から認められる快楽〉である。それまで、不当にもその存在を無視されてきた、我々の愛する兄弟が、時の権力に認められることは、我々にとって大きな喜びである。我々は、兄弟がそしてつまりは自らが慰撫されたことに満足し、その結果、頼朝に好感を抱くことになる。テクストは、権力への嫌悪感を、物語の最後で、巧妙に解消し、そして寛大な権力の存在を肯定させる。これは、女院の物語と同じ構造である。

六　王権の浄化

そもそも、王土の共同体の〈歴史〉――『曾我物語』は東国という頼朝の王土の〈歴史〉である――が、王権を傷つけることなどは、想像もしえない事故以外には、ありえようがないのだ。〈歴史〉は、そもそも共同体の正当性を語るものである。そうでなければ、共同体に流通しないし、流通しなければ共同体の〈歴史〉と呼称するに足りない。ましてや、それが、王土の共同体を守るための鎮魂をも意図しているならば、なおさら王権を傷つけることなどありえない。

女院の物語は、安徳帝と平家一門の鎮魂の物語である。そこでは平家の人々の罪が浄化され救済される。それと同時に、王権も浄化され救済され、そしてそれとなく称揚されているのである。後白河法皇の懺悔の涙は、そのために必要なのである。

注

（1）佐伯真一「女院の三つの語り」（『古文学の流域』新典社　一九九六）参照。

（2）武久堅「壇ノ浦合戦後の女院物語の生成」（『軍記物語の窓』第一集　和泉書院　一九九七、『平家物語発生考』おうふう　一九九九　再収）参照。

（3）小林美和「『平家物語』の建礼門院説話―延慶本出家説話考―」（「伝承文学研究」二四　一九八〇、『平家物語生成論』三弥井書店　一九八六　再収）参照。

第七章　承久記

誰カ昔ノ王孫ナラヌ

一　異様な事件

承久の乱は、王土の共同体にとって、王が臣に敗れるというかつて体験したことのなかった事件であった。それを、どのように処理して〈歴史〉化するかは、大きな課題であったはずだ。王自身が反逆者となり排除されるという、異様な事件を前に、〈王権への反逆者の物語〉は、そのままでは充分に機能しない。王土の共同体は、それをどのように乗り越えようとしたのかを確認したい。そして、その結果としての承久の乱の〈歴史〉叙述における、慈光寺本『承久記』の特権性について論じたい。

二　王孫

まず、『承久記』の古態本である慈光寺本から検証する。

鎌倉幕府方の東山道の大将であった武田信光と小笠原長清は、尾張川を挟んで院方と対峙する。慈光寺本『承久記』によると、このとき、小笠原の郎等市川新五郎が、対岸に向かって、「向ノ旗ニマシマスハ河法《(マ)》シキ《(マ)》ノ人ゾ。ヨキ人ナラバ渡シテ見参セン。次々ノ人ナラバ馬クルシメニ渡サジ」と呼び掛けると、院方の薩摩左衛門が、

男共、サコソ云トモ、己等ハ権大夫ガ郎等ナリ。調伏ノ宣旨蒙ヌル上ハ、ヤハスナホニ渡スベキ。渡スベクハ渡セ。

と、市川新五郎を招く。すると、腹を立てた市川新五郎は、

マサキニ詞シ給フ殿原哉。誰カ昔ノ王孫ナラヌ。武田小笠原殿モ、清和天皇ノ末孫ナリ。権太夫モ桓武天皇ノ後胤ナリ。誰カ昔ノ王孫ナラヌ。其ノ儀ナラバ渡シテ見セ申サン。

と言い放つ。王の権威を笠に着て侮蔑する敵に向かって、その言葉を無効にするために放たれたこの言葉は、しかし、言葉戦いというその場の状況を越えて、王権の至高性を無効にし、王土の共同体にとっての危険な瞬間を招き寄せる可能性を秘めてしまうことになる。

薩摩左衛門が持ち出す、「調伏ノ宣旨」に象徴される王の権威に対抗すべく、市川新五郎は、「誰カ昔ノ王孫ナラヌ」という論理を持ち出す。王の血は、武田にも小笠原にも北条義時にも流れている、血の点で言えば充分に王と対抗できるのだと、王の権威を相対化すべく、「誰カ昔ノ王孫ナラヌ」と、発言されているのである。「神孫君臨」という血の論理、皇孫思想は、王権の至高性を保証すると同時に、場合によってはそれを傷つけかねない諸刃の剣であるわけだ。

市川新五郎のいうことは、間違いではない。繰り返された臣籍降下によって、王の血が拡散され続けてきたことは、よく知られている。それが真実であるかどうかはともかく、当時も今も、確かに、武田も小笠原も北条も王孫

であるのだと認識されているし、その他多くの武士たちが自らの系譜を王につながるものとして意識し、自負していたことも、たとえば名乗りというような場面をとおして、我々はよく知っているはずだ。それは常識といってもよい。それが、この言葉の事実性を保証する。しかし、王との血のつながりは、本来その人物の貴種性を強調するために利用されるものであり、それによって、貴種性の根源である王権の至高性の再確認をも促すよう機能するものではあっても、血の唯一性に支えられた王権の至高性を阻害するものとして利用されることはめったにない。

その危険性を露呈させるのは、他にただ、『将門記』の平将門だけである。彼は、「将門已に柏原天皇の五代の孫なり。縦ひ永く半国を領せむに、豈運に非ずと謂はむや」と、自らの反逆を正当化する。(1) 王の血の継承が王となる資格であるならば、確かに将門にも　資格があるわけだ。しかし、それは、自らの王の血を利用しようとの企てであり、当然その特権性自体は認めている。ところが、市川新五郎は、王の血は多くの人間に流れている、王の血にどれほどの権威があろうかと、その特権性を剥奪しようとするのである。「誰カ昔ノ王孫ナラヌ」という言葉には、そういう攻撃性がある。しかも、「権太夫モ桓武天皇ノ後胤ナリ」とされた北条義時は、将門のように王となろうとはしなかったけれど、将門のように王の前に敗死することなく、後鳥羽院という王に勝利してしまうのであり、その事実が新五郎の言葉をより印象強いものとする。慈光寺本『承久記』において、王の血は、散種された王の血によって脱差異化され、その唯一性が揺らぐことになるのである。

だから、王権の絶対性を規則とする王土の共同体の〈歴史〉において、「誰カ昔ノ王孫ナラヌ」という言葉は、記されてはならないものであるはずだ。そのタブーを、慈光寺本『承久記』は、犯しているのである。

三　十善の君

合戦に勝利して京に入った子息の北条泰時から、その報告の書状を受け取った義時は、

是見給へ、和殿原。今ハ義時思フ事ナシ。義時ハ果報ハ、王ノ果報ニハ猶マサリマイラセタリケレ。義時ガ昔報行、今一足ラズシテ、下臈ノ報ト生レタリケル。

と発言する。ここには明らかに、合戦前、卿二位藤原兼子が、挙兵の日取りが悪いとする陰陽師の占いの結果に思い悩む後鳥羽院に向けて発した、

陰陽師、神ノ御号ヲ借テコソ申シ侯へ。十善ノ君ノ御果報ニ、義時ガ果報ハ対揚スベキ事カハ

という言葉に対応させようとのテクストのもくろみがある。

十善の君の果報よりも義時の果報が勝っていたことを、テクストは、皮肉を込めて、印象深く伝えようとする。果報の論理のまえに王の権威は無力なものと化している。王権は愚弄されている。このテクスト断片と遭遇した瞬間、受容者は、王権の絶対性・至高性のゆらめきを感じることができるはずである。流布本『承久記』や他の作品にも、果報に任せて戦うという表現を見出せるが、それは王権を畏怖する武士たちがせめてもの拠りどころとしてすがりつくもので、王権を相対化するものとしては使われていない。

ところで、義時の発言中、「報行」というのは耳慣れない言葉だが、文脈から考えれば、「この世に報いる前世の行為」という意味だろう。では、彼の前世での「報行」がもう一つあったとしたら、彼は下臈ではなく何に生まれたのか。自分と王との幸運を比較し、王への勝利を喜ぶこの文脈において、それは当然、王、「十善の君」でなくて

はならない。慈光寺本における後鳥羽院の呼称は、「十善の君」が二十三例、「院」が二十二例、「君」が八例、その他、「御所」、「帝王」、「太上天皇」などが数例ずつである。十善の君と呼ばれることが、他の軍記に比べて圧倒的に多い。そして、十善の君が、前世に十悪を犯さない十善を積んだ功徳により、この世で王と生まれたことを示す言葉であることを知る者なら、慈光寺本が後鳥羽院と義時との差を戒行一つに求めていることは、すぐ了解できる。

しかし、これは、普通の論理ではない。

大隅和雄の指摘するとおり(2)、本来、十善の君という因果の論理と、神孫君臨という血の論理とは相容れるはずがないのだ。皇孫思想が諸刃の剣であったように、十善の君という因果の論理も諸刃の剣なのである。

十善の君の語誌や用法についての詳細は、高木豊や田中徳定の研究に譲るが(3)、九世紀初頭から使用されだしたというこの語は、仏教による天皇の荘厳を意図したものであって、決して因果の法の下における平等を示そうと意図したものではない。確かに、それは、一方では天皇をも輪廻の輪の中に捉えることであり、田中の言うように、醍醐天皇堕地獄の話(『道賢上人冥土蘇生記』)や、嵯峨天皇の前世が伊予石鎚山の寂仙禅師であるという話(『日本霊異記』三十九話)や、清和天皇の前世が伴善男に内供奉十禅師になることを妨げられた僧であり、それゆえ善男を憎んだという話(『江談抄』第二-五)の成立の機縁となったかもしれない。しかし、それらの前世譚に、十善の君の論理が直接関与しているわけでもないし、何よりこれらの話は、王権を相対化しようなどと意図したものではない。

十善の君の十善の前世譚が語られないことについて、田中は、「十善」という言葉によって天皇の前世を語ることは尽きてしまうからではないかという。それも確かにあるだろうが、何よりも、十善の君を臣民とは決定的に異なる別格の存在として称揚するためには、それは説明しない方がよいのだ。合理的な説明の成立しないところにこそ神話性は確保される。

しかし、義時の言葉は、十善の君のその神話性を見事に剥奪してみせる。「九」と「十」との間には、決定的に越えがたいものがあるのだと説明しない以上、王と転生するか否かは、血の問題ではなく、善行の数の問題になってしまう。因果の法の下にはすべてが平等であるというのが仏教の原則である。しかし、王土の共同体を吊り下げている天皇を、十善の君と呼称する場合、その原則は隠蔽されていなくてはならない。事実、『平家物語』を初めとする軍記でも、十善の君という語は、天皇の特権性を説明する目的のために使用されるだけであって、決して誰もが天皇となれる可能性を示唆する目的のためには使用されない。ところがこの義時の言葉は、その可能性に向かってテクストを開いてしまうのである。

四　対立の構図

慈光寺本には、義時と後鳥羽院との厳しい対立が、物語の基本構図としてある。(4)今、簡潔に再確認しておくと、そもそも乱は、

朝ノ護源氏ハ失終ヌ。誰カハ日本国ヲバ知行スベキ。義時一人シテ、万方ヲナビカシ一天下ヲ取ラン事、誰カハ諍フベキ。

という義時の発言と、その義時の専横を不快に思う後鳥羽院の発言中に、

義時ガ仕出タル事モ無テ、日本国ヲ心ノ儘ニ執行シテ、動スレバ勅定ヲ違背スルコソ奇怪ナレ。

とあることで明らかなように、日本国を心のままに支配しようとする義時と、地頭の不服従を指弾し、

去バ、木ヲ切ニハ、本ヲ断ヌレバ末ノ栄ル事ナシ。義時ヲ打レテ、日本国ヲ思食儘ニ行ハセ玉へ。

と挙兵を勧める卿二位の発言中に代弁される、日本国を思うがままに支配しようという後鳥羽院との衝突から生じる。したがって乱の結果も、「権大夫ハ天下ヲ打鎮メテ楽ミ栄フ」と、義時が日本国を心のままに支配したと、総括される。これは、国家の主導権を巡る二つの権力の闘争である。「日本国ヲ心ノ儘ニ執行シテ」「日本国ヲ思食儘ニ行ハセ玉ヘ」という似通った表現で示される両者の野望は、こと権力争いという次元において、両者を同一平面上に並べてみることを、可能にする。

そして、この対立の構図と呼応するように、慈光寺本には、流布本や他の作品にみられる王権への恐れというものが全くない。このような、王権への恐れを欠いた対立の構図が、市川新五郎や北条義時の刺激的な発言が受容者に効果的に作用するための環境、文脈を形成する。

慈光寺本には、王の血と果報の論理を武器として、王権の至高性に揺さぶりをかけることのできる瞬間が、確かに存在する。

五　〈承久の乱の物語〉

六月中旬の事なれば、極熱の最中也。大雨の降事、只車軸の如し。鎧・甲に滝を落し、馬も立こらへず、万人目を被二見挙一ねば、「我等賤き民として、忝も十善帝王に向進らせ、弓を引、矢を放んとすればこそ、兼て冥加も尽ぬれ」とて、進者こそ無けれ。

これは、宇治橋に向かう幕府方の武士のようすを示す、流布本『承久記』のテクスト断片である。ここには、王権の絶対性におののく武士の姿がある。このような表現を慈光寺本は持たない。「誰カ昔ノ王孫ナラヌ」と言い放った市川新五郎と、この武士たちとの距離は大きい。

流布本において、義時の人となりは、

権威重くして国中に被レ仰、政道正しうして、王位を軽しめ奉らず。雖レ然、不レ計に勅命に背き朝敵となる。

と紹介される。また、無勢を理由に軍勢の出発の延期を進言する泰時に対しての義時の発言のなかには、

不思議の男の申様哉。義時は、君の御為に忠耳《のみ》有て不義なし。人の讒言に依て、朝敵の由を被二仰下一上は、百千万騎の勢を相具たり共、天命に背奉る程にては、君に勝進《まゐ》らすべきか、只果報に任するにて社《こそ》あれ。

とある。また、義時追討の院宣の使者であった押松は、鎌倉で捕えられるが、義時は、その押松に、自分の言葉を後鳥羽院に言上せよと命じる。その言葉のなかでも、

義時昔より君の御為に忠義有て無二不義一。然るを讒奏する者候て、勅勘の身と罷成候上は、兎角申に不レ及。

と同じ主旨のことが述べられる。義時は、王権を重んじる忠臣であったが、讒臣のために思いもよらぬ朝敵の身となってしまったということが、くどくどと語られているのである。これらの表現も、慈光寺本にはない。流布本の義時は、決して自ら王権を侵犯しようとは望んでいない。むしろ、王権の絶対性の枠のなかに行儀よく納まっていようとする。

流布本『承久記』に、王権の絶対性を認める言説が顕著であるとして、では国王後鳥羽院の敗北という動かし難い現実を、流布本はどのように処理しているのかが当然問題になろう。それは、流布本の冒頭と末部をみればすぐわかる。その巻末、承久の乱を総括するなかに、

日本国の帝位は、伊勢天照大神・八幡大菩薩の御計ひと申ながら、賢王逆臣を用ひても難レ保、賢臣悪王に仕へても治しがたし。一人怒時は罪なき者をも罰し給ふ。一人喜ぶ時は忠なき者をも賞し給にや。されば、天是

にくみし不レ給。

とある。君臣論の立場からの発言であるが、院の敗北の最大の理由は、彼が悪王であったことに求められている。そして、悪王後鳥羽院という規定は、既に巻頭部でされている。

其後、いやしき身に御肩を雙、御膝をくみまし〱て、后妃・采女の無二止事一をば、指をかせ給ひて、あやしの賤に近付せ給ふ。賢王・聖主の直なる御政に背き、横しまに武芸を好ませ給ふ。…呉王剣革を好しかば、宮中に疵を蒙らざる者なく、楚王細腰を好しかば、天下に餓死多かりけり。上の好に、下したがふ習なれば、国の危らん事をのみぞ奇みける。

つまり、後鳥羽院が悪王であったが故に天が味方せず、院は敗北したというのである(5)。ここで留意すべきは、否定されているのは、後鳥羽院という悪王、異端の王なのであって、王朝型権力の中心である王権の存在自体は否定されていないということである。王権の敗北という現実も、その責任をすべて後鳥羽院個人に帰することによって、王権の絶対性自体が傷つくことを回避するのである。流布本には、慈光寺本のように、王権の絶対性を相対化しえる契機は存在しない。

流布本における承久の乱という事件を要約すれば、次のようになるだろう。

北条義時は王権に対して厚い忠誠心を持っていたが、讒臣のためにはからずも朝敵となる。やむなく京を目指した鎌倉方の武士たちは、王権に敵対することを畏怖しつつ戦うが、勝利を収める。それは、悪王後鳥羽院を見放した超越者の意志による。

この要約から、これを構成する要素を取り出せば、

《王権への忠誠心》

《王権への畏怖》
《讒臣》
《悪王》
《超越者の意志》

ということになろうが、このような流布本の承久の乱の叙述のありかた、私にいう〈承久の乱の物語〉=〈悪王の物語〉は、流布本『承久記』に限られるわけではなく、承久の乱の〈歴史〉化において等しく用いられている〈物語〉である。

六　蔓延する〈物語〉

承久の乱後すぐの貞応二年(一二二三)に、藤原隆忠によって執筆されたかとされる『六代勝事記』(6)は、後鳥羽院を「御宇十五年。芸能二をまなぶなかに、文章に疎にして、弓馬に長じ給へり。国の老父、ひそかに文を左にし武を右にするに、帝徳のかけたるをうれふる事は」と紹介し、流布本『承久記』と同じく呉王と楚王の故事を引いて、「上のこのむに下のしたがふゆゑに、国のあやふからん事をかなしむなり」と批判し、さらに「太政天皇、威徳自在の楽にほこりて万方の撫育をわすれ給ひ、又近臣寵女のいさめつよくして、清濁をわかざるゆゑに」と、その帝徳の欠如を批判する。さらに、当時の人の、「我国はもとより神国也。人王の位をつぐ、すでに天照太神の皇孫也。何によりてか三帝一時に遠流のはぢある…」という発問を記し、それに対する、道理を知る人の、「臣の不忠はまことに国のはぢなれ共、宝祚長短はかならず政の善悪によれり。…悪王国にある時はへつらへるを寵してかしこきをしりぞけ、然によりて、行ふ所は例にあらざれば、ふく風は枝をならし、降雨はつちくれをやぶり、内には胡旋女国をかたぶけ、外には朝錯いきほひをきはめて、海内の財力つきぬれば、天下泰平ならず」との答えを記して、後鳥羽院の治世を否定する。《悪王》後鳥羽院である。また、御家人に対する北条政子の演説のなかには、「朝威をかたじけなくする事は、将軍四代のいまに露ちりあやまる事なきを、不忠の讒臣等、天のせめをはからず、非義の武芸にほこりて、追討の宣旨申くだせり」と、《王権への忠誠心》《讒臣》を、さらには、それが、勝敗を決定したと明確にはみえないが、政子の演説を聞いた御家人たちの言葉に、「八幡大菩薩、などかつみなきをみちびき給はざらん」と、《超越者の意志》が見出せる。

次に、『吾妻鏡』[7]の承久三年の記事を見る。まず、乱前の三月二十二日には、北条政子が夢をみる。二丈ほどの大きさの鏡が由比の浦に浮び、「吾はこれ大神宮なり。天下を鑑みるに、世大いに濫れて、兵を徴すべし。泰時吾を瑩かさば、太平を得む」と、政子に告げる。伊勢大神宮の夢告ということで、使者が伊勢に遣わされる。また、乱後閏十月十日の条では、「天照大神は豊秋州島の本主、皇帝の祖宗なり。しかるに八十五代の今に至りて、何が故に百皇鎮護の誓を改め、三帝・両親王に配流の恥辱を抱かしめたまふや」と発問し、実は乱前に、順徳院が、御遊の船が転覆する夢をみたこと、後鳥羽院の夢に老翁が現れてこの企てはばくちに等しく、天下のことは七月十三日（院が隠岐へ出発した日）に決するであろうと告げたこと、慈円僧正が、長年修行していた壇上の馬が突然走り去る夢をみたので、今後は後鳥羽院のために祈禱はしないと密かに心中に思ったことを記し、それを、「これらいづれも宗廟社稷の示すところにあらずや。しかれども君臣共にこれを驚きたまはず。為長卿ひとり酔はざるの間、恐怖すと云々」と結ぶ。勝敗は《超越者の意志》によることが示されているわけである。そして、五月十九日条の政子の言葉には、「しかるに今逆臣の讒によつて、非義の倫旨を下さる。名を惜しむの族は、早く秀康・胤義等を討ち取り、三代将軍の遺跡を全うすべし」とあり、《讒臣》を乱の原因とする。六月八日の条には、その日、義時の館の釜殿に落雷があって一人の下男が犠牲となり、そのため義時が、「武州等が上洛は、朝庭を傾けたてまつらんがためなり。しかるに今この怪あり。もしこれ運命の縮まるべき瑞か」と、《王権への畏怖》を大江広元に訴え、広元はこれは関東にとって佳例であると答えている。後鳥羽院を《悪王》であると明確に示すことはないが、七月十二日の条には、乱後処刑された院の寵臣藤原光親が、数十通の諷諫状を書いて、しきりに後鳥羽院を諫めたが、かえって院の不興を蒙ったことが記され、後鳥羽院の王としての不適格さが示されている。

『八幡愚童訓』（甲本・菊大路本）(8)は、後鳥羽院が、石清水で勝利のための祈請をしたとき、若宮の前に敵方に向けて立てておいた剣が、院の方へ倒れたことを、「神慮ニ不レ叶御祈誓ナレバ、不吉ノ瑞共怖敷ク覚ル」と記し、合戦の夜、住吉社に逃げ込んだ人々が、「今度ノ戦ハ京方ノ可レ勝ニテ有ツルヲ、八幡ノ余ニ仰在ル程ニ、関東ノ勝ツル事ヨ」という声を聞いたことを記して、《超越者の意志》を示す。また、後鳥羽院が、和漢の才にたけ仏神への尊崇の念が強かったことを評価しつつも、「忽人ノ失事滋ク、民ノ煩隙ナカリシカバ、一天恨周ク、四海不レ隠(穏カ)」、あるいは「夫レ君ハ如クシテ二山岳一無二動事一令シテ二仁愛一普施シ。然ニ慾ヲ恣ニシテ驕《オゴリ》ヲ極ル時ニ、人民恨背テ国家必ズ亡ル事、上代古今漢土天竺モ無二相違事一」と、その《悪王》の側面を示す。さらに、「天地開闢ノ後、懸ル様ヲ見モ聞ザリキ、是偏女姓(ママ)ノ恨、或ハ近臣曲レルニ依ル故也」と記し、「光親・宗行ニ増リタル讒人コソ無リケレ」と、《讒臣》が登場する。

『増鏡』(9)の北条義時は、出発する子の泰時に、「いやしけれども、義時、君の御ために後ろめたき心やはある」と、《王権への忠誠心》を語り、出陣した泰時が途中から一人引き返し、もし、後鳥羽院自らが、鳳輦に乗り御旗を立ててきたときにはどうすべきかと義時に尋ねると、「かしこくも問へるおのこかな。その事なり。まさに君の御輿に向ひて弓を引くことは、いかゞあらん。さばかりの時は、かぶとをぬぎ弓の弦を切りて、ひとへにかしこまりを申て、身をまかせ奉るべし」と、《王権への畏怖》を示す。《超越者の意志》は、日吉山王神によって示される。かつて後鳥羽院が山門の御輿振りを防いだとき、御輿が放置され、自分が牛馬の蹄にかかったことが恨めしいので、「この度の御方人は、え仕うまつり侍まじ。七社の神殿を、金白玉にみがきなさんとうけ給とも、もはら受け侍らぬなり」と、後鳥羽院に託宣するのである。

『梅松論』[10]を見ると、北条泰時は、「国は皆、王土にあらずといふ事なし。されば和漢ともに勅命を背者、古今誰か安全する事なし。…然ば身にあたつて今勅勘を蒙る事、なげきても猶あまりあり。たゞ、天命のがれがたき事なれば、所詮、合戦をやめ降参すべき」と、父の義時を諫めるが、義時は、「此儀、尤も神妙なり。但それは君主の御政道正しき時の事也。近年天下のをこなひをみるに、公家の御政古にかへて実をうしなへり。其子細は朝に勅裁有て夕に改まるに、一処に数輩の主を付らる間、国土穏なる処なし。わざはひ未レ及処はおそらく関東計也。所詮、天下静謐の為たるうへは、天道に任て合戦を可レ致、若、東士利を得ば、申勧たる逆臣を給て重科に行べし。又、御位におひて彼院の御子孫を位に付奉べし。御向あらば冑をぬぎ弓をはづし、頭をのべて参るべし。是又、一儀なきにあらず」と答える。また別の箇所で、承久の乱について論じ、「忠有て、科なき関東三代将軍家の遺跡を可レ被レ亡天気有に依て、下を責給しかば天道のあたへざる理に帰して、遂に仙洞を隠岐国に移し奉る。然といへども猶武家は天命を恐て御孫の後堀河天皇を御位に付奉る」と記す。《王権への忠誠心》《王権への畏怖》《悪王》《讒臣》《超越者の意志》と揃っている。

テクストによる偏差はあるものの、これらの叙述は、いずれも〈承久の乱の物語〉=〈悪王の物語〉を逸脱するものではない。この〈物語〉が、王土の共同体に流通していたことは明らかであろう。そして、流布本『承久記』は、その典型的な〈承久の乱の物語〉なのである。これが、たとえ空虚な中心であろうとも、天皇王権を中心に据える王土の共同体の承久の乱に対する共通認識なのである。朝廷も武家も問わず、共同体の秩序の維持を望む人々が容認した承久の乱の〈歴史〉なのである。

本文レベルでいえば、ここに挙げた諸作品相互の影響関係ということは、充分に考えられる。『増鏡』と『梅松論』との関係、『吾妻鏡』の『六代勝事記』の使用、流布本『承久記』が、その巻頭と巻末に『六代勝事記』を流用していることなどは、周知のことである。つまり、悪王後鳥羽院は『六代勝事記』のそれということになる。しかし、問題の本質がそこにないことはいうまでもない。ここで問題にしているのは、王土の共同体に、〈承久の乱の物語〉が流通しており、承久の乱を描くときには、自覚的であれ無自覚的であれ、貴族であろうと武士であろうと神官であろうと、それぞれの立場を越えて、それを踏襲せざるをえなかったことである。たとえば、『承久記』と『増鏡』との承久の乱に関する叙述を比較して、その異質性を強調する論がある。叙事的／抒情的、批判的／主情的と対比的に扱われる(11)。確かに、表現の質は異なる。けれども、事件の翻訳の仕方は同じだということは確認しておかなければならない。

七　凡庸な物語

王が敗れるという王土の共同体にとって前例のない危機的な事件に遭遇したとき、その〈歴史〉化のために、〈王権への反逆者の物語〉に簡単な工夫が加えられる。王権と王個人を切り離し、後鳥羽院という王を、共同体にとっての異者とするという工夫である。大事なのは王個人ではなく、王権による支配システムである。王の代わりはいくらでもいる。しかし王権という機能体が機能不全に陥ることは、絶対に避けなければならないのである。〈承久の乱の物語〉=〈悪王の物語〉とは、〈王権への反逆者の物語〉から生み出された亜種である。この〈物語〉によって、王権の至高性を揺るがしかねない事件を、王権の至高性つまりは王土の共同体の絶対性を教育する〈歴史〉へと翻訳することが可能になる。王土の共同体の秩序を乱した悪王が、共同体内部の自浄機能によって排除されて、共同体が健全に保たれた事件として、承久の乱という事件を消化することが可能になるのである。そして、そのような〈歴史〉化のためには、義時は王権への忠誠心を持っていなければならないし、武士たちは王権を畏怖しなければならないし、後鳥羽院は悪王でなければならないし、なおかつそのような悪王化の責めは讒臣が負わなければならないし、後鳥羽院の排除は人知を越えた超越者の意志によらなければならないのである。

流布本『承久記』は、典型的な〈承久の乱の物語〉なのである。承久の乱の歴史的評価については議論のあるところだが、王権がその絶対性に揺らぎをみせた事件であったことは確かであろう。にもかかわらず、このテクストは、王権の絶対性を語り出してしまうのである。承久の乱が王土の共同体の危機であると感じたがゆえに、それが実は本質的な危機ではないのだということを証明する必要に迫られ、それによって生み出されたのが、この〈物語〉であろう。

「同年夏の比より、王法尽させ給ひて、民の世となる」「京方軍破て、さても一院は、去共と被二思召一しか共、忽に王法尽させ御座て、空く軍破ければ、如何なる事をか被二思召一べき」といった本来刺激的であってもよいはずのテクスト断片が、周囲から孤立浮遊して詠嘆的にしか響いてこないことの一因が、そしてまた、よく引用される、「大臆病の君に語らはされて、憂に死せんずる事、口惜候」という山田次郎重忠の罵りの言葉が、後鳥羽院個人への皮肉にとどまってしまう一因が、ここにある。

流布本『承久記』は、承久の乱という事件を〈承久の乱の物語〉で翻訳したことによって共同体に流通し、共同体の〈歴史〉叙述として認知された。しかし、それは、一方で、凡庸な物語と化したことも意味する。

八　慈光寺本の魅力

慈光寺本『承久記』についても、それが、〈王権の絶対性の物語〉、〈承久の乱の物語〉から、全く自由であったというつもりはない。その冒頭の部分には、日本は「仏法王法始マリテ、目出度所」であると記されているし、巻末近くには、乱後、守貞親王が後高倉院となり、「世ノ政ヲ我御心ノマ、ニ」行ったことが、「旁目出度事ナルベシ」と、あるいは「此院ノカク栄ヘサセ給フベキニテ、世ノ中ハ乱レソメケル事トゾ、覚ヘタル」と記され、王権の永続性は疑われていない。慈光寺本にも、《悪王》後鳥羽院はむしろ印象的に描き出されているし、陰陽師が討幕のための挙兵の日取りを凶と占ったことに《超越者の意志》を認めることも可能だろう。

けれども、慈光寺本『承久記』は、王権の絶対性を、決して声高に語ったりはしない。そして、王権の絶対性を相対化できる瞬問、〈王権の絶対性の物語〉に深々と亀裂が入る瞬間を用意するのである。それが、凡庸な物語に慣れ切った我々には魅力的なのである。

なぜ、慈光寺本が、そのような亀裂を走らせえたのか、そのようなずさんな王土の共同体の〈歴史〉が書き記されたのかを、充分に説明はできない。事件を〈歴史〉上に意味づけえない乱直後の成立のゆえであるとか、記述者の立場と思想の特異さゆえとか、原因を考えることはできるが、単に、拙いだけなのかもしれない。

けれども、なぜこのテクストが亀裂を残しえたかといえば、それは、慈光寺本が、乱の直後に成立したであろう本文の古態を留めており、[12]共同体に広く流通する以前の形態、共同体の思考にすみずみまで侵潤される以前の形態を、残しているからであろう。そして、その亀裂が、流布本にいたって見事に修復されてみえなくなってしまうのは、その亀裂を放置しておくことが、王土の共同体にとってきわめて危険だったからに違いない。

王権の現実はどうであろうと、〈王権の絶対性の物語〉は、その亀裂の存在を許すほど、弱くも甘くもなかったということである。

注

（1）第一章参照。

（2）大隅和雄「総論―因果と輪廻をめぐる日本人の宗教意識」（大系仏教と日本人『因果と輪廻』春秋社　一九八六）参照。

（3）高木豊『鎌倉仏教史研究』（岩波書店　一九八二）、田中徳定「「十善の君」考―天皇の前世をめぐる問題と関連させて―」（『古文学の流域』新典社　一九九六）参照。

（4）大津雄一「慈光寺本『承久記』の文学性」（『軍記と語り物』一七　一九八一）参照。佐倉由泰「慈光寺本『承久記』の表現世界」（『軍記と語り物』三七　二〇〇〇）は、上記の拙論を批判して、慈光寺本の表現世界には、恣意と偶然とが横溢しており、「対立の構図」を「構想」として把えることは困難であるとする。傾聴すべき意見で、旧論は修正を必要とするところがある。しかし、こと、後鳥羽院と義時との「対立の構図」という原則についていえば、テクストから明確に読みとれるのであり、修正の必要はないと考える。なお、現在の私は、かつての私や、佐倉のように、「作者」や「構想」という概念を用いないことを、ここでも確認しておく。

（5）もう一つの後出本である前田家本には、悪王としての形象はあまり認められない。その冒頭に、「あやしの民」「いやしき下女」「侍」を身に近づけた事実を記すだけである。また、前田家本は、「かく院のはてさせ給しかども、四条院の御末たえしかば、後嵯峨院に御位まいりて後院と申。土御門院の御子なり。御うらみは有ながら配所にむかはせ給き。御志を神慮もうけしめ給ひけるにや。御末めでたくして、今の世に至るまで、此院の御末かたじけなし。承久三年の秋にこそ物の哀をとゞめしか」と、王統が土御門系に移り、王権自体は変わらず存在し続けたことを示して終える。他は、流布本と同様である。

(6) 弓削繁『六代勝事記・五代帝王物語』(三弥井書店　二〇〇〇)解説参照。五味文彦『藤原定家の時代』(岩波書店　一九九一)は日野資実を、同『明月記の史料学』(青史出版　二〇〇〇)は藤原長兼を、作者に推す。

(7) 成立については、前半が文永年間(一二六四～七五)、後半が正応～嘉元年間(一二八八～一三〇八)とする説、全体が鎌倉後期とする説、将軍記ごとの順次の編纂とする説がある。『国史大辞典』参照。

(8) 成立は、延慶元年(一三〇八)～文保二年(一三一八)の花園天皇治世中、あるいはそれを少しさかのぼるかとされる。日本思想体系『寺社縁起』解説参照。

(9) 成立は暦応二年(一三三八)～永和二年(一三七六)の間。『日本古典文学大辞典』参照。

(10) 成立は正平七年(一三五二)～嘉慶年間(一三八七～八)の間とされる。新撰日本古典文庫『梅松論・源威集』解説参照。

(11) 西沢正二『『増鏡』研究序説』(桜楓社　一九八四)、桐原徳重「『承久記』の文学性試論」(「国語と国文学」四九-九　一九七二)、杉本圭三郎「承久の乱と文学」(「日本文学誌要」一二　一九六五、『軍記物語の世界』名著刊行会　一九八五　再収)等参照。

(12) 現存する慈光寺本には、後人よる加筆部分がある。村上光徳「慈光寺本承久記成立年代記考」(「駒沢国文」一　一九五九)、大津雄一「慈光寺本『承久記』の特質―その構想を中心として―」(「古典遺産」二七　一九七七)、松林靖明「慈光寺本『承久記』の土御門院配流記事をめぐって―日付の検討から―」(「青須我波良」二八　一九八四)、同「慈光寺本『承久記』の合戦叙述―後人加筆説にふれて―」(「甲南国文」三五　一九八八)参照。しかし、慈光寺本が相対的により古い本文を残していることは否定されていない。

二流の〈歴史〉

一　〈歴史〉と〈終わり〉

フランク・カーモードは、『終りの意識　虚構理論の研究』において、人類史上に繰り返し現れる終末論について論じ、それは、直線的時間ないしは歴史的時間のある一点に〈終わり〉を設定することによって、そこから世界を意味づけようとする営為であるとする。(1) そして、人は、それと同じように、「終わり」を設定して、そこから、「始まり」「中間」「終わり」(2) からなる物語を虚構すると論じた。

時間という側面からみるならば、〈歴史〉とは、純粋に継起的で混沌とした時間を、〈始まり〉と〈終わり〉によって有意味な持続をはらんだ秩序ある時間に変換する行為である。カーモードは、虚構によって時間を意味づける行為について、時計の音を例にとって説明する。

時計は何といっているかと尋ねられたとき、我々は、時計はチック・タックといっていると答える。チックは物理的な〈始まり〉に対して我々が与えた語であり、タックは〈終わり〉に対して与えた語である。二つの物理的には同じ音に対して、虚構の差異を与えているのはもちろん我々である。それによってチックとタックとに限られた間は、〈始まり〉から〈終わり〉への移行を形成する有意味な持続をはらんだ時間である〈中間〉と化す。そして我々が、関連し合った二つの音の二番目をタックと呼び、しかもタックと次のチックとの間を、持続した有意味な時間として、努力せずに自然に把握することが難しいという事実は、我々が虚構を用いて、タックという〈終わり〉によって時間構造に体制と形式を与えていることを示していると、カーモードはいう。彼の言葉を借りれば、

チックはささやかなる創世記であり、タックは微力なる黙示録である。

我々が、日常生活を送るにあたって、時間は単に継起的に進行するものである。もちろん生活のさなかでは、そのようなことを意識化する必要もない。時間は単に過ぎ去ってゆく。しかし、ひとたび自分の今・ここを意味づけようとするとなると、我々は、時間が単なる継起であることに耐えられない。我々は、今の瞬間と、遠い〈始まり〉と〈終わり〉とが有意義な因果関係によって結ばれ、調和していることを欲求する。過去・現在・未来は、相互に含意し合い、条件づけ合っている各部分の相互連関として、一つの体系として存在しなくてはならない。その体系の中で、初めて我々の今・ここは、有意味なものとして特定のポイントに定位されることになる。我々は安定するために、時間における「調和の虚構」を欲望するのである。その欲望を最大限に満足させてくれる「調和の虚構」、それが〈歴史〉である。

ところで、ヘーゲルは、我々には「自由」という到達すべき究極の目的（end）があり、世界が幾度か終末的様相を呈したとしても、「理性の狡知」はそれを乗り越え、結局のところは目的に到達するのであり、その実現過程こそが歴史であるとしたが（『歴史哲学講義』(3)）、これも〈終わり〉（end）という未来から、現在と過去を意味づけようとするものである。ヘーゲルは、ナポレオンによって歴史は終わったといったが、初期マルクスを含むヘーゲル左派は、

「自由」はいまだ実現されていないとして、〈終わり〉（＝目的）を共産主義に設定した。一九八九年の冷戦構造崩壊のとき、アメリカのヘーゲル主義者フランシス・フクヤマは、西洋民主主義の勝利という事態をして歴史の終焉を宣言した。(4) 日本の戦後の〈歴史〉を「自虐史観」だと告発し、このままでは日本国は滅びてしまうと嘆き、そして正当な〈歴史〉への書き換えを要求し、それに則った歴史教科書を編纂した歴史家たちも、(5) ヘーゲルやその末流とは違って、それは是が非とも回避すべき〈終わり〉ではあるけれども、日本国の衰亡という〈終わり〉から〈歴史〉を発想している点においてヘーゲル的である。

そして、〈歴史〉は――ヘーゲル主義者のようなオプティミストがいることを否定はしないけれども――、否定的な〈終わり〉、世界の「終末」から構想されることの方が多いようである。〈中間〉時を生きる我々が、自分の生きている時間を、他とは違う特別なものとして理解しようとすることは、ごく自然なことであろう。というよりは、そのような欲求がなければ、人は〈歴史〉など欲望したりしないだろう。そして、我々は、自分たちが、常にある時代の〈終わり〉――しかも不幸な――の一歩あるいは数歩手前にいると歴史的位置づけをしたがる想像の特性を持っているようだ。世紀末というごく明快な終末が、人が自らのポジションを考える上での一つの基準となることは、二〇世紀末において各メディアから回顧と展望の言説が大量に流された経験から我々は知っているし、一九世紀末においては、それがより大きな拘束力を持ったことは周知のとおりである。さらに、たとえば核戦争により、たとえば地球環境の破壊により、たとえば未知のウイルスにより、たとえば未知の衛星の衝突により、たとえば環境ホルモンにより、人類は破滅の一歩手前にある、だからこそ我々は過去を総括しなければならないし、その上で、来たるべき未来に向けてどう対応すべきかを、今考えねばならないという発言は、消費され続けている。また、何か超越的な外部の力によって間もなく世界は破滅するであろうという確信のもと、その直前の時である今こそ選ばれたる民となるために救済の道を進まねばならないという宗教的言説、終末論が、洋の東西を問わず執拗に繰り返され、現実に多くの信者を獲得してきたことも、我々はよく知っている。

どのような国家の歴史叙述も、それは危機の叙述の連続である。危機は我々を魅了してやまない。〈終わり〉の危機は、我々が特別な時間に生きる特権的な存在であることを保証してくれるからだ。それは我々を大いに満足させてくれる。〈歴史〉を不幸な〈終わり〉から構想する。それは、人の一般的傾向である。

二　王土の共同体の〈歴史〉

軍記も、〈終わり〉から構想された〈歴史〉である。軍記では、王権は常に危機に曝され、そしてとりあえずはそれを克服する。とりあえずといったのは、『将門記』を始めとする各テクストにおいて王権の危機が飽きることもなく反復されるからである。それは、予言された終末――たとえばハルマゲドン――が何事もなく過ぎ去ったとしても、その終末論・黙示録が、わずかな修正を受けて再生し、あきることもなく繰り返し語り続けられるのと同じことである。

たとえば、『平治物語』（一類本）は、乱後の賞罰を記した後、

保元の合戦ありて、いくばくの年月をも送らざるに、又、兵乱出来ぬる間、「世すでに末になりて、国の亡ぶべき時節にやあるらむ」と、心ある人は歎けり。

と、反乱が鎮圧されたばかりであるというのに、国の滅亡を恐れる。軍記を呪縛している〈終わり〉が、王土の共同体の崩壊であることは自明である。

『保元物語』（半井本）は、内裏高松殿に火を放ち帝の輿に矢を射かけると源為朝がいっていると聞いた貴族たちに、

コハ如何ニ成ナンズル世中ゾヤ。伊勢大神宮ハ、百王ヲ守ラントコソ御誓アリケレ。今廿六代ヲ残シテ、当今ノ御時、王法ツキナン事コソ悲ケレ。但シ、倩事ノ情ヲ案ズルニ、我国ハ神国也。御裳濯河ノ御流久シテ、七十四代ノアマツ日次モノ他事ナシ。

と、「王法ツキナン事」の恐怖をいわせているが、ここにみられるように、王土の共同体の〈終わり〉を具体化したものが、百王思想である。平安末期に末法思想とあいまって広まったというこの終末論が、中世の〈歴史〉叙述を呪縛していることはよく知られているとおりである。そして、王土の共同体の崩壊という〈終わり〉によって意識化される〈始まり〉は、百王の始めの神武天皇、「御裳濯河ノ御流」の源である天照大神、あるいはさらに国常立尊であろうか、いずれにしてもこの国の王権の神話的始発である。

軍記を編むというのは、基本的に王土の共同体の崩壊という〈終わり〉から構想され――征夷記的性格の強い『陸奥話記』やより小さな共同体の問題に矮小化される戦国軍記については留保せざるをえないが――、〈始まり〉から遠く隔たった〈中間〉たる今を、〈終わり〉の直前の特別な時と考えて、王土の共同体の成員の、自分たちは特別な時間に生きる特別な存在なのだという特権意識を満足させるべく、危機の叙述で埋める行為ではなかろうか。

三　〈終わり〉の不在

慈円は、『愚管抄』で、

神ノ御代ハ知ラズ、人代トナリテ神武天皇ノ御後百王トキコユル。スデニノコリスクナク八十四代ニモナリニ

ケルナカニ…。

と、神武という〈始まり〉から、その〈歴史〉を記し始めるわけだが、彼の〈歴史〉は、百王思想という終末論によって、〈終わり〉から構想されている。いうまでもなく、時は承久の乱の前夜であった。慈円は後鳥羽院の討幕の動きに、百王にいたる前に王土の共同体が崩壊しかねないと、真に恐怖したのだと思う。

慈円の恐れた危機が、現実化する。国王は陪臣北条義時に敗れ、島流しとなる。それは王土の共同体が初めて経験する危機であったはずだ。その危機を描く〈歴史〉として、我々は『承久記』というテクストを手にすることになる。

慈光寺本『承久記』は、王土の共同体の〈始まり〉を強く意識している。その冒頭、過去・現在・未来の三世の住劫である荘厳劫・賢劫・星宿劫に、それぞれ千ずつ、三千の仏の出世のあることを示す。中でも釈尊の出世を特に重視して、仏教的時間軸における「今」を定位した後、天竺・震旦の国王史を簡略に述べて、「我朝日域ニモ、天神七代、地神五代ゾ御座マス。天神ノ始ヲバ、国常立ノ尊トゾ申シケル」と日本にいたり、

合セテ十二代ハ神ノ御世也。其ヨリ以来、人王百代マシマスベキト承ル。人王ノ始ヲバ、神武天皇トゾ申ケル。葺不合尊ノ四郎ノ王子ニテゾマシマシケル。其ヨリシテ去ヌル承久三年マデハ、八十五代ノ御門ト承ル。ソノ間ニ国王兵乱、今度マデ具シテ、已ニ十二ケ度ニ成。（巻一）

と、国王のかかわった兵乱を、綏靖天皇から安徳天皇まで——我々の知る〈歴史〉とそれらはしばしば一致しないのだが——具体的にたどり、源氏三代を略述して、承久の乱へといたるのである。

ところが、これほどはっきりと〈始まり〉が語られながら、このテクストに王土の共同体の崩壊に対する恐怖、〈終わり〉への危機感を見出すことは難しい。「其ヨリ以来、人王百代マシマスベキト承ル」、「其ヨリシテ去ヌル承

久三年マデハ、八十五代ノ御門ト承ル」というのは百王思想の表出だろう。しかし、このテクストでは、百王思想は終末論としては機能しない。

抑、昔ノ伊予守ハ、陸奥ノ貞任・宗任ヲ討ントテハ、十二年ニコソ攻取ラレケレ。今ノ太上天皇ト右京ノ権大夫義時ト御合戦、纔、三月ガ程ニシテ事切ルヽ。権大夫ハ天下ヲ打鎮メテ楽ミ栄フ。漢家・本朝ニモカヽル様ハアラジトゾ覚タル。

と乱の結果を集約するとおり、テクストは乱の結果に驚いてはいる。驚きは確かにあるが、しかし終末への危機感はない。寵愛の白拍子を殿中に召し集めてはべらした後鳥羽院に対して、「王法・王威モ傾キマシマス覧ト覚テ浅猿ケレ」と批判するが、それは後鳥羽院の行状に対する嘆きの言葉ではあっても、王土の共同体の崩壊を憂える言葉ではない。

乱の終息後、「先ノ世ノ中モ、今ハ替リハテヌレバ、引カヘマタ目出度事ドモ多カリケリ」と、世の動向が記される。持明院宮守貞親王（後高倉院）が太上天皇の尊号を蒙ったことを、「旁目出度事ナルベシ」とことほぎ、「此院ノカク栄ヘサセ給フベキニテ、世ノ中ハ乱レソメケル事トゾ、覚ヘタル」と記す。西園寺公経の内大臣昇任を、「引替、目出度事ドモナリ」と、あるいはその任大臣の節会を、「目出シ」と記し、その年の五節舞の舞姫を出した西園寺実氏以下四人の貴族の名前をあげて、「此人々出サセ給ヘバ、誠ニ目出度」と記す。そして最後に後堀河天皇の即位の儀式のようすを「誠ニ世ノ始リトテ目出タシ」と喜び、邦子内親王（安嘉門院）が准母となり皇后の宮とされたことを記して、「目出タサモ哀レサモ、ツクル事ナキ此世ノアリサマ、大概如レ此」と、語り納める。ここには、新たな御世の始まりを喜び祝福する言葉だけがあり、国王が敗れ、流されるという事件を、王権の至高性の危機だと嘆き恐れる言葉が綴られることはない。この巻末の部分は、後人の加筆の疑いをぬぐい去れないのだが[6]、我々は今あるテクスト全体を受容せざるをえないのであり、また仮にこの部分を除いても、やはりこのテクストには危機感がないのである。

それらが充分有効に機能しているとは思えないが、流布本『承久記』には、「上の好に、下したがふ習ひなれば、国の危らん事をのみぞ怪みける」、「同年夏の比より、王法盡させ給ひて、民の世となる」とあるし、前田家本の巻末にも、「抑承久いかなる年号ぞや。玉体ことごく西北の風に没し、卿相みな東夷の鋒にあたる。天照大神・正八幡の御はからひなり。王法此時かたぶき東国天下を行べき由緒にてや有つらん」とある。まがりなりにも、ここには王土の共同体崩壊の危機の表明があるのだが、慈光寺本にはそれもない。

先に述べたように、承久の乱についての歴史叙述は、同じ一つの〈承久の乱の物語〉=〈悪王の物語〉によって成り立っている。その〈物語〉は、《王権への忠誠心》《王権への畏怖》《讒臣》《悪王》《超越者の意志》の五つの要素から構成されている。ところが、慈光寺本『承久記』は、この〈物語〉によって充分に翻訳されていない。《悪王》は要素としてあるが、《王権への忠誠心》《王権への畏怖》《讒臣》は存在しないし、《超越者の意志》はごく希薄である。それは、必要がなかったからだ。王権の危機を感じない者にとって、この〈物語〉は不要である。王権の神聖化あるいは神聖さの保持に心を砕くのは、そうではなくなりつつある現実に危機を感じ、それを観念において埋め合わせしようとする者たちである。

慈光寺本『承久記』には、〈始まり〉はあるのだが、〈終わり〉がない。そして〈終わり〉がないから、〈中間〉たる承久の乱の輪郭、その〈歴史〉上の位置づけは曖昧なものとなっている。王土の共同体にとって重大な事件であるはずなのに、王土の共同体は何事もなかったかのようにめでたく継続してゆくだけなのである。

後鳥羽院という王が、北条義時という臣に敗北し流されるという結果の特異さが、印象深く理解されることに向けて、言葉は確かによく組織されている。幕府軍が、国王を全く恐れることなく、ある時には嘲弄し、挑戦的な言葉をさえ吐きながら、完膚なきまでに打ち破る姿には爽快感があり、その叙述方法の特異さには我々をはっとさせる新鮮さがある。それらが我々を魅了することは事実であるし、私もかつてそれを指摘した(7)。しかし、それだけでは我々は満足できない。軍記という〈歴史〉は、危機を語らなければならない。それによって、その事件が我々の共同体にとってどのような意味を持つのかが明確にならなければならない。その戦乱は、そのときは幸運にも免れ、先送りされた〈終わり〉に向かう特別な事件でなくてはならない。その欲求は、今・ここを、〈終わり〉に向かう〈歴史〉の上での特権的な瞬間と認識したがる我々の一般的嗜好に裏打ちされたものだ。その欲求に答えられない慈光寺本『承久記』というテクストは、〈歴史〉の務めを全うしていないように思えるのである。

四　源仲遠的存在

慈光寺本『承久記』には、では何ゆえに〈終わり〉への危機意識がないのかという問いが、必然的に生じる。

慈光寺本の成立について踏み込んで論じたのは、杉山次子が最初である(8)。杉山は、慈光寺家の祖である源仲清の祖父仲兼の周辺に作者圏を求めた。日下力は、これをさらに進めて、仲兼の子で、承久の乱が幸いした安嘉門院の殿上人であり、慈光寺本の合戦叙述の大半を占める美濃国の権守であった源仲遠を作者として推す(9)。今、これを受けて、乱後、より権力の配分に預かることになった仲遠、あるいは仲遠そのものではなくとも仲遠的存在が作者であったから、慈光寺本は新体制の賛美に熱心であり、楽観的であり、そうである以上〈終わり〉への危機など生じるはずがないと説明することは簡単にできるのだが、むろんそれも可能性の一つにすぎない。乱の結果に満足した人間であっても、危機感を煽ることは可能であるはずだ。自らの権益は、王土の共同体の存在によって初めて可能になるのであり、獲得した権益を守る上で、危機感を煽って共同体の健康を維持することは有益であるはずだ。そして、何よりも、〈終わり〉の危機に対する欲望は、個人の状況を越えた普遍的なものであるはずだ。

また、こうも考えられる。慈光寺本は、

娑婆世界ニ衆生利益ノ為ニトテ、仏ハ世ニ出デ給フ事、総ジテ申サバ無始無終ニシテ不レ可レ有二際限一。

と、筆を起こす。過去の住劫である荘厳劫に千仏、現在の住劫である賢劫に千仏、未来の住劫である星宿劫に千仏の、三世に三千の仏の出生があることを語って、釈尊の入滅に及び、「二千余年ノ春秋ハ夢ノ如ニシテ過ヌレド、今教法盛ニシテ、世間モ出世モ明ニ習学スル人ハ、過去・未来マデ皆悟ル」と語ってから、「仏法・王法始マリテ、目出度所ヲ尋ヌレバ」と日本にいたってゆく。

聖書の時間は、「初めに、神は天地を創造された」（日本聖書協会・新共同訳）で始まる創世記の原初から、「主イエスよ、来てください」で終わるヨハネ黙示録の示す来たるべき終末に向かって一方向に流れてゆく。それは、見事な〈歴史〉である。仏滅後二千一年目から末法の世となったという末法思想にも、終末へ向かう時間の流れがある。しかし、慈光寺本は、仏は際限もなく世に出て、釈迦入滅後二千年あまりたった今も釈迦の教えは盛んに行なわれ、人々は皆悟りにいたると、おおらかに語り、末法思想とは無縁である。「総ジテ申サバ無始無終ニシテ不レ可レ有二際限一」というのは、成劫・住劫・壊劫・空劫という世界の生成と破壊のサイクルを永遠に繰り返してゆく仏教の四劫観に則った、〈始まり〉もなく〈終わり〉もない循環する均一な時間意識の表明でもある。三世三千仏の思想も、この四劫観に則っている。循環する均一な時間に〈終わり〉への危機感が入り込む余地はむろんない。したがって、一流の〈歴史〉が成立する契機もない。そして確かに、この楽観的世界観は、新体制を繰り返し祝福する無邪気さと通底していると思われるし、仲遠的存在にはふさわしいとはいえる。

五　滑稽な〈歴史〉

王土の共同体の〈終わり〉など意識しない楽観的な世界の中で、しかし、「誰カ昔ノ王孫ナラヌ」という市川新五郎の言葉と、「義時ガ昔報行、今一足ラズシテ、下﨟ノ報ト生レタリケル」という義時の言葉とによって、王権の至高性を保証する二つの論理に内在しつつも隠蔽され、その働きを抑止され続けてきたラディカルな力が解放され、王権の至高性は危機に追い込まれるのである。

神孫君臨、十善の君という天皇の至高性を保証する論理が、実はそれを無効にしかねない危険性を並存させていることなど、ある程度の「知」さえあれば認識できることであろうが、王権の至高性を絶対の法とすることによって成り立っている王土の共同体の〈歴史〉を語るに際しては、それは徹底的に隠蔽されなければならないはずだし、我々の方もそのような「知」を麻痺させたうえで物語に耳を傾けることを、暗黙の了解としてテクストとの間に交わしているはずだ。ところが、慈光寺本『承久記』というテクストは、その危険性を自ら露呈してしまうのである。それは、むろん決して意図的なものではなく、〈歴史〉に対する、つまりは物語に対する無神経さから起こった事故である。しかしこの事故は、決して取るに足らない事故では終わらない。

自らの果報が王の果報に勝ったことを喜んだ後、義時は泰時に、

院ニハ持明院ノ宮ヲ定申ベシ。御位ニハ同宮ノ三郎宮ヲ即マイラスベシ。

と戦後の処理を指図してゆく。王を義時が決定しているのである。実際そうであったろうし、『増鏡』は「東よりの

をきてにて」、『保暦間記』は「関東ノハカラヒトシテ」後堀河を位につけたと記す。しかし、この義時の言葉は生々しい。それは、これが直接話法で語られていることだけによるのではない。王権の至高性が、血と因果の論理においてすでにひどく傷つけられているがゆえに、あたかも王権の凋落を決定づけるかのような強い印象を与えるのだ。だから、まるで王権に何事もなかったかのように、「先ノ世ノ中モ、今ハ替リハテヌレバ、引カヘマタ目出度事ドモ多カリケリ」、「此院ノカク栄ヘサセ給フベキニテ、世ノ中ハ乱レソメケル事トゾ、覚ヘタル」と綴られるとき、我々は思わず、それは決定的に違うのではないかと、いいたくもなるのである。

自らが、すでに王権の至高性を大いに傷つけていることに全く気づきもせずに綴られる王権へのことほぎの言葉ほど、滑稽なものはない。そして、滑稽な〈歴史〉など、共同体に受け入れられるはずがない。

六　〈歴史〉からの逸脱

〈歴史〉の目的とは、ごく簡潔に言えば、現在そして未来のために共同体のコンセンサスとアイデンティティを維持することであろう。そのために最も有効なのが、共同体の〈終わり〉の危機が、常にすぐそこにあると示すことなのである。人は、〈終わり〉を恐怖しつつも、しかし終わらせてはならないことを確認し合い、そのためには共同体を成立させている規則を遵守する努力が必要であることを確認し合うのである。

ところが、慈光寺本『承久記』には〈終わり〉に対する危機意識がない。だから、承久の乱という事件、王が臣に敗北し流されるという事件が、王土の共同体の〈終わり〉に向けてどのように位置づけられるものなのかがはっきりしない。それは、〈歴史〉が特権的時間の集積であることを願う我々の欲望を満足はさせない。だから、慈光寺本『承久記』は、〈歴史〉としては二流であるといわざるをえない。

しかもその上、その楽天的なというか問題意識の希薄な〈歴史〉の背後で、王権の至高性が大きく傷つけられている。王土の共同体の〈歴史〉が、王土の共同体を成り立たせている規則・法、すなわち王権の絶対不可侵性の喧伝と教育とを一つの責務としているにもかかわらず、このテクストはその規則自体を無効にしかねないのである。そのような危険を内在させるテクストにおいて、むろん王土の共同体の正統な〈歴史〉は成立しない。

慈光寺本『承久記』は、〈歴史〉の責務を果してはいない。それは、二流の異端な〈歴史〉であり、それゆえ共同体に流通するはずもない。だから、後出本は、これを一流の正統な〈歴史〉にすべく、「同年夏の比より、王法尽させ給ひて、民の世となる」といった〈終わり〉の危機を導入し、〈悪王の物語〉という〈王権への反逆者の物語〉を導入したのであろう。仏法についても王法についてもその楽観的言説は削除され、市川新五郎や義時の不穏当な言葉も削除される。王権の至高性を守るために《王権への忠誠心》《王権への畏怖》《忠臣》が導入され、王位の交替は、「天照大神・正八幡の御はからひなり」と、義時ではなく《超越者の意志》によるものであることが確認される。その結果、『承久記』は共同体に流通することになる。

しかし、一流の正統な〈歴史〉とは、つまりは凡庸な〈歴史〉ということである。慈光寺本は〈歴史〉から逸脱している。そして、それゆえ魅力的である。凡庸な〈歴史〉を相対化しえるきっかけを我々に与えてくれるのだ。

この二流の異端な〈歴史〉は、それがたとえ怪我の功名であったにしても、王土の共同体が、幾多の危機的事件にもかかわらず、むしろ、その〈終わり〉への危機意識を活用しつつ我々の今・ここまで、なし崩し的に維持され続けてきた事実、日本という共同体の抱える本質的な問題を想起させることができるし、捏造されたものにすぎない王権の至高性を、共同体の規則として教育しようと、〈終わり〉から虚構される王土の共同体の〈歴史〉の欺瞞性、イデオロギー性を露呈させることもできる。そういう可能性を秘めた貴重な素材なのである。慈光寺本『承久記』の〈歴史〉は危機的な状況にある。しかしそれは、我々にとっての僥倖というべきである。

注

（1）フランク・カーモード『終りの意識 虚構理論の研究』（一九六七、岡本靖正訳 国文社 一九九一）参照。
（2）歴史の時間意識における〈始まり〉〈中間〉〈終わり〉と区別して、物語における構成を「始まり」「中間」「終わり」と表記して以下使用する。
（3）岩波文庫上・下（長谷川宏訳 一九九四）に拠った。
（4）フランシス・フクヤマ『歴史の終わりと最後の人間』（一九九二、『歴史の終わり』上・中・下 渡辺昇一訳 三笠書房 一九九二）参照。
（5）「新しい歴史教科書をつくる会」の運動。その代表的理論家である坂本多加雄は、「歴史の物語論」に立って、国家のために必要な〈歴史〉への書き換えを要求する（『歴史教育を考える―日本人は歴史を取り戻せるか』ＰＨＰ新書 一九九八）。これに対する批判も多い。高橋哲哉『歴史／修正主義』（岩波書店 二〇〇一）等参照。
（6）村上光徳「慈光寺本承久記成立年代記考」（「駒沢国文」一 一九五九）、大津雄一「慈光寺本『承久記』の特質―その構想を中心として―」（「古典遺産」二七 一九七七）参照。
（7）大津雄一「慈光寺本『承久記』の文学性」（「軍記と語り物」一七 一九八一）参照。
（8）杉山次子「『慈光寺本承久記』をめぐって―鎌倉初期中間層の心情をみる―」（「日本仏教」三三 一九七一）参照。
（9）日下力「『平家物語』源仲兼譚の背景と慈光寺本『承久記』の作者推考」（「軍記と語り物」三二 一九九六、『平家物語の誕生』岩波書店 二〇〇一 再収）参照。

第八章

太平記

『太平記』というバサラ

一　質の悪い物語

アリストテレスは、『詩学』の中で、ミメーシス（mimesis）について論じ、その一形態である悲劇（tragoidia）にとって最も重要なのはミュトス（mythos）つまりはプロット（plot）であり、「よい物語」というのは、「始まり」と「中間」と「終わり」[1]備え、異物を含まない、密接な関係に融合された、均整のとれた秩序だった全体を形成していると述べた[2]。

この定義からするならば、『太平記』は、決して「よい物語」とはいえまい。一貫性・緊密性の欠如、構成力不足、散漫といった評語が、このテクストに対して繰り返し発せられてきた。むろん、そのような評価を乗り越えようとする試みもなされてきた。一つは、そのような物語としての未熟さを認めつつも、しかしながらそれは混沌とした時代状況の反映なのであり、そのような時代状況を写しえた『太平記』の歴史叙述を評価するという試みであり、一つは、隠れたあるいは見落としていた『太平記』の一貫した構造・構想・視点を明らかにするという試みである[3]。

二つの試みは、それぞれに成果を上げてきたわけだが、『太平記』の物語としての質の悪さは、これから述べる例だけをみても、どのように弁護しようとも認めざるをえないと思う。しかし、それは、あくまで物語としての質の悪さということにすぎない。

二　北野通夜物語

『太平記』巻三十五の、いわゆる北野通夜物語（「北野通夜物語の事付けたり青砥左衛門の事」）は、そこに示される儒教の政道論と仏教の因果論とのかかわりをどのように理解するのか、あるいはそれらが作品の構想にどうかかわるのか、肯定的否定的にさまざまに論じられてきた。それを、ここでまた議論の対象に据えるのは、この話が、そのような作者の立場や構想を詮索することからはみえてこない、『太平記』の持つ可能性を知るための格好の窓口になると考えるからである。

日野僧正頼意が、北野社で通夜をしていると、三人の人物が欄干に寄りかかって話をしている。耳を傾けると、まず、儒学者と思われる雲客が、何ゆえにかくも長い間世が治まらないのかと、疑問を呈する。これに対して、坂東声の遁世者が世の治まらない道理を語る。彼の主張は、「王者の憂楽は衆と同じかりけり」あるいは「その身すぐにして影曲がらず、その政正しくして国乱るる事なし」ということ、つまり為政者は自らを律して無私無欲に徹し、民の憂いを察知してこれに適切に対応するという撫民・仁政をしなければならないということである。それを、醍醐天皇の堕地獄の話、北条泰時の廉直な治世に関するいくつかの話、北条時頼・貞時のいわゆる廻国説話、そして青砥左衛門に関する三つの話を引いて、長々と説き、しかし、今の幕府にはそれを望みようもなく、宮方にこそ、世を治めることのできる人材がいるのではないかと話を向ける。

するとその雲客が、周の大王の故事を引き、今はその大王のように民の苦しみを第一に思う王などいないこと、唐の玄宗の誤ちを命を懸けて史書に書きつけた三人の史官の故事を引いて、「国に諫臣あれば、その国必ず安く、家に諫子有れば、その家必ず正し」とはいうものの、しかしそのような忠義の諫臣もいないことを語る。要するに、二人ともに儒教の徳治主義に則った政道論あるいは君臣論を展開するのである。

これに対して、最後に学僧と思われる者が、「つらつら天下の乱を案ずるに、公家の御咎とも、武家の僻事とも申しがたし、ただ因果の感ずるところとこそ存じ候へ」と、仏弟子たちがどのように神通力を発しても助けてやることができずに瑠璃太子によって亡ぼされた釈氏の話、同じようにどのように神通力を発しても飢えを癒してやることのできなかった梨軍支の話を引いて、いかなる仏菩薩の力によっても過去の因によって定まっている運命は変えることができないと語り、「臣君を無みし、子父を殺すも、今生一世の悪にあらず、武士は衣食に飽き満ちて、公家は餓死に及ぶ事も、皆過去の因果にてこそ候ふらめ」と結論する。そして、三人はともに「からからと笑ひ」、その場を立ち去って行く。三人の話を聞いていた頼意も、「これを以つて案ずるに、かかる乱の世の中も、また静かなる事もやと頼みを残すばかりにて」、帰って行ったと、テクストは語りおさめる。

何ゆえに世が治まらないのかという質問が発せられたとき、当然のごとく我々は、具体的な解答、さらにはそこから導き出されるこの状況を克服しえる具体的な方法を得たいと望むはずである。テクストも、その期待に応えるべく、君臣がどのように身を律しどのように振舞えば、世が治まるのかを饒舌に語り出す。それは儒教に則った、このテクストのこれまでの主張からして、すでに予想された凡庸な解答ではあるが、そうであるからこそ我々は、むしろ予想どおりの展開に満足を覚えつつ、抵抗なく受け入れることができる。ところがテクストは、最後に、すべては「ただ因果の感ずるところ」であると結論して、我々の快感を大いに損なう。これは我々の望んでいた結論ではない。我々は、あくまでも現状を克服すべき現実的・具体的な方法を模索し続けてきたのである。ところが、結局のところすべてがすでに決定されているのであるから、なるようにしかならないというのでは、超越論・不可知論になってしまう。

これはテクストの裏切りである。巻三十五のほぼ三分の二を占める、長々としたこの話を読むという骨の折れる労働は、無駄であったということになってしまう。すべてがすでに超越的・不可知的に決定されているのなら、人間がどう儒教的理想人物になろうと努力しても、ちょうど釈氏や梨軍支を助けようとした仏菩薩たちの懸命の努力がまったく無駄であったのと同じように、まったく無駄ということになるし、そもそもどうすべきかと考えること自体が無駄ということになる。我々は徒労感に襲われる。三人のからからという笑いは、まるで我々の努力をあざけるかのようにも響きわたるのである。

物語としてのよい「終わり」を求め「よい物語」たろうとするならば、テクストは二人目の雲客の話で終わらせるべきだったのだ。ところが最後の学僧の登場によって、結論は不可知な領域に宙吊りにされ、その結果我々を満足させる「終わり」は到来しないことになる。そして、この裏切りによって生じる徒労感は、テクストへの不信感となり、北野通夜物語という小さな物語だけに限定されず、この『太平記』というテクスト全体からなる大きな物語を揺さぶる可能性を持つことになる。遁世者と雲客が数々の話を引いて過剰なほど語った儒教的政道論は、大森北義が〝「序」の方法〟として概念化したように(4)、『太平記』がその「序」以来、営々と大まじめに訴えてきた、あるいはこれ以降も訴え続ける、このテクストの歴史叙述の骨格を成す概念的枠組みである。その枠組み自体が揺さぶられる可能性が生じるわけである。どう理屈を付けようと、すべては「ただ因果の感ずるところ」にすぎないではないかと。

三　対立する〈物語〉

世界は、物語としてしか我々の前に立ち現れない。今あらためて、本書における物語と〈物語〉の定義を確認する。

物語とは、「共同体の容認するイメージに翻訳され共同体内部に流通している事件の要約」である。我々が知覚するのは、いつもすでに用意されている認識の枠組み、すなわちイデオロギーによって、理解可能な、秩序ある、共同体にとって都合の良い形に加工・調整されたイメージの集合にすぎない。その、認識の枠組みに則って加工・調整をする装置が、〈物語〉（=原型的物語）である。そのようなイデオロギー活動の産物である物語によって、我々の世界は、そして共同体の秩序は、構成されてゆく。〈歴史〉もいうまでもなく共同体の正当性を語る物語である。事件としての歴史は、物語化を経由した、テクスト形式以外の形で我々のもとに伝えられることはない。

軍記というテクストも、〈物語〉による〈歴史〉化の産物である。そこにはいくつもの〈物語〉が作動している。王権の、鎮魂の、あるいは忠節の、愛の、復讐の〈物語〉などである。その中で「君臣ともに私心を捨て民のことを第一に仁政を行えば世は治まる」という、いわば〈儒教政治の物語〉も、多くの軍記あるいは歴史テクストに広汎に認められる〈物語〉である。「すべては因果によって決定されている」という〈因果論の物語〉も、同様である。つまりこれらは、事件を〈歴史〉化する際に広く用いられる翻訳能力の高い〈物語〉、それ一本ですべてのドアを開けられるマスターキーのような高能力の〈物語〉、いわゆるマスター・ナラティブ=《万能の物語》なのである。

『太平記』において特徴的なのは、この二つの〈物語〉を、連続して提示して議論の対象とし、一方の〈物語〉を機能不全に陥らせてしまうという点である。二つの〈物語〉が、一つのテクストにおいてでも、別々に語られているときには、その矛盾に容易には気がつかれずにすむ、しかしそれを並べて議論したならば、儒教が今（現世）における変更可能性の上に立って論じられるものであるのに対し、因果の決定論が原則として今（現世）における変更不可能性を語ってしまう法則である以上[5]、後者が前者を優越し無効化してしまうのは自明のことである。それをあえてして、自らが〈歴史〉を物語る際の根拠を、自ら崩壊させて、からからと笑うというのが、『太平記』というテクストのすごみである。そしてこの破壊的な離れ業は、ここに限らない。

四　〈超越者の示現の物語〉

『太平記』巻二十三「直義病悩について上皇御願書の事」は、足利直義が重病に陥り、光厳院がその平癒を祈る記事である。後醍醐帝の死後、「車輪の如くなる光り物」が都へ夜な夜な飛び渡り、疫病が蔓延する。そして、直義が重病に陥る。心配した光厳院は石清水八幡に勅使を立て、その平癒を祈願する。勅使が宝前に跪いて御願書を開き、涙を流して高らかに読み上げると、「宝殿暫く震動して、御殿の妻戸開く音かすかに聞こえ」、そして「まことに君臣合体の誠を感じ、霊神擁護の助けをや加へたまひけん、勅使帰参して、三日の中に直義朝臣病忽ち平癒したまひけり」と、祈願は成就し、これを聞いた者は、武王の故事を引いて光厳院の徳を称える。ここまで、我々は心地よくこの話を受容できる。後醍醐天皇のそれとも推定できる怨霊による疫病、天皇と八幡神の取り合わせ、涙ながらの祈願とそれに応える示現、そしてその現実化。どれも我々が慣れ親しんだイメージである。特に、宝殿が震え妻戸がかすかに開いたというようなテクストの断片に接したときには、我々は、「そうであろう、またそうでなくてはならない」と深く頷き、我々の望んでいたイメージをそのとおりに提供してくれたテクストに、心からの連帯の挨拶を送りたいような気分になるはずである。

物語としてはここで「終わり」となるべきなのだ。ところが、これに続けてテクストは、南朝の肩を持つ者の言葉として、「いでやいたづら事な言ひそ。神は非礼を享けず、正直の頭に宿らんとす。なにゆえか諂諛の偽りを受けん。ただ折節よくし合はせられたる願書なり」と「あざむく人」も多かったと記す。この時、我々とテクストとの心地よい連帯に波乱が生じる。

おそらくテクストは、南朝対北朝という図式をここに持ち込んだだけであり、神の示現をまで否定する意図はなかったのであろう。しかし、意図はどうであれ、「ただ折節よくし合はせられたる願書なり」というテクストの断片は、神意の発動に疑義を呈する人物を登場させてしまっているのである。我々はここで違和感に立ち止まらざるをえない。なぜならこういうテクストのありように我々は慣れていないからである。軍記に限らず、我々は多くの神仏の示現を語るテクストと遭遇するが、それに自ら疑義を呈するようなテクスト断片に出合うという経験をすることは、きわめてまれである。

宝殿は確かに振動し、妻戸は確かに開いたのである。そしてそれは神意の発動の確かな証拠である。それが物語と我々との間に交わされた暗黙の約束であるはずだ。ところが、ここでは、「只折節よくし合はせられたる御願書なり」という極めて非神話的・現実的な、それゆえに説得力を持ってしまうテクスト断片が、これは単なる偶然にすぎないかもしれないと語りかけて、「神仏への祈願、そして納受の示現」という〈超越者の示現の物語〉の快楽を、損なうのである。「必然にみえる物が実は偶然の産物にすぎないことがある」というのも、我々が事件を解釈する上でよく利用するイメージ、〈物語〉である。しかしこれを〈超越者の示現の物語〉にぶつけて、その機能を妨げ、我々の快楽を損なうことは、約束違反であり、裏切りである。そしてテクストへの不信感を抱きつつ、我々は巻二十五「伊勢より宝剣を奉る事付けたり黄粱夢事」と遭遇することになる。

五　宝剣説話

このいわゆる宝剣説話、特には卜部兼員の展開する三種の神器の説については、その思想的背景についての指摘がされているわけだが(6)、ここではそれは興味の対象ではない。ここで問題にしたいのは、物語全体に対してこの一連の話が果してしまう、極めて危険でそして魅力的な機能についてである。

下野阿闍梨円成という山法師が、伊勢大神宮への千日参詣を志す。その千日目、満願の日、参詣のために垢離をかこうと磯へ行くと、沖に「光物」を発見する。その「光物」が円成の足下に流れてくる。取り上げてみると三鈷柄の剣のようなものである。円成がそれを持って伊勢神宮に参詣したところ、「年十二、三ばかりなる童部一人、にはかに物に狂うて四、五丈飛び上がり飛び上がり」、天照大神が、龍宮に神勅を下して壇ノ浦合戦で海に沈んだ宝剣を召し出し、それをそこに立っている法師が持っているから、内裏に進上しろと託宣を下し、円成の持つ「光物」を取って涙を流し、額から汗を流して気絶する。これを見た、斎所の神官や神人は、「神託不審あるべきにあらざれば」と、起証文を書いて円成に与える。

円成は南都に向かい春日に七日参籠するが、示現がないため長谷へ向かい、三日断食して参籠していたところ、拝殿の脇で通夜をしていた公家らしき人物に呼ばれる。その男は、今夜の夢に、伊勢の国から来て三日断食している法師のいうことを伝奏に伝えよとの示現を蒙ったと話す。円成は日野大納言の所縁というその人物とともに京に上る。事の経緯を知った伝奏日野資明は、「まことに不思議の神託なり」と感じながらも、こういうことには「横句謀計」が多いと、慎重を期し、平野社の神主、神祇大副兼員に三種の神器のことを下問する。そして饒舌を極めた兼員の言葉が続く。資明は、兼員の饒舌の中から宝剣が十束であるというのを聞き留め、それは人が簡単に知りえるものではないからと、円成の剣を取り出してみると、確かに十束ある。「さては不審無き宝剣」と資明は思うが、奏上するには、さらに奇瑞が必要だと慎重を期す。兼員は、今の世では仏神の威徳も衰えているが、「ただし今も仏神の威光を顕して人の信心を催すは、夢に過ぎたる事は無きにて候ふ」といい、しかるべき人物に夢の示現があるようならば奏上するようにと資明に進言し、宝剣を平野社の神殿に込め、二十一日間祈る。はたして、その満願の日、足利直義が夢をみる。神祇官らしい所で大礼が行われている。直義が坊城経顕に尋ねると、伊勢神宮から宝剣が来るというので、中儀の節会が行われていると答える。直義がみていると南方の空に五色の雲が現われ、その中の「光明赫奕たる日輪」の上に宝剣が立っている。そういう夢である。兼員は、その夢の話を聞き伝えて記録し、資明に報告する。資明は光厳院に奏聞し、「事の次第御不審を残さるべきにあらずとて」、諸卿が参列して宝剣を受け取る。

　ところが、日野資明とライバル関係にあり、ことごとく対立していた坊城経顕、直義の夢の中では直義に宝剣の出現を告げたはずのその経顕が、院参して反論する。理由は四つある。一つには、事がすべて資明の仲間から起っていて疑わしいこと、二つには、安徳天皇とともに没して以来、今よりも政が盛んで徳の豊かなときにも出現しなかった宝剣が、このような乱世無道の時代に出現するはずがないこと、三つには、そもそも夢などは信じられないこと、四つには、葛葉の関を恩賞に円成に与えたが、それでは旧主の南都の強訴を招くこと、である。すると、その結果、院宣は、何と、いとも簡単に撤回され、宝剣は兼員に返されてしまう。

ここまで読み終えたとき、我々は唖然とせざるをえない。光厳院の節操のなさに唖然とする以上に、テクストの節操のなさに唖然とせざるをえない。今まで、あの兼員のうんざりするほどの饒舌を筆頭に、巻二十五の二分の一にもおよぶ過剰なほどの言葉の群れを追ってきた意味はいったいどこにあるのかと、北野通夜物語のときと同様にはなはだしい徒労感に襲われる。光物、大神宮での神託、長谷寺での公家の夢、十束の剣、直義の夢、それらが導き出される環境も状況も、すべてがこの剣が三種の神器の宝剣であることに向けて言葉が組織されている。これだけ超越者の示現が続いたならば、「事の次第御不審を残さるべきにあらず」と確信することが、経験から交わされたテクストとの暗黙の約束である。経顕はこれが資明一派の偽りだというが、それを思わせるテクスト断片は存在しない。円成も資明も極めて真剣であり、資明は「横句謀計」を恐れて慎重に念を入れたと記されていたはずだ。唯一、円成が最初に七日間春日に参籠したときに示現がなかったというのが引っかかるが、それとて結果が判明した時点で反省的に読み返したときにクローズアップされてくるものにすぎない。テクストは、我々に真の宝剣の出現を信じさせるべく、実にきまじめに我々を誘導してきたし、我々も既知のイメージの期待どおりの展開を楽しませてくれるテクストと、心地よい連帯を育ててきた。ところが、テクストは、最後の最後で我々を見事に裏切り、我々はあっという間に足下をすくわれてしまう。テクストと共同で、営々と再現してきた「神話」は、一気に崩壊してしまう。

よい「終わり」を奪われた我々は、このとき、徒労感と同時に混乱に襲われる。いったいこの剣は、結局のところ本物なのか贋物であるのかと。テクストはそれを明示してはいないから、我々は決定不能の状態に追い込まれ、宙吊りにされてしまう。もちろん、たとえば、本物であったのに、経顕のつまらぬ嫉妬心のためにみすみす埋もれてしまったのだと、整合性を求め出して、テクストとの連帯を維持しようと努めることも可能である。しかし、そのような好意的な解釈をフォローしてくれるテクスト断片は、ここには、またこの後にも一切ない。むしろ、巻二十七「雲景未来記の事」では、愛宕山の太郎坊によって、宝剣は安徳天皇と共に沈み失せ、それが「王法、悪王ながら安徳天皇の御時までにて失ひはてぬる証はこれなり」と、確認されもするわけだから、全体的な文脈としては、やはり贋物であったのだと解釈するのが、より合理的ということになる。

しかし、そうなると、我々はさらに深刻な混乱に陥る。では、あの数々の超越者たちの示現は一体何であったのか、超越者たちの単なる気紛れであったのかと。くどいようだが、我々は、物語を受容するにあたっては、たとえ本心はどうであれ、超越者の示現を信じるという暗黙の約束のもとにテクストと対していたわけである。そうでなければ、物語の快楽を得ることはできないからである。事実、『太平記』というテクストは、多くの場合それを律義に守っている。たとえば、巻十八「先帝吉野へ潜幸の事」では、後醍醐が都を逃げ出し吉野へと逃げて行くとき、月のない闇夜を一晩中照らし出したのは、春日山から金峰山に飛び渡った「光物」であった。それは、蔵王権現、子守・勝手大明神が、三種の神器と帝を守るための瑞光であったとされる。また巻二十「奥州下向勢難風に逢ふ事」では、奥州へと向かった南朝方の船が嵐に遭って難破したとき、「光明赫奕たる日輪」が、義良親王の船の舳先に現れ無事船を伊勢国に吹き戻す。これは天照大神の加護ということになる。前述した巻二十三の直義の病の話にも「車輪の如くなる光り物」が出てきていた。これは後醍醐の怨霊にかかわるものだが、超越的な存在の意思表示という点においては共通している。我々はこの宝剣説話の「光物」も、当然超越者の意志の示現であると解釈するはずである。ところがそれは、まったく不確かなものにされてしまうわけである。

神託も実に我々になじみ深いイメージで構成されている。「年十二、三ばかりなる童部一人、にはかに物に狂うて

四、五丈飛び上り飛び上りけるが」と始まったとき、我々はもう次の展開が読める。『太平記』の巻十七「山攻めの事付けたり日吉神託の事」には八王子権現の神託の話がある。足利尊氏が九州から再び入京し、叡山に逃げ込んだ後醍醐を攻める。そのとき、「般若院の法印がもとに召し使ひける童、にはかに物に狂うて」、八王子権現の託宣を下すわけである。結論だけいえば、明日午の刻に敵を退散させるという託宣である。しかし衆徒たちは、明日の午の刻というのはあまりに急であるというので、にわかには信じられず、神託は披露されない。結果は神託のとおりとなり、テクストは、「今日は昨日の神託に、げにやと思ひ合はせられて、身の毛もよだつばかりなり」と、神託を疑うことを否定し、神威の超越的な力と神託の確かさを再認識することを我々に要請する。宝剣説話で神官・神人たちは、「神託不審あるべきにあらざれば」というが、まさにそれが〈超越者の示現の物語〉の約束であったはずだ。しかしながら、その約束はここではあっさりと反故にされてしまう。我々は神託にも不審があると認識せざるをえない。巻二十九「光明寺合戦の事付けたり師直怪異の事」では、城郭に籠る直義方の伊勢の愛曽が召し使っていた童が、「にはかに物に狂うて、十丈ほど飛び上りて跳りけるが」、高師直・師泰の滅亡という天照大神の託宣を告げ、巻三十六「仁木京兆南北へ参る事付けたり大神宮御託宣の事」では、「十歳ばかりなる童部一人、にはかに物に狂うて」、仁木義長の前世を語る天照大神の託宣を告げ、巻三十九「神木入洛事付けたり洛中異変の事」では、長講堂の庭でこま回しをして遊んでいた童の中の、「年の程十ばかりなるが、にはかに物に狂うて、二、三丈飛び上り飛び上り、躍る事三日三夜」であったが、斯波高経（道朝）の失脚という春日明神の託宣を告げる。しかし、我々はそれらに、距離を置かざるをえなくなる。

　夢による示現についても同じである。兼員は、「ただし今も仏神の威光を顕して人の信心を催すは、夢に過ぎたる事は無きにて候ふ」という。それが物語との約束であったはずである。ところが、それに対してテクストは、「世間に定相無き事をば夢幻と申し候はずや。されば聖人に夢無しとは、ここを以つて申すにて候ふ」という経顕の相反する言葉をぶつけてしまう。経顕の反論は前述のごとく四点に及ぶが、「邯鄲午炊之夢」を例証として熱心に語ることからして、ここに最も重点が置かれているのだと了解せざるをえない。「世間に定相なき事をば夢幻と申し候はずや」というのも、確かに事件を解釈する際に用いられる一つの〈物語〉である。たとえば、北野通夜物語の中で、突然八箇所の大荘園を執権から賜った青砥左衛門が、それが、執権が夢中で得た八幡の神託によると知って、「さては一所をもえこそ賜り候まじけれ。かつうは御意の通も歎入て存じ候。物の常相なき喩へにも、『如夢幻泡影如露亦如電』とこそ、金剛経にも説かれて候へば、もしそれがしが首を刎ねよといふ夢を御覧ぜられ候はば、咎無くとも夢のごとく行はれ候はんずるか。報国の忠薄くして、超涯の賞をかうむらん事、是に過ぎたる国賊や候ふべき」と、荘園を返上している。

しかし、我々は、夢想という〈超越者の示現の物語〉が開始されたと自覚したときには、その、夢など信頼に足りないという〈物語〉を、いわば麻酔にかけてテクストと連帯するわけである。ところがここでは、〈超越者の示現の物語〉を心地よく展開させながら、テクストの方で、不意に心地よい麻酔状態から強引に我々を覚醒させるのである。

夢想に不審ありと少しでも思わせてしまったなら、このテクストに頻出する夢想はどうなるのか。巻三には後醍醐が笠置でみて楠木正成の登場を促したあの有名な夢、巻五には熊野へ逃げる大塔宮を熊野両所権現が十津川へと無事導いた夢、巻六には民部卿三位局に北野天神が後醍醐の無事の帰還を告げた夢、巻十三には西園寺公宗の謀略から神泉苑の竜神が後醍醐を守った夢、巻十六には筑紫から京を目指す尊氏が観世音菩薩の擁護を確信した夢、巻二十には新田義貞が討死の前にみた竜の夢、巻二十九には高師夏と川津左衛門がみた高師直の滅亡を予告した夢、巻巻三十四には上北面が後醍醐の御廟の前でみた幕府要人の武士たちの滅亡を予告した夢など、これらの夢に対しても我々は距離を置かざるをえなくなる。

巻二十三「直義病悩について上皇御願書の事」で違和感にふと立ち止まった我々は、ここにいたって、このテクストは、実は、〈超越者の示現の物語〉をまじめに語ってはいないのではないかという疑いを強くせざるをえない。我々は、我々から慣れ親しんだ物語の快楽を奪い、そのかわりに徒労感をすら与えたテクストへの信頼を失い、テクストとの心地よい連帯を解消せざるをえなくなる。

六 〈物語〉の機能不全

このような〈超越者の示現の物語〉の機能不全は、それだけにとどまらず、『太平記』という〈歴史〉のリアリティ、「本当らしさ」を阻害することにもなる。宝剣説話は、〈歴史〉全体から見れば挿話的なものにすぎまい。しかしたとえば、先に例としてあげた他の「光物」や神託や夢想の話、あるいは篠村八幡での尊氏の朝敵征伐の願書に応えて白旗の上に翻り神祇官へと軍勢を導いた山鳩の話、そして忠臣義貞を導いた稲村ケ崎の奇瑞の話などを初めとする、おびただしい数の超越者の意志にまつわる話が、『太平記』の〈歴史〉を進めて行く機能を果していることは、あらためて説明する必要もあるまい。そして、それが何も、『太平記』に限られることではないことは、『将門記』から縷々述べてきたところである。もちろん、それらの物語において、我々が裏切られることは断じてない。

つまり、〈超越者の示現の物語〉も、事件を〈歴史〉化するための能力の高い解釈装置である《万能の物語》なのである。

軍記の枠組みを決定している、ベーシックな《万能の物語》として〈王権への反逆者の物語〉が存在する。〈超越者の示現の物語〉が超越者の加護を明示して、〈王権への反逆者の物語〉を円滑に機能させることに寄与していることは、いうまでもあるまい。

ところがそのような役目も果す《万能の物語》が、ここでは「本当らしさ」を失い、〈歴史〉を物語り、共同体の正当性を教育するという使命を果すことが、不可能になってしまうのである。

七　物語の「終わり」の不在

『太平記』に、『平家物語』のパロディーを意図する場面があることは、すでに兵藤裕己によって指摘されている(7)。しかし今回指摘した状況の背後にあるのは、パロディーの精神ではない。パロディーは素材とする物語の正当な「終わり」を意図的に破壊はするが、新たな「終わり」を提供して、それが笑いを誘う。しかし、北野通夜物語や宝剣説話には「終わり」はなく、笑いもない。あたかも「終わり」を回避するようなありようは、『太平記』の性癖である。

巻二十四「山門の嗷訴によつて公卿僉議の事」は、天龍寺供養への光厳上皇の臨幸に反発して叡山が嗷訴に及び、それへの対応を巡って議論になる話である。坊城経顕は禅宗を擁護して山門を非難し、日野資明は山門を擁護して禅宗を非難し、決着がつかない。すると三条通冬が多くの先例を長々と引いて宗論を催すべきと進言する。ところが、二条良基が登場し、今はすべて武家の意のままであるのだから、その判断に任せるべきだと発言すると、それが結論になってしまう。テクストは、天台と禅の是非を知りたいという欲求を我々に生じさせるべく言葉を組織しながら、最後には結論を宙吊りにしてしまい、我々の望む「終わり」を用意はしない。

巻二十一「佐渡判官入道流刑の事」では、テクストは最後に、「山門の訴訟を負ひたる人は、十年を過ぎざるに、皆その身を滅ぼす」と記し、佐々木道誉の子や孫が後の合戦で討死したことを、「これらは皆医王・山王の冥見に懸けられしゆゑにてぞあるらんと、見聞の人舌をふるはして、おそれ思はぬ者は無かりけり」と語る。しかし肝心の道誉はまったく無傷で生き残り、その後黒幕として権力を握ってゆくのであり、神罰の話の持つべき、物語としてのよい「終わり」は、我々のもとに訪れない。

その道誉に失脚させられたのが、斯波道朝である。巻三十九「諸大名道朝を讒する事付けたり道誉大原野花の会の事」によれば、テクストは、一方では道朝の失脚を、春日明神の神罰として語りながら、一方では道誉の讒言の結果、「咎無くして忽ちに討つべきに定まりけり」として、道朝の死を屈原のそれに喩えてしまい、我々は、道朝に対する非難と同情との間に宙吊りにされてしまう。

物語の「終わり」は一つでよいはずだ。そして何よりも、「中夏無為の代に成つて、めでたかりし事どもなり」と結ばれる『太平記』の「終わり」が、「終わり」として機能していないことは、永積安明の指摘のとおりである。[8]『太平記』における物語の破綻は、その状況からみて、意図的な操作の結果とは思われず、テクストの不覚であろう。なぜそのような不覚を犯すのか。古代的秩序が崩壊した自由狼藉下剋上の社会状況の言説の場への反映、あるいは知力が向上して価値観が多様化し世界の分節化が進行したことの言説の場への反映、というのがわかりやすい解釈ではある。あるいは、人はもはや物語が〈物語〉にすぎないことを、はっきりと自覚はできないものの、それとなく感得してしまったのかもしれない。物語にとって不幸な時代の到来である。

確かなことは、『太平記』においては、おだやかな安定した世界が不意に崩れ、読む者が不安に陥れられること、そしてその際に体験されるいわば崩壊感が、この時代に起こった秩序の崩壊という大きな事件を、テクストにちりばめられた多くの嘆きと怒りの言葉よりも、生々しく感得させえるということである。

八　『太平記』というバサラ

物語に耳を傾ける者たちは、語られることの「本当らしさ」――むろん本当である必要はまったくない――を確信しえたときに、初めて安心して耳を傾けることができる。物語とは語る者と聞く者（読む者）が「本当らしさ」への配慮、「本当らしさ」をめぐる許容度を共有しえるときに初めて成立するものである。だからテクストは「本当らしさ」への配慮を常にしなければならないはずである。物語とは、そういう配慮の体系が不断に機能し続ける場だといってもよい。ところが『太平記』の場合、語る者つまりテクストが、その始めから執拗といえるほど忠実に続けてきたその配慮を、あるべき「終わり」の不在という形で、まったく唐突に中断するのである。

その結果、我々は経験的に物語に期待する快楽を得られず、テクストとの連帯のきずなは断ち切られる。我々は物語から覚醒し、物語の外に出て〈物語〉を観察することが可能となるのである。そしてそのとき、〈物語〉のイデオロギー性が露呈する。それらの〈物語〉が、歴史をさらには世界を一挙に正しく把握する魔法の杖などではなく、事件を共同体にとって都合よく解釈するために、共同体によって選択された装置にすぎないということを、我々に認識させる可能性へと、テクストが開かれるのである。我々は、既知のイメージと戯れる物語の凡庸な快楽よりも遥かに貴重な、〈物語〉の抑圧からの、つまりは共同体のイデオロギーからの解放という快楽を経験しえるのである。それは稀有な事件である。〈歴史〉を物語りながら、自らその足下を掘り崩して、その不可能性・欺瞞性を露呈してしまう。これほどラディカルで魅力的な事件を豊かに経験できるテクストを、他には知らない。

このテクストに載るバサラ大名たちの反権力・反権威という反社会秩序的な言動をとらえて、『太平記』はラディカルな作品であると評されることがあるが、真にラディカルなのは、反権力・反社会的な言葉たちではなく、〈反—物語〉〈反—歴史〉的、つまりは反共同体的なこのテクスト自体のありようである。『太平記』というテクストこそが、バサラである。

〈物語〉は、我々の世界を構成し共同体の秩序を構成し公共性を確保して、我々の快適な生活を保証する。その意味で、〈物語〉は絶対に不可欠な装置である。しかし〈物語〉に無自覚に教育され共同体の中に自閉しているのは、聡明な姿とはいえまい。少なくとも常に批判的自意識を持って自動化した自己の意識、自己の世界、共同体の秩序を点検し、たとえユートピア的であろうとも、より開かれた自由な公共空間を構想する努力を続けることが必要であろう。『太平記』は、そのために格好な実践の場を提供してくれる。

注

（1）歴史の時間意識における〈始め〉〈中間〉〈終わり〉と区別して、物語における構成を「始まり」「中間」「終わり」と表記する。

（2）『アリストテレス詩学　ホラーティウス詩論』（松本仁助・岡道男訳　岩波文庫　一九九七）に拠った。

（3）長谷川端『太平記の研究』（汲古書院　一九八二）、中西達治『太平記論序説』（桜楓社　一九八五）、大森北義『「太平記」の構想と方法』（明治書院　一九八八）、永積安明『太平記』（岩波書店　一九八四）等参照。

（4）注（3）大森著書参照。

（5）「現報」という考え方もあるが、北野通夜物語は、それを語らない。

（6）伊藤正義「中世日本紀の輪郭―太平記における卜部兼員説をめぐって―」（「文学」四〇－一〇　一九七二）参照。
（7）兵藤裕己「太平記の〈言葉〉の構造」（「日本文学」三一－一　一九八二、『王権と物語』青弓社　一九八九　再収）参照。
（8）注（3）永積著書参照。

『太平記』あるいは〈歴史〉の責務について

一　〈歴史〉の責務

たとえば年表を前にしたとき、我々は、それを、不完全な歴史性しか持たない二流の歴史表現であると感じるのが普通である。年代順に並んだ事件の羅列だけでは、我々は満足しない。羅列された事件の中から関連しそうな事件を選び出して、我々の方で一つの脈絡を考え出さなければならない年表は、歴史叙述における責任を全うしていないように思われるのである。歴史叙述は、単なる事件の継起ではなく、事件が相互に合意し合い条件づけ合っている相互連関として構造化され、意味的秩序を備え、中心となる社会的主題がなければならないと考えるのである。要するに、歴史叙述は物語でなくてはならないのである。

アーサー・C・ダントは、歴史説明は出来事と出来事との間の変化の説明であるとして、次のような説明のモデルを提出する(1)。

(1)　Xはt_1時にFである。

⑵　Xに H が、t_2時に生じる。

⑶　X は t_3時に G である。

⑴と⑶が、説明される出来事であり、⑵が⑴から⑶への変化の説明である。⑴が「始まり」であり、⑵が「中間」であり、⑶が「終わり」である。⑴⑵⑶の連続は、すでに物語構造をなしており、歴史説明が物語の形式をとることは明らかだとする。

もっとも、歴史説明だけではなく、人が混沌とした事象・出来事に対してある形と一貫性を与え意味を産出するためには、物語は欠くべからざる手段である。人は、不可知なものを身の回りに放置しておくことはできない、なぜなら不可知なものは人を不安に陥れるからである。だから人は不可知なものに説明を加えて――たとえそれが神秘的な説明であろうとも――可知なものに変換しなくてはならない。その装置が〈物語〉である。だから、〈物語〉によって変換された結果である物語は、つねに我々にとってなじみ深いイメージで構成されており、それゆえ、物語による説明は、つねに我々を安心させ安定させる。

しかも、それは、「始まり」「中間」「終わり」という安定した形式、構造をも備えているのである。アリストテレスは、『詩学』の冒頭で、芸術作品の製作活動である模倣活動すなわちミメーシス（mimesis）について論じ、我々がミメーシスを楽しむ理由の一つは、それがリズムを持ち秩序だっているからであり、人はリズムのある形式に喜びを見出すからであると論じた。「始まり」「中間」「終わり」という秩序とリズムが、我々を慰撫するのである。

過去の事象・出来事の説明において、この物語化の欲求が実現されたものが、すなわち〈歴史〉（≒物語としての歴史）である。ヴィルヘルム・ディルタイは、「人間は歴史においてのみ自己を認識するのであって、内省によってではない」といったが[2]、確かに、無慈悲な時間の奔流の中で、今・ここを休むことなく移動し続けていかなくてはならない宿命を背負った我々が、自らを認識し安定させるためには、何ゆえに自分が今・ここにいるのかの理由・必然性を究明し、その結果として、これから自らが進むであろう方向を予測しなければならない。そのために〈歴史〉が必要なのである。それは、哲学的内省などでは達成できないと、哲学者ディルタイがいうのである。〈歴史〉は物語であるから、当然のこととしてそれは、不定形で混濁した現実の世界には決定的に欠けている調和と統一感と透明さに満たされ、すべてが明確な意味を持ち、完璧に秩序だった世界である。その世界が、不安定な現在を生き、絶えず不可知な未来へと足を踏み入れて行かねばならない我々を慰撫してくれるのである。だから、我々は〈歴史〉を渇望する。

アリストテレスは、人がミメーシスを楽しむもう一つの理由として、模倣をとおして学習ができることをあげる。人は学習に喜びを見出す生き物である。何を学ぶのか。それは自分たちの経験に意味と形式と一貫性を与える規範・法則である。我々は、物語という虚構の体験を通して、愛や憎悪や正義や悪や真理や虚偽や勤勉や怠惰のありようとそれらがもたらす結果を学び、自らの現実における振舞い方を学ぶのである。では、〈歴史〉とは、何を教えてくれる物語なのであろうか。

『歴史哲学講義』において、ヘーゲルは、「国家ができて法律が意識されるときはじめて、明瞭な行為が、さらには、行為にかんする明瞭な意識があらわれ、ここに、歴史を保存しようとする能力があたえられ、保存の必要も感じられるようになります」と、述べる(3)。法の意識を持つ国家の成立によって、始めて歴史は可能になるというのである。これを受けて、ヘイドン・ホワイトは、「どんな形態の歴史を書くのであれ、作者が歴史性を意識すればするだけ、社会体制とそれを支える法、その法の権威と正当性、加えてその法が面している脅威が関心を引くようになる」と、述べる(4)。

確かに我々は、共同体に生じた緊張や紛争や闘争、そしてそれらがどのように克服されたのかを〈歴史〉に見出し、現実の諸事件に対する解釈の方法あるいは克服の方法を学んで安心することになる。〈歴史〉は我々に、あなたがたが今属している共同体は必然的で正当な法（規則）の権威によって成り立っているのだから安心して暮らすようにと、教えてくれるのである。Xの変化によって確認される不変の法を教育するのである。〈歴史〉は、「親しみ深いイメージと安定した形式と現実解釈の枠組みとを提供することによって我々を慰撫し、そして教育するイデオロギー装置」である。「慰撫と教育」、それが〈歴史〉の責務である。

二　〈王権への反逆者の物語〉

では、『太平記』は、〈歴史〉としての責務をどの程度に全うしているのであろうか。〈歴史〉の枠組みを提供する一つの〈物語〉がある。それを私は、〈王権への反逆者の物語〉と命名し、それが、軍記と呼ばれる諸テクストに、もちろんテクストによる偏差はあるものの、等しくその存在を認められることを指摘してきた。謀反・反乱と呼ばれるような軍事力の行使を伴った、王土の共同体を脅かす事件が起こったとき、その事件は、必ずこの〈物語〉によって翻訳されるのだが、それは、この〈王権への反逆者の物語〉が、事件を〈歴史〉化する際に、極めて広い適用範囲と高い翻訳能力を持つ《万能の物語》（＝マスターナラティヴ）であることを示しており、そしてそうなりえるのは、この〈物語〉が、規則を共有しないものを外部へあるいはその周縁部へ追いやって成立するという共同体の自閉的システムに則ったものであるゆえだとも論じてきた。

この〈物語〉によって構造化されている〈歴史〉が、教育しようとする法は、王土の共同体を吊り下げている天皇王権の至高性である。その法が脅威に曝され、しかし、その脅威が自律的に排除されることによって、法の権威と正当性が、証明されるのである。王土の共同体XがFからGへ——たとえば平氏の世から源氏の世へ——変化してもXを成立させている天皇王権の至高性という法は変化しない。だから〈王権への反逆者の物語〉とは、〈王権の絶対性の物語〉にほかならない。

その冒頭から北条氏の滅亡まで、『太平記』は滑らかに〈歴史〉を語る。それは、ここでは、〈王権への反逆者の物語〉が十全に機能しているからである。

まず、『太平記』は、当時の状況を、「朝廷は年々に衰へ、武家は日々に盛んなり」（巻一・後醍醐天皇御治世の事付けたり武家繁盛の事）と認識している。しかし、結果的にそのような状況になったが、「必ずしも武家より公家を蔑ろにしたてまつる」（同）ことはなかったし、北条氏の権威が万民を従わせても、その位は四位を越えず、彼らは謙虚に自制的に振舞い、仁政を施し、親王や摂関家の子弟を征夷将軍と仰いで、皆拝趨の礼を尽くした。幕府の重鎮、二階堂道蘊も、武家が繁盛してきたのは、「更に他事なし、ただ上には一人を仰ぎたてまつて、忠貞に私なく、下は百姓を撫でて、仁政に施しある故なり」（巻二・長崎新左衛門尉意見の事付けたり阿新殿の事）と、後醍醐天皇の遠流に反対したと記す。つまり、北条政権下でも、少なくとも王の至高性という法は守られていたのである。その法が危機に曝されることになる。

危機をもたらす異者は、享楽に耽り政治を顧みず、共同体に災いをもたらし、「見る人眉をひそめ、聴く人唇をひるがへす」（巻一・後醍醐天皇御治世の事付けたり武家繁盛の事）と紹介される「東夷」、北条高時である。一方、王権を体現するのは、「誠に天に受けたる聖主、地に奉ぜる明君なりと、その徳を称じ、その化に誇らぬ者は無かりけり」（同）と紹介される後醍醐である。周知のとおり、「ただ恨むらくは、斉桓覇を行ひ、楚人弓を遺《わす》れしに、叡慮少しき似たる事を」（巻一・関所停止の事）という欠点と、阿野廉子への寵愛が、建武新政後の混乱を指し示してはいるが、鎌倉幕府を倒すまで、いわゆる第一部世界においては、後醍醐は「聖主」「明君」として形象されている。その王が「東夷」に捕えられ、隠岐島に流される。王の不可侵性、絶対性という共同体の法は脅威にさらされ、共同体は混沌とした状態に陥る。

そして、異者北条高時を排除し、再び秩序をもたらすのが、楠木正成・新田義貞・足利尊氏といった忠臣たち、さらには同じ機能を担う大塔宮護良親王ということになる。王権への忠節を表明する馴染み深いそして凡庸な言葉たちをあらためて紹介する必要もあるまい。とにかくその言葉たちによって、彼らは等しく超越者の加護を受けることになる。大塔宮は、摩利支天や熊野権現や北野天神の眷属老松明神の加護を得て窮地を脱して、吉野に籠もって奮戦し、楠木正成は、後醍醐の霊夢によって登場し、観音経によって命助けられて無事に赤坂から落ち、河内国で再度義兵を挙げる。僅か百五十騎で義兵を挙げた新田義貞は、越後の国中を一日で触れ回ったという天狗山伏のおかげで五千騎の軍勢を得る。稲村ヶ崎での龍神の加護は語るまでもあるまい。篠村八幡で朝敵追討を祈って願書を奉じた足利尊氏が、大江山の峠を越えようとすると、山鳩が一つがい飛んで来て白旗の上を舞う。尊氏は、八幡大菩薩の擁護と確信し、確かに鳩は、神祇官の前まで尊氏の軍勢を導くことになる。

北条高時も、持明院統の光厳を即位させ、王権を戴くことを忘れない。隠岐を逃れた後醍醐が舟上山に籠もり、これに呼応した赤松の軍勢が京に迫った時、光厳や六波羅は、さまざまに修法・祈禱を試みるが、しかし何の効験もない。テクストはそれを、「祈るとも神非礼を享けず」（巻八・禁裡仙洞御修法の事付けたり山崎合戦の事）と断罪する一方で、赤松の苦戦を聞いた後醍醐が、自ら金輪の法を行った七日目の夜の示現を、「三光天子光を並べて、壇上に現じたまひければ、御願忽ちに成就しぬと、たのもしくおぼしめされける」（巻八・主上みづから金輪の法を修せしめたまふ事付けたり千種殿京合戦の事）と記し、超越者の意志が、異者北条高時に擁立された光厳にはなく、後醍醐にあることを明示する。その意志のとおり、北条高時は排除され、後醍醐は京へ戻ることとなり、かつて後醍醐の配流を、「ただ赤子の母を慕ふがごとく泣き悲し」（巻四・先帝遷幸の事）んだ都の人たちの、「ただ帝徳を頌《しょう》したてまつる声」（巻十一・正成兵庫へ参る事付けたり還幸の事）に迎えられる。混沌は去り、王権の至高性と言う王土の共同体の法は守られ、あるいはとりあえずはより強化され、共同体は秩序を回復するのである。

ここまで、〈王権への反逆者の物語〉は、滑らかに機能している。なれ親しんだイメージに満たされた、わかりやすく、一貫性のある、秩序だった〈歴史〉がそこにはあり、我々は慰撫されて安定し、ごく自然に法を教育される。

三　楠木的存在

不思議なことだと思うのだが、軍記が歴史叙述の一種であることが共通の認識として流通し、軍記はどのように歴史を描いたのかについて、多くの言葉が消費されてきたにもかかわらず、ではしかし歴史とはいったい何かについては、あたかも歴史など自明の前提でもあるかのように、少なくとも軍記研究者の間では言葉は蓄積されてこなかったし、他の分野で蓄積されてきた歴史に関する知を積極的に利用しようともしなかった。その意味でも、兵藤裕己の『太平記〈よみ〉の可能性　歴史という物語』（講談社　一九九六）の刊行は、一つの歓迎すべき事件であったと思う。兵藤の論は、『太平記』あるいは楠木正成を使って、「日本」という物語、あるいは現実を生み出してゆく物語の絶大な力について論じたものであり、その問題設定と結論について、私は異論を持たない。

兵藤は、『太平記』のいわゆる一、二部は、源平の「武臣」交替史として構想されており、君臣の上下、天皇と

「臣民」との関係を軸とした序文の名分論は、そのまま『太平記』前半部の叙述の枠組みであるとする。そして、そのような『太平記』の〈歴史〉の枠組みを相対化するのが、「武臣」の範疇からはずれる、後醍醐と「無礼講」的に結びつく悪党的武士たち、とりわけ楠木正成の存在であるとし、「相反するふたつの論理が太平記で重層するのである。それは源平の「武臣」の名分論に対して、「武臣」の名分を相対化する「無礼講」の論理である。あるいは、君臣上下の枠組みで構成される天皇制にたいして、その枠組みそのものを無化する「あやしき民」の天皇制」と論じる。

『太平記』の第一部世界において源平交替の〈物語〉が機能しているのは間違いないし、それを楠木正成・赤松円心・児島高徳・名和長年といった悪党的武士、いわば楠的存在が無化するというのは、刮目すべき指摘である。ただ、確認しておきたいことは、いずれにしても「天皇制」だということである。むろん、兵藤の論においてそれは自明の前提であるわけだが、『太平記』の第一部世界の認識の枠組みを考える際には、やはりこだわらざるをえない。

源平両氏が、天皇王権を守る忠臣として機能することは間違いないが、楠木的存在にしても、たとえ源平の「武臣」の名分論は相対化しえても、結局のところ、源平の「武臣」と同じ忠臣の機能を果していることもまた間違いない。つまり、楠木的存在も〈王権への反逆者の物語〉の中に搦め捕られ、王権の至高性という王土の共同体の法を教育する装置における忠臣として機能させられているということである。楠木的存在は、源平交替の〈物語〉あるいは武臣交替の〈物語〉を相対化しえても、〈王権への反逆者の物語〉を相対化することはできない。楠木的存在という新しいオプションを加えつつ、〈王権への反逆者の物語〉は、少なくともここまでは健全に機能しており、《万能の物語》としての高い能力、拘束力を誇示しているのである。

しかし、後醍醐が楠木的存在と直結し、従来の「天皇制」とは別の「天皇制」を体現しているという指摘はやはり重要である。網野善彦は後醍醐の王権を「異形の王権」と称したが、(5)後醍醐という王自身が、異者性を濃厚に漂わせていることは間違いない。そもそも、王という存在そのものが聖化された異者であり、必要なときには共同体の災厄を担って排除されるべき存在であるということはさておくとしても、後醍醐という王がそれまでとは異なる王であることは事実であろう。この異形の王が排除されるのが、『太平記』第二部の世界ということになる。

四 〈悪王の物語〉

物語の冒頭に、

ここに、本朝人皇の始め神武天皇より九十五代の帝、後醍醐天皇の御宇に当たって、武臣相模守平高時といふ者あり。この時、上君の徳に乖き、下臣の礼を失ふ。（巻一・後醍醐天皇御治世の事付けたり武家繁盛の事）

と、高時と並べて紹介されたときから、後醍醐には、徳に背いた君として共同体から排除されるべき未来が約束されている。高時と後醍醐は、実は共同体にとっては同じ機能を果す異者なのであり、高時が排除された今、次は後醍醐ということになる。

建武新政後、後醍醐は次々と失政を犯す。恩賞の不公平、雑訴決断所の失敗、そして大内裏の造営の企てである。これについてテクストは、疲弊した国や民を顧みぬ暴挙であり、「神慮にも違ひ、驕誇の端とも成りぬと、眉をひそむる智臣も多かりけり」（巻十二・大内裏造営の事付けたり聖廟の御事）と、後醍醐を断罪する。さらにテクストは、廉子の讒言に乗って功ある護良親王を死に至らしめた過ちを記し、龍馬献上にかかわっての万里小路藤房の切々たる諫言と、それを後醍醐が「少し逆鱗の気色」（巻十三・龍馬進奏の事）を示して無視し、大内裏の造営を続行したことを記す。奢侈に耽る側近の千種忠顕や文観についての記述と相挨って、後醍醐は異者としての資格を身につけることになる。諸国で反乱が起きたとき、陽明門の扉に、「賢王の横言に成る世の中は上を下へぞ返したりける」（巻十四・諸国の朝敵蜂起の事）と狂歌が書きつけられたとテクストは記す。後醍醐は上を下へ返すような混沌を世の中にもたらしたのであり、したがって排除されねばならないのである。間違えてはならないのは、王土の共同体の存続のために第一に守られなくてはならないのは、王権の至高性という法であって、王の至高性は、それに由来する二次的な物に過ぎない。その法を侵害する者はたとえ王であろうとも排除されねばならない。王の代わりは幾らでもいる。

承久の乱という事件は、慈光寺本『承久記』という特権的な例外を除いて、〈王権への反逆者の物語〉の亜種である〈承久の乱の物語〉＝〈悪王の物語〉によって翻訳された。《王権への忠誠心》《王権への畏怖》《讒臣》《悪王》《超越者の意志》という五つの要素で構成されるこの〈物語〉が、承久の乱に関して、王土の共同体に流通した〈物語〉である。

責めを後鳥羽院個人あるいは讒臣に負わせることによって、王権が傷つくことを避け、その上したたかにも王権の至高性を教育しようとする。だから、北条義時は本来王に対して厚い忠誠心を持つ者でありながら、讒臣のために意に反して朝敵となった者でなくてはならないし、彼や武士たちは、王権に対する恐れを、その言動によって示さなくてはならない。さらに、王の敗北という結果をもたらすのは、王権を守る超越者たちの意志でなければならないのである。

『太平記』が、北条氏が実権を握った〈歴史〉の画期として、そして臣下が帝を流すという前例として、承久の乱を強く意識するのは当然のことだろう。元弘の乱の際、長崎高資は、「異朝には文王・武王、臣として、無道の君を討し例あり。わが朝には、義時・泰時、下として不善の主を流す例あり」（巻二・長崎新左衛門尉意見の事付けたり阿新殿の事）と主張し、結果的に、「先皇をば承久の例にまかせ、隠岐国へ流しまゐらすべきに定まりけり」（巻四・一宮ならびに妙法院二品親王の御事）ということになる。しかし、この時点では、後醍醐は、「天に受けたる聖主、地に奉ぜる明君」なのであり、「不善の主」ではない。第一部の始めでそれは予告されているわけだが、前述したごとく、後醍醐の《悪王》化は巻十二以降明確になる。それを待って、〈悪王の物語〉は起動する。

足利尊氏は王権に対して無分別な男ではない。足利と新田の確執に起因し、「讒口かたはらにあつて、真を乱る事多かりける中」（巻十四・新田・足利確執奏状の事）で、陰謀の企てありとして朝敵とされた尊氏は、後醍醐帝の恩を語り、

尊氏においては君に向ひたてまつて、弓を引き矢を放つ事あるべからず。さてもなほ罪科遁るるところ無くば、剃髪染衣の貌にも成つて、君の御ために不忠を存ぜざるところを子孫のために残すべし。

（巻十四・節度使下向の事）

と語って引き籠り、直義の書かせた偽の倫旨と、直義の「当家勅勘の事、義貞朝臣が申し勧むるに依つて、すなはち新田を討手に下され候ふあひだ、この一門においては、たとひ遁世降参の者なりとも、求め尋ねて誅すべしと議し候ふなる」（巻十四・矢矧・鷺坂・手越河原戦ひの事）という言葉によって、「誠にさては一門の浮沈この時にて候ひける。さらば力無く、尊氏もかたがたとともに弓矢の義を専らにして、義貞と死をともにすべし」（同）とやっと重い腰を上げるのである。「不忠を存ぜざる」尊氏、《王権への忠誠心》厚い尊氏は、あくまでも《讒臣》義貞を除くべく、そしてあくまでも「力無く」立ち上がるのである。後に、「われこの軍を起して鎌倉を立ちしより、まつたく君を傾けたてまつらんと思ふにあらず。ただ義貞に会ひて憤りを散ぜんためなりき」（巻十七・義貞軍の事付けたり長年討死の事）と、発言してもいる。

だが、京都では、尊氏軍は敗戦を続ける。武士たちは、「入洛の体こそ恥づかしけれども、今も敵の勢を見合はすれば、百分が一もなきに、毎度かく追つ立てられ、見苦しき負けをのみするは、ただ事にあらず。われ等朝敵たる故か、山門に呪咀せらるる故か」（巻十五・正月二十七日合戦の事）と考え、尊氏も、「今度京都の合戦に、御方毎度打ち負けたる事、全く戦ひの咎にあらず。つらつら事の心を案ずるに、ただ尊氏ひたすら朝敵たる故なり」（巻十五・将軍都落ちの事付けたり薬師丸帰京の事）と、考える。彼らは、負けるのは自分たちが朝敵であるからだと、朝敵となることの恐ろしさ、つまりは《王権への畏怖》を表明せざるをえないのである。

しかし、新田義貞が、節度使として京を発つ際、尊良親王が差し挙げさせた錦の御旗の月日の御紋が、突然の風に吹き切られ地に落ちたときから、すでに《超越者の意志》が後醍醐にないことが示されていた。事実、尊氏は、九州では香椎宮の加護を得て、菊池を破る。その後の再度の上洛の際、備後の鞆では、南方から光り輝く観音菩薩が飛んで来て船の舳先に立ち、その眷属の神々が擁護するという夢をみて、目が覚めると山鳩が一羽船の屋形の上にあったと記される。さすがに、後醍醐の籠る叡山を攻めた高師重は、日吉山王の神罰によって殺される。しかし、その託宣には、後醍醐の思いは富貴・栄耀にのみあって理民治世の政治になく、叡山の衆徒も皆驕奢・放逸で仏法興隆のこと事など考えないので、「諸天・善天も擁護の手をやめ、四所・三聖も加被の力を廻らされず」（巻十七・山攻めの事付けたり日吉神託の事）と、明確に記されている。

『太平記』と、承久の乱を記す諸テクストとの参照関係はこの際、問題の外である。必要なのは王が敗北するという危険な事件を、安全に〈歴史〉化するための翻訳装置として〈悪王の物語〉が王土の共同体に流通し、『太平記』も、享受者を慰撫できるだけの秩序を持つ物語となるためにこの〈物語〉を採用したということ、そしてそれは王権の至高性という法を否定する〈物語〉では断じてなく、王権の至高性を守り、確かにその効果は減ぜられざるをえないかもしれないが、これを教育する〈物語〉であるということを認識することである。

しかし、さらに必要なのは、以下述べるとおり、『太平記』というテクストが、自らがよって立つこの〈悪王の物語〉ひいては〈王権への反逆者の物語〉を、自ら機能不全に追い込むという自殺的行為を犯すことを認識することである。

五　苛立ちⅠ

尊氏は、叡山に籠る後醍醐に起請文を添えて書状を送り、都への還幸を促すが、その文面中に、

> 去々年の冬、近臣の讒によつて勅勘を蒙り候ひし時、身を法体にかへて死を罪無きに賜らんと存じ候ひしところに、義貞・義助等事を逆鱗に寄せて、日頃の鬱憤を散ぜんとつかまつり候ひしあひだ、やむ事をえずしてこの乱天下に及び候ふ。これ全く君に向かひたてまつて叛逆を企てしに候はず。ただ義貞が一類を亡ぼして、向後の讒臣をこらさんと存ずるばかりなり。
> （巻十七・山門より還幸の事）

とある。これは、今までの尊氏の言動の繰り返しである。この尊氏は、〈悪王の物語〉における反逆者＝忠臣の役割に忠実であり、彼のこの言葉に我々は深く頷くことになる。しかし、還幸を承知する勅答を得た尊氏の、

> さては叡智浅からずと申せども、欺くに安かりけり。

という発言は[6]、〈悪王の物語〉における忠臣尊氏がしてはならないものであり、我々は違和感に襲われざるをえない。

この発言は、これまで繰り返されてきた尊氏の王権への忠誠心を表明した言動の信頼性をはなはだ損ない、実は欺かれているのは、後醍醐以上に我々自身ではないかとの疑いを抱かせることになる。むろん、いや尊氏の王権に

対する心情は書状のとおりであり、尊氏の発言は、政治をすべて任せるという嘘をいとも簡単に信じた後醍醐の思慮のなさに向けられたものだと限定的に解釈して、テクストとの連帯を確保することも可能である。しかし、居心地の悪さは拭いようもないであろう。その居心地の悪さは、この尊氏の発言を、筑紫へ落ちる際の、「ただ尊氏ひたすら朝敵たる故なり」の後に続く、「さらばいかにもして、持明院殿の院宣を申し賜つて、天下を君と君の御争ひに成して、合戦を致さばやと思ふなり」（巻十五・将軍都落ちの事付けたり薬師丸帰京の事）という発言と結びつけ、あるいはさらに、尊氏の挙兵の動機が、そもそも北条の無礼に触発された源家再興の思いだったのであり、「今この一大事をおぼしめしたつ事、全く御身のためにあらず。ただ天に代はつて無道を誅し、君の御ために不義を退けんとなり」（巻九・足利殿御上洛の事）と、忠誠心を表明したのは、尊氏ではなく、弟の直義であったことの再確認を促す。

そこから導き出される結論は自明である。尊氏の今までの王権に対する言動は、己の野心を達成するための偽りの装いであるということである。しかし、それならば、篠村八幡であのような奇瑞が起こりえるはずがないではないか。それが、語られることの「本当らしさ」を維持するために、テクストと我々との間に交わされた暗黙の約束事であったはずだ。それとも、尊氏は超越者すらも欺いたのであろうか。

はたして、テクストは我々に、その忠誠心を表明する言葉の群れを素直に信じろといっているのであろうか、それとも信じたとしたらお前はとんでもないまぬけだぞと警告しているのだろうか。結局のところ我々は判断に迷って宙吊りにされるしかない。この時、あるべき安定と秩序と透明性は物語から失われて、我々を慰撫すべき〈歴史〉は、我々を苛立たせるものへと化すことになるのである。

さて、尊氏の王権への忠誠心が本当であるかどうかの判断に迷っても、彼の言動から、我々が、簡単に了解できるのは、たとえ忠誠心などなくとも、形だけでも王権を戴きさえすれば、権力の行使は正当化されるのだということ、さらには、王権とは共同体の外部に人知を越える不可触のものとして超越的に君臨するものではなく、王土の共同体の実質的な支配を望むものがいれば、自由に利用できる高性能な支配のための装置にすぎないということである。そしてその了解は、テクストを読み進むにつれて確信へと変わる。

たとえばテクストは、「あはれこの持明院殿ほど、大果報の人はおはせざりけり。軍の一度もしたまはずして、将軍より王位を賜らせたまひたり」（巻十九・光厳院殿重祚の御事）という田舎者どもの発言を載せ、それを「をかしけれ」と評す。テクストは、「をかしけれ」といいつつ、王権の至高性を理解しない世の中を嘆いているのである。しかし、もはや我々はこの田舎者の言葉を「をかしけれ」とは感じない。第三部世界に入れば、楠木正行や新田義興らの場合を除いては、そもそも対象とする事件が足利政権の内紛であるために、〈王権への反逆者の物語〉は機能の場を失うのだが、そこでは、王権が単に利用されるものにすぎないことが、ますます明らかになってしまう。光厳院の車に矢を射かけた土岐頼遠に激怒して斬首した王権を敬う足利直義は、高師直によって窮地に追い込まれると、「いかさま(7)天気ならでは私の本意を達しがたし」（巻二十八・持明院殿より院宣をなさるる事）と考え、保身のために光厳院の院宣を求めたかと思うと、すぐにまた、その忠信を吐露して吉野に降参する。あるいは、テクストは「天気」の至高性を語りたかったのかもしれないが、ここでは、「天気」が便利な道具にすぎないということが露呈してしまっている。この後も、足利義詮、直冬、山名時氏、仁木義長、細川清氏らが次々と王権を利用してゆくことになる。結局、王権への忠誠心を表明し、その至高性を支持する『太平記』の数々の言葉の群れは、何の実効性もない観念としてテクストの表層に浮遊するだけのものと化してしまう。

高師直の、

都に王といふ人のましまして、そこばくの所領をふさげ、内裏・院の御所といふ所の有りて、馬より下るるむつかしさよ。もし王なくて叶ふまじき道理あらば、木を以つて造るか、金を以つて鋳るかして、生きたる院・国王をば、いづかたへも皆流し捨てたてまつらばや。（巻二十六・妙吉侍者の事付けたり秦の始皇帝の事）

という発言が衝撃的であるのは、それがあまりにも王権を蔑ろにした下剋上の発言であるからでは断じてなく、『太平記』の言語環境の中では、それがあまりにも王権の真実を、王土の共同体の支配のからくりを、言い当ててしまうからである。王土の共同体を支配するためには、なるほど王権が必要である。しかしそれは支配のための道具にすぎない。道具であるならば、たしかに王は木製でも金属製でもかまわないのだ。ここには、徹底して脱神秘化された王権の姿がある。それを目撃されてしまったなら、王権の至高性という法あるいはその権威と正当性の教育を目的とする〈王権への反逆者の物語〉は、その欺瞞性をあらわにして、機能不全に陥らざるをえない。〈歴史〉は我々を安心させてくれる法を提供できなくなり、この点でも我々を苛立たせるものへと化す。

むろん、王権が支配の道具であると気づくことなど、難しいことではない。実際『平治物語』がそれを露呈しかねない可能性を持っていることはすでに論じた。『太平記』のいうことは、確かに正しい。しかし〈王権への反逆者の物語〉によって〈歴史〉を成立させようとするならば、少なくともテクストの方からそのことに触れるというようなことは、断じてあってはならないはずなのだ。

七　〈歴史〉の廃墟

『将門記』以来、確かに時には綻びも見せるが、営々と機能し続けて〈歴史〉を生産してきた《万能の物語》である〈王権への反逆者の物語〉は、『太平記』の第一部世界でもよく機能していたし、第二部世界でもその途中までは〈悪王の物語〉という亜種を使用することによって機能していた。ところが、その後、このテクストは自らこの〈物語〉を機能不全へと追い込んでしまうのである。

〈儒教政治の物語〉や〈超越者の示現の物語〉、そして〈王権への反逆者の物語〉。『太平記』では、〈歴史〉を叙述するための〈物語〉が、次々と機能不全に陥るのである。『太平記』の時代の人々が、解釈し構成し了解する世界、つまり彼らがみる世界は、すでにもう均一なものではなく、分節化されているのである。けれどもそれを糊塗して〈物語〉を機能させるほどの狡知を、彼らは持ち合わせてはいないのだ。『太平記』の世界は無秩序で混濁したものとなり、秩序と透明さに満ちた世界と、現実解釈の枠組みとしての法とを提供することによって、我々を慰撫し教育するという〈歴史〉の責務を、果せなくなるのである。

この構築と解体の自己運動によって生じた〈歴史〉の廃墟で、我々は覚醒し、おもむろに辺りを見回し、そして〈歴史〉とは物語であり、つまるところ共同体のイデオロギー装置であることを、発見あるいは再認するのである。『太平記』とは〈歴史〉を語ろうとして、〈歴史〉の欺瞞性、あるいは公正無私のあるがままの〈歴史〉の不可能性を語ってしまうラディカルなテクストである。いうまでもなく、そのラディカルさにこそ『太平記』というテクストの意義がある。

注

（1）アーサー・C・ダント『物語としての歴史　歴史の分析哲学』（一九六五、河本英夫訳　国文社　一九八九）参照。
（2）ヴィルヘルム・ディルタイ『精神科学における歴史的世界の構成』（一九一〇、尾形良助訳　以文社　一九八一）参照。
（3）ヘーゲル『歴史哲学講義』（上）「序論」（一八四〇、長谷川宏訳　岩波文庫　一九九四）参照。
（4）ヘイドン・ホワイト「歴史における物語性の価値」（一九八一、W・J・T・ミッチェル編『物語について』　海老根宏訳　平凡社　一九八七）参照。
（5）『異形の王権』（平凡社　一九八六、平凡社ライブラリー　一九九三）参照。
（6）神田本にはこの発言はないが、欺いていることにかわりはない。なお、『太平記』諸本で本文の相違はあるが、本論の要旨に影響を与えるものではない。
（7）『参考太平記』は、この院宣は直義宛ではなく直冬宛のものとする。事実はどうあれ、『太平記』では、直義が求めて与えられたものである。新編日本古典文学全集『太平記』3、三八七頁頭注参照。

第九章

明徳記・応永記・応仁記

『明徳記』と『応永記』との類似性
——神聖王権の不在をめぐって——

一　類似と差異

この物語とあの物語とが似ているなどと指摘して回ることは、実は、愚かしい行為なのかもしれない。物語が等しく、「始まり」と「中間」と「終わり」からなるものであり、物語が、等しく、不可知なものを可知なものに変えるために翻訳された結果のものであり、そして、そのような翻訳を遂行しえるのが既存の凡庸なイメージ群でしかありえない以上、この物語はもうすでにどこかで読んだことがあると感じることなど、至極あたり前のことともいえるのである。

しかし、人が往々にして差異に視線を奪われ、そこここに露呈している類似に気づくこともなく、あるいは無視をして、差異の発見を喜び、それを特権化して、あたかもその差異こそが物事の本質を指し示しているかのごとく言葉を綴ってしまうのをみるとき、いやそれは違うのではないかと、思わず異議を唱えたくもなるのである。差異を語る前に、類似が、まず語られなければならないのではないのかと。

『応永記』の決して豊かとはいえない研究史を繙いてみる。

二　差異

冨倉徳次郎は、『応永記』の異本である『堺記』には、その内容・手法・形態において「語りもの」的要素が認められるとし、その点において『明徳記』と類似していると指摘した。(1) 加美宏は、その類似を再確認し、その上で、『堺記』には、『明徳記』の持つ合戦後日譚や女性哀話がなく、哀感や抒情性に欠ける点、さらに、『明徳記』には濃厚に見られる仏教的・唱導的色彩に欠けているという点をあげて、『明徳記』とは明確な差異が存在すると指摘し、『堺記』ひいては『応永記』が、『明徳記』のような「語りもの」から「内乱の実録」「合戦の記録」へという質的転換を示す作品であるとして、室町軍記の展開のなかに位置づける。(2) この類似と差異の指摘は、『応永記』や『堺記』を考える上での基礎となった。

これを受けて、その差異をより積極的に評価し、『応永記』や『堺記』の本質に迫ろうとしたのが、加地宏江である。(3) 加地は、『応永記』と『堺記』の差異を論じる過程で、『明徳記』との差異を論じる。加地は、「語りもの」構成要素として、「仏教的色彩」「哀話」「霊験・奇瑞」「寿祝性」「武士道徳」の五つをあげ、『明徳記』がこれらをすべて継承しているのに対し、『堺記』は、五つの内から「霊験・奇瑞」と「寿祝性」の二つを受け継ぎ、『応永記』は、「武士道徳」のみを受け継いだとする。さらに、『堺記』『応永記』が、「仏教的色彩」と「哀話」を失ったことに民衆的基盤の喪失を認め、『堺記』が受け継いだ二つのものは、権力を擁護するものであり、失ったもの受け継いだものの相俟って、『堺記』は従来の「語りもの」の軍記とは著しく性格を異にして、権力への批判を放棄し、その成立においても、享受においても、支配階級を基盤とした作品となったとする。一方、「武士道徳」のみを継承した『応永記』は、武士倫理を強調し、なおかつ大内家の重臣は、足利義満へ反抗した自分たちは「朝敵」ではないと発言するが、そのような姿勢は、この作品が幕府権力から自立した国人層を成立・享受の基盤としていることによると、『堺記』との差異を問題にした。

語りもの論と、歴史社会学派による反動の歴史物語から変革の歴史物語への読み替えが支持されていた当時の軍記の研究状況を窺わせる論である。この論は、『応永記』ひいては室町軍記研究に歴史叙述の観点を導入した新たな展開として評価されている。しかし、加地のあげる五つの要素を、「語りもの」にのみ特有のものとする根拠は何もないし、民衆的基盤に立つことが反権力的であるという図式も、今となっては単純にすぎて有効ではない。テクストに認められるイデオロギーを、成立や享受の具体的担い手の確定に、直結させてしまう方法にも、疑問がある。大内に仕える平井備前入道が、自分たちは「朝敵」ではないのだからと降参を勧めるという話は、確かに『応永記』にはあり、『堺記』にはない。また、『応永記』は、「朝敵」とともに「武敵」という語を使用している。だから「応永記』は、大内を「武敵」（幕府の敵）ではあるが「朝敵」ではないと認識しているという読みを認めてもよい。しかし、その一つの差異をもって、『応永記』が幕府を一権門として扱い、克服しえる政権と考えていたと結論し、それが国人層にふさわしいとするのは、あまりにも性急である。だいいち、「朝敵」という語は確かにあるが、天皇王権はこのテクストにおいてまったく機能していない。事は、「ふさわしさ」の程度ということになるのだろうが、武士道徳を重視し、幕府権力に対して距離を置くことができるのは国人層に限るまいし、何よりも、後述するとおり、『応永記』が幕府権力に対して忠実であることなど、テクスト全体をみれば自明のことである。

近く、安野博之も『応永記』と『堺記』の差異を論じ、『堺記』に増補された七項目、『堺記』が省略した三項目を指摘して分析し、『堺記』は、より幕府よりだと論じる。しかし、『堺記』も『応永記』も『明徳記』も等しく幕府よりなのだ(4)。そのあまりにも自明の類似こそが、まず最初に問題にされなければならない。それは加美宏などにより繰り返し指摘されてきたことでもある。その露呈している類似を問題にせず、なぜわずかな差異に目を奪われるのか。

もちろん、『明徳記』と『応永記』あるいは『堺記』の間には、差異がある。権力に寄り添う身振りにも差異がある。その差異を確認し考えることが必要なことは当然である。しかし、その差異に執着して、各物語間の類似を思考の外に置いてはならない。むしろ類似にこそ、理解の鍵がある。

三　類似

足利義満は、山名時熙・氏之が上意を軽んじたことを理由に、同族の山名氏清・満幸にその退治を命ずる。時熙らがこの後どんなに嘆き訴えようとも、決して許すことはないとの義満の約束を得て、氏清らは追罰に向かった。ところが、時熙と氏之が密かに上洛し許しを頻りに乞うていると知った満幸は、氏清に会い、この事実を告げる。氏清は、義満を招いて催すはずであった宇治での宴を、風邪と称して欠席し、宴は中止され、義満はなすこともなく都へ引き返さざるをえなくなる。不穏な空気が漂う中、都を大地震が襲う。『明徳記』は、

陰陽頭土御門三位有世卿、御処へ馳参テ申シケルハ、今日ノ大地震、金翅鳥動ニシテ慎ミ以外也。天文道ノ指処ハ、世ニ逆臣出テ国務ヲ望ニ、仍七十五日ノ兵乱、但一日ガ中ノ落居トゾ勘ヘ申タリケル。

と記し、明徳の乱の叙述へと入ってゆく。

一方、『応永記』は、その冒頭を、次のように始める。

応永六年九月比客星南方ニ出ケルヲ、陰陽頭有世勘カエ申ケルハ、大白与《と》二熒惑一合交ス。九十日ノ大兵乱也。火戦流血、大将軍有慎、一年中ノ易地トテ、三月ノ大兵乱大慎トテ、諸寺諸社御祈禱在ケルトカヤ。

天変地異を占った陰陽頭有世が、何十日かの間に兵乱が生じるであろうことを告げるという設定は、全く同じである。

※

『明徳記』によれば、その後、出雲の国の守護職を改替され、幕府への反逆を決意した山名満幸は、和泉国へ赴き、山名氏清を、

抑近日京都ノ式、何トカ被二思食一候。只事ニ触テ此一家ヲ可レ被レ亡御結構也。其謂ハ、去年ハ貴殿様我々ニ被二仰付一テ与州ノ一跡ヲ失ハレ、当年ハ又彼等ヲ御免有バ、定テ我等所存ヲ可レ申。其時、我等ヲ御退治可レ有御意、已ニ色ニ顕レタリ。

と説得し、氏清はこれに同意する。

『応永記』によれば、幕府からの使者である絶海中津を迎えた大内義弘は、どのように返事すべきかを重臣たちと相談する。大内新介、平井備前入道が幕府に従うべきだと主張するのに対し、杉豊後入道は、

於二都鄙一ニ多クノ大敵ヲ亡ボシ、有レテ忠ノミ不レレバ存二不忠一ヲ、其忠賞ニ国々ヲ拝領ス。今依レ何可レ離二召分国一ヲ。御企有レ之乎。ヒトエニ可レ滅二当家一ヲ御巧也。仍為レ散二其意恨一、当国ニ御越へ、内儀早ク外聞ス。天下ノ大事ヲ思食立上へ、以二一往之御宥一ヲ、輙《タヤス》可レ随レ仰之条、可レシ有二如何一。

と主張し、義弘は反逆の決意を固める。

二つの物語が共に、「只事ニ触テ此一家ヲ可レ被レ亡御結構也」（『明徳記』）、「ヒトエニ可レ亡二当家一ヲ御巧也」（『応永記』）と、足利義満が彼等の家を亡ぼそうとしていることに、反逆の正当性を求めている。山名満幸、杉豊後入道といった傍にいる人物が介在して判断を誤らせ、その結果、主人たる人物が挙兵を決意するという展開も同じである。大内義弘は、後に「我レ無キレ由者ノ勧メニ依テ此事ヲ思イ立」（『応永記』）と、後悔している。

さらにいえば、山名の挙兵が、満幸の個人的な推測に促されたのと同じく、大内の挙兵も、大内新介のいう「実否不二ル分明一ナラ」「伝説」、あるいは絶海のいう「世間ノ浮言」に促されたものなのである。史実がどうであれ、少なくとも二つの物語においては、義満の山名、大内打倒の意志は明確に示されることはなく、両家が勝手にそう思い込んで挙兵をしたという設定になっている。

※

義満は、紀伊の山名義理の真意を確かめるべく御書を送る。そこには、

面々一家ノ輩同心シテ敵ニ成テ、近日京都へ責上ルベキ由風聞アリ。事若実ナラバ、是マデノ所存何事ゾヤ。訴訟アラバ、幾度モ可二歎申一条勿論也。今程ノ翔《ふるまひ》共、更ニ其意ヲ不レ得。急ギ彼等ガ叛逆ヲ可レ留由、教訓ヲ加フベシ。若承引セズシテ合戦ニ及バ、、御分ノ進退、一家ニ同心歟、又御方ニ可レ参歟、所存ヲ不レ残御返事ヲ可二申切一。

と、記されていたとする。

一方、『応永記』では、平井備前入道が、前述の相談の場で、幕府に恭順して堺から上洛すべきだとの大内新介の発言を受けて、次のように主張する。

此趣可レ然。縦ヒ如何ナル有二リトモ御計一ヒ、為レハ下モト幾度モ歎キ申ンコソ常ノ儀ニテハ候へ。今ハ剰へ自レ上被二宥仰一

其条々不レ軽。猶以無ンバ二承引一、叛二君臣之義一、可レ為二朝敵一。然則当家ノ滅亡不レ可レ廻二時刻一。

『明徳記』は、後に山名氏清を批判する中で、美濃の土岐氏の例を引き合いにだし、彼等が「先非ヲ悔歎キ給ヒシカバ」、義満から御免を蒙ったとも記すが、幕府に対して幾度でも嘆き訴えることこそが臣として採るべき道であると、二つの物語は同じように主張するのである。

※

平重盛を彷彿とさせる、小林義繁の山名氏清に対する諫言に、次のようにある。

其上当家ノ御事ハ、先年御敵ニ成セ給タリシヲ御後悔候テ、故殿様万事上意ヲ重ク思食レ候キ。御早世ノ後モ御一家ノ間ニ已ニ十一ケ国ノ守護職ヲ御拝領アリ。其ノミナラズ、諸国ノ御領共、幾千万ト云限無シ。此等ハ皆上様ノ御恩ニテ候ハズヤ。サレバ、世挙テ賞翫申ニ依テ、御被官ノ輩、動《ややもすれ》バ在々処々ニテ嗷々ノ沙汰ヲ仕テ悪名ヲ立テ申ス事、口惜存ジ候ツルニ、左様ノ狼藉ヲコソ御鎮メ勿シテ、結句此謀叛ヲ思召立事、以外ノ悪逆也。サレバ如何ニ神ニ忠ヲ致給トモ、全正八幡大菩薩モ賀茂上下ノ明神モ不レ可レ有二御加護一。又近年莫太ノ御恩ヲ無ニ処シテ、上ニ向奉テ弓ヲ挽給ハン事、世ノ人定テ舌ヲ翻スベシ。縦又一旦御合戦ニ利有トモ、天下ノ諸大名、誰人カ今更御処様ヲ棄進テ当家ノ僕ニ成申スベキヤ。然バ神明仏陀モ御加護無ク、諸人上下背申サバ、何ノ助有テカ始終御代ヲ被レ召候ベキ。是ヲ歎テ首陽ニ入ントスレバ、弓箭ノ道已ニ闕テ、子孫永ク奉公ノ儀ヲ断ツ。是ヲ好テ戦功ヲ積ントスレバ、朝敵ノ責自《おのづから》重シテ、一身ノ措ニ処有ベカラズ。只今度ノ合戦ニ一番ニ討死ヲ仕テ、泉下ニ忠戦ヲ可レ顕。サ候ハンニ取テハ、執事職ノ事ハ他人ニ可レ被二仰付一。

小林義繁は、山名の家が一門で十一ケ国を拝領して栄え、世間が山名をもてはやすのは、すべて「上様」足利義満からの莫大な恩によるものであるにもかかわらず、被官の者たちがその権勢を笠に着て悪名を立て、しかもそれを主人たる者が戒めようともせず、挙げ句の果てに重恩のある上様に謀反するというのは、世間にも、何よりも神慮にも背く行為であり、山名滅亡の基であると、諫言する。

山名満幸に従う土屋平次右衛門尉も、同じように満幸を批判する。

面々ハ如何ガ思給。更ニ生テ帰ベキ道トハ覚エズ。其故ハ、父ニテ侍ル入道、此間連々申ツル子細共耳ニ留テ侍リ。今度不思議ノ合戦ヲ思立事、併ラ一家ノ御安否ナルベシ。殊更播州ノ御事ハ、御幼少ノ御時ヨリ御在京有シカバ、一向御処様ノ御扶持ヲ以テ人トナラセ給ヌ。又、讃岐殿御所労ノ後ハ、彼ノ御代官トハ申ナガラ一方家督ノ如ニテ、丹後出雲ヲ御管領有間、御一家ノ中ニダニモ内々偏執ノ御方モ侍ル由聞エ候キ。其後、隠岐国伯耆両国ヲ並テ、已ニ四ケ国御知行有テ、毎事御意ノ如ク成セ給事、偏ニ御所様ノ御恩ニテ侍ルゾカシ。其ニ、御年少ヨリノ御ナジミヲ捨テ申シ、四ケ国拝領ノ芳恩ヲ忘テ、今此合戦ニ及程ノ御恨ハ、ソモ何事ゾヤ。

さらに重ねて、物語は氏清を批判する。

サテモ今、奥州、四ケ国ノ管領トシテ何事ノ不足サニ此謀反ヲバ思立給ラント申ニ、貧シテ不レ諛《へつらは》、有トモ富テ驕ラザルハ無ト云理ニ覚タリ。喩バ分国ノ寺社本処領ヲ押領シ、寺官社官ヲ殺害シ、商家民屋ヲ追捕シ、事ニ触テ悪事ヲノミ翔給シヲ、公方ヨリ任補ノ守護ナレバ、上様へ恐ヲ成テ欺ル人モ勿リシヲ、我権勢ニ憚テ世ノ人怖ル、ゾト心得テ、今度ノ大逆ヲ被レ企シ心ノ程コソ短慮ナレ。サレバ天是ヲ許ザルニ依テ、破罪ノ利剣身ヲ責テ、処コソ多ニ伊勢太神ノ大宮神祇官ノ前ニテ、命忽ニ消給フ。尸ヲ路径ノ草ニ置ク。驕ノハテトハ思へ共、貴モ賤モ袖ノ色、紅ノ涙ト成ヌベシ。

『明徳記』がくどくどしく繰り返しているのは、山名一門が、多くの分国を賜るという、莫大な恩を将軍義満から受けているにもかかわらず、それを忘れ、将軍の権威を我が権威と錯覚して悪事を行い、結局のところ大恩ある将軍に対して謀反を起こしたこと、それは、神仏も世の人も許さぬことであるということである。

一方、『応永記』では、大内新介が、

> 奉リレ疑二度々ノ厳命ヲ一、実否不ル二分明ナラ一以二伝説ヲ一、違二背センコト仰ヲ一、愚案之至ナルベシ。凡先祖ニハ一国ヲモ不ルニレ任、至テ二当代ニ一六箇国迄拝領シ、（栄花余リレ身ニ、奉ルレ軽ジ二上意ヲ一事、誠ニ不義ノ至リ也。）今度ハ上意殊ニ有ト二子細一覚テ、僧中ノ尊宿以二絶海和尚一被二仰下一。如何ニモ翻シ二先非ヲ一、随二上命ニ一、急可トレ有二参洛一申セバ、〔（　）の中は、神宮文庫本により校訂。底本は「奉レ軽上御意ノ出来ルニヤ」〕

と、諫言する。多くの国を拝領した恩を忘れ思い上がっていると指弾するのは、『明徳記』の小林義繁と同じである。

また、義満の言として、

> 此三十余年振舞処ノ武威ハ、偏ニ我力也。全ク非二義弘力一。縦武力越ルレ世ニトモ、朝敵ト成ラバ、何程ノ事カ可レ在。

とある。

将軍の威力を自らのものと思い違いをしていると指弾する点も、『明徳記』と同じである。

※

どちらの作品においても、その謀反は、当然悪事である。ただし、はなはだ興味深いのは、どちらにおいても、反乱する側の人間がそう断罪し、それゆえ自分たちは必ず負けると自覚しているということである。

合戦の不吉であることを陰陽師が告げたときの、小林らのようすを、

> 小林ヲ始トシテ当座ニ候ケル人々、元ヨリ此悪逆ヲ思立テ合戦ニ可レ勝事ハ、千ニ一モ不レ可レ有。只人ノ亡ビントテ思立悪事ナレバ、占モ文モ不レ可レ入トテ、更ニ勇メル気色無シ。

と、『明徳記』は記す。この企ては「悪逆」であり、千に一つも勝てるはずのない合戦であった。

土屋の人々にとっても、この合戦は、前の引用にあるとおり、「不思議ノ合戦」であり、次にみるとおり千万に一つも勝てるはずのない「不義ノ合戦」であった。土屋平次右衛門尉は、前の言葉に次のように続ける。

去ナガラ事已ニ顕然ノ上ハ、例式噉訴フリテ人ヲカシキ翔《ふるまひ》有ベカラズ。只一筋ニ思召切テ、士卒相共ニ死ヲ一処ニゾ世ノ口遊ニ成ヌ様ニ御計有ベシ。其ニツケテモ、入道ガ親類タラン者ハ一番ニ討死スベキ由、申候シ辞ノ末モ肝ニ銘ズ。又、事ノ体ヲ見ルニ千万ニ一モ此ノ軍ニ打勝ベキ様モナシ。サラバ此ノ一族皆々明日討死ヲシテコソ、不義ノ合戦ノ上、天下ヲ敵ニ受タレバ、打負ン時ハ力無シ。サレドモ勇士ノ志ハ是マデ也ト、世ノ人口ニモ被二沙汰一ズレ。此ノ一族皆々相注《あひじるし》ヲシテ土屋ノ者共何十人打死ニシタリト人ニモ知レ、又、恥ヲ隠シテタブ出家ノ方モ有バ、漏ヌ様ニ計ハヾ、ヤト存ズルハ如何ニ。

また、弟の氏清に謀反を打ち明けられた山名匠作義理は、腹を立てて、

上ニ対シ申テ弓ヲ可レ挽事、返々不レ可レ然。乍レ去千ニ一モ利有ルベクハサモ有ナン。万ガ一モ勝事不レ可レ有。サランニ取ハ、一命ヲ棄、合戦ニ及程ノ義勢何ゾヤ。面々左様ノ企ニ及バ、、我等マデモ叛逆与同ノ名ヲ取テ亡ン事、踵ヲ不レ可レ廻ス。只可二思留一。

と、謀反の不当性をいい、万が一にも勝てない合戦をして、自分までもが「叛逆与同ノ名」を得てしまうと、挙兵を思い止まるように訴える。

山名中務氏家の若党家喜九郎は、

此年月久ク在京ノ天下ニ自然ノ事モ有バ、御処様ノ御旗ノ下ニテコソ、御大事ニモ合セ給ベキニ、中書加様ニ成給ニ依テ、我等マデモ此間住馴シ都ヘ責上ルベキ事、不定ノ浮世ト云ナガラ、殊更有ヲ有トモ思フマジキハ

弓箭取ノ身ニテ侍リケリ。サレバ此度ノ合戦ニ打負給ハゞ力無シ。若打勝セ給トモ、ヲクレ先立夢ノ世ニ誰カハ残留ラン。縦遁ル、身也トモ、何シカ逆徒ノ名ヲ取テ、人ニ見エンモ面目無シ。不レ如、今度討死シテ勇士ノ数ニハ不レ入共、浮名也トモ世ノ人ニ知ラレバヤト思ハ如何。

と、御所様の旗下で戦うはずであったのが、はからずも「逆徒」の名を得てしまった我が身の不幸を嘆く。

山名満幸に従っていた塩谷信濃守は、婿の下条を頼って降参する。これを義満の勘気を解くために利用しようとした下条は、生け捕ったと称して塩谷を義満の陣に連れて行く。侍所で塩谷は、

播磨守ノ芳恩モ可レ忘ニハ無ケレ共、上ニ向申シテ非分ノ弓矢ヲ取給ヘバ、始終亡ビ給ベシト思取、此間連々下条ニ申談テ、降参ノ由ニテ参テ候ヘバ、戦場ニテ組伏テ生取タル由申ツルコソ返々無念ナレ。

と語る。彼は「非分ノ弓矢」を取ることを拒んだ。そんなことをすれば結局山名は亡びると信じていた。

戦場に臨んだわけではないが、山名小次郎氏義の母は、子の遺骨を受け取って、

ウタテノ人ノ振舞ヤ。御処様モ当家ヲバ不便ノ事ニ思食テ、サバカリ御静メ有ツルニ、叶ハヌ弓矢思立テ、親類一家ヲ失テ、今日トモ明日トモ定メ無キ我等ニ至ルマデ思コガル、紅葉葉ノ皆散々ニ成行ハ、残ル命モ侘人ノ、立寄影モ無身ニテ、何マデ世ニモ長生《ながらふ》ベキ。セメテハ中務太輔也トモ御許シ渡ラセ給ヘカシ。命ノ中ニ今一度見テモ責メテハ慰サマン。

と、御所様の恩を忘れ、「叶ハヌ弓矢思立テ」無謀な戦いをしたことを、「ウタテノ人ノ振舞ヤ」と嘆く。

彼らそして彼女は、等しく、この戦いが忘恩の、不当な合戦であり、それゆえ勝利はありえず、必ずや山名が亡びるであろうことを自覚していたのである。

『応永記』に目を転じると、大内新介は、「奉レル軽二ジ上意一ヲ事、誠ニ不義ノ至リ也」といっていたし、何よりも大内

義弘自身が、この反逆を不当なものだと思っている。

大内入道、城ノ体ヲ打廻テ見テ、此中ニ我ガ手ノ者五千余騎籠タラバ、縦ヒ百万騎ノ勢成共タヤスク不レ可レ被レ破ト、悦テ勇アイケルガ、乍レ去、今度ノ義兵ハ本意ニ引替ヘテ不慮ニ出来ル事也。静ニ案ズルニ二事子細一、以テ二一旦之恨一ヲ、奉レ忘レ二相公之御高恩一之間、天命之攻ヲ不レ可レ遁ル。運命尽ヌル上ハ、討死セン事可シト二必定ナル一思ヒ定メテ、

とあり、帰依していた僧に自分の四十九日までの仏事を依頼し、国に残してきた老母に、形見の品を添えて手紙を送ったと記される。

忘恩の戦いであるから天罰を蒙り滅びることになるであろうという自覚は、『明徳記』の人々と同じである。しかも、義弘は、『明徳記』の小林や土屋の人々とは違って、首謀者その人である。

※

従来の指摘にあるとおり、『明徳記』と『応永記』には、むろん差異がある。しかしながら、事件を物語る枠組みは類似している。同一だといってもよい。

陰陽頭が兵乱の勃発を予見する。反逆者たちは、足利義満から莫大な御恩を受け、その権勢が義満の権威によってもたらされているものであることを忘れて驕り高ぶっている。彼等は、不確かな情報によって義満が彼等の家を亡ぼそうとしていると勝手に思い込み、訴訟をして嘆き訴えるというあるべき手段を採らず、軽率に挙兵する。しかし、当事者たちも、これが忘恩の不当な行為であり、勝つことはありえないと自覚している。激戦が展開するが、義満により反逆者たちは退治される。

これがつまり、『明徳記』においても『応永記』においても、そして『応永記』とは差異があるとされる『堺記』

においても、等しく語られていることである。
何と素直な権力への擦り寄りであろうか。

四　問題の所在

なぜ、似ているかの理由をいわねばならないのだろう。まずは〈歴史〉の常識に則って、それは、明徳の乱と応永の乱が、ともに足利義満による有力守護の勢力削減を目的にしたものであり、そもそもその素材自体の性質が類似していたからだと、素朴に答えることはできるが、同じような事件だからといって、同じように物語化する必要がないことはいうまでもない。

大森北義は、『明徳記』の義満擁護の党派性を指摘している。(5)『応永記』にも、その党派性があることは、もはや自明である。仮に、『応永記』に、加地のいうような幕府権力を相対化する視点が垣間見られるとしても、その叙述全体からすれば、確認してきたように圧倒的に幕府擁護の立場からの叙述であることは否定できない。だから、その固有名詞が、あるいはその具体的な所属集団がどうであれ、あるいはそれが単数であろうと複数であろうと、二つの物語がともに幕府にごく近い立場の人間の手によって成ったから類似しているのだということは十分に想定できる。

しかし、だからといって問題は全く解決しない。そもそも、権力に寄り添わない〈歴史〉など存在しえるわけがないではないか。〈歴史〉は共同体の正当性の物語である。真実に反権力の物語であったら、それは共同体に流通しないし、流通しない以上それは〈歴史〉とは呼べない。軍記は〈歴史〉の魅力的な一形態であり、軍記において権力に寄り添う叙述がなされることは一般的なことであって、たとえ『明徳記』や『応永記』に顕著なことであっても、決して特権的なことではないのだ。だから、『明徳記』や『応永記』の成立の特殊事情を解明したところで、何も解決しない。『明徳記』や『応永記』について考えるとは、軍記とはそもそも何なのか、さらには〈歴史〉とはいったいどこで成立するものなのかまでも考えることでなければならない。

大森は、『明徳記』の党派性が、作品の構造をも強く支配していると指摘すると同時に、その立場・視点・構造自体がもつ文学史的意味やこの作品の可能性の問題等は、別に論じなければならないとことわっている。まさに、そのとおりだと思う。我々は、軍記という〈歴史〉叙述全体の中で、『明徳記』『応永記』と他の軍記との類似と差異、そしてその意味を、次に考えなければならない。

五　〈王権への反逆者の物語〉

〈王権への反逆者の物語〉という観点から『明徳記』『応永記』を分析したとき、一番問題になるのは、天皇王権が不在であるということである。山名氏清は、「事未ダ定ラザル前ニ朝敵ト成テハ不レ可レ叶」（『明徳記』）といい、平井備前入道は、「叛二君臣之義一、可レ為二朝敵一。然則当家ノ滅亡不レ可レ廻二時刻一。」（『応永記』）というが、二つの物語において天皇王権は実質的には何も機能していない。しかし、「天皇王権」を「足利王権」と読み替えれば、それは重大な変更ではあるけれども、やはりこれらにおいても〈王権への反逆者の物語〉――その亜種というべきだが――は、とりあえずは機能している。「異者」が山名氏清（『明徳記』）と大内義弘（『応永記』）、「忠臣」が大内義弘・赤松義則・一色詮範ら（『明徳記』）であり、畠山基国・畠山満家・山名時熙・山名常熙・北畠顕泰・北畠満雅ら（『応永記』）であるということになろう。

『明徳記』には、超越者の加護が、過剰と思われるほどに現れる。たとえば、十二、三歳の童部が、合戦の開始を幕府方の陣に告げ回ってかき失せ、義満が出陣すると霊鳥一つがいが旗の蝉元に翻る。そして、義満の旗が進むと山鳩の一群が翻り、その中の霊鳩一つがいが山名満幸の陣の上を飛び去り、これをみて幕府方は八幡大菩薩・北野天神の加護を確信する。そして、物語の最後に近く、伊勢の神を始めとする六十余州の神々が、乱を鎮めたことが明かされる。『応永記』では、幕府の使者の絶海が、「其禄ヲ乍レ持奉レン軽レシメ上ヲ事、可レ違二天命一。神明仏陀モ不レ可レ有二加護一。能々可レ被レ慎乎」といい、忘恩の合戦の非を自覚する大内義弘が、「天命之攻ヲ不レ可レ遁ル」といって、その敗北に超越者の意志が働くであろうことを暗示するが、はっきりとそれが示されることはない。しかし、『堺記』では、伊勢の外宮の高宮が振動して西に向かって鏑矢の音が三度し、石清水も北野も吉祥院も、それぞれに霊験を示し、青蓮院宮は鞍馬寺で土岐の乱、明徳の乱での霊験を語りつつ、四天王の法を修す。『応永記』と『堺記』の先後を議論するつもりはないが、恐らく、『堺記』は、より軍記の風貌を調えたかったのであろう。だから、都人の逃げ惑う姿や落首とともに超越者の意志が必要になったのである。

『明徳記』と『応永記』（＝『堺記』）は、〈王権への反逆者の物語〉を逸脱するものではない。その枠組みにおいて、『明徳記』と『応永記』あるいは『堺記』は類似し、そして、それらは、それ以前の軍記と類似しているのである。

しかし、一方で、『明徳記』や『応永記』（＝『堺記』）には、明らかにそれ以前の軍記とは差異がある。類似を確認した今、その差異について考えてもよいであろう。それは、これらが共有する〈王権への反逆者の物語〉が、十全なそれではなく、あくまでも亜種であることにかかわっている。

六　危機の不在

その枠組みに限らず、『明徳記』の風貌は、いかにも軍記のそれである。忠、不忠、名誉、不名誉、勇猛、臆病、さまざまな武士の姿が記され、若者の死とその母の嘆き、妻の嘆きとその自害、敗者への鎮魂と当世への寿祝が記される。受容者の感情を刺激するさまざまな、そして慣れ親しんだ話題が用意され、その表現も決して稚拙なものではない。『応永記』に比べても、それ以降の室町軍記あるいは戦国軍記と比べても、やはり『明徳記』は出色である。『明徳記』は、我々が軍記に期待する快楽を、ある程度までは確実に与えてくれる。しかし、にもかかわらず、そこには、致命的ともいうべき欠落がある。そして、それは、軍記の風貌において劣るところのある『応永記』においても同じである。

『明徳記』によれば、陰陽頭土御門有世は乱の前兆を察知して、「世ニ逆臣出テ国務ヲ望」と告げ、山名氏清は、「倩《つらつら》事ノ心ヲ案ズルニ、新田左中将義貞ハ、先朝ノ綸命ヲ蒙テ上将ノ職ニ居シ、天下ノ政務ヲ携キ。我其氏族トシテ国務ヲ可レ望条、非レ無レ謂ザレバ」と、小林に語る。足利義満は、「当家ノ運ト山名一家ノ運トヲ天ノ照覧ニ任スベシ」と追罰を決意し、家僕退治の戦いであるからと、朝敵退治のときには身に帯びる重代の鎧「御小袖」を用いず、腹巻をして出陣する。つまり、この乱は天皇王権の下での、あくまでも「国務」を争う、足利家と山名家の戦いであるのだ。天皇王権は、問題の外にあり、天皇王権の危機が語られるわけではない。『応永記』においてもそれは同じことである。それは、『太平記』の第三部世界から認められる傾向であり、事実として天皇王権が権力闘争の外に置かれるようになったことと軌を一にしていることは間違いない。天皇という存在が、人々の意識の表層から後退して、問題化されることが少なくなったのであろう。『明徳記』や『応永記』は、天皇王権を足利王権へと読み替えて、〈王権への反逆者の物語〉を起動させているわけだが、天皇王権が問題の外に置かれてしまったことは、軍記という〈歴史〉叙述にとって、やはり大きな損失であったといわざるをえない。

忘れてはならないことは、王土の共同体を成り立たせている規則は、天皇王権の至高性なのであって、足利王権の至高性などでは断じてないということである。「国務」を担当する俗王権がたとえ足利から山名へ、あるいは大内へと代わろうと、神聖王権である天皇王権に何の侵害も及ばないのならば、それは、この王土の共同体の本質的危機などではない。天皇王権の至高性こそが、王土の共同体の唯一無二の規則なのであり、従って王土の共同体の真の危機は、天皇王権の危機なのである。それこそが、今・ここにある自らが、その存在を託している共同体の〈終わり〉の危機なのだ。

〈歴史〉が、共同体の危機を語り、その危機がいかに克服されてきたかを示すことによって、共同体の正当性を語ることを使命とする以上、この国の〈歴史〉は天皇王権の危機を語らなければならないのだ。天皇王権の危機は、共同体の〈終わり〉の危機であり、それは共同体の成員たちにとって自らの存在にかかわる危機である。だからこそ、人は、危機と回復の物語をより劇的なものとして感じ、これこそが〈歴史〉のダイナミズムなのだと納得し、〈歴史〉は、多くの視線を集めることになる。「国務」担当者交替の事件に、それほどの喜びを期待することは無理である。

天皇王権を問題の外に置いたことによって、『明徳記』も『応永記』も〈歴史〉のダイナミズムを喪失したのである。では、なぜ〈終わり〉の危機に、人がダイナミズムを感じるかといえば、それが強い快楽と結びついているからだ。

七　快楽の不在

天皇王権と足利王権とは、やはり決定的に違う。天皇王権は神聖王権であるが、足利王権はその下で国務を行う俗王権に過ぎない。天皇王権は、だれも否定することのできない絶対的不可侵性、至高性を保持する神秘なる王権、神話性をまとった王権である。足利王権、あるいは足利王権に限らず武家王権には、それはない。

王権にとって、神話性が自らを維持するために不可欠のかつ最も高能力な装置であることを、ここで改めて詳述する必要もあるまい。だから、鎌倉幕府が、『吾妻鏡』で源頼朝の王権の草創神話を生み出して以来、多くの武家王権が神聖性・神秘性をまとうべく物語を駆使して神話を捏造したけれども(6)、天皇王権の神話を圧倒することはできなかった。権現様という神話を捏造した徳川家でさえ、最後には天皇王権の神話の前にひれ伏したではないか。これまでの軍記は、ある者がその神話を汚し、そして当然のごとくそれによって罰せられる物語であった。だから、物語の世界には神秘性が漂っていた。その神秘性を、我々は楽しむはずだ。超越的存在の超越的な力にある種の魅力を感じるのは人の一般的傾向だし、物語に非日常性を求めるのも、また人の一般的傾向である。そして、〈歴史〉が物語である以上、〈歴史〉にもまた、神秘性・非日常性は必要なものである。『明徳記』や『応永記』には、〈神秘性の快楽〉がない。それは、軍記にとって不可欠の、より重要な快楽の欠如へと波及してゆく。

それは、〈権力と戦う快楽〉である。この〈快楽〉は、その権力が根源的で圧倒的であればあるほど、当然、より強いものとなる。王土の共同体にとって、それは、絶対不可侵の神話に包まれた天皇王権にほかならず、その神話を崩壊に追い込む破壊の快楽、いわば王殺しの〈快楽〉が、軍記という〈歴史〉叙述のダイナミズムを裏打ちしているといえる。しかし、『明徳記』にも『応永記』にも、神聖王権は不在であり、真の〈終わり〉の危機は存在しないし、挑むべき真の神話も存在しない。そうである以上、この快楽を十分に享受することは不可能である。だが、せめても、たとえ俗王権であろうとも、足利王権が崩壊の危機に追い込まれるような擬似体験を与えるべく、言葉が組織されていたならば、それなりの快楽は得られたはずだ。ところが、『明徳記』も『応永記』も、それに成功してはいない。そこには、二つの物語に特徴的な事情がある。

問題になるのは、二つの物語に登場する反逆者たち自身が、これが忘恩の不当な行為であり、勝利はありえないと自覚していることである。

いったい、『明徳記』において、山名の武士たちは誰のために戦っているのだろうか。小林義繁は、この戦いを忘恩の「悪事」と自覚し、滅亡を確信しながらも一番に討死して「忠」を顕そうとしている。それは、自己のひいては山名の家の名を守るではあろうけれども、山名の勝利には何の益ももたらさない。氏清に、小林を粗忽に死なせるなと命じられた山名上総介高義も、「残リ留テ憂目ヲ見聞ン事有マジキ者」と内心は小林と同じであり、二人は言葉どおりに先駆けをして討死する。土屋党の人々も同じである。彼等は「世ノ口遊ニ成ヌ様ニ」戦い、そして討死する。満幸のためでも、氏清のためでもない。家喜九郎もまた、「逆徒ノ名」を避け「浮名」なりともこの世に残そうと、彼自身の名誉のために討死するのである。

物語において印象的な役割を演ずる彼らは、誰一人としてこの戦いに道理があるとは思っていないし、それゆえ、誰一人として山名の勝利のために戦ってはいないのである。彼らは、御所様足利義満に忠実であったがゆえに、彼らの名誉を守るためには死ななければならなかった。だから彼らの感動的な死は、彼らの英雄性を保証すると同時に、その英雄たちが跪いた御所様の権威の崇高さをも、知らしめることになる。彼らは、御所様のために戦ったとさえいえる。そのような奇妙な戦いが、何度も繰り返し語られる物語を、ほかには知らない。

『応永記』においては、反逆者である大内義弘本人が、自らの行為の不当性を自覚していた。足利義満が東寺にいたったと伝え聞いた義弘が、「其日ハ石津ニ出テ向レ北ニ成レシ礼ケルトカヤ」と『応永記』は伝える。敵に対して拝礼をする。そんな反逆者がかつていたであろうか。平将門も、崇徳院も、それに従った源為朝も、源義朝も義平も、むろん平家一門も、あるいは北条義時や足利尊氏も、周囲からの諫言はあったとしても、少なくとも本人たちは己の行為の正当性を疑うことはなかったはずだ。そうでなければ、軍記の主役を務めることなど不可能なのだ。

ところが、『明徳記』や『応永記』では、正義は圧倒的に権力の側にあり、反逆する側もそれを十二分に自覚している。つまりここで起きていることは、〈王権への反逆者の物語〉における反逆者という「異者」がそのまま「忠臣」であるという奇妙な事態なのである。それでは、厳しく張りつめた対立の構図が成立するはずもなく、切実な危機が醸成されるはずもない。そして、そうであるならば、我々の破壊の欲望が満足させられることはない。

さらに、その結果として、滑稽ともいえるほど愚直に、権力の正当性が語り続けられてしまう。それは決して快楽を生み出さず、他に散在する御所様称揚の言葉と相俟って、むしろ我々を大いに辟易させる。そんな物語が、〈歴史〉として軍記として、おもしろいわけがないではないか。もちろん、そもそも〈王権への反逆者の物語〉は、権力の、ひいては共同体の正当性を教育するための装置である。しかし、これまでの多くの軍記では、〈権力と戦う快楽〉が、その教育的振舞いが露呈するのを防いでいた。それは確かに油断ならないしかけではあるが、それによって物語の快楽が確保され、我々が慰撫されることも事実である。無自覚に慰撫され続けることは聡明な姿ではないが、しかし、それは人が共同体の中で生きてゆく上では不可欠なものだ。快楽が存在せず、教育的振舞いの露呈している、権力のプロパガンダのような鼻持ちならない物語などに、だれが好んで耳を傾けたりしようか。

八　後期軍記の類似

『明徳記』と『応永記』には、神聖王権が不在である。それゆえ、共同体が崩壊しかねないという〈終わり〉の危機が存在せず、〈神秘性の快楽〉も存在しない。それは〈権力と戦う快楽〉を著しく減じることになる。なおかつ、対立の構図の不成立によって、〈権力と戦う快楽〉は、さらに微弱なものとなっている。この結果、〈王権への反逆者の物語〉は滑らかな動きを奪われ、『明徳記』と『応永記』は、軍記としての魅力を、大きく減じられるという不幸に見舞われることになった。それを、二つの物語の広汎な流通を妨げた理由の一つとして数え上げることは、不当ではあるまい。神聖王権の不在が、〈王権への反逆者の物語〉のもっているイデオロギー性を露にし、そのおかげで軍記という〈歴史〉の本質的な部分を垣間見ることが可能となったと、我々が祝福したとしても、それは物語の幸福とは別のことである。

そして、乱暴な展望をあえてするならば、神聖王権の不在という不幸の共有という点において、後期軍記、いわゆる室町軍記や戦国軍記の諸テクストは類似している。たとえば、同じように足利王権をめぐる争乱であった嘉吉の乱を記した諸テクストの場合、対立の構図の不成立という不幸までも背負い込んで、『明徳記』や『応永記』と似てしまう。それらが、赤松一族の「弁明の書」としての性格を持つ以上、当然といえば当然なのだが、そこで強調されるのは、赤松がいかに忠義の家であるかということである。物語系とされる『嘉吉記』で見ると、赤松満祐は、足利義教の首を前に、赤松の家の忠節を長々と語り続けて、首を三度礼拝し、荼毘に付されたときには、「痛はしき哉。かなしきかな」と涙を流す。つまり、足利王権を打ち倒そうとの野心など何もなかった赤松は、致し方なく今回の事件を起こしたけれども、本当は奉公をし続けたかったのであり、その無念さに、彼等は涙を流しているのだと読まざるをえないのである。足利直冬の孫で備中にいた足利義尊を奉じて都に上ろうといい、京都からの軍勢との抗戦は描かれるけれど、それは赤松の武士の勇猛さを語る以上には機能しない。六代将軍の首を取ったという事件でありながら、テクストには、それを足利王権の危機として〈歴史〉化しようとの意図はまったくなく、〈権力と戦う快楽〉も存在しない。天皇王権は、もちろん問題の外である。記録系と呼ばれる諸テクストも、この点において変わりはない。

室町軍記や戦国軍記において、表象される権力は、天皇から足利将軍へ、管領家へ、鎌倉公方へ、関東管領家へ、大名家へ、あるいは〈歴史〉にとっては泡沫にすぎない小さな武士の家へと、矮小化されてしまう。(7)〈王権への反逆者の物語〉は、その亜種がかろうじて機能しているか、全く機能していない。あるいは、〈歴史〉の快楽など始めから求めていないものも多い。それらの中に物語として佳品とでもいうべきもの、研究者としての知的好奇心や探求心を刺激するものがあることは否定しない。時代に翻弄されて押し潰された家々のそして人々の呻きや絶望に同情したくもなるし、繰り返される中小の権力の衝突からより大きな権力が誕生してくる過程を追体験することが、楽しくないわけではない。あるいは、聞書や覚書や寺伝や過去帳などのさまざまな形の資料が集められ、さらには捏造された物語も加わって、一つのテクストが成立し、さらにそのテクストが流用されて、多種多様なテクスト群が生み出されてゆく過程が、明瞭にわかることに研究者としての興奮を覚えないこともない。これらの多様なテクストを〈王権への反逆者の物語〉という一つの基準で律しさることが生産的な営為ではなく、多様な基準を持ち込んで分析することが必要あることも承知している。

しかし、確かなことは、そこに〈歴史〉の快楽を求めることは困難であるということである。この点で、『明徳記』以降の軍記は類似しているし、それ以前の軍記とは差異を持つ。(8)〈歴史〉としての軍記の責務ということからするならば、室町軍記や戦国軍記はその責務を果していない。

しかし、必要なのは、そう断じて納得することではない。確かに、室町以降、〈王権への反逆者の物語〉は、事件を〈歴史〉へと翻訳する装置としての有効性を失っていった。しかし、それが一旦のことにすぎず、明治以降、アジア・太平洋戦争まで、日本の近代において極めて有効に機能したことは、自明のことであろう。軍記を読むということ、そしてそれについて語るということは、間違いなくこの魅力的で強力なイデオロギー装置に触れることである。だから、軍記の幸福と不幸を考えるということは、この国の〈歴史〉のありようを考えることであり、つまりは我々の今・ここを考えることにほかならないはずだ。必要とされるのは、そのような自覚である。

注

(1) 冨倉徳次郎「応永記の形態―傳後崇光院筆堺記の紹介―」(「国語と国文学」二六―一〇　一九四九)参照。
(2) 加美宏「『応永記』小考―第一類本『堺記』を中心として―」(『軍記物とその周辺』早稲田大学出版部　一九六九)参照。
(3) 加地宏江「『堺記』と『応永記』と―十五世紀の歴史叙述における諸問題―」(「日本史研究」一一五　一九七〇、『中世歴史叙述の展開』吉川弘文館　一九九九　再収)参照。
(4) 安野博之「応永の乱関係軍記について―『応永記』から『堺記』へ―」(「三田国文」二七　一九九八)参照。
(5) 大森北義「『明徳記』の構造」(「古典遺産」三〇　一九七九)参照。
(6) 五味文彦『吾妻鏡の方法』(吉川弘文館　一九九〇)、西山克「豊臣「始祖」神話の風景」(「思想」八二九　一九九三)、山本幸司『頼朝の精神史』(講談社　一九九八)等参照。
(7) 具体的事例については、古典遺産の会編『室町軍記総覧』(明治書院　一九八五)、同編『戦国軍記事典 群雄割拠編』(和

泉書院　一九九七）参照。

（8）『陸奥話記』は、〈権力と戦う快楽〉の欠如を共有して例外的である。第四章参照。

〈終わり〉の後の歴史叙述 ——『応仁記』の虚無——

一　黙示録と「野馬台詩」

〈歴史〉は、〈終わり〉から構想される。人は、世界の〈終わり〉から歴史全体を一つの意味ある統一体として把握し、今が〈終わり〉の前の稀有な瞬間であると自覚して、〈歴史〉の意味に応えるべく現在と未来とを生きようとする。終末論とは、そのような人類史的な歴史的自覚をいう。

紀元前二世紀から紀元後三世紀にかけて、ユダヤ教やキリスト教の周辺で多く記された黙示録は、終末論的歴史意識によって記された人類史上最初の〈歴史〉である。バビロニア捕囚以前からイエスの時代にかけて記された多くの黙示録、そしてパウロやヨハネの黙示録に至るまで、『旧訳聖書』や『新訳聖書』に残されたそれら多くの黙示録は、その記された時代時代によってそれぞれに偏差はあるけれども、あえて図式化して要点を示せば次のようになるであろう(1)。

黙示録は、モーセ、ダニエル、ゼカリヤ、イザヤというような預言者によって示された秘儀天啓が、後の時代に天啓を得た特権的解読者によって示され実現するという基本的な構造を持つ。サタンに支配され苦しみに満ちたこの世（アイオーン）には、義人と罪人がいるが、やがてメシアが到来してサタンと世界最終戦争を行い、最後の審判が下されて、義人は永遠の生命を約束された浄福の世に生きるというのが、その内容である。その実現の過程を、神話的な出来事や天変地異や飢餓や戦争などの事件の解読によって読み取ろうとする。迫害と苦悩に満たされたこの世の、終末への道程を描き出すその歴史観は、当然、相当に悲観的にならざるをえない。しかし、確認しておくべきことは、黙示録の描く現在の苦悩と頽廃は、未来の革新の希望、救済へと結びついているということである。

そして、終末論は、西欧の歴史認識に深く根を下ろすことになる。四二六年、西ローマ帝国の崩壊を前にした激動の時代に、アウグスティヌスは「神の国」と「地上の国」との対立・抗争を軸として『神の国』を記した。十二世紀後半、フィオーレのヨアキムは、『調和の書』を記し、キリスト教の三位一体説に則って、歴史を父と子と聖霊との三つの時代に区分した。アダムに始まりアブラハムにより実を結び、キリストにおいて終焉する第一段階、ウジヤから始まりヨハネの父ザカリアにおいて実を結び終焉する第二段階、そして、聖ベネディクトゥスから始まり二十二代目に実を結び始め世界の終焉において終焉する聖霊の支配する第三段階の三つの時代である。この終末論的歴史構想は、中世末期から宗教改革の時代を経て、ヨハネが構想したキリストの支配による千年王国を、神ならぬ身で実現しようとしたヒトラーの第三帝国論、あるいは「自由」という目的（＝終末）に向かって歴史は発展するというヘーゲルの歴史観や、共産社会の実現への過程として歴史を統一的に捉えようとするマルクスの歴史観へと、それは神の介在を失って世俗化してはいるけれども、受け継がれてゆくのである。

日本にも、終末論的歴史認識はある。本来は、日本で生み出されたものではないが、末法思想が平安中期以降、鎌倉時代において多大の影響力を持ったことは周知のことであるし、それと呼応するように、皇統は百代で尽きるという百王思想が流布したことも常識に属する。また、黙示録的な預言書、未来記の類も多く記されている。楠木正成もみたという聖徳太子の未来記は有名である。『太平記』巻六「正成天王寺の未来記披見の事」では、正成が、「誠やらん、伝へ承れば、上宮太子のそのかみ、百王治天の安危をかんがへて、日本一州の未来記を書き置かせたまひて候ふなる」と未来記の披見を天王寺の僧に求めると、僧は、太子が神代から持統天皇の御代までを記した『先代旧事本紀』とともに、持統天皇以降の末世代々の王業と天下の治乱を記しておいた未来記が確かにあると、これをみせ、正成は後醍醐の隠岐からの還幸を確信することになる。もちろん『先代旧事本紀』は平安初期の編纂物であるが、当時の人々は信頼すべき歴史書として扱っていた。それと同様に未来記も歴史書として扱われているのである。

そして、聖徳太子の未来記とともに、百王思想に則った「野馬台詩」という未来記が広く流布したこともよく知られている。梁の宝誌和尚に仮託して、日本で記された「野馬台詩」は、十世紀前半には成立していたという。小峯和明によれば、「野馬台詩」が特に注目され出したのは院政期であり、その中心には大江匡房がいた(2)。吉備真備によって「野馬台詩」が日本にもたらされたという『江談抄』の話は、『吉備大臣物語』や『吉備大臣入唐絵巻』へと展開してゆく。入唐した吉備真備を困らせようとした唐人が、宝誌和尚に「野馬台詩」を作らせ、その五言二十四句をばらばらに並べ換えて、それを真備に読めと迫る、解読できないでいると、蜘蛛が下りてきてその上を這い、その糸をたどるとみごとに解読できたが、それは長谷観音の霊験であったと、伝える。さしずめ、「野馬台詩」は、宝誌という預言者に仮託して執筆された黙示録であり、吉備真備は天啓を得て秘儀を読み解いた特権的解読者ということになる。

ただし、黙示録と違って、「野馬台詩」には、メシアは登場せず、従って救済はない。日本に、メシアニズム的発想がなかったわけではない。『日本書紀』の皇極三年（六四四）条には、東国富士川の周辺地域で広まった常世神《とこよ》のことが記されている。秦河勝に隷属する大生部多《おおみむべのおお》は、蚕に似た虫を常世神として祭り上げ、すべての財産を捨てれば不老長寿と富を得ることができると喧伝し、民衆とともに乱舞しながら都に上ったところ、秦河勝によって弾圧されてしまったという。道教の系譜を引く呪術信仰が巫覡《ふげき》の徒により広められたのであろうとされるが、困窮した東国の農民が、現状からの解放を夢想し、ユートピアを求めた宗教的熱狂であろう。

応仁の乱の混乱が地方へと波及した十六世紀の初め、関東地方を中心に長野・山梨・福島にあたる地域などでも、弥勒という私年号が使用されたことが知られている。永正三年（一五〇六）を「弥勒元年」として、「弥勒二年」がもっとも多く使われている。その背景に、弥勒菩薩の下生による世界の再生と救済を願う弥勒信仰があることは間違いない。[3] 末法の濁世に苦しむ人々を極楽浄土に救い取る阿弥陀仏も、メシア的存在である。日蓮にとっては、『法華経』こそがメシアであった。また、日本の多くの新興宗教が、黙示録的発想を持つことも確かである。

「野馬台詩」の作者に擬せられる宝誌和尚を観音の化身であるとする説は、すでに中国からみられ、日本でも広まっていた。『宇治拾遺物語』第一〇七「宝志和尚影の事」は、帝の命令で和尚の御影を描くことになった絵師の前で、和尚は本当の姿を現し、それは十一面観音とも聖観音ともみえたと伝える。小峯は、ここに、終末を預言し、かつ救済する主体として、宝誌が作者に擬せられた一因を推定している。しかし、「野馬台詩」自体には、あるいは、その注釈にも、救済の預言は記されていない。[4] 恐怖と頽廃は、黙示録に繰り返し現れるが、それらは、普通、革新の希望と結びついている。しかし、「野馬台詩」は、その末句に「茫々トシテ遂ニ空ト為ル」という世界の終わりが記されるだけである。「野馬台詩」は、宗教の言説ではないのだから、救済までを記す義務はないわけだが、そこには徹底して悲観的な世界把握がある。それが、黙示録との決定的な相違である。

二　『応仁記』の解釈

「野馬台詩」の解読を試みたのは、もちろん吉備真備だけではない。中世の注釈の世界では、「野馬台詩」の記述を個々の歴史的事件と対応させて、この国の過去・現在・未来を把握しようとの試みが盛んに行われた。

『応仁記』も、それを試みた。『応仁記』には、一巻本・二巻本・三巻本の三系統がある。三巻本は、一巻本と『応仁別記』とを編集して成ったものであることが、松林靖明によって明らかにされている。(5) 三巻本は載せないが、一巻本・二巻本は、その巻頭で「野馬台詩」の解読を行う。一巻本の巻頭の構成を、松林の分析により示せば、(6)

① 序
② 「野馬台詩」回文
③ 「野馬台詩」二十四句の先人注
④ 「野馬台詩」末六句の作者注
⑤ 焼土と化した都の回顧

となる。二巻本には、②③がない。池田敬子は、一巻本の形が本来のもので、二巻本は省略された形であるとする。(7)

いずれにしても、「野馬台詩」が『応仁記』という歴史叙述の方法・歴史観に深く関与していることは間違いない。

大抵我朝終始ノ興廃ハ者聖徳太子之未来記ニ雖ニ委ク書レ之ヲ、敢テ無レ如ニクハ宝誌和尚之野馬台一ニ。

と、『応仁記』はその序文で語る。日本の興廃の歴史は聖徳太子の未来記に詳しく記されているけれども、「野馬台詩」にまさるものはないとして、これに則って応仁の乱を記すというのである。「野馬台詩」は、その二十四句のうち、最初から十八句までについては注解が施されているが、末の六句については、いまだその時節が到来していなかったゆえに、注解が施されていない、しかし、今やその時にいたり、世の滅亡の様相は「野馬台詩」の末六句にまさに符合するというのである。

『応仁記』（書陵部本）によれば「野馬台詩」は、

東海姫氏国　百世代天工　右司為輔翼　衡主建元功　初興治法事　終成祭祖宗
本枝周天譲　君臣定始終　谷填田孫走　魚鱠生羽翔　葛後干戈動　中微子孫昌
白龍遊失水　窘急寄胡城　黄鶏代人食　黒鼠飡牛腸　丹水流尽後　天命在三公
百王流畢竭　猿犬称英雄　星流鳥野外　鐘鼓喧国中　青丘与赤土　芒々遂成空

（東海姫氏《きし》の国　百世天工に代る　右司輔翼と為る　衡主《かうしゆ》元功を建つ　初めて治法の事を興す　終わりに祖宗を祭ることを成す　本枝は周の天譲　君臣始終を定む　谷填《くづ》れて田孫走り　魚鱠羽翔を生ず　葛後干戈動く　中微《なかころおとろ》へて子孫昌《さか》んなり　白龍遊んで水を失ふ　窘急《きんきゆう》胡城に寄る　黄鶏人に代つて食し　黒鼠牛腸を飡《は》む　丹水流れ尽きて後　天命三公に在り　百王流れ畢《を》へ竭《つ》きて　猿犬英雄と称す　星鳥野の外に流る　鐘鼓国中に喧《かまびす》し　青丘と赤土と　芒々として遂に空と成る）

の二十四句である。

『応仁記』に記された十八句目までの先人の注解には、錯綜しているところがある。しかし、常識的な歴史解釈を、もちろんその細部において一致しないところもあるけれども、大きく逸脱するものではない。

「天照大神のものであるこの国に天孫が降臨し、天児屋根と天太玉命が補佐する。神武天皇が東征して統一する。聖徳太子（衡主）が推古天皇の摂政となり十七条の憲法を定め、それより君臣の秩序が定まる。壬申の乱が起こる。

天智天皇の時、中臣鎌足は藤原の姓を賜り、以来、恵美押勝（藤原仲麻呂）の乱の後、一時振るわないときもあったが、天児屋根命の子孫である藤原氏が繁栄して天皇の政治を補佐することになる。孝謙天皇（白龍）は道鏡を愛して政治が乱れ、恵美押勝は乱を起こす。平将門（黄鶏）は大乱を起こして東八ヶ国を略奪し、平清盛（黒鼠）は君臣の礼を乱し、祭礼を行わず、帝を悩ます。安徳天皇は赤間関に沈み、平家は滅亡する。安徳天皇以降、王道は衰微して恩沢は尽き、政治は臣下が執り行うことになり、後鳥羽天皇の御代に平家を追討して功績のあった源頼朝、そして、頼家・実朝までの源氏三代（三公）が、政治を執った。それ以来、天皇が政治権力を回復することはなかった。百王以降の世には申歳の人と戌歳の人が、天下に威を振るうことになるだろう」というのが、その解釈の要約である。

『応仁記』は、その末の六句、「百王流畢竭　猿犬称英雄　星流鳥野外　鐘鼓喧国中　青丘与赤土　茫々遂成空」を、応仁の乱の預言であるとして、以下のように解釈する。

応仁の乱を起こした両雄である細川勝元は申歳、山名宗全は戌歳であり、まさに「猿犬称英雄」ということの現実化である。公卿などの屋敷はすべて灰となり、天皇も公卿も田野に流浪するという状況は、「百王流畢竭」「星流鳥野外」で預言されている。都の民家は焼け果て、その跡が耕作地となったので、都は緑野となり、東山西山の寺院は焼けて、焼土となった。この状況は、まさに「青丘与赤土」である。政治を託せる臣がいないために、国中が乱れ、強者が弱者を倒す下剋上の世となり、君臣父子の礼は守られず、道理は欲のために失われ、人々は拠り所を失って、憎み合って戦う。この様相が「鐘鼓喧国中」である。皇族や貴族は没落し、商人や足軽たちが贅沢を楽しむというこの顛倒した状況が、「茫々遂成空」ということである。

『応仁記』は、この状況を、「然レ者ハ今時ニ王道仏法一同ニ滅却シ畢テ、無シ二経史之縄墨一モ」と集約し、七百年余り続いた「花ノ洛」が焼土と化した様を、焼失した建物を一つ一つ数え上げることによって示す。池田敬子が指摘するとおり、『応仁記』は、「花の洛」の破壊に秩序の破壊を見て取るのである(8)

そして、「此応仁ノ憂ハ遠犬ノ戦タルニ依テ、仏法王法共ニ破滅シテ、諸家諸宗皆悉絶ヘ果ヌル事ハ、殊更ニ堪タリ㆓感歎ニ㆒。雖㆑然、集テ為シテ㆓一編ト㆒、示㆓後人ニ㆒者也」と、ようやく応仁の乱自体の経緯を語り始めるのである。『応仁記』は、世界が「茫々トシテ遂ニ空ト成ル」ことを確認する歴史叙述である。

三　百王

王国の〈歴史〉は、王の〈歴史〉となる。そこにおいて百王思想は、王権の危機を喧伝して王土の共同体の成員の危機意識を高揚させ、日常の中で沈殿していた共同体への帰属意識を活性化させるのに有効な道具として利用される。

『愚管抄』は、

年ニソヘ日ニソヘテハ、物ノ道理ヲノミ思ツヾケテ、老ノネザメヲモナグサメツヽ、イトヾ、年モカタブキマカルマヽニ、世中モヒサシクミテ侍レバ、昔ヨリウツリマカル道理モアハレニオボエテ、神ノ御代ハシラズ、人代トナリテ神武天皇ノ御後、百王トキコユル、スデニノコリスクナク、八十四代ニモ成ニケルナカニ、保元ノ乱イデキテノチノコトモ、マタ世継ガモノガタリト申モノモカキツギタル人ナシ。（巻二）

と記し、あるいは、

サテ此日本国ノ王臣武士ノナリユク事ハ、事ガラハコノカキツケテ侍ル次第ニテ、皆アラハレマカリヌレド、コレハヲリ〳〵道理ニ思ヒカナヘテ、然モ此ヒガ事ノ世ヲハカリナシツルヨト、其フシヲサトリテ心モツキテ、後ノ人ノ能〳〵ツ、シミテ世ヲ治メ、邪正ノコトハリ善悪ノ道理ヲワキマヘテ、末代ノ道理ニカナヒテ、仏神ノ利生ノウツハ物トナリテ、今百王ノ十六代ノコリタル程、仏法王法ヲ守リハテンコトノ、先カギリナキ利生ノ本意、仏神ノ冥応ニテ侍ルベケレバ、ソレヲ詮ニテ書キヲキ侍ナリ。（巻六）

と、記す。百王もすでに残り少なくなった八十四代順徳天皇の御代、承久の乱を前にした不穏な空気の中で、今こそ歴史の道理を弁えて君臣合体し、神仏の助けを得て、この困難な状況を何とか乗り越えなければならないと、慈円は訴えるのである。慈円は、「末代ザマノ君ノ、ヒトヘニ御心ニマカセテ世ヲオコナハセ給事イデキナバ、百王マデヲダニマチツケズシテ、世ノミダレンズル也」（巻七）と、百王にいたる前にして王統が尽きるかもしれないという恐怖に突き動かされて〈歴史〉を記したのである。そしてその恐怖を人々に共有させ、それによって王国維持のための努力を促すために言葉を組織したのである。

『保元物語』（半井本）も、

伊勢大神宮ハ、百王ヲ護ラントコソ御誓アリケレ。今廿六代ヲ残シテ、当今ノ御時、王法尽キナン事コソ悲ケレ。但シ、倩事ノ情ヲ案ズルニ、我国ハ神国也。御裳濯河ノ御流レ久シテ、七十四代ノアマツ日次モノ他事ナシ。

と、百王を前に王法が尽きることを恐怖しつつも、神国日本は神明やあるいは仏の力により維持されるであろうことを期待する。

『神皇正統記』は、

又百王マシマスベシト申メル。十々ノ百ニハ非ルベシ。窮ナキヲ百トモ云リ。百官百姓ナド云ニテシルベキ也。

昔皇祖天照太神天孫ノ尊ニ御コトノリセシニ、「宝祚《あまつひつぎ》之《の》隆《サカンナルこと》当《マサニ》下與《ト》二天壌《あめつち》一無《ナカル》中窮《きはまり》上《ベシ》」トアリ。天地モ昔〔二〕カハラズ。日月モ光ヲアラタメズ。況ヤ三種ノ神器世ニ現在シ給ヘリ。キハマリアルベカラザルハ我国ヲ伝ル宝祚也。アフギテタ(ッ)トビタテマツルベキハ日嗣ヲウケ給スベラギニナンヲハシマス。

と記す。「百」とは無限を意味するのだと、「百王」の本来の意味を示して、皇統の永久であることを強調するが、それも、百王思想の蔓延に危機感を持ったからであろう。

さて、では、百代目の天皇は誰かというと確定できない。『太平記』でも、諸本により、後醍醐天皇を九十五代とするものと九十六代とするものとがある。『神皇正統記』は九十五代とする。弘文・仲恭天皇を数えず神功皇后を加えれば九十五代、弘文・仲恭天皇を数えて神功皇后を加えなければ九十六代となるわけである。百代は、前者ならば後円融、後者ならば後光厳ということになる。ちなみに、南朝を正統とする現在の『皇統譜』では、後円融の次の後小松となる。しかし、いずれにしても、応仁の乱のときの後土御門は百代を過ぎていた。後醍醐を九十五代とすれば百四代となる。

『保元物語』とは異なり、『応仁記』は、すでに、百王の流れが尽き果てていた時代に、王法がそして仏法も、確かに尽きていることを確認すべく、応仁の乱を物語るのである。

四　王の不在

百王思想を利用するしないにかかわらず、軍記は天皇王権の危機を訴える。ところが、すでに述べたように、『太平記』の第三部世界になると、王権を中心とした物語としては成立しがたくなる。楠木正行や新田義興らの南朝の臣の場合を別にすれば、圧倒的に多くを占める幕府の武士たちの権力闘争の叙述において、北朝であろうと南朝であろうと王権は利用しえる道具以上の意味を持ちえなくなる。土岐頼遠や高師直といった、王権の至高性というこの共同体の基本ルールを理解しえない者たちが闊歩する現実は、もはや〈王権への反逆者の物語〉の翻訳能力を越えていたのである。しかし、もちろん、だからといって『太平記』が王権への興味をなくしているわけではない。王権をないがしろにする下剋上の現実をしきりに慨嘆してみせるのである。

『太平記』巻二十七「雲景未来記の事」は、羽黒の山伏である雲景が京の名跡を巡礼していた際に、愛宕山の天狗と出会い、その長である太郎坊に「未来の安否」を尋ね、それを書き残したという話である。どうして後醍醐の御代は長く続かなかったのかという問いに答える中で、太郎坊は、「とても王法は平家の末より本朝には尽き果てて」いるという認識を示す。そもそも、安徳天皇の時、三種の神器のうちの宝剣は失われたのであり、「されば王法、悪王ながら安徳天皇の御時まで失ひはてぬる証はこれなり」という。それ以降は武士の助けがなければ立ちゆかないのを弁えずに、後鳥羽院は承久の乱を起こして失敗し、朝廷の威勢を塗炭に落とし、そして今、三種の神器は微運の南朝の帝に従って辺鄙の地にあり、それこそ、「神明わが朝を棄てたまひ、王威残る所無く尽きし証拠なり」と語る。今の持明院統の天皇は、「ひとへに幼児の乳母を憑むがごとく」、将軍に従い、「奴と等しく成りておはします」ので、かえって安全でいるともいう。厳しい現状認識を示すが、むろんそれをよしとしているわけではない。「蛮夷の賤しき身を以つて世の主たる事、かならず本儀にはあらねども」という認識が基本的にはある。徳のある王が君臨する。それがこの国のあるべき姿であるにもかかわらず、そうはならない現実を嘆き、その身振りによって、そのような現実を受け入れるべきではないとのメッセージを、『太平記』は発しているのである。『太平記』第三部世界において、王権はみじめな姿をさらけ出す。けれども、少なくともそのような王権をめぐる議論がなされていること、王権に対する強い関心を維持していることは確認できる。

しかし、『明徳記』や『応永記』になると、その関心はないに等しい。『明徳記』では、小林義繁が、山名氏清への諫言の中で、足利義満と戦えば朝敵の汚名を着ることになるといったと記されたり、足利義満はこの戦いが家僕の退治であるから朝敵退治の時に着用する小袖という名の鎧を使用しなかったと記されたりもする。『応永記』では、大内義弘の臣である平井備前入道が、義満に敵対すれば逆臣・朝敵となって大内の家はすぐに滅亡するであろうという。けれども、この二つの物語において天皇は姿を見せない。そこで、王として扱われているのは足利義満である。『明徳記』『応永記』は、天皇王権を足利王権に読み替えて〈王権への反逆者の物語〉を利用する。山名氏清や大内義弘によりもたらされた足利王権の危機とそこからの回復と、そして足利王権の正当性を、気恥ずかしい程正直に語る物語としてそれらはある。天皇王権は不在といってもよい。しかし、そこでは、聖なる天皇王権とは違って俗王権ではあるけれども、足利義満という新たな王が、絶大でかつ正当な権力者として、物語において強い存在感を示している。物語は足利義満という王を軸として展開している。

『応仁記』は、すでに百王は尽き果てているという認識の上で、応仁の乱を物語ろうとする。当然天皇の存在は希薄である。それでも、『明徳記』や『応永記』よりは、天皇は物語に登場する。かつて、後土御門天皇の即位式のとき、上﨟車が二百輛連なったのでさえ、当時の人々は、後白河法皇の三十三間堂供養のときの八百輛に比べれば、朝廷の衰微のほどが知られると嘆いたが、今や一輛の車もないと記したり、あるいは、山名宗全の西軍が、後土御門天皇を確保しようとしているとの情報に、細川勝元の東軍が室町の御所に行幸を促し、将軍足利義政が日頃山名に好意的であったので、もし将軍が山名に同心したならば、天皇を守って戦おうと考えたと記したりもする。けれども、物語において、天皇が実際の乱に深く関与するわけではない。「王道仏法一同ニ滅却シ畢リテ」とはいうものの、『太平記』の第三部世界ほどにも、王権の危機やその至高性が声高に語られたり、議論されたりすることもない。それは、『明徳記』や『応永記』と同じである。

すでにみたように、『応仁記』の記す「野馬台詩」の注釈は、王土の共同体の常識に則った、天皇王権にまつわる歴史叙述となっている。壬申の乱、藤原仲麻呂の乱、平将門の乱、そして治承・寿永の内乱と、天皇王権の危機も語られている。『応仁記』は、その注釈の延長上に応仁の乱を物語ろうとした。しかし、『応仁記』は、天皇王権の〈終わり〉の危機を語る物語では全くないし、その至高性を語る物語でもない。百王が尽きているという認識を持つ『応仁記』にとって、〈王権への反逆者の物語〉など有効であるはずがないのだ。その様な〈物語〉が機能しえる時代は、当の昔に過ぎ去っている。「百王流畢竭」という時代に、天皇王権はもはや反逆の対象ですらありえなかった。

では、『応仁記』の将軍足利義政が、『明徳記』や『応永記』の足利義満のように、〈王権への反逆者の物語〉における天皇王権の役割を代行しているかというとそうではない。確かに、足利義政は乱の原因を作った無能な権力者としては描かれる。政治は、女性や側近の意のままに乱脈を尽くし、熊谷という武士が諫状を奉ればかえってこれを罰し、隠居を思い立つと弟に将軍職の継承を約束して還俗させて、争いの種を作り、浪費を重ねて国中を疲弊させる。『応仁記』は、その言動を厳しく批判する。花の御所をどちらが確保するかを山名と細川で争ってもいる。けれども、義政は、『明徳記』や『応永記』の義満と違って、争乱に主体的にかかわってはいない。乱は、あくまでも畠山家や斯波家の内紛に起因した山名派と細川派の権力闘争として描かれているのであり、足利王権の存亡の危機が喧伝されたり、その正当性が議論されたりすることはない。〈王権への反逆者の物語〉は、『明徳記』や『応永記』程度にも、ここでは機能していない。足利王権も天皇王権と同様に、王権としての役割をすでに果しえなくなっていたのである。

『応仁記』には、激しい白兵戦が描かれる。けれども、人々は、天皇王権や足利王権に敵対しあるいは味方して戦うのではなく、自身の利益のために戦う、相国寺の合戦あたりになると、ただ敵を倒すため、戦うために戦っているかのようである。その戦いに大義はなく、戦うことが自己目的化している。その空虚な戦いの結果として、世界は、「茫々トシテ遂ニ空ト成ル」のである。

五　『応仁記』の「空」

『応仁記』は、物語の快楽から遠いところにある。『応仁記』には、戦うべき強大な天皇王権も足利王権も存在しない。そこに〈権力と戦う快楽〉は、発生しない。大きな権力がなければ、〈王権への反逆者の物語〉は、事件を〈歴史〉へと翻訳する機能を充分には果しえないのである。

『応仁記』は、〈歴史〉の責務からも遠いところにある。「慰撫と教育」、それが〈歴史〉の責務である。『太平記』の序文には、

　蒙ひそかに古今の変化を採つて安危の来由をみるに。覆つて外無きは天の徳なり。明君これに体して国家を保つ。のせて棄つること無きは地の道なり。良臣これにのつとつて社稷を守る。もしそれその徳欠くるときは、位有りといへども持たず。いはゆる夏の傑は南巣に走り、殷の紂は牧野に敗らる。その道違ふときは威有りといへども久しからず。かつて聴く、趙高は咸陽に刑せられ禄山は鳳翔に滅ぶ。ここを以つて前聖慎んで法を将来に垂るることをえたり。後昆顧みていましめを既往に取らざらんや。

とある。過去から今にいたるまでの世の移り変りの中に平和と乱世との理由を考えてみると、それは、君子が天の

徳を身に備え、臣下が地の道に則って政治を執り行うかどうかによるのであるという。徳が欠ける王は、夏の傑王や殷の紂王のように位を保つことができず、地の道を違える臣は、秦の趙高や唐の安禄山のように滅びるのであると、過去の実例をあげ、だから、前代の聖人は、身を慎んで、人の守るべき法を後世に教え諭すことができたのであり、後世の我々は過去を顧みて教訓を得るべきであるというのである。

ここには、〈歴史〉の重要な役割が簡潔に記されている。つまり、我々の生きる現在が、何故にこのように不満や不安に満ちたものであるのかの理由・必然性を過去の事実から発見し、それを将来への指針、希望の光として示すことによって、共同体の成員を安堵させ、同時にこの共同体の存在の必然性・正当性を教育するという役割である。

最初に述べたように、人には、今を〈終わり〉の前の特権的瞬間として意味づける歴史的感覚がある。黙示録、あるいは末法思想・百王思想・未来記といった終末論は、そのような感覚が具体化したものである。軍記において王土の共同体の破滅の危機が声高に語られるのもそれゆえである。ただし、肝心なことは、〈終わり〉への恐怖は、未来の可能性・救済と結びついていなければならないということである。どのような形であれ世界はいつかは終わる。だからこそ、〈終わり〉へ向けて、今を、そして残された未来を誠実に生きるべきだというのが終末論の主張である。だから、〈終わり〉は永遠に先送りされなければならない。〈終わり〉を迎えたてしまったなら、終末論は意味を持たなくなる。あれほど影響力のあった百王思想も、近世になればほとんど顧みられることはない。確かに、「野馬台詩」は江戸時代に板行されて、読み物として楽しまれてはいるが、新たに歴史を語る際の枠組みとして機能することはない(9)。

キリスト教は、イエスこそがメシアであり、神の国はすでに到来しているとする。いわば、黙示録を一度終わらせている。けれども、神の国は完全に到来したわけではなく、イエスの復活を待たなければならないのであり、今は、その本当の〈終わり〉へ向けての中間時であると、〈終わり〉を先送りするのである。地球の破滅を日時を限って予告する新興宗教的言説は、その日時が過ぎてしまったときには、何らかの理由をつけてその期限を未来に設定し直すか、もしくはそのような預言をしたこと自体を忘却して、新たな期限を設定するかのいずれかである。

軍記は、どんなに共同体の危機を訴えようと、必ず秩序の回復を記して物語を終える。天皇王権が敗北した承久の乱でさえ、『承久記』は、後高倉院の院政開始と後堀河天皇の即位を記すことを忘れず、たとえ強引との印象を与えようとも、『太平記』は、足利義満の将軍職就任と細川頼之の管領職就任を以て、「中夏無為代に成つて、めでたかりし事どもなり」と記して、終えるのである。〈終わり〉は先送りされ、自らの属する共同体の安全もとりあえずは保証される。人は、この国が歴史上稀有な時期を生き延びたことに満足し、その事件から教訓を得て未来を生きようとする。

ところが、『応仁記』は、「野馬台詩」を全部読み解いて、終わらせてしまうのである。その末尾では、都での戦いが地方へと広がって、「都鄙遠境共ニ修羅道トゾ成ニケル」と記される。国中が「茫々トシテ遂ニ空ト成ル」のである。そして、そのまま物語は終わり、ついに秩序は回復しない。そこに、救済はない。共同体の持続の可能性も、未来への指針も示されることはない。もはや、「今」は、〈終わり〉の前の特権的な時間などではなく、〈終わり〉の後の虚無の中にあるのだと、物語は教え、しかも、その虚無が、いつ、どのようにすれば終わるのかは示さない。だから、これを読む者は、強い閉塞感に囚われることになる。確かに、それは、戦国への入口を生きる人々にとっての現実であったのかもしれない。しかし、それでは〈歴史〉の責務は果しえない。

『応仁記』は、それまで軍記が用いてきた〈王権への反逆者の物語〉を放棄した。それは、大きな権力が存在せず、中小の権力が並立し敵対するという現実を、物語化する能力を、もはや失っていたのであろう(10)。そして、目の前のそのような現実を描くにふさわしい歴史叙述の枠組みとして、『応仁記』は「野馬台詩」を選択した。しかし、それは、軍記を読む喜びを我々から奪うことになった。我々は、快楽とは無縁にこの物語＝歴史＝軍記を読み、虚無感と閉塞感に支配される。それを、時代にふさわしい表現の成果として評価し、『応仁記』の語る「空」を、あるいは『応仁記』という「空」を、それとして了解できるのか。『応仁記』を受け入れられるか否かの分かれ目は、そこにある。

注

（1）黙示録・終末論については以下のものを参照した。オスカー・クルマン『キリストと時　原始キリスト教の時間観及び歴史観』（一九四八、前田護郎訳　岩波書店　一九五四）、ルドルフ・カール・ブルトマン『歴史と終末論』（一九五七、中川秀恭訳　岩波書店　一九五九）、アンドレ・ネエル『予言者運動の本質』（一九五五、西村俊昭訳　創文社　一九七一）、上智大学中世思想研究所編『中世の歴史観と歴史記述』（創文社　一九八六）、フランク・カーモード『終りの意識　虚構理論の研究』（岡本靖正訳　国文社　一九九一）、野家啓一編『新・哲学講義8　歴史と終末論』（岩波書店　一九九八）。

（2）小峯和明「野馬台詩の言語宇宙―未来記とその注釈―」（『思想』八二九　一九九三）参照。小峯の「野馬台詩」についての諸論は、『『野馬台詩』の謎』（岩波書店　二〇〇三）にまとめられている。なお、以下のものを参照した。大森志朗「真吉備入唐伝説と野馬台の詩の信仰」（『文化』一―八　一九三四、『日本文化史論考』創文社　一九七五　再収）、同「中世終末観としての百王思想」（『文化』二―七　一九三五、『日本文化史論考』創文社　一九七五　再収）、西田長男「百王思想、その超克」（『国学院雑誌』四二　一九三六）、梶原正昭「中世における終末観の一考察―百王思想と「聖徳太子未来記」をめぐって―」（『古典遺産』一六　一九六七、『室町・戦国軍記の展望』和泉書院　二〇〇〇　再収）、桜井好朗「室町軍記における歴史叙述―『応仁記』前田家本と類従本の比較から―」（『名古屋大学日本史論集・上巻』吉川弘文館　一九七五）、黒田彰「応仁記と野馬台詩注」（関西大学「国文学」六六　一九八九、『中世説話の文学史的環境　続』和泉書院　一九九九

五　再収）、東野治之「野馬台讖の延暦九年注」（『大坂大学教養部研究集録〈人文・社会科学〉』四二　一九九四）。
（3）宮田登『ミロク信仰の研究』（未来社　一九七五）参照。
（4）『応仁記』も、「彼本地ヲ尋レバ、忝モ大慈大悲観世音、慈眼視衆生ノ眸濃シテ歴劫不思議ノ神通ノ力新成ケル事ドモヨ」と、宝誌を観音の化身とする。しかし、そのことは救済と結び付けられてはいない。
（5）松林靖明「応仁記試稿―類従本の成立と性格を中心に―」（「古典遺産」二〇　一九六九、『室町軍記の研究』和泉書院　一九九五　再収）参照。
（6）松林靖明「応仁記」（早稲田大学蔵資料影印叢書一七『軍記物語集』早稲田大学出版部　一九九〇、『室町軍記の研究』和泉書院　一九九五　再収）参照。
（7）池田敬子「『応仁記』の成立と諸本」（軍記文学研究叢書一〇『承久記・後期軍記の世界』汲古書院　一九九九、『軍記と室町物語』清文堂　二〇〇一　再収）参照。
（8）池田敬子「「花の洛」と「野馬台詩」―一巻本応仁記をめぐって―」（「国語国文」五三―二　一九八四、『軍記と室町物語』清文堂　二〇〇一　再収）参照。なお、松林靖明は、「『応仁記』と『野馬台詩』」（『中世文学　資料と論考』笠間書院　一九七八、『室町軍記の研究』和泉書院　一九九五　再収）において、下剋上の世の到来に対する危機感が、未完だった「野馬台詩」の注釈を完成させ、そして『応仁記』そのものの執筆の動機となったのではないかと指摘する。
（9）注（2）小峯著書参照。
（10）もちろん、それは、この時はとりあえず失ったということである。三二三頁参照。

第十章 曾我物語

『曾我物語』の効能

一　「准軍記」

『曾我物語』の風貌は、確かに軍記に似ている。源頼朝による鎌倉幕府体制樹立の過程と絡み合って物語が展開するからである。我々は、それをもってこの物語が歴史的視野を確保しえていると認定し、その軍記との共有を『曾我物語』にとっての幸いとしてことほぐわけである。「准軍記」という呼称はそのような観点から与えられたものであろうし、そこにはなにがしか、〈歴史〉の共有によって軍記の傍らへと救い上げられたこの物語に対する祝福の気分がまとわりついている。

その冒頭で、「それ、日域秋津島と申すは、国常立尊より以来」と、天皇王権によるこの国の秩序の創造と継続を語り始め、王土を治めるための手段として源平両氏を置いたこと、そしてその平氏の系譜と源氏の系譜とを語って頼朝にいたり、

しかるに近来より平家永く退散して源氏独り朝恩に誇りしより以来、緑林枝枯れて吹く風音秘かなり。されば

叡慮を背く青葉は雄剣の秋の霜に犯され、朝章を乱る白浪は声を上絃の夜の月に澄す。これは偏に羽林の意符前代にも超えて重きが故なり。これに依て、青侍は意を秘めて土外の乱あり、公私諍ひを留めて一人として帰伏せざることなし。されば、世納まり、万人恩光に誇れり。（巻二）

と、天皇王権の正当な護持者であり代行者である頼朝の秩序の完全さを語った上で、

しかるを何ぞ、伊豆の国の住人・伊藤次郎助親が孫子、曾我十郎助成・同五郎時宗兄弟二人ばかりこそ、将軍家の陣内を憚らず、親の敵を討て、芸を当庭に施し名を後代に留めけれ。（巻二）

と、兄弟の敵討ちの物語を語り始めたとき、そこに、この敵討ちという事件を、頼朝という権力に吊り下げられた共同体の「起源と危機と回復」の〈歴史〉の上に刻印しようとのテクストの欲望を察知するのは、たやすいことである。(1)

軍記は、自明の前提としてある天皇王権の起源について多くを語ることはないが、『曾我物語』は、巻二の半ばから巻四の初めにかけて頼朝の権力と秩序の草創神話を語って東国王権とその共同体の「起源」を説き、そして兄弟の起こした事件は権力・秩序の「危機と回復」の物語として、共同体の〈歴史〉に登録されることになる。

私は、そのような共同体の「危機と回復」の物語を、〈王権への反逆者の物語〉と名づけ、事件を〈歴史〉化するこの〈物語〉が、各作品によって偏差はあるものの、軍記と呼ばれるテクストを構造化していることを、いちいち指摘してきた。そして、『曾我物語』においても、十全とはいえないまでも、この〈物語〉が機能していることを確認するのである。

兄弟の前に立ちはだかり、敵討ちという私闘を許さなかった、「少しの隙こそなかりけれ」と表現される狩場の旅宿旅宿のようすは、時には「かくも怖しき」と表現される頼朝の秩序を象徴するものであり、最後の富士野の狩場

の長々と続く規則的・組織的な屋形の列挙がとりわけその厳しさを語っている。[2] 兄弟はその秩序を、工藤祐経を殺害し、多くの御家人たちを傷害することによって混沌へと一変させ、さらに五郎は頼朝に迫る。頼朝は腹巻を着、太刀を取って五郎に立ち合おうとするが留められ、五郎は頼朝の屋形の中へ二、三間踏み込んだところで捕えられる。兄弟は秩序を破壊しその中枢に迫ったのである。捕えられた五郎は、自分に対して何か恨みを抱いているのかという頼朝の尋問に対して、

　争《いかで》かその義はなくて候ふべき。その故をいかにと思し食せ。祖父の伊藤入道は君より御勘当を蒙て、既に誅せられ進せ候ひぬ。敵の助経はまた御気色吉き大名に成て召し使はれ候ひしには、方々以て意恨深く候ひし上に、助成が最後の詞には、便宜吉くは御前近く打上て具《つぶさ》に見参に入るべしと申し候ひしかば、現にと千万人の侍共を討て候はむよりは、君一人を汚し進せつつ後代に名をば留め候はむと存じ候ひしかば、忠家に付て参り候ふ程に、君の御果報やめでたく御在しけん、また時宗が冥加や尽き候ひぬらむ、云ふに甲斐なく召し取られ候ひぬ。（巻九）

と、答える。頼朝は一旦は五郎を許そうとするが、

　汝が申す所、一々に皆その謂れあり。諸行の企てまた理なるべし。死罪を宥めて召し仕ふべけれども、傍輩これを聞て、「敵を討つ者をば御興あり」とて自今以後も狼藉絶ゆべからず。されば向後のために汝をば宥めぬなり。更に恨むる事なかれ。汝が母においては不便に当るべし。

と語り、秩序の保持のために、五郎を斬る。曾我兄弟という異者は、頼朝という権力に吊り下げられた共同体内部に混沌をもたらし、そして排除され、共同体は秩序を回復するのである。ここには、危機と回復の物語である〈王権への反逆者の物語〉が機能している。「天皇王権」を「頼朝王権」あるいは「東国王権」と読み替えればよい。

しかし、『曾我物語』において、この〈王権への反逆者の物語〉が不安定で脆弱なものであることも、また事実である。それは結局のところ、この物語が第一に語りたいのは、数々の苦難を乗り越えて親の敵を討つという〈敵討ちの物語〉であって、〈王権への反逆者の物語〉は副次的なものであるということにつきよう。

たとえば、十郎を討った仁田忠常にしろ、五郎を生け捕った五郎丸にしろ、頼朝という王を助ける忠臣として充分には形象されてはいない。また、頼朝が五郎の刃を逃れたのを頼朝の果報ゆえとはするものの、そこに超越者の加護があったとも記されてはいない。伊豆山権現で藤九郎盛長や頼朝や政子が見た夢の告げによって、頼朝に対して保証された八幡大菩薩・足柄大明神・富士浅間大菩薩・伊豆山権現・箱根権現・三島大明神といった超越者の加護は、兄弟の敵討ちに際してはその祈願によって――テクストによるなら少なくとも箱根権現・三島明神、富士浅間大菩薩の加護は――兄弟の上にあったのであり、それを再び切り替えて頼朝に蒙らせるというのも、困難な仕事である。

そして、より問題なのは、次論で述べるごとく、はたして五郎が本当に頼朝を敵と思いその命を狙ったのかが実は曖昧だという点である。だから、敵討ちが終わって〈敵討ちの物語〉がとりあえずは完了し、御家人たちとの戦いから〈王権への反逆者の物語〉が明確な形で起動して、初めて何か唐突に兄弟が頼朝という存在を敵として強く意識し出したという印象を免れえないのである。

以上のような不安定さは、テクストが、二つの〈物語〉を十分には融合させえなかったことに起因していると思われる。頼朝を祖父伊東祐親の敵として〈敵討ちの物語〉のなかで十分に機能させることも可能であったはずだが、そうはしていない。巻二から巻三にかけての頼朝関連説話は、無論敵討ちと密接にかかわり合っているわけだが、あくまで敵討ちを条件づけるものとしての背景的役割しか与えられていないのである。

しかし、このように消化不良の状態を呈しても、とにもかくにも『曾我物語』は、〈王権への反逆者の物語〉で翻訳された〈歴史〉を取り込んだのである。そのことを我々はどのように評価すればよいのであろうか。『曾我物語』の幸いとして単純にことほいでもよいものなのであろうか

二　〈歴史〉の効能

人は〈歴史〉を渇望する。人は無慈悲な時間の流れの中に漂い、しばしば溺れそうになる。そこから救われるために、人は過去を物語って、現在を意味づけ、そして未来への期待を成立させる。〈歴史〉とは過去の記憶を解釈し構造化した物語である。したがってそこに描き出される世界は、絶えず今・ここを移動し続けねばならない我々の現実には欠けている、形式的な一貫性と安定性と明快さとに満たされている。我々はその完結した世界に慰撫され、そしてその末端にそっと自分を置いて、揺れ続ける船から下りて対岸の地に足をつけたときのようにほっと安心し、自らの行く先に視線を向ける余裕を持てるのである。〈歴史〉は、我々自身を安定させるための装置である。

また、過去の記憶は、共同体に流通するイメージで解釈され共同化されなければ〈歴史〉とはならない、そうならなければそれは単なる個人の思い出にすぎない。だから〈歴史〉はいつも共同体の〈歴史〉であり、そこでは共同体の成員たちを安心させるべく共同体の起源とその完全性がわかりやすく物語られる。共同体の危機とそれを乗り越えての回復を繰り返し語って、共同体の起源の神聖さと、その神聖なる起源に保証される共同体の完全性あるいは自律性を教育するのである。

人は安心するために危機の〈歴史〉を渇望する。そして軍記、つまるところ〈王権への反逆者の物語〉は、その

渇望を癒してくれるものなのである。その魅力に、軍記と呼ばれる他のテクストと同様に、『曾我物語』も取り憑かれたのに違いない。

三 〈権力と戦う快楽〉の効能

丸谷才一は、『忠臣蔵とは何か』(3)で、『曾我物語』について論じ、その全編にわたって頼朝への恨みが見え隠れすることを指摘し、それが、いわば体制一般への憎しみと悪意から物語が生れたと結果だと考えるべきだとし、

さういふ作因を、果して作者がどの程度、気がついてゐたかすこぶる疑はしいにしても。まして語り手や聞き手は、せいぜい、この語り物にひそむ体制ないし権力への反撥と嫌悪をごくぼんやりと感じ取りながら、しかしかういふ箇所に他愛なく興じて、心の渇をいやしてゐたのかもしれない。

と述べている。そしてさらに、

『曾我物語』の核心のところにあつて狂気のやうにひつそりと輝くものは、この、権力と闘ふことの肯定、体制を否むことの賛美、主殺しへと寄せる共感なのである。もしもこのやうな、頼朝とのけはしく対立した関係、禁忌への抵触、不逞で危険な主題がなかつたならば、あの物語の味はずつと薄くなつてゐるはずだつた。

とも述べる。

丸谷のこの指摘に対して私は同意する。しかし、丸谷が「不逞で危険な主題」の存在を祝福するかのように振舞うことには同意しかねる。もっとも、かつて私も、この物語が受容者の体制に対する鬱積した気持ちを浄化する役割を不十分ながら果していることを評価しているので(4)、自己批判をすべきことでもあるのだが、丸谷も当時の私も、

物語のこの反体制的振舞いの核心を見逃している。

曾我兄弟は、権力を危機に追い込む異者である。そしてこの異者は、その超人的な力量を発揮して単独で権力・体制に立ち向かったことによって、しばしば英雄化される。軍記に登場する英雄は、《教育》《減圧》《隠蔽》という三つの機能を果すわけだが、ここで問題になるのは、やはり《減圧》の機能である。

この物語を受容する者は、頼朝の秩序から疎外され孤立させられた「貧道無縁」の兄弟と苦しみを共有し、親の敵を討ちたいという素朴な人間的心情を許さない秩序の冷酷さに対する恨み、悲しみを共有することになる。それは、もちろん、テクストが言葉を組織してそのように仕向けているからだが、同時に我々自身が、共同体の権力に対してそのような否定的な気分を日頃から持っているからにほかならない。だからこそ我々は、やすやすと曾我兄弟という排除される異者と同化して、物語世界を歩むことになる。兄弟は我々の期待に応えて、数々の苦難を乗り越え、秩序の一角を打ち破って敵討ちを遂げ、さらに次々と御家人たちを打ち倒して秩序を混乱に陥れ、その上、権力の中心である頼朝までをも、あわやという危機的状況に追い込む。捕われた五郎は、なぜ罪もない侍たちに危害を加えたのかという頼朝の問いに、

それこそ理にて候へ。御内へ参てかかる謀叛を起し候ふ程にては、千万騎の侍共をば一人も逃さじとこそ存じて候ひしか。されども侍共が皆不覚人にて、太刀の影を見ては、まづ逃足を践み候ひつる程に、僅に追様を打ち候ひつる間、尋常に仮《ふるま》ひて出で来る敵は一人も候はざりき。臼杵八郎より外は誰かは一人も候ひける。只今に召し迎へて御覧候へ。迎様に疵を被りたる者は少くこそ候ふらめ。また迎様に合ふ者ならばいかに候はんずらむ、一人も遁し候はざりしものを。凡て君は大臆病の侍の限りを召し仕はれ候ふものかな。これ体にては自今以後も何事に付ても浮雲《あぶなく》見え候ふものかな。（巻九）

と答えるが、この痛烈な皮肉は、我々を充分に満足させるものである。

我々は、兄弟が、一方的に禁止し強制する共同体の権力を混乱に陥れたことを祝福せずにはいられないはずだ。なぜなら、それは我々が日頃から夢想していることであるからだ。たとえ虚構の中であろうとも、夢が実現することは喜びであるに違いない。〈権力と戦う快楽〉である。この〈快楽〉に、他の軍記と同様に、『曾我物語』も魅了されたのに違いないのだ。

しかし、この〈快楽〉を得たとき、我々は間違いなく《減圧》されている。我々の〈快楽〉は、実は共同体によって搾取されてしまっているのだ。そのことを認識することが必要である。

丸谷の言葉を再び借りれば、「もしもこのやうな、頼朝とのけはしく対立した関係、禁忌への抵触、不逞で危険な主題がなかつたならば、あの物語の味はずつと薄くなつてゐるはずだつた」ことも、受容者たちが、「この語り物にひそむ体制ないし権力への反撥と嫌悪をごくほんやりと感じ取りながら、しかしかういふ箇所に他愛なく興じて、心の渇をいやしてゐたのかもしれない」ことも、間違いない。しかし、それが本当は誰のためであったのかを確認しないで終わってしまったら、それはやはり不徹底とのそしりを免れないであろう。

しかも、次論で述べるように、物語は、〈権力と戦う快楽〉を利用しつつも、兄弟が源頼朝の命までも狙ったかどうかについては、いや、実はそうではないと受容される仕組みも施すほどにしたたかなのである。

「不逞で危険な主題」を望んだのは、外ならぬ共同体の権力システムであるのだ。その認識なくして、この物語を称えるのは滑稽である。もし、『曾我物語』に「不逞で危険な主題」のあることを称えるならば、その存在によって共同体の健康が維持されるのであり、したがって、『曾我物語』は、共同体に立派に奉仕しているのだと、称えるべきなのだ。

四　〈権力から認められる快楽〉の効能

『曾我物語』の奉仕についてさらに述べたい。頼朝に対して、五郎が、恨みと殺意を公言したとき、頼朝は次のように答える。

これ聞き候へや、各々。哀れ男子の手本や。これ程の男子は末代にもあるべしとも覚えず。実に頼朝においてはこれ程の意趣をば存ぜざるらめども、只今召し問はれつつ陑臆《わるびれ》たる色を見せじとて申したる詞なるべし。種姓高貴にして心武き者なれども、運尽きて敵のために執られて後は、心も替り諂ふ詞もあり。この者は少しも陑臆たる事もなし。これを聞かむ輩はこれを手本と為すべし。陑臆たる者千人よりかやうの者一人をこそ召し仕はめ。助けばや。（巻九）

この頼朝の言葉に、我々は満足する。五郎が男子の手本とし頼朝に認められたことを祝福する。それは、常に、第三者に――できることならば権力・権威のある者に――認められたいという、ごくあたり前の我々の欲望、承認欲求の充足を、五郎が我々の代わりになし遂げてくれたからにほかならない。これも一つのカタルシス効果である。そして同時に、我々は、自分の命を狙ったのかもしれない男を賞賛し許そうという頼朝の度量の広さをも祝福することになる。

ここには、「たくらみ」がある。五郎の殺意を一方的に否定する頼朝のこの言葉によって、五郎の反逆者としての言動は宙吊りにされて背景の中に退き、五郎の剛勇さだけが前面にせり出してきて、我々の視線を独占する。そして、頼朝はその五郎を称える。この時我々は、それまでの〈権力と戦う快楽〉から〈権力に認められる快楽〉へと巧妙に誘導され、その結果権力の存在を称揚することになるのである。テクストから〈快楽〉が途切れることなく与えられるために、我々は前・後の〈快楽〉を反省的にとらえるきっかけを失ってその異質性に気づくこともなく、権力の否定から権力の肯定へと、たいした違和感も感じずに、立場を変えることになるのである。

頼朝は、兄十郎に対する五郎の思いに涙を流し、母親への思いにまた涙を流し、「汝が申す所、一々に皆その謂れあり。所行の企てまた理なるべし」と、その言動のすべてを受け入れ、母親については特別の配慮をするであろうことを約束する。結局、五郎は斬られることになるが、それは梶原景時の進言によるものであることをテクストは忘れずに語り、また、それが秩序を維持するためには避けられない処置であることを示す。五郎自身も「仰せにも及び候はず。今は足手を切り首を召され候ふとても全く恨み進すべからず候ふなり。中々且くも宥められ候はむ事こそ深き恨みと存じ候ふべけれ」と、その処置に十分納得している。頼朝は、鈍刀で五郎の首を斬った筑紫の仲太に対して、「人は候はぬか。奴が首をもその刀を以て昇首にせよ」と怒り、筑紫の仲太は五郎の崇りによって狂い死にする。

狩場からの帰り道には、曾我祐信を呼び出して、恐怖する祐信に、

母の悲しみはさこそあるらめ。自今以後曾我の荘の年貢弁済においては、二人の者共が孝養のために母に取らするなり。汝も相副ひて倶に力を付つつ、修羅道の苦患を助くべし。（巻十）

と、思いのほかの寛容な言葉をかける。子を失った母への憐憫の情を示し、兄弟の供養のために曾我荘の年貢を免除して母に与えるという公役御免の御教書を、祐信に与えるのである。

曾我兄弟の弟の御房殿（伊東禅師）は、鎌倉からの召しに自害を図る。まだ息のある御房殿は鎌倉へ連れてこられて、頼朝と対面する。御房殿の心を試そうと、その程度の疵ならば助かるかもしれないと頼朝がいうと、御房殿は、

「よも生き候はじ。疾く疾く首を召すべし」といって死ぬ。頼朝はその剛毅さに感心して、涙ぐみ、

源澄む時は流清しとて、伊藤入道も吉かりしかば、河津も定めて吉くぞありつらん。曾我の者共が武かりしかばこの僧も怖しき者にてありけるや。いかなれば、彼らが一門は皆豪の者共にてあるらむ。一人も陋臆たる者共のなかりけるこそ哀れなれ。尋常なる恩をこの者共に仕《し》たらましかば、さりともこの謀叛を思ひ留めてもものを。恩をせずして失ひぬるこそ無慙なれ。（巻十）

と、伊東一門の人々の剛勇さに改めて感動し、兄弟に恩を与えずに死なせてしまったことを後悔する。

一方、兄弟の敵討ちへの助力を拒絶し、それを頼朝に通報しようとした三浦与一に対しては、

日本国に武者《たけきもの》共を尋ぬるに、曾我の者共にて留めたり。三浦与一が伮《ふるまひ》を聞くこそ奇恠なれ。曾我の者共が語らひし時、力を加ふまでこそ難からめ、これ程に吉かりける者共を頼朝に訴へて首を刎らせんと計りける条、返す返すも奇恠なり。…さやうの不覚人を世にあらせては何にかはせん。云ふに甲斐なき者をば切り捨つるにはしかじ。（巻十）

と発言することが度重なり、結局彼は勘当されて出家し、高野山へ追われる。

虎の出家を聞いて、「武士者《たけきもの》に睦《むつ》ぶ日は、女性なれども思ひ切る道のありけるや」と感動し、丹三郎・鬼王の出家を聞いてはさらに深く感動して、兄弟を死なせたことを後悔し、常に涙を流したと記され、

されば曾我の人共は、生きての面目、死しての面目、二つながら往生の助けとなりにけり。（巻十）

と語られる。そして、兄弟の三周忌には、曾我祐信の菩提心の深さ、母の浅からぬ嘆きを聞いて、念仏田として土橋・中村の両郷を寄進する。

頼朝は、兄弟を殺したことを素直に後悔する。そして、寛大で正義と温情にあふれている。我々がそうあってほ

しいと思うことを、頼朝は、すべて実現してくれるのである。我々の頼朝に対する祝福の気持ちは、ますます強くなる。兄弟が、頼朝という共同体の権力の中心に認められたこと、それを「死しての面目」とする語り手の発言に、我々はまったく同意するはずだ。

敵討ちが成就するまで、権力は冷酷で狭量なものとして描かれてきた、しかし実は、権力ひいてはその権力によって成り立っている共同体は、冷酷で狭量なものではなく、慈悲深く寛大なものであると、最後に確認させることを、このテクストは忘れてはいないのだ。〈権力に認められる快楽〉を与えることによって、権力を認めさせるのだ。

五　怨霊の効能

『曾我物語』と御霊信仰との関係については、柳田国男以来、繰り返し論じられてきた。たとえば丸谷才一は、「不逞で危険な主題」の背後にあるのが御霊信仰と結びついた「王殺し」の記憶であると述べている。また、福田晃は、御霊と化する横死の英雄は、王権・王法に反抗する貴子たちであり、ひそかに当代の天皇制の枠を打破することが期待された悪しき人々であるとし、曾我兄弟が御家人たちを殺傷し頼朝を討とうとする英雄、つまりは反王法・反王権の「王殺し」の英雄として形象化されるのは、その御霊信仰の強烈さゆえであるとする。(5) 高木信はさらに考察を深め、兄弟は、自ら進んで死を選択して頼朝という神に対して御霊という「負の神」になることで対等に向かい合い、制度にとって制御できない「外部」にあって永遠に「マツロハヌモノ」として、制度を脅かし続ける存在となり、制度は、あるいはその中心たる頼朝は、御霊による祟りを恐れ、鎮魂をし続けなくてはならなくなるとする。(6)

しかし、すでに論じたように、(7) 御霊という反王法・反王権は、王権を危うくするような危険な存在ではない。御霊という「負の神」は共同体の「外部」に属する他者ではない。共同体の構造の内にある異界という周縁に属する聖なる異者である。御霊は共同体のシステムの中にいる。「マツロハヌモノ」が真に外部の存在であるためには、共同体にとって不可知のものであり続けなければならない、だから、たとえば崇徳院の怨霊、平家の怨霊、後醍醐天皇の怨霊、楠木正成の怨霊と命名された時点で、「マツロハヌモノ」は可知のものとなり、共同体の装置の内部に取り込まれてしまう。周知のごとく、中世の軍記や歴史物語や史論の中に、怨霊はしばしば危機の根源、〈歴史〉の動因として登場するが、既にそのこと自体が、怨霊が共同体の内部からの視線に捕捉され、共同体のシステムの中にあることを端的に示している。

反逆によって排除された者を怨霊として登録しておけば、必要なときにいつでも呼び出すことができる。過去の反逆の記憶と結びついた怨霊は、それゆえに多大なそして必要な危機・混沌を共同体の秩序にもたらし、その後鎮魂という形で排除されることによって、共同体の秩序の更新に奉仕する。そして怨霊は次の機会まで待機することになるわけだ。確かに、曾我兄弟は怨霊となり、頼朝は鎮魂し続けなければならなくなる、しかしそれは、頼朝にとって、権力にとって、共同体にとって、決して忌むべきことではなく、むしろ歓迎されることであるはずだ。『曾我物語』において確認できることは、物語の中で兄弟は、生きては反逆者として、死んでは怨霊として、つまりは異者としてあり続け、共同体に奉仕する役割を課せられたということである。(8)

〈怨霊の物語〉も〈王権への反逆者の物語〉と同様、共同体の排除の構造に則った危機と回復の物語にすぎない。

要するに、共同体維持のシステムが、〈歴史〉を必要とし、〈権力と戦う快楽〉を必要とし、〈権力に認められる快楽〉を必要とし、怨霊を必要としたのだ。『曾我物語』の風貌が軍記に似ているのは、ともにこの共同体維持のためのシステムに則って物語化されているからにほかならない。

そしてこの共同体のシステムは、何も『曾我物語』の時代のみに存在したものではなく、我々の時代にも存在しているはずのものである。我々も〈歴史〉を好み、ストレスを発散したいと感じ、周囲から認められたいと願い、超自然の力の存在を思い描いたりする。『曾我物語』の抱えている問題は、我々の問題でもある。そういう視線を確保しておかない限り、『曾我物語』は、我々を慰める媒体としての存在意義しか持ちえなくなる。

もちろん共同体に生きる我々は常に慰撫され続ける必要があり、それは善悪の問題ではない。しかし、無自覚に慰撫され続けていては、『曾我物語』というテクストを充分に活用できない。それは、我々にとっても、『曾我物語』にとっても不本意なことであるに違いない。

注

（1）本書では、直接的には真名本を対象としたが、原則的には仮名本でも同じことがいえる。ただ、仮名本を論じるときには、さらに別の視点が必要になることはいうまでもない。

（2）大津雄一「真名本『曾我物語』の狩場をめぐって」（「日本文学」三〇-一一　一九八一）参照。

（3）丸谷才一『忠臣蔵とは何か』（講談社　一九八四、『丸谷才一批評集』三　文藝春秋社　一九九五　再収）。なお、丸谷は、テクストとして仮名本を使用している。

（4）大津雄一「真名本『曾我物語』の表現構造」（「古典遺産」三四　一九八三、日本文学研究大成『義経記・曾我物語』国書刊行会　一九九三　再収）参照。

（5）福田晃「曾我物語（真名本）の王権・反王権」上・下（「日本文学」三五‐四・五　一九八六、『曽我物語の成立』三弥井書店　二〇〇二　再収）参照。

（6）高木信「反逆の言語／制度の言語―真名本『曾我物語』の表現と構造―」（「名古屋大学国語国文学」六四　一九八九）参照。

（7）第一章参照。

（8）高木信は、兄弟は、頼朝的世界の住人的な感性の人々にとっては、御霊となって当然の存在であったが、兄弟の母や虎などの兄弟を愛した者たちにとっては、そのような祟りをなす存在ではないと、テクストの複層性を指摘し、そこに、怨霊という共同体の物語からの逸脱を認める。高木信「『平家物語』における怨霊／亡霊としての『平家物語』―鎮魂されない平家一門の〈物語〉―」（「文学」二〇〇二年七‐八月号）、同「曽我物語の構成―迷宮的世界の中で」（『曽我物語の作品宇宙』国文学解釈と鑑賞別冊　二〇〇三）参照。

『曾我物語』の「私」と「公」

一　畠山重忠

『吾妻鏡』によれば、文治三年（一一八七）十一月、畠山重忠は梶原景時の讒訴により謀反の疑いを掛けられる。鎌倉へ出頭した重忠は、起請文を書けと迫る景時に、

重忠がごときの勇士は、武威を募り人庶の財宝等を奪ひ取り、世渡の計とするの由、もし虚名に及ばば、もつとも恥辱たるべし。謀反を企てんと欲するの由風聞するは、かへつて眉目といひつべし。ただし、源家の当世をもつて、武将の主と仰ぐの後、さらに貳《ふたごころ》なし。しかるに今この殃に逢ふや、運の縮まるところなり。かつは重忠、もとより心と言と異なるべからざるの間、起請を進じがたし。詞を疑ひて起請を用ゐたまふの條は、奸者に対する時の儀なり。重忠において偽を存ぜざるの事は、兼ねて知ろしめすところなり。速やかにこの趣を披露すべし。

（文治三年十一月二十一日条）

と答え、景時からこれを聞いた源頼朝は、重忠への疑いを解いたという。

強盗をしていると噂されるなら武士としては恥辱だが、謀反はむしろ名誉である。ただし、源家を主と仰いだ後は、まったく二心はないと、重忠はいう。剛勇廉直な武士の典型とされる畠山重忠のこのエピソードは、権力に戦いを挑むことをも躊躇しない勇士こそが、無二の忠臣となりえるのだと我々に語りかける。

二　「私」と「公」

真名本『曾我物語』は、各巻の冒頭に、「本朝報恩合戦謝徳闘諍集」と記す。曾我兄弟の敵討ちを、親の恩徳に感謝し、これに報いた行為として規定するのである。富士野へ向かう五郎の言葉に、「もとより報恩の合戦、謝徳の闘諍なれば、山神もなどか納受なかるべき」（巻七）とあり、頼朝の尋問の場に引き立てられる五郎の言葉に、「父のために付たる縄なれば孝養報恩謝徳闘諍の名聞にてこそあらめ」（巻九）とある。テクストが、兄弟の復讐を父の恩徳に感謝し報いる行為、いわば〈孝の物語〉として語ろうとしていることは自明である。

ところで、英雄物語の主人公は、大きな障害を艱難辛苦の上に乗り越えるという義務を課せられるのが常である。そして、しばしば、悲劇の最期を遂げる義務も課せられる。曾我兄弟という英雄の前に立ち塞がった障害は、鎌倉殿源頼朝であった。テクストは、この国の始まりから説き起こして、頼朝の治世に至り、「公私諍ひを留めて一人として帰伏せざることなし。されば、世納まり、万人恩厚に誇れり」と、その権威によって国中が静謐に治まったことを記す。そして、それを受けて、「しかるを何ぞ、伊豆の国の住人伊藤次郎助親が孫子、曾我十郎助成・同五郎時宗兄弟二人ばかりこそ、将軍家の陣内を憚らず、親の敵を討て、芸を当庭に施し名を後代に留めけれ」と記して、兄弟の敵討ちの物語が頼朝とのかかわりにおいて語られるであろうことを予告し、巻二の半ばから巻四の最初まで、兄弟の物語を中断して、流人源頼朝が苦難を乗り越えて征夷大将軍にいたり、東国の王となるという、頼朝の、文法どおりの英雄物語が語られる。英雄頼朝が曾我兄弟が英雄となるための障害となるのである。この頼朝の物語は、『源平闘諍録』や『四部合戦状本平家物語』などの読み本系『平家物語』諸本と共有されるものであり、『曾我物語』が創作したものではない。『曾我物語』は、兄弟の敵討ちの物語とは別に、恐らくは東国に独立して存在した、頼朝の物語を取り込んだのである。

それは、敵討ちが、頼朝の陣内で、その側近工藤祐経を討ち果した事件である以上、自然なことではある。この兄弟の物語と頼朝の物語との出合いは、本来なら「私」のあるいは「家」の小さな物語として語られて終わったかもしれない事件を、武士政権の樹立という、この国にとって重要な時代の転換期において生じた「私」と「公」との葛藤の事件として、〈歴史〉という大きな物語の中で描き出すことを可能とした。そしてそれは、この物語にダイナミズムと普遍性と複雑さと奥行きをもたらした。それらは、読む者を魅了し、ある場合には、そのような魅力を生み出すこのテクストの構造の解明へと、人を誘いさえもするのである。事実、森山重雄の「在地者の贖罪―『曾我物語』の意味するもの―」（「思想の科学」一七　一九六三、『中世と近世の原像』新読書社　一九六五　再収）以来、その解明のための論がさまざまに積み重ねられてきた。[1] それらは、概ね、この出合いを、『曾我物語』の幸福としてことほぐ。その祝福の気分を私も共有するが、しかし、本当に、「私」と「公」は、この物語において、正しく葛藤しているのだろうか。

三　頼朝の命

兄弟の物語と頼朝の物語が激しく接触するのは、敵討ちを果した後、捕えられた五郎が頼朝の面前に引き出され、尋問される場面であろう。

自分に対して特別な恨みを抱いていたのかとの頼朝の問いに、五郎は、

争《いかで》かその義はなくて候ふべき。その故をいかにと思し食せ。祖父の伊藤入道は君より御勘当を蒙て、既に誅せられ進せ候ひぬ。敵の助経はまた御気色吉き大名に成て召し仕はれ候ひしに、助成が最後の詞には、便宜吉くは御前近く打上て具《つぶさ》に見参に入るべしと申し候ひしかば、現にと千万人の侍共を討て候はむよりは、君一人を汚し進せつつ後代に名をば留め候はむと存じ候ひしかば、忠家に付て参り候ふ程に、君の御果報やめでたく御在しけん、また時宗が冥加や尽き候ひぬらむ、云ふに甲斐なく召し取られ候ひぬ。（巻九）

と答え、それに対して、頼朝は、

これ聞き候へや、各々。哀れ男子の手本や。これ程の男子は末代にもあるべしとも覚えず。実に頼朝においてはこれ程の意趣をば存ぜざるらめども、只今召し問はれつつ陋臆《わるびれ》たる色を見せじとて申したる詞なるべし。種姓高貴にして心武き者なれども、運尽きて敵のために執られて後は、心も替り諂《へつら》ふ詞もあり。この者は少しも陋臆たる事もなし。これを聞かむ輩はこれを手本と為すべし。陋臆たる者千人よりかやうの者一人をこそ召し仕はめ。助けばや。（巻九）

と、応じる。五郎は、頼朝に対しては祖父を殺された恨みと工藤祐経を大名に取り立てたことへの恨みがあり、それゆえ頼朝までも狙ったと公言する。しかし、頼朝は、それは臆していると思われないための強弁であると否定し、かえってその剛毅さを賞賛するのである。

二つの発言は対立する。頼朝の命を狙ったという五郎の発言を、それは真意かもしれないと、我々が感得する環境も、実は確かにこのテクストにはある。頼朝が、兄弟の祖父伊東祐親を死に追いやったことは事実である。その結果として、兄弟は頼朝の体制から疎外され貧しさに苦しむことになる。頼朝が祐経を側近として重用し、それが結果として敵討ちの大きな障害となったことも事実である。

物語が頼朝の世に嫌悪感を示していることも確かである。兄弟の母親は、敵討ちを止めようと、

まことか。和殿原は、さしも怖しき世の中に謀叛を起さんと議《たばか》り合はるるなるは。…当時は昔に似たる世ならねばこそ。平家の時は、伊豆・駿河にて敵を討ちぬるものは武蔵・相模・安房・上総へも逃げ越えたれば、今日寄する明日寄するとはいへども、日数も経ればさてこそありしか。当時の世には、東は安久留・津軽・外浜、西は壱岐・対馬、南は土佐の波达、北は佐渡の北山、これらの間は何の処何の島へ逃げ越えたりとも終には尋ね出されて、罪の軽重に随ひつつ皆御誡めどもあらん。その故は、国々に守護人を置きつつ禁《きび》しく尋ぬる故は、これ程に怖しき世の中にいかにかやうの大事をば思ひ立ち給ふぞ。　（巻五）

と、説得する。日本国中に監視の目が行き届き、秩序を乱すものは断罪してやまない世の中を「怖しき世の中」と繰り返す。また、兄弟に向かって、今の世は、敵と同席し盃を交しても恥ではないのだ、今時、親の敵討ちなどするのは剛の者ではなく愚か者だといった異父兄の京の小次郎や、兄弟の敵討ちの誘いを拒否し、頼朝に密告しようとした従兄弟の三浦与一には、みじめな末路が用意される。

そして、十郎は確かに、その死の間際、五郎に向かって、「君の御前近く打登て、具に見参に入るべし」と言い残した。十郎は、頼朝の命を奪えということを婉曲にそういったのかもしれないと理解する余地はある。そういう曖昧さが、この物語に奥行きを与えていることも事実である(2)。

けれども、第一義的には頼朝の発言が正しいと理解されるように、言葉は布置されている。まず、何よりも、この五郎の発言にいたるまで、兄弟が頼朝を恨み、頼朝の命を狙おうなどと発言することは、一度たりともないのである。たまたま、当日、祐経と同宿していた王藤内を、殺すか逃がすかと相談することはあってもである。五郎が、工藤祐経の姿を初めてみたのは、頼朝が箱根権現に詣でた際であり、頼朝もそこにいたのに、五郎の視線は頼朝をまったくとらえていない。三原野・那須野の狩場でも、富士野の狩場でも、兄弟の視線の先にいるのは、祐経だけであって頼朝はいない。富士野の狩場に向かう途中の浮島が原で、頼朝は兄弟の姿を認め、祐親に子供の千鶴御前を殺されたことが思い出されて不愉快だから、騙して後に首を斬ろうと考える。このとき、頼朝は、兄弟が祐経を狙っているのだろうとは思うが、自分に危険が及ぶなどとは考えてもいない。兄弟も、頼朝の真意を見抜くが、では頼朝も討ち取ってやろうなどとは、まったく考えない。頼朝の宿所内に立ち入ったのも、逃げる堀藤次を追いかけた結果であると、その偶然性を繰り返し強調したりもする。確信犯として描くなら、そのような設定は不要なはずである。

そして、和田義盛と畠山重忠の存在である。二人は、一貫して兄弟を庇護する存在である。熱海で湯を楽しみ、三浦へ帰る途中の和田義盛は、大磯で休憩し、虎と十郎と酒宴をする。義盛が、影のように身に添う五郎殿はどうしたと十郎に尋ねると、その言葉も終わらないうちに、五郎が現れ、義盛は、「哀れ、契は違はざりけるものかな。これへ、これへ」(巻五)と、五郎を招き入れて酒宴をする。義盛は、二人で力を合わせて一緒に敵を討とうとの兄弟の約束を知っていて、それが守られていることに感動したわけである。

ともに敵討ちをしようとの十郎の申し出を拒絶したために五郎に罵られ、それを怒って鎌倉へ訴えようとする従兄弟の三浦与一と出会って、これを泣きながら諫めて、押し止めたのも、重忠と義盛である。重忠は、よい武士というのは哀れを知るべきであり、兄弟にこの上さらに嘆きを与えることは気の毒だ、「和殿も甲斐々々しく我らも後の憚りをだにも思はずは、我が身こそ値遇せずとも、子供の一人なりともまた郎等の一人なりとも差し副へて、などか力をも付けざらむ」（巻六）という。

敵討ちの日の夕方、兄弟は和田の宿所を訪ねる。義盛は、兄弟を手厚くもてなし酒宴を催すが、盃が重なると、「骨なくばし申すな。咹《あ》の殿原は思ひ御在す人々なり。今夜ならずしてはまた何の時に会稽の恥をば雪めらるべき。早々」（巻九）と、兄弟を送り出す。その兄弟を、畠山も招き入れて、やはり酒宴でもてなすが、酒を無理強いすることを控え、「いかに候ふ、殿原。今夜ならずは方々の御本意をば何の時にか遂げらるべき。重忠も本田・伴沢を差し副へて力をも付け奉るべけれども、これはさして勢のいるべき事ならねば、さてこそ罷り過ぎ候へ。思ひ奉らざるにはあらず。疾く疾く」（巻九）と、今夜が敵討ちの最後の機会と語る。兄弟の敵討ちで騒然とする中、畠山は、「この騒動は、曾我の者共が日来の本意を遂げて助経を討たると覚ゆ。これに依て上の御大事は候ふまじ。御内の人々をも鎮めさせ給へ」（巻九）と和田に使者を送り、義盛もまったく同じ考えだと返事をする。

もし、五郎が本当に頼朝までも狙ったなら、それは、和田と畠山という恩人を裏切ることになる。それでは、和田と畠山を愚か者にしてしまう。「これに依て上の御大事は候ふまじ」という推量を、テクストは保証しなければならないはずだ。

頼朝を頂点とする体制は、確かに兄弟を疎外し、彼等の思いを阻むものとしてある。けれども、兄弟には、それを破壊しようとの欲望は存在しないと、テクストは語る。

兄弟に、頼朝を討とうとの意図はなく、五郎の発言は、臆病とはいわれまいとの強がりであるとの頼朝の発言を、そのとおりだと肯定したとき、この物語における「私」と「公」の深刻な葛藤は、不成立のままに終わる。(3)

それならば、この二人の会話は、いったいどのような機能を果すことになるのか。

祐経を殺したことは理解できるが、どうして、罪もない侍たちに危害を加えたのだという頼朝の問いに、五郎は、陣内でこのような騒ぎを起こす以上は、侍たちを一人も逃がすまいと思っていたといい、次のように続ける。

されども侍共が皆不覚人にて、太刀の影を見ては、まづ逃足を践み候ひつる程に、僅に追様を打ち候ひつる間、尋常に彶《ふるま》ひて出で来る敵は一人も候はざりき。臼杵八郎より外は誰かは一人も候ひける。只今に召し迎へて御覧候へ。迎様に疵を被りたる者は少くこそ候ふらめ。また迎様に合ふ者ならばいかに候はんずらむ、一人も遁し候はざりしものを。凡て君は大臆病の侍の限りを召し仕はれ候ふものかな。これ体にては自今以後も何事に付ても浮雲《あぶなく》見え候ふものかな。（巻九）

この後、何を思って御前近くに参ったのかという頼朝の問いに対して、五郎は、それは堀藤次を追い掛けて参上したと答え、保元の合戦の時、鎮西八郎為朝に追い掛けられた鎌田政清が、主人の源義朝の方には逃げず、平家の陣頭へと逃げたことを引き合いに出し、「吉き兵は皆かくこそ彶ひ候へ。それには相違してこれは敵を後ろに立てながら逃げ候ひける意趣をば堀藤次にこそ御尋ね候はめ」（巻九）と、言い放つ。これを聞いた頼朝は、堀藤次の行為の不当さに同意し、自分に対して特別の恨みがあるのかと尋ねて、問題とした五郎との問答になるわけである。

五郎は、頼朝が、堀藤次に代表されるような卑怯未練な武士たちばかりを召し使っていることを、痛烈に皮肉り、頼朝はそれを認めざるをえない。だからこそ頼朝は、決して臆病とはみられまいと気丈に振舞う五郎を、武士の「手本」と称揚し、「陋臆たる者千人よりかやうの者一人をこそ召し仕はめ」と、感動するのである。五郎こそが、「吉き兵」だということになる。五郎こそが、たとえば鎌田政清のように、主人のことを第一に考え、そのためには身の危険を顧みず勇猛に戦う忠臣としてふさわしい、召し使いたいと、頼朝は思うのである。

五郎は、敵討ちが結果的には謀反と称されるであろうことを充分に認識している。認識しつつも、父の恨みを晴らすためには、それをも辞さないという覚悟を、彼は持っている。そのような覚悟のある人間こそが、「名を後代に留め」るのだ。ちょうど、謀反を名誉とする畠山重忠が、無二の忠臣として名を残したように。そもそも、五郎には頼朝に対する恨みはないのだから、恩を与えたならば、『吾妻鏡』の畠山重忠のような忠臣になった可能性もあったということになる。頼朝も、この後、奉公の機会を与えずに、兄弟を殺したことを後悔することになる。

このなりゆきに、我々は大いに満足する。五郎が、頼朝を遣り込め、頼朝が、我らが愛する五郎の存在を認めたことに、喜びを感じることになる。(4) けれど、ここには、何やら詐欺めいた仕掛けがある。頼朝から阻害され苦しめられた兄弟が、頼朝のために、我が身をもって、彼に仕える武士たちがいかに脆弱であるかを実証し、その上で主に仕える武士としてのあるべき姿を、親切にも説き示すという奇妙な構図ができあがってしまう。忠臣というものは、かくあるべきものだと、謀反人曾我五郎時宗は、頼朝を、武士たちを、そして我々を教育するのである。兄弟は兄弟の意志とは無関係に、不在の理想の「忠」を語るのである。「孝」は「忠」をも語り、葛藤すべき「私」と「公」は、融和する。

五郎は、頼朝の助命を拒絶し、頼朝も秩序を守るために五郎の命を奪わざるをえなかった。それをもって、頼朝が五郎を制度の中に取り込もうとして失敗したのだと考えることもできる。(5) しかし、頼朝のあの発言を、五郎自身が、自分はそんな模範となるべき勇士でも、あなたが召し使いたいと思うような武士でもない、私を忠臣の手本などとする価値観は断固拒否すると明言して、頼朝の言葉を無効にでもしないかぎり、彼は頼朝の言葉に取り込まれたまま、あるべき忠臣の姿を語り続けてしまう。未練もなく死を望んだということ自体が、命をも惜しまぬ潔さを示して、頼朝の言葉を補強してしまうのはずである。

五　「忠孝一致」

そもそも、儒教では、「孝」こそが道徳思想の根本の概念であった。父子は道徳を超越した絶対的関係であるが、君臣は道徳を媒介とした相対的関係であって、「孝」と「忠」は、本来、相容れないもののはずであった。『孟子』「尽心章句上篇」には、舜の父が法によって罰せられようとしたら舜はどうするだろうかという弟子の問いに、孟子が、舜はやぶれ草履を捨てるように天下を棄て、父を背負って逃げ、人知れぬ海浜に住んで、一生天下のことなどは忘れてしまうだろうと答えたとある。天子の地位も国家の法も、親への孝行のためには無視してよいとされているのである。「孝」は絶対的である。むろん、これは国家という共同体にとっては危険な思想である。だから、すでに、『孝経』「士人章」に、「孝を以て君に事ふれば則ち忠」とあるとおり、その上位者への献身的奉仕という点において、はやくから、「孝」は「忠」に包摂され、家族的秩序は国家的秩序の確保のために利用されるようになる。日本も素直にそれを受け入れた。『経国集』巻二十に収められている、天平五年七月二十九日の日付けを持つ神蟲麻呂の「復讐」についての対策に、「是に知る国を興し家を隆んにするは、必ず孝道に由ることを」「則ち能く室に孝なるは、必ず邦に忠なるべし」とある。

近世水戸学の「忠孝一致」は、この連続性をより特権化し、それが家族国家観に立つ日本近代の国民道徳の根幹をなすにいたる。

これを受けて、赤穂浪士と曾我兄弟の敵討ちとを並べて、忠孝の義挙、武士道の華と称えるのが、アジア・太平洋戦争以前のこの国の常識となる。

たとえば、高木武は、一九三三年四月に発行された「国語と国文学」（一〇-四）の『曾我物語』の特集号に、「曾我物語の展望」を執筆し、

君・父の仇を討つことは、我が国民道徳の根幹たる忠孝の大道、殊に武士道の精神と一致するものがあり、国民の賞賛を博したので、仇討は中世から次第に多くなり、近世に及んでは、ますくその盛行を見るに至ったのである。そして、多くの仇討ちの中で、曾我兄弟の復讐と赤穂義士の復讐とは、一は父の仇を討って孝道を全うし、一は君の讐を復して忠節を全うしたもので、我が国における仇討の双璧として、古来、国民の渇仰賛美の的となっているのである。

と記し、さらに

復讐ということが、単なる「利己的な意趣晴らし」に終わるような場合には、その道徳的価値は余りないのであるが、忠道・孝道と結びつき、大義の為に自己を犠牲にしてその実現に努力するという場合には、そこに多大なる道徳的の意義と価値とが生じてくるし、殊に、これは一面において、幾多の辛苦を凌いで心身や技能を鍛錬し、身命を賭して大儀の遂行にあたるといふところに武士道の精神とも吻合する。

と記す。曾我兄弟の敵討ち自体は、忠節を表すものではない。それは、高木武も認識している。けれども、高木は、赤穂浪士の討ち入りと兄弟の敵討ちとの同質性をも認識している。「大義の為に自己を犠牲にしてその実現に努力する」「身命を賭して大儀の遂行にあたる」ということにおいて、二つの物語は同じなのである。そして、高木は指摘していないが、『曾我物語』は、指摘したとおり、あるべき忠義をも語っているのである。

「古典研究」一九四〇年十一月号誌上の「曾我物語の倫理」と題する論で、橋本実が、兄弟の捨て身の行為を礼賛し、「平和の社会にも示されることのできたこの生を忘れた行為は、明らかに日本の文化伝統に殉国の精神を植ゑつけた」と、敵討ちと殉国とを唐突に連続させるのも当然なことなのである。

『曾我物語』が、どの程度に、儒教における「孝」と「忠」を意識しているかは、議論の余地があるが、(6)しかし、この物語がそのような言葉に集約されるような、親や主君という社会的優位者に対する盲目的献身をよしとするイデオロギーを持っていることは間違いない。謡曲・幸若舞・浄瑠璃・歌舞伎・近世小説と、「曾我物」と総称される膨大なテクスト群が存在するが、それは、多くの人間が、兄弟の献身的・自己犠牲的な親への愛に魅了されたからに違いない。

そして、親に対する献身と、主君に対する献身は、容易に連携するのである。父のために命を捧げられる者こそが、君のために命を捧げられるのである。〈孝の物語〉を語ることは、〈忠の物語〉を語ることと同じである。

六　搾取される「私」

物語が、共同体への流通を欲望している以上、物語は常に「公」のものである。原理的にいえば、どんなに「私」

の事件でも、物語化されれば、それはすでに「私」のものではありえない。物語における真の意味での「私」の世界の存在の不可能性という原理的問題はさておくとして、物語化が共同体維持のためのイデオロギーに強く支持されてのことなら、その「私」は「公」に広く、深く浸潤されざるをえない。

父の敵討ちという復讐事件を、「報恩の合戦、謝徳の闘諍」という〈孝の物語〉で翻訳しようと決意した時点で、すでに、『曾我物語』は、家という単位からの共同体維持の物語（＝「私」的「公」の物語）として機能することが決定されているわけだが、その物語が、源頼朝という共同体の権力を視野に入れた瞬間に、「孝」は、不可避的に「忠」を語らざるをえなくなることも決定されているのである。「孝」「忠」と表象されるような滅私奉公的観念から自由でない限り、この事件を、「私」と「公」との根源的な葛藤として物語ることなど不可能なのだ。「私」の起こした事件は、すぐさまに「公」に搾取され、「公」に奉仕させられてしまうのである。この物語に描かれる「私」と「公」の対立は、擬装のそれである。

むろん、それは、その時の今を生きていた生身の曾我兄弟という存在が、どのような思いを抱いていたかという次元とも、あるいはこの物語を生成した人々の意図という次元とも、別の次元の問題である。事件は、不可避的にそのように物語られてしまうのである。今の我々が、忠孝のような他律的イデオロギーにやすやすと教化されるなどとは思ってもいないが、問題とした五郎と頼朝の問答に、快楽を感じたとしたら、それは滅私奉公的行為に思わず魅了されているということになる。

注

（1） 山下宏明「鎮魂の物語としての『曽我物語』」（「名古屋大学文学部研究論集・文学」三〇　一九八四）、福田晃「曾我物語（真名本）の王権・反王権」上・下（「日本文学」三五-四・五　一九八六、『曽我物語の成立』三弥井書店　二〇〇二　再収）、高木信「生成・変容する〈世界〉、あるいは真名本『曽我物語』――〈神〉の誕生と〈罪〉の発生――」（「軍記と語り物」二五　一九八九）、會田実「真名本曾我物語の〈公〉と〈私〉と――表現構造探究のために――」（「日本文学」三九-九　一九九〇）など参照。また、大津雄一「真名本『曽我物語』の表現構造」（「古典遺産」三四　一九八三、日本文学研究大成『義経記・曽我物語』国書刊行会　一九九三　再収）、同「体制的にかつ反体制的に――真名本『曾我物語』のストラテジー――」（「日本文学」三六-七　一九八七）参照。

（2）注（1）拙稿参照。

（3）たとえ、いや五郎は頼朝を狙っていたのだと信じるとしても、そうではないという頼朝の発言によりはぐらかされ、それを五郎が否定しない以上、やはり深刻な対立は生じない。

（4）私にいう〈権力から認められる快楽〉である。

（5）高木信「反逆の言語／制度の言語――真名本『曽我物語』の表現と構造――」（「名古屋大学国語国文学」六四　一九八九）参照。

（6）【補説】参照。

【補説】　本論が掲載された『曽我物語の作品宇宙』（「国文学解釈と鑑賞」別冊　二〇〇三）に、佐伯真一の、「敵討の文学としての『曽我物語』」も収められている。佐伯は、「『曽我物語』に儒教思想が窺えないとは言わないが、父の敵を討とうとする兄弟の思念が儒教思想によって説明されているとは言いにくいだろう」とし、「忠孝を根本とする武士道」などというのは、近代に創作されたものであり（佐伯真一『戦場の精神史　武士道という幻影』日本放送出版協会　二〇〇四　参照）、そのような武士道から「仇討の文学」が生まれたというのは、倒錯的な歴史観であるとする。近代の言説を、検証もせずに放置しておいて、結果としてそれを不幸な形で継承してしまうというのは、『曽我物語』に限らず、軍記研究あるいは古典研究の悪癖であり、佐伯の発言は貴重な警鐘である。

確かに、真名本『曽我物語』では、兄弟の敵討ちは、父への「孝養」（供養）という仏教的観点からいわれることが多く、それを「孝」の行為であると、儒教的観点からいうことはない。巻七で敵討ちに向かう兄弟に、箱根の別当が師弟の契りの深さを語る中で引用する経文の言葉として、「詞には父母・師僧・三宝に孝順せよ。孝順は至道の法なり。孝を名けて戒と為し、また制止と名く」とあり「観音は弥陀如来の左脇の弟子也。至孝のために頂上に弥陀を戴き奉る」という別当の言葉があって、師への「孝」が語られ、同じく巻七の「赫屋姫」伝説を語る中に、「富士郡に老人の夫婦ありけるが、一人の孝子もなくして」と語られるだけである。

しかし、「不孝」という語は、五郎と母との関係において、多く使用される。「そもそも時宗が不孝を免され奉らずして死に候はむ事こそ、今世後世の意恨にて候へ。不孝の罪は余の罪業よりも至て重しと承り候ふが、身に染みて怖しく覚え候ふなり。…不孝の者をば、仏これを擁護し給はず。不孝の地をば、堅牢もこれを頂き給はず。不孝の輩は、邪見闡提の人なり。不孝の類は畜生羝羊の人なり」（巻六）などとある。また、継母に、山木兼隆に嫁ぐために早く出発するようにと命じられた北条政子は、「出でたたんとすれば恩別の歎きも悲し。留まらんとすればまた、不孝罪も遁れ難し」（巻三）と悲しむ。「不孝」が「勘当」の意味で使われることもあるが、五郎の行為が母親への「不孝」であるとの認識はある。とすれば、対になる「孝」の観念もあったとするのが自然であろう。死んだ父への「孝」が語られないのは、死者に対しては「孝養」（供養）こそが「孝」であるとされたとも考えられる。兄弟の敵討ちが「孝」でとらえられていないとはいえまい。

もちろん、武士道精神なるものが近代の捏造であるというのは事実の指摘で、私も、そこから『曾我物語』が発想されたなどとは思わない。また、たとえ敵討ちが「孝」でとらえられるとしても、『曾我物語』が、儒教的忠孝精神をいかに反映しているかということについて、私は論じたかったわけではない。私が主張したかったのは、「孝」「忠」といった観念によく象徴されるような、「上位者への献身的盲目的奉仕をよしとするイデオロギー」が共同体にあるかぎり、人が意識しようとしまいと、兄弟の敵討ちの物語は、それを語らざるをえないということである。たとえば、そのイデオロギーが、親や主人へのあるいは夫への「愛」として表象されることもあるわけだ（第六章「義仲の愛そして義仲への愛」参照）。

しかし、初出の論文では、言葉が足りず、誤解を受けるおそれがあるで、本論に収めるにあたって、特にこれを避けるために、加筆した。佐伯論に感謝する次第である。

表象としての源頼朝——権力と『曾我物語』——

一　厳格と寛容

たとえば、親や教師を回想することを強いられたとき、人が、思わず、「厳しかったが温かかった」というたぐいの言葉を、常套句のように口にしたり、書き記したりすることを、我々は知っている。厳格と寛容、子供を教え導くには、この二つの相反する態度を適切に使い分けることが必要であるというのが、「常識」であるようだ。

もちろん、それは、子供に対するときだけのことではない。佐々木馨は、鎌倉幕府第五代執権北条時頼の武人像を、『吾妻鏡』から読み取り、時頼を、ときに「専断の権」を振るって他を圧倒する雄々しい決断力と実行力を発揮し、ときに「恩情厚き慈悲の心」を施して名もなき弱者を救う、何事にも一徹な「文武両道」の求道者として描き出す。(1)佐々木のいうところの「中世の黄門」である北条時頼の廻国修行を、その人格面から説明しようとするわけだが、ここにも厳格／寛容の二項対立を認めることができる。

そして、もちろん、それは、時頼に限ることではない。山本幸司は、源頼朝について、頼朝が、彼の地位を脅かさない者たちに対しては、躊躇や警戒心を持つことなく好意的で温情のある態度を取るのに対し、彼の政治的地位を脅かすものに対しては厳しく対応することを指摘し、「生身の人間的存在としての頼朝の振る舞いと、政治的人間としての頼朝の行動には、明らかな径庭が存在する」として、

史書の伝える頼朝の行動を子細に検討すると、誰しもがその心憎いまでの心配り、その反面の秋霜烈日のごとき峻烈にして果断な処分とが、綯いあわされていることに気づくと思う。

と述べる(2)。頼朝にも、厳格と寛容の二面性があるというのである。

二 「頼朝問題」

頼朝は冷酷であるとの評は、いたるところで繰り返されてきた。冷酷な頼朝という評価は、我々の「常識」であるとさえもいえる。たとえば、『梅松論』には、足利尊氏を賞賛する夢窓疎石の言葉の中に、

治承より以来、右幕下頼朝卿、兼征夷大将軍の職、武家の政務を自専にして、賞罰私なしといへども、罰の苛《からき》故に仁の闕《かく》るかとみえ、今の征夷大将軍尊氏は仁徳をかね給へるうへに、なを大なる徳在なり。

とある。尊氏の政治を称えるために、頼朝の政治を引き合いに出して、それが過酷で仁徳に欠けていたとするのである(3)。近代になれば、高山樗牛が、

兵衛の佐はげに智謀たけたる大将にはおはしけれども、みやびたる優しき心、露ばかり有ち給はざりき。我執の念、余りに強かりければにや、ねたみ深く、心ひがめり。されば讒奸やゝもすれば骨肉の間に入り、一族の連枝、時に路傍の人にも劣れり。権勢いくばくもなく臣下の手に落ち、宗廟はやく祀りを絶てども、一人の義

に殉ひ、恩に死するもの無し。

と、頼朝を断罪する。[4]

水原一は、『曾我物語』の頼朝が、敵討ちを果たした曾我兄弟を称え、その孝心に感涙を拭うのを、「一夜にして民衆好みの名将軍に変身している。あり得ぬことである」と断定し、そのような「温情的人間観」は、「どうしても後世の虚構である」とする。[5]そして、『平家物語』巻十二に記される平家の残党への過酷な処罰が、頼朝の意志の下に展開していることを認めねばならないとして、「それは舞台の一切を覆って炯々と眼光輝く魔王の鉄槌を振るうに譬えてもよいであろう」と語って、平家断絶の背景に、「仮借なき魔王頼朝像の存在とその意味を知るべきであろう」と論じる。[6]しかし、山本が指摘するとおり、一方に温情溢れる頼朝がいることも事実なのであり、それは、「どうしても後世の虚構である」と、強引に無視しえる程度のものではない。

厳格と寛容、冷酷と温情、この頼朝の二面性について考察したものに、佐伯真一の論がある。[7]佐伯は、中世から近世にいたる様々なテクストを分析して、頼朝が「現在」へとつながる新たな秩序の草創者として認識されていること、中世のテクストにおいては、その権威を仰ぎことほぐ言説と、それと対立して頼朝を敵役としたりその過酷な処罰に批判的な言説が、ときには同一のテクストにおいても並存していることを指摘し、中世文学における頼朝の問題は、頼朝を敵役としつつその体制をことほぐ構造をとらえるところから出発しなければならないとして、それを、福田晃の鎮魂の理解に拠って、[8]「寿祝と鎮魂」の構造と表現する。反逆者の鎮魂の行儀あるいはその御霊の物語は、世の太平を願ってのものであるが、それは時の権力者によって最も期待されるものであり、権力者の寿祝と反逆者の鎮魂は表裏のものであって、矛盾するものではないという理解である。その理解は、正しいと思う。

しかし、佐伯自身が言及するとおり、その理解では把握しきれない部分が残ることも確かである。反逆者を鎮魂しようという意志が、彼の行為の正当化を要求し、その結果頼朝への批判を要求するのは事実だろうが、それだけでは、頼朝の政治の恐怖性が、「常識」として語り継がれてきた事実を充分には説明しがたい。「寿祝と鎮魂」の発想が潜在的には影響を及ぼしているのだと説明しえないわけではないが、頼朝にまつわるテクストのすべてが鎮魂を目指しているわけでもあるまい。「寿祝と鎮魂」の構造を離れて、冷酷な頼朝像は存在するのではあるまいか。

頼朝の二面性をどう理解するか。「頼朝問題」とでもいうべきものがある。この問題を、民俗学的発想とは別の、あるいは山本のいうような頼朝の生い立ちからの「精神史」とも別の、権力論という地平において考えてみたい。

三　権力の資源

権力については、社会学・政治学・哲学などの分野で膨大な研究の積み重ねがある。(9) それを、いま回顧する余裕はないが、権力とは、広義には、何らかの社会的変化・帰結をもたらす「なにものか」である。フーコーにいわせれば、それは、「一つの制度でもなく、一つの構造でもない、ある種の人々が持っているある種の力でもない。それは特定の社会において錯綜した戦略的状況に与えられた名称(10)」ということになる。さまざまな関係の網の目から成立し社会に作用する力ということであるが、ここでは、フーコーのいう、その「終端的形態」であるところの、「国家権力」・「政治権力」という狭義において権力という語を使用する。もちろん、中世にも、それはより目の粗いものではあったろうが、網の目状の力関係の連鎖として、権力はあったにちがいない。しかし、中世の物語において、それらは天皇や将軍という「終端的形態」で表象されるのが常であり、本論でもその表象のありようを問題にすることになる。

さて、権力は、人間の社会におけるコミュニケーションの一形態であるが、その特質は、その関係が対称的ではなく、非対称的であるところにある。その非対称的な関係を生み出すもの、すなわち権力の資源は、普通、強制(暴力)・利益・正統性の、三つの類型に分類される。

以下、真名本『曾我物語』に、権力――それを表象するのが頼朝ということになる――が、どのように描き出されているのかを、この三つの類型にそって確認する。

四　正統性

正統性は、その権力を受容する共同体が共有する規範的な確信によって成立する。それは、権力への服従を、服従する側が正当なこととして自発的に受容することを可能にする根拠である。権力が、本当は暴力によって他の勢力を排除した結果にすぎないとしても、権力は、それが、正当で必然的であるということを示す必要があるし、共同体の成員たちも自らのアイデンティティーを確保するために、その説明を求め、それによって納得させられることを期待するのである。

『曾我物語』は、「それ、日域秋津島と申すは、国常立尊より以来、天神七代・地神五代、都合十二代は神代としてさて置きぬ」と、この国の始源から語り始める。そして、朝威を軽んじ国土を傾けようとする者を抑えるために、源平両氏が置かれたと語り、源頼朝が権力を掌握する歴史的経緯を語って、「公私諍ひを留めて一人として帰伏せざることなし。されば、世納まり、万人恩光に誇れり」と、ひとまず語り納める。この国の王に承認された、歴史的必然としてそれはあると、頼朝の権力の正統性が、物語の初めにまず確認される。

挙兵前、伊豆山権現に逃げ込んだ頼朝と政子が、神前に参籠して祈ると、権現は歌を詠んで、願いが叶えられるであろうと二人に告げる。また、藤九郎盛長は霊夢をみて、それを、懐嶋景義が、遠くは三年近くは三月の内に天下を掌握し、日本国の大将軍となり、三代まではその権勢が続くであろうとの、権現の示現であると、夢合わせをする。頼朝も、鳩が二羽飛んできて髻に巣をこしらえて、子供を生み育てるという霊夢をみて、八幡大菩薩の守護を確信する。政子は、権現から日本六十余州の写る鏡を授かるという夢をみて、これは、頼朝の後、自分が将軍家の後家としてこの国を知行するという示現ではないかと思う。頼朝の権力が、神意に叶うものであることを、執拗に語るのである。

もちろん、政治的にもその正統性は保証されている。頼朝は、あくまで、以仁王の令旨を受け、後白河法皇の院宣を受けて挙兵して平家を亡ぼしたのである。建久元年には、上洛して法皇と対面し、大納言・右近衛大将に任ぜられる。彼の権力は、適切な手続きを経たものなのである。物語がそれを書き漏らすことはない。

歴史的にも神話的にも政治的にも、彼の権力は、正統性を保証されているのである。

五　強制（暴力）

権力は、強制によって誕生し、維持される。それは、言葉や金品によることもあるが、しかし、政治権力の形成と維持において、直接的・即時的に有効であるのは、暴力である。権力は、しばしば暴力によって誕生し、そして暴力を占有し、その暴力による出自を忘却ないしは隠蔽して、他の暴力を排除するのである。

暴力について考えるとき、やはりヴァルター・ベンヤミンの思考を参照しないわけにはゆかない(11)。戦争や革命に典型的なように、新たな秩序（国家・法）が形成されるときには、暴力が発動される。そのような暴力を、ベンヤミンは「法措定的暴力」と呼んだ。頼朝も、当然、この「法措定的暴力」を発動した。『曾我物語』は、平家との戦いを詳細には記さないが、その犠牲となった人々の名前と人数を記している。

今度、佐殿御代に出でさせ給ひて後、御敵となりて誅せられ奉る侍共は、相模の国には大庭三郎景親・海老名源八季貞、駿河の国には岡部五郎・荻野五郎、奥州には舘小次郎安衡・錦戸太郎・栗屋河五郎、これらを始めとして国々の侍共五十六人なり。平家には、屋島の内大臣宗盛・御子息右衛門督清宗・本三位中将重衡・越中次郎兵衛尉盛次・悪七兵衛景清、宗との人々三十八人なり。或いは海底に沈み、或いは自害し給ふ類、これらを加えて数を知るべからず。源氏には御弟参河守範頼・九郎太夫判官義経、御伯父には三郎先生義憲・十郎蔵人行家、御一門には木曾左馬頭義仲・子息の清水冠者義衡・一条次郎忠頼・安田三郎義定・常陸の国佐竹の人々を始めとして源平両家の間に一百四十余人なり。この中に源氏においては皆梶原が申状とぞ聞えし。この中になほ情けなく聞えしは、上総介広常を討たれけるこそ、梶原が申状とは云ひながら無下に嘎しと覚えしか。先年、山木を亡ぼして後、安房の国に超えさせ給ひし始忠節奉公の侍には非ずや。その故にや、鎌倉殿も折々に、「頼朝が殺生の罪業は僅かに三人なり。その外は皆、自業自得果なり。その三人と云ふは一条次郎忠頼・参河守範頼・上総介広常なり。さればこれらがためには、毎日読誦の法華経を手向くるなり」と仰せられける。また聞く、戦場に臨みて敵を靡かせども、向後を鑒みて誅せられける族もあり。死罪区《まちまち》なりとぞ聞えし。

（巻三）

長い引用となったが、「…国々の侍共五十六人なり」「…宗との人々三十八人なり」「…源平両家の間に一百四十余人なり」と繰り返される記述は、頼朝の振るった暴力の激しさを示して余りある。曾我兄弟の敵討ちを止めようとする母親の言葉として、「いかに己らは我が云ふ事を聞かぬぞ。平家の亡び給ひし時は腹の内の子供までも失はれしぞかし」(巻四)とあるが、それも頼朝の「法措定的暴力」の痕跡を示している。

さて、「法措定的暴力」によってひとたび秩序が誕生すると、典型的には軍隊・警察という形で現れるが、その秩序を維持するためと称して、権力は、「法維持的暴力」を行使する。権力は、「法措定的暴力」が痕跡としてしか確認できないことを利用して、あるいは自身の正統性を示すことによって、自らが実は暴力の所産であること、そして、今も暴力とともにあることを隠蔽して、自らの「法維持的暴力」以外の暴力を、人々の平安を乱す不法行為、社会への敵対行為として、徹底的に排除する。

『曾我物語』の場合、たとえば、敵討ちを止めようとする兄弟の母親の、

当時は昔に似たる世ならねばこそ。平家の時は、伊豆・駿河にて敵を討ちぬるものは武蔵・相模・安房・上総へも逃げ超えたれば、今日寄する明日寄するとはいへども、日数を経ればさてこそありしか。当時の世には、東は安久留・津軽・外浜、西は壱岐・対馬、南は土佐の波汰、北は佐渡の北山、これらの間は何の処何の島へ逃げ越えたりとも終には尋ね出されて、罪の軽重に随ひつつ皆御誡めどもあらん。その故は、国々に守護人を置きつつ禁しく尋ぬる故は、これ程に怖しき世の中にいかにかやうの大事をば思ひ立ち給ふぞ。(巻五)

という言葉に、頼朝による警察的暴力の厳しさが、よく示されている。

兄弟の異父兄、京の小次郎の、

当鎌倉殿の御代になりて、正しき親の敵、日の敵なれども、忽ちに宿意を遂ぐる者はなし。上へ申して訴詔をこそ致し候へ。時代に従ふ事なれば、膝を組み肩を並べ酒盃《さかづき》を差し通はせども、恥とも云はず、謗る人もなきものなり。当時さやうの悪事する者をば豪の者とは云はず、返て嗚呼の者とこそ申し合ひ候へ。(巻五)

という言葉や、従兄弟の三浦与一の、

思ひも寄らぬ事を云ひ給ふものかな。当世は昔に替て、さやうの悪事をする者は狩庭にてもあれ、また旅宿にてもあれ、討勝《うちおほ》せて一歩《ひとまど》なりとも延びてむや。（巻六）

という言葉にも、さらには、捕縛した五郎に向かっての、頼朝の、

汝が申す所、一々に皆その謂れあり。所行の企てまた理なるべし。死罪を宥めて召し仕ふべけれども、傍輩これを聞て、「敵を討つ者をば御興あり」とて自今以後も狼藉絶ゆべからず。されば向後のために汝をば宥めぬなり。更に恨むる事なかれ。汝が母においては不便に当るべし。（巻九）

という言葉にも、秩序の維持という大義名分のもとに、他に対しては暴力を禁じ、自らは「法維持的暴力」を振るって監視せずにはおかない権力のありようが、語られている。

ところで、このことについて、ベンヤミンは、

すなわち、個人と対立して暴力を独占しようとする法のインタレストは、法の目的をまもろうとする意図からではなく、むしろ、法そのものをまもろうとする意図から説明されるのだ。法の手中にはない暴力は、それが追求するかもしれぬ目的によってではなく、それが法の枠外に存在すること自体によって、いつでも法をおびやかす。こういう推測は、次のことを考えれば、もっとドラスティックに補強されるだろう。「大」犯罪者のすがたは、かれの持つ目的が反感をひきおこすばあいでも、しばしば民衆のひそかな賛嘆をよんできたが、そういうことが可能なのは、かれの行為があったからではなくて、ひとえに、行為が暴力の存在を証拠立てるからである。現行法が個人からあらゆる行為の領域で奪おうとしている暴力の、危険な登場は、まだ眼には見えぬところで、法に反撥している民衆の共感を誘うのだ。

と、論じる。ベンヤミンは、ひとたび法が成立してしまうと、権力は、「法の目的」を守るためではなく、「法そのもの」を守ろうとして、法の枠外の暴力が、たとえ正当な目的を持っていようとも、枠外にあること自体によってこれを認めず、暴力を独占しようとすると述べる。そして、人々が、しばしば法を犯す罪人を、ひそかに賛嘆するのは、個人から暴力を奪おうとする権力に対する反撥を、人々が捨ててはいないからであると指摘する。

この指摘は、軍記が何ゆえに権力に反逆する英雄を主人公とするのかの一つの解答を示している。その、成立の背景には、「法に反撥している民衆の共感」、禁止された暴力の回復への願望の存在があるはずだ。

京の小次郎や三浦与一は、兄弟の敵討ちを「悪事」といったが、もちろん『曾我物語』は、そのような認識を肯定しているわけではない。畠山重忠や和田義盛も、できるならば兄弟の敵討ちを援護したいと思いつつ、それができないことに苦しむのである。この物語には、頼朝登場以前の、たとえば、あの奥野の狩場から帰る際に行われた相撲の場での争いにみられるように、武士たちが常に武器を携行して僅かのことから闘争に及びかねない、荒々しい暴力に溢れた、しかし自由な世界が、肯定的に語られている。『曾我物語』にも、禁止された暴力の回復への願望が、確かにある。母親のいう「怖しき世の中」は、頼朝以前の無秩序な世界ではなく、頼朝以後の秩序ある社会なのである。

『曾我物語』を、権力と暴力との関係の表象としてとらえることができる。

六　利益

権力は、様々な形態の利益を、その服従者に供与することによって維持される。そして、しばしばその利益を犯罪者にも及ぼし、権力の寛容さを示して、人々の賞賛を獲得し、それを権力の正統性の資源へと繰り込む。

『曾我物語』では、頼朝が、平家追討後、功績のあった武士たちに官位や役職や所領を与えたことが記され、

昔の悲しみ、今の喜び、引替へたる心地して、憂かりし怨《あた》をば亡ぼし失ひ、喜《うれ》しかりし人をば栄え助け給ふ。これに依て心ある人々は忽に怨讎の思ひを捨てて、帰伏の意《こころ》に住せり。亡ぼさむとする人をば助くれども人を怨む意はなかりけり。　（巻四）

と、結ばれる。自分につらく当たった人間に対しても恩恵を与える頼朝は、寛容である。前に引用した頼朝の暴力による犠牲者のリストにおいても、頼朝が自らの過ちと認めた、一条忠頼・源範頼・上総介広常の三人には毎日法華経を読んで回向したと記されていたはずだ。狩場巡りの際には、鷹狩りの正当性を語った畠山や、巧みに歌を詠んだ梶原や海野、そして頼朝をみごとにもてなした宇都宮夫妻に、惜しみなく所領を与えている。

その利益供与は、敵対した曾我兄弟とその一門にも及ぶ。五郎に対しては、

これ聞き候へや、各々。哀れ男子の手本や。これ程の男子は末代にもあるべしとも覚えず。実に頼朝においてはこれ程の意趣をば存ぜざるらめども、只今召し問はれつつ陋臆《わるびれ》たる色を見せじとて申したる詞なるべし。種姓高貴にして心武き者なれども、運尽きて敵のために執られて後は、心も替り諂《へつら》ふ詞もあり。この者は少しも陋臆《わるびれ》たる事もなし。これを聞かむ輩はこれを手本と為すべし。陋臆《わるびれ》たる者千人よりかやうの者一人をこそ召し仕はめ。助けばや。　（巻九）

と、武士の手本と誉め称え、命を助けようとする。そして、兄弟の弟の伊東禅師（御房殿）の自死を前にして、

源澄む時は流清しとて、伊藤入道も吉かりしかば、河津も定めて吉くぞありつらん。曾我の者共が武《たけ》かりしかばこの僧も怖しき者にてありけるや。いかなれば、彼らが一門は皆豪の者共にてあるらむ。一人も陋臆《わるびれ》たる者

共のなかりけるこそ哀れなれ。尋常なる恩をこの者共に仕《し》たらましかば、さりともこの謀反を思ひ留めてもものを。恩をせずして失ひぬる事こそ無慙なれ。（巻十）

と感嘆し、兄弟たちを殺したことを後悔する。伊東祐親が立派であったなどと、頼朝はこれ以前に一度たりとも発言していない、ただ激しい憎しみが記されるだけである。しかし、不自然であろうと、ここでは、頼朝の寛容ぶりを示すことが必要だったのである。

日本国に武者共を尋ぬるに、曾我の者共にて留めたり。三浦余一が彶《ふるまひ》を聞くこそ奇怪なれ。曾我の者共が語らひし時、力を加ふまでこそ難からめ。これ程に吉かりける者共を頼朝に訴へて首を刎らせんと計りける条、返す返すも奇恠なり。たとひ異姓他人なりとも哀れむべし。況や眼前の従父《いとこ》なり。倍《ま》して頼朝が詮に合ふべき者にてはなし。もし世は他人に返らば、我がためにも後背《うしろめたな》かるべし。さやうの不覚人を世にあらせては、何にかはせん。云ふに甲斐なき者をば切り捨つるにはしかじ。（巻十）

との三浦与一への憎しみの言葉も、兄弟に与えられる恩恵である。さらに、

鎌倉殿、虎が出家の由を聞しめ食して、「武士《たけき》者に睍《むつ》ぶ日は、女性なれども思ひ切る道のありけるや」と御感ありつつ、二人の下人共が出家を聞し食して、今一染《ひとしほ》御感深くして、これらを失ひし事を御後悔有て、常は打𩅧《うちしぐれ》させ給ひけるとかや。されば、曾我の人共は、生きての面目、死しての面目、二つながら往生の助けとなりにけり。天竺・震旦より日本秋津嶋に至て、合戦はその数多けれども、武芸を天下に施して名誉を後代に留むる事は、曾我十郎助成、弟の五郎時宗にて留めたり。（巻十）

とも記される。兄弟は、頼朝の流す後悔の涙という恩恵によって往生するのである。少なくともこの場面に従えば、彼らは怨霊とはなりえない。

遺族を手厚くもてなすことも効果的である。頼朝が、兄弟の供養のために曾我荘の年貢を免除することが、

「母の悲しみはさこそあるらめ。自今以後曾我の荘の年貢弁済においては、二人の者共が孝養のために母に取らするなり。汝も相副ひて倶に力を付つつ、修羅道の苦患を助くべし」とて、公役御免の御教書を賜て、曾我の里へぞ返りける。助信、参りし時は肝を消し、今はまた歎きの中の喜びなり。（巻十）

と記され、あるいは、母親の言葉として、

「さても不思議の事こそ侍へ。鎌倉殿富士野より返らせ給ふとて、曾我殿を召して、『曾我の荘の年貢所当をばこれらが母に取らするなり。孝養吉く吉くすべし』と仰せ下され侍へば、これらがかかる不思議を仕出さざらましかば、かかる仰せを蒙るべきやと思へば、仏事を営まむと思ふが…」（巻十）

とも繰り返され、さらには、

曾我太郎の菩提心の程、母の歎きの浅からぬ由を鎌倉殿聞し食し哀れませ給ひつつ、念仏田と名づけて土橋・中村の両郷には公田百六十余町ありける処を御寄進ありけり。（巻十）

と、念仏田の寄進が記される。頼朝は寛容で温情に溢れている。それは、むろん、兄弟のためではなく、彼自身にとって有益だからである。

敵対者に対する頼朝の寛容ぶりは、他のテクストにも書き留められている。『吾妻鏡』をみれば、治承四年（一一八〇）十一月八日条には、佐竹攻めの際、捕えられた佐竹秀義の家人岩瀬與一が、平家追討の終わらぬ内に一門の人々を亡ぼす非を訴えると、早く誅殺すべきだとの進言を退け、彼を御家人に加えたと記され、文治三年（一一八七）三月八日条には、源義経の師僧である南都の聖弘を尋問したとき、その諫言に感動し、彼を勝長寿院の供僧に任じたと記され、同五年九月七日条には、奥州攻めの際、捕えられた藤原泰衡の郎従由利八郎を尋問し、その憚ること

のない反論に言葉を失うものの、後にその勇敢さを愛でて、彼を赦したと記される。

生ではなく死を与えることも恩恵である。『吾妻鏡』養和二年（一一八二）二月十四・十五日条には、伊東祐親の自殺とその子供で兄弟の叔父である伊東九郎の誅殺の記事がある。折しも政子が懐妊し、この機会をとらえて、祐親を預っていた岡崎義澄は、頼朝にその助命を願い出る。頼朝は、「恩赦」を認めるが、この「恩言」を伝え聞いた祐親は、「さらに前勘を恥づと称し」、自害する。頼朝は、嘆きかつ感動して、これを伊東九郎に伝え、かつて祐親から頼朝の命を救った九郎に賞を与えようとする。すると、九郎は、「父すでに亡し。後栄その詮なきに似たり。早く身の暇を給はるべし」と願う。そこで、頼朝は、心ならずも誅殺を加へ、九郎の振舞いは、「世もつて美談せずといふことなし」と記される。(12)

この二人の物語は、五郎のそれと似ている。頼朝が罪人を許そうとするが、本人は死を望み、頼朝は不本意ながらそれを叶え（祐親は自殺）、頼朝は、その潔さに感動してその死を悼むという枠組みは同じである。九郎は、父祐親の後を追うために死を願い、五郎は、兄十郎の後を追うために「疾く疾く首を召さるべし」と死を願う。

『平家物語』（覚一本）でも、捕えられた越中次郎兵衛盛次が、平家への忠義のために頼朝の命を狙っていたと憚ることなく言い放つと、頼朝は感動し、助命しようとするが、盛次が「たゞ御恩にはとく〳〵頸をめされ候へ」（巻十二・六代被斬）と死を望む。テクストは、それを、「ほめぬものこそなかりけれ」と記す。もちろんそれは頼朝に特権的なことなどではない。たとえば、源義経は、土佐房正俊の命を助けようとするが、正俊は、「命をば鎌倉殿に奉りぬ。なじかとり返し奉るべき。唯御恩にはとくとく頸をめされ候へ」（巻十二・土佐房被斬）と、死を願って処刑される。それをテクストは、「ほめぬ人こそなかりけれ」と称える。

要するに彼らは、こうして処刑されることによって、武士としての名誉を得るのであり、このような場合、死を与えることが、権力からの利益供与なのである。

また、木曾義仲は、瀬尾兼康主従の首を見て、「あッぱれ剛の者かな。是をこそ一人当千の兵とも言ふべけれ。あッたら者どもを助けてみで」（巻八・瀬尾最期）と賞賛し、承久の乱の際、北条時房は、全員討死した京方の津久井高重らの首を見て、「十九騎と聞へつるが一人も不ㇾ落けるや。哀れ能かりける者共哉、御大事にも値ぬべかりける物を。惜ひ者共を」と歎き惜しみ、「阿弥陀仏」と念仏して通ったとされる（流布本『承久記』）。敵対者の死に、自らの賞賛の言葉によって名誉を授けるのも、権力者の仕事である。

『梅松論』で、夢窓疎石は、足利尊氏には頼朝にない仁徳がある上に、さらに三つの徳があるとして、剛勇さと、気前の良さとともに、「慈悲天性にして悪み給事をしりたまはず、多くの怨敵を寛宥ある事一子のごとし」とその寛容さを称えるが、それは、尊氏固有の美質などではない。

権力は、敵対者であろうとも、寛容に振舞い、ときには生を与え、ときには死を与え、ときにはその死を称える言葉で、彼に恩恵を施すのである。そういう場面を、我々はいたるところで目撃しているはずだ。そしてそれは、権力者の個性の問題などではない。

七　権力空間を支える物語の力

権力空間を維持するために、「法維持的暴力」が行使されるわけだが、それだけでは、支えきれない。服従者側が自発的にその空間を支えようとしなければ維持はできない。杉田敦は、その力を次のように分類している。[13]

① 権力空間の中で何らかの優位を占めうると考える人々の秩序維持への意志。

②　優位は占めないが、安全が保証されるなら、どんな秩序でも無秩序よりはましだと考える人々の秩序維持への意志。

③　イデオロギーの主体形成機能によって、共振・共鳴させられた人々の秩序維持への意志。

述べてきたような権力の寛容さをめぐる物語は、結局のところその権力の正統性を教育するイデオロギー装置として機能するのであり、杉田の分類に従えば、③の主体形成機能の役割を担うことになる。もちろん、共振・共鳴しない人々もいる。権力の神話的正統性の物語など捏造の産物にすぎないと、承知している人々は、常に多く存在するはずだ。けれども、これは②とも関係するが、そう信じていた方が有利だし快適だと思えば、幻想と知りつつも、人々はその物語を支持するのである。

この役割を、より効果的にするものが、権力をめぐる物語が提供する快楽である。権力の資源と対応させて考えるならば、それは、以下のように分類できるだろう。

Ａ　権力に反逆する英雄と同調することによって得られる快楽。

〈権力と戦う快楽〉

不断に抑圧する権力を危機に追い込む快楽。法に反撥している民衆の共感、あるいは「強制（暴力）」への反撥に起因する快楽。〈王権への反逆者の物語〉において顕著に機能する快楽。

〈権力に認められる快楽〉

権力が反逆者の行為を承認する言動によって、自己の承認欲求を満足させる補償的快楽。権力への「利益」欲求に起因する快楽。

Ｂ　権力と同調することによって得られる快楽。

〈権力を振るう快楽〉
　他者を罰し、許す快楽。命令し、寛容に振る舞う快楽。他者を「強制（暴力）」し、他者に「利益」を与えることへの願望、権力の「正統性」への同一化の願望に起因する快楽。

権力を憎みつつも、可能ならば権力の座に着き、権力を振るいたいと思う。人はいつも、そのようなアンビバレントな感情を持っている。権力の強制（暴力）を憎みつつ、権力を振るって他者を強制したいと感じ、自分の存在を無視し、自分に利益を与えない権力の無能さに怒りつつ、他者に利益を供与し、賞賛されたいと妄想する。『曾我物語』も、確かにこれらの快楽を提供している。あるときは兄弟と同調し、あるときは頼朝と同調して、我々は、この権力をめぐる物語の快楽を享受するのである。

八　『曾我物語』の誕生

　権力論の地平からみるならば、『曾我物語』は、権力の本質を実に的確に物語化し、そして必要な快楽を提供する物語である。頼朝をめぐる物語において、頼朝が魔王に見えたり、寿祝すべき平和の使徒に見えたりするのは、権力の資源である正統性・強制（暴力）・利益という三つの要素が、それぞれの物語の意図にそって、任意に軽重をつけて利用されるからである。頼朝に二面性があるのは、頼朝が権力の表象としてあるからであり、頼朝という存在の個性や特権性によるわけではない(14)。それは、執権時頼でも親でも教師でも同じことである。ただ、とりわけ『曾我物語』の頼朝において典型的だということである。「正統なる権力は、秩序維持のために人々を強制し罰するが、同時に寛容で温情に溢れており、人々に利益を与え、ときにそれは敵対者にも及ぶ」という、権力の本質に則った物語の枠組み、いわば〈権力の物語〉——それは権力の正統性を示し〈快楽〉を共有して〈王権への反逆者の物語〉=〈王権の絶対性の物語〉とリンクする——が、『曾我物語』を強く拘束する〈物語〉の一つとして確かにある。

『曾我物語』が、初め、どのような物語として成立したかは確かめようがないが、あくまでも父の敵討ちの物語であって、頼朝の姿はさほど大きくはなかったと考えるのが自然なのかもしれない。少なくとも、権力を確立するまでの頼朝の物語は、指摘されているように、すでにまとまってあったものを後から導入したものであろう。(15) しかし、今我々が目にする『曾我物語』は、それをいつとは断定できないけれども、〈権力の物語〉との出合いなくしては誕生しえないはずのものである。それは、この物語にとって決定的であった。

〈権力の物語〉は、法(=権力)の枠外に存在した出来事としての曾我兄弟の暴力を、法の内部に馴致する役割を果して、『曾我物語』を誕生あるいは再誕させたのである。それによってこの物語は、〈歴史〉という普遍性と、より多くの快楽を提供する可能性を得て、共同体に広く流通する物語となったのである。もちろんそれは、凡庸さと引き替えではある。しかし、これほどに権力の姿が典型的に描かれている物語も少ない。その結果、人は、権力への好悪の感情の間を揺れ動き、その揺れの中で、権力について思いをめぐらすこともできるのであり、それは貴重な経験となる。『曾我物語』は、権力と個人とのそして物語との関係性について思考を深めるための魅力的な場としてである。

注

(1) 佐々木馨『執権時頼と廻国伝説』(吉川弘文館　一九九七)参照。

(2) 山本幸司『頼朝の精神史』(講談社　一九九八)参照。

（3）この点について、近くは、羽原彩「義家から頼朝、そして源氏へ—源氏系譜の認識と『源平盛衰記』—」（『古典遺産』五三　二〇〇三）に指摘がある。
（4）高山樗牛「平家雑感」（『太陽』七—四　一九〇一、『樗牛全集』六　日本図書センター　一九九四　再収）参照。
（5）水原一「曽我兄弟の復讐と曽我物語—史実と虚構—」（『国文学』一四—一六　一九六九、『中世古文学像の探究』新典社　一九九五　再収）。
（6）水原一「『平家物語』巻十二の諸問題—「断絶平家」その他をめぐって—」（『駒沢国文』二〇　一九八三、『中世古文学像の探究』新典社　一九九五　再収）参照。
（7）佐伯真一「源頼朝と軍記・説話・物語」（『説話論集・第二集』清文堂　一九九二、『平家物語遡源』若草書房　一九九六　再収）参照。
（8）福田晃「民俗学から見た大鏡」（『鑑賞日本古典文学　大鏡・増鏡』角川書店　一九七六、『中世語り物文芸』三弥井書店　一九八一　再収）参照。
（9）比較的最近のものとしては、スティーブン・ルークス『現代権力論批判』（一九七四、中島吉弘訳　未来社　一九九五）、小川晃一『政治権力と権威』（木鐸社　一九九八）、星野智『現代権力論の構図』（情況出版　二〇〇〇）、杉田敦『権力』（岩波書店　二〇〇〇）などが、権力論の総括と課題を提示して有益である。
（10）ミシェル・フーコー『性の歴史Ⅰ　知への意志』（一九七六、渡辺守章訳　新潮社　一九八六）参照。
（11）ヴァルター・ベンヤミン『ヴァルター・ベンヤミン著作集1　暴力論批判』（一九二一、高橋宏平・野村修編集解説　晶文社　一九六九）参照。
（12）治承四年十月十九日条では、「九郎祐泰」は、赦されて上洛している。
（13）注（9）杉田書及びスラヴォイ・ジジェク『イデオロギーの崇高な対象』（河出書房新社　二〇〇〇）参照。
（14）頼朝が権力の表象として、多用されるのは、いつのまにかそこに存在した天皇王権や、王朝体制に寄生した平氏政権、あるいは鎌倉政権の延長としてあった足利政権とは異なり、「法措定暴力」を振るうその誕生の瞬間を明瞭に目撃してその生成過程に立ち合い、記録しえたことによるのであろう。むろん、佐伯のいうように、それが「現在」につながる新しい秩序と感じられたこともあろうが、恐らくここにも理由がある。

(15) 福田晃『曽我物語の成立』(三弥井書店　二〇〇二)第五編第二章参照。

終わりに

本書では、『将門記』から『応仁記』まで、そして『曾我物語』を対象として論じた。軍記の全体を論じるなら、戦国軍記と称される諸テクストまでをも対象とすべきだが、その数はあまりにも、膨大である。また、その多くは、近世の著作であり、それらを論じるためには、中世とは異なる文化状況、言説環境を踏まえることが必須であろうが、それに対する充分な知識も、今は持っていない。しかし、軍記という歴史叙述の中心的イデオロギーについては、素描できたと思う。

『義経記』を対象としなかったのは、それが『曾我物語』のようには歴史叙述を欲望してはいないと判断したからである。軍記を、ごく単純に、「権力をめぐる武力闘争を記した共同体の歴史叙述」と規定するなら、『義経記』は、源義経の個人の歴史は記していても、共同体の歴史は記していない。『義経記』を論じるには、また別の視線が必要である。

また、本書では、天皇王権を支えるイデオロギーについて論じることが中心となった。これで、軍記にみられるイデオロギーのすべてを語りえたなどとは、当然、まったく思ってはいない。イデオロギーは、すみずみまで我々の世界了解を支配するものであり、それらのすべてについて語りつくすことは、しかし、途方もない仕事になる。たとえば、仏教・儒教・神祇観念といった軍記にとって重要な宗教的イデオロギーについては、付随的にしか分析できなかった。近代において「武士道精神」と集約され、アジア・太平洋戦争の終わるまで熱心に語られた、忠義・

報恩・名誉・自己犠牲・正義・寛容・廉直・勇気といったイデオロギーについても、同様である。さらに、『平家物語』を筆頭に、軍記には、親子・男女・主従・師弟の間の「愛」が熱心に語られ、それが我々に物語の快楽を提供しているが、その「愛」というイデオロギーについても充分には論じられなかった。軍記という物語の特質の総体を見極めるには、それらについても考察しなければなるまい。

さらに、中世の歴史叙述を問題にするなら、『六代勝事記』『愚管抄』『吾妻鏡』『保暦間記』『五代帝王物語』『増鏡』『梅松論』『神皇正統記』などといった歴史書との叙述の同質性・異質性の把握も必要なことであるが、これについても付随的にしか言及できなかった。それも大きな課題として残る。

しかし、軍記を、心を慰めてくれる骨董品としてだけではなく、我々の「生」にとって意義あるテクストとして生産的に活用するためには、イデオロギーの問題についての議論は避けられない。あるいは、あまりにも形式的で紋切型な論だという批判は当然あるだろう。けれども、核心を見極めようとするなら、形式化は不可欠な手続きであるはずだ。残された課題は多々あるが、今は、軍記のイデオロギー批評へ向けて、本当にささやかな一歩を記したことを、よしとせざるをえない。

※

かつて、ある人に、あなたは軍記が嫌いなのですかと、問われたことがある。私の論文を読んでの率直な感想であったのだと思う。しかし、私は、軍記という物語が間違いなく好きである。

人は、なぜ軍記を書き（語り）、そして読み（聞き）、そして私のようにそれを愛してしまうのか、そんな素朴な疑問に自ら答えるべく、十数年の間、ほそぼそと考え続けてきたことをまとめたのが本書である。あるいは、誤解を恐れずにいえば、私の軍記についての物語を綴ったのが、本書である。この物語が、はたして読むに値するものであるかどうかの判断は、読者それぞれにゆだねるしかない。もし、「こんな荒唐無稽な物語を…」「こんな凡庸な物語を…」とでも、私の物語が議論の対象に据えられることがあるならば、さらには、読み替えの対象となることまでもがあるならば、これ以上の幸いはない。

※

恩師である梶原正昭先生は、合戦におけるだまし討ちについての論から戦争論へと展開する最終講義（「古典遺産」四九　一九九九　所収）で、「これまでの軍記研究は——これは自戒の意味を強く込めて言うんですけれども——哲学が欠けていたのではないか。そういう思いがいたします」と、語っている。私は、この言葉を、勝手に先生の遺言として受けとめている。それに少しでも応えようと思って編んだのが本書である。

なお、出版にあたっては、早稲田大学の「学術出版補助費」の交付を受けた。記して感謝申しあげる。

二〇〇四年九月二十三日

大津雄一

初出一覧

本書に収めた各論文の初出を、初出時の題名で以下に列記する。本書を成すにあたって、各論文を解体して一つにまとめあげることも考えたが、各論文の独自性を確保するために、各論文において、加筆・省略・整序・訂正を行い、用語の統一・論旨の明確化をはかるにとどめた。このため、各論文に重複する部分があることをおことわりしておく。また、「第四章」については、依拠テクストを、金刀比羅本から半井本に変更した。論旨に変更はない。なお、【補説】の項を設けて、各論文発表後に公にされた拙論への批判や、拙論にかかわると思われる論文・著作ついての私の意見を述べた。ただし、注の中で言及した場合もある。

序論　書き下ろし

総論　軍記物語と王権の〈物語〉――イデオロギー批評のために――

山下宏明編『平家物語　研究と批評』有精堂　一九九六・六

各論

第一章　軍記の始発

軍記と九世紀

「日本文学」四九―一二　二〇〇〇・一二

怨霊は恐ろしき事なれば――怨霊の機能と軍記物語の始発――
梶原正昭編『軍記文学の系譜と展開』汲古書院　一九九八・三

第二章　将門記
『将門記』の〈先駆性〉　「日本文学」四二―五　一九九三・五

第三章　陸奥話記
『陸奥話記』あるいは〈悲劇の英雄〉について　「古典遺産」四四　一九九四・六
『陸奥話記』の位相――危機と快楽の不在――
栃木孝惟編『軍記文学の始発―初期軍記』軍記文学研究叢書二　汲古書院　二〇〇〇・三

第四章　保元物語
為朝・崇徳院考――王権の〈物語〉とその亀裂――　「軍記と語り物」二七　一九九一・三

第五章　平治物語
一類本『平治物語』の可能性――構築と解体の自己運動――　「軍記と語り物」二八　一九九二・三

第六章　平家物語
義仲考――王権の〈物語〉とその亀裂――　「日本文学」三九―七　一九九〇・七
義仲の愛そして義仲への愛　前田雅之・小嶋菜温子・田中実・須貝千里編
『〈新しい作品論〉へ、新しい〈教材論〉へ』（古典編）第二巻　右文書院　二〇〇三・一
後白河法皇の涙　「日本文学」四七―五　一九九八・五

第七章　承久記

「誰カ昔ノ王孫ナラヌ」――慈光寺本「承久記」考――　「早稲田大学高等学院研究年誌」三三　一九八九・三

『承久記』の成立と方法――〈終わり〉の危機と〈歴史〉の危機――

長谷川端編『承久記・後期軍記の世界』軍記文学研究叢書一〇　汲古書院　一九九九・七

第八章　太平記

『太平記』という反〈物語〉・反〈歴史〉　「日本文学」四四―七　一九九五・七

『太平記』あるいは〈歴史〉の責務について　「国文学研究」一二二　一九九七・六

第九章　明徳記・応永記・応仁記

『明徳記』と『応永記』との類似性――神聖王権の不在をめぐって――　「古典遺産」五〇　二〇〇〇・八

〈終わり〉の後の歴史叙述――『応仁記』の虚無――　「早稲田大学教育学部　学術研究」五二　二〇〇四・二

第十章　曾我物語

『曾我物語』の成立基盤　梶原正昭編『曽我・義経記の世界』軍記文学研究叢書一一　汲古書院　一九九七・一二

曽我物語の構造――〈孝〉と〈忠〉　村上美登志編「曽我物語の作品宇宙」国文学解釈と鑑賞別冊　二〇〇三・一

権力と『曾我物語』　「軍記と語り物」四〇　二〇〇四・三

【ら】

【わ】

【は】

【な】

人　名

索　引

本書記載の事項のうち、主要な書名と人名の索引である。ただし、引用文献中のものについては採らなかった。書名は、江戸時代以前にあたる時代のものに限った。人名は、原則として姓名で示したが、通称等によった場合もある。

書　名

【著者略歴】
大津雄一（おおつ・ゆういち）
1954年神奈川県生れ。
早稲田大学教育学部国語国文学科卒業。同大学院文学研究科博士後期課程退学。博士（文学）。現在、早稲田大学教育学部助教授。主著、『新編日本古典文学全集曽我物語』（共著）。

軍記と王権のイデオロギー

発行日	2005年3月20日　初版第一刷
著　者	大津雄一
発行人	今井　肇
発行所	翰林書房
	〒101-0051　東京都千代田区神田神保町1-14
	電　話　03-3294-0588
	FAX　03-3294-0278
	http://www.kanrin.co.jp/
	Eメール●kanrin@mb.infoweb.ne.jp
印刷・製本	アジプロ

落丁・乱丁本はお取替えいたします

ISBN4-87737-206-7